Torak, der Wald und die Frauen

# Torak, der Wald und die Frauen

Tim Osborne

**tim-osborne.de**

**Torak, der Wald und die Frauen**
Tim Osborne
c/o easy-shop K. Mothes
Schloßstraße 20
06869 Coswig (Anhalt)

**ISBN:** 978-9-40366-705-8

**Lektorat:** www.derletzteschliff.de
**Korrektorat:** www.deutsches-lektorenbuero.de
**Coverdesign:** Alejandro Colucci
**Druck:** Bookmundo, gedruckt in Deutschland


1. Aufl. 2022

# DER KONTINENT VILARES

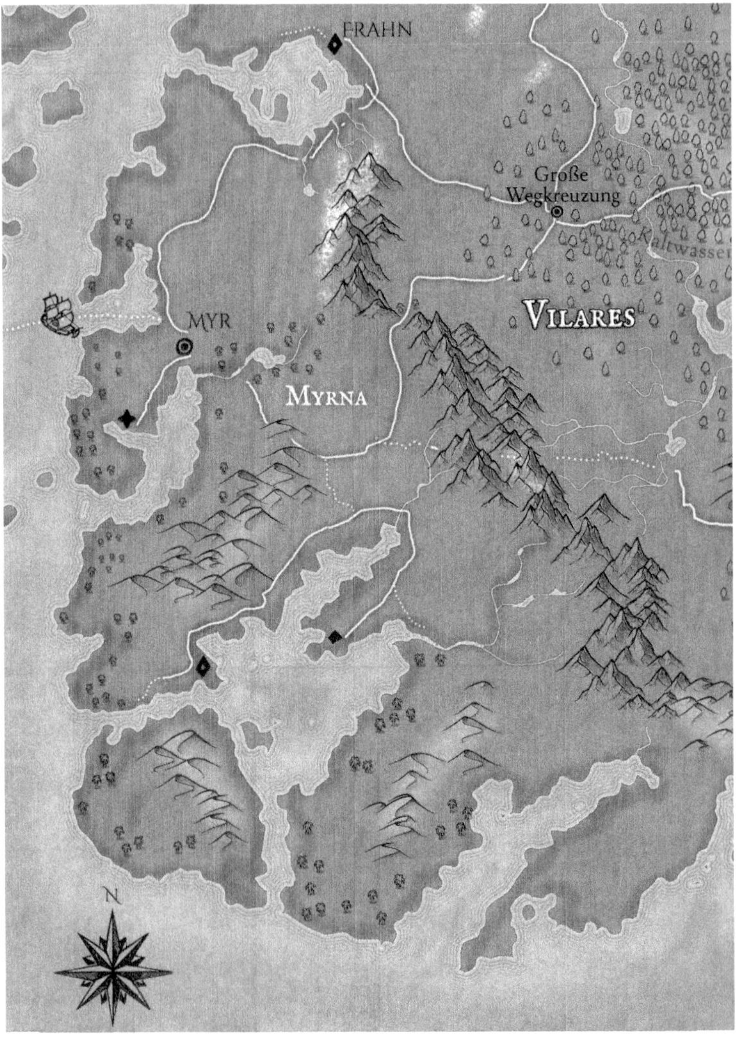

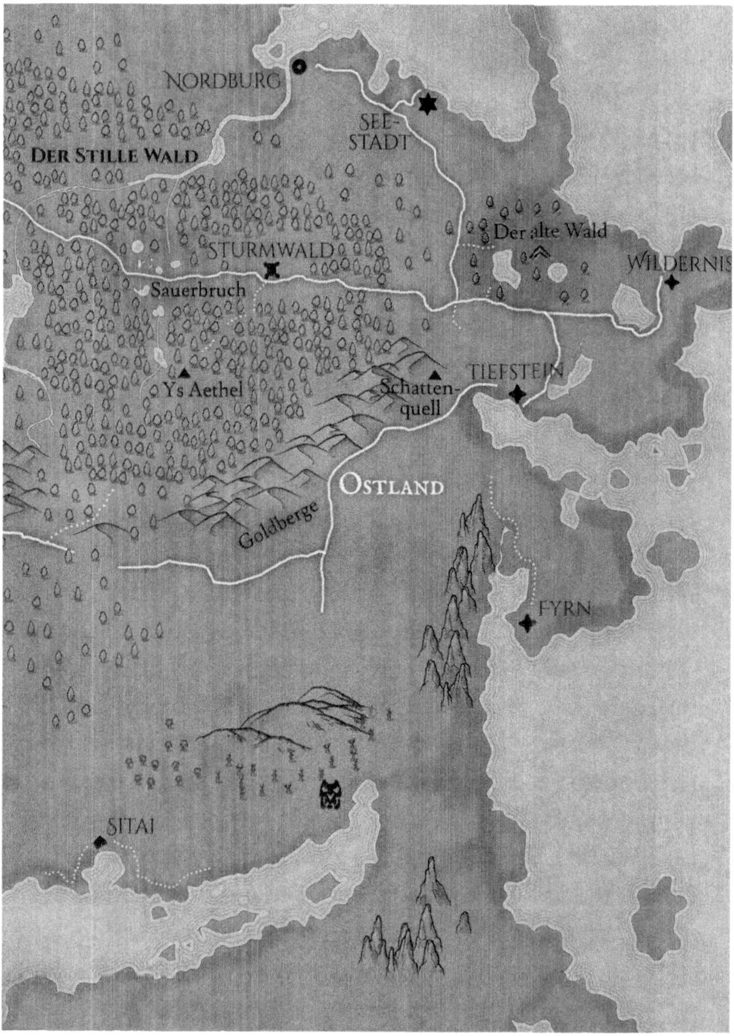


Karte öffnen / herunterladen:

rottung der Feen und die Vernichtung des größten Teils der Menschheit hatte die anderen Götter derart geschwächt, dass ihr Tod auf dem Schlachtfeld oder zumindest ihre Unterwerfung vorherbestimmt war. Und doch hatte sie sich getäuscht. Nicht nur, dass ihr die Verbündeten im wahrsten Sinne des Wortes in den Rücken gefallen waren. Auch war es den Göttern für einen kurzen Moment gelungen, ihre Feindschaften und Intrigen beizulegen, um gemeinsam gegen sie zu kämpfen. Sydora gestand sich ein, mit einem derartigen Schulterschluss nicht gerechnet zu haben.

Sie blickte in den blauen Himmel, auf dem kleine Schäfchenwolken langsam vorüberzogen. Was würde jetzt aus ihr werden? Sie hatte erlebt, wie andere Götter schon in weniger misslichen Situationen aufgegeben und die Welt der Sterblichen verlassen hatten. Wenn nicht ihr zentnerschweres Pferd auf ihrem Bauch gelegen hätte, wäre sie in lautes Lachen ausgebrochen. Nein, diese Niederlage würde sie nicht von ihrem Ziel abbringen, im Gegenteil. Sie hatte alle Zeit der Welt. Während sich die Menschen wie Kaninchen vermehrten und die anderen Götter wieder in selbstzufriedene Trägheit verfielen, würde sie handeln. Vor aller Augen, und doch ungesehen.

Mit einer gewaltigen Anstrengung hob sie den Bauch des toten Pferdes so weit an, dass sie tief einatmen konnte. Luft strömte in ihre Lungen, als gleichzeitig Schmerz in ihrem Brustkorb explodierte. Aber der Schmerz war Sydora willkommen. Er gab ihr die Kraft, den schlaffen Pferdekörper von sich zu stoßen und sich vom Boden zu erheben. Während ihr Körper heilte, ließ sie den Blick über das Schlachtfeld schweifen, doch erst als dieser am Kadaver ihres einstmals prächtigen Schlachtrosses hängenblieb, spürte sie einen Hauch von Verlust.

# KAPITEL

# 1

»He, Torak, bring uns noch Bier!«

»Bin schon dabei«, rief Torak durch den Lärm der Schankstube zurück. Routiniert stach er das nächste Fass an und begann, die Krüge zu füllen.

Albor beugte sich zu ihm herunter und flüsterte: »Pass auf die Holzfäller auf, Torak. Das letzte Mal, als sie ihre Taschen voller Geld hatten, haben sie erst gesoffen und dann eine Schlägerei angezettelt. Und ich bin auf dem Schaden sitzen geblieben. Bis Juna dich ablöst, bist du für die Kerle verantwortlich!«

In Torak keimte Wut auf. Jetzt war er auch noch das Kindermädchen für eine Horde besoffener Holzfäller. Aber Streit mit seinem Ziehvater konnte er sich nicht leisten. »Schon gut, ich kümmere mich darum«, entgegnete er zähneknirschend.

Er brachte die sehnlichst erwarteten Bierkrüge zu den Männern, dann lief er in die Küche, holte ein großes Graubrot und eine Schale Schmalz. »Hier, geht aufs Haus«, sagte er zu den Holzfällern.

»Ey Torak, setz dich zu uns«, rief Zweifinger-Hen und legte ihm seinen schweren Arm auf die Schulter. Torak zögerte kurz. Die Jungs waren in Ordnung, aber Albor schätzte es nicht, wenn er zu viel Zeit bei den Gästen vergeudete, anstatt zu arbeiten. Andererseits hatte er ihm mit seinem

Auftrag ja so etwas wie einen Freibrief erteilt. Er setzte sich dazu und ärgerte sich, dass er nicht auch für sich ein Bier mitgebracht hatte.

»Wir haben Feenholz gefunden, Torak. Allerbestes tiefschwarzes Feenholz«, flüsterte Hen ihm so laut ins Ohr, dass es bis in die Küche zu hören war. Torak widerstand der Versuchung sein Ohr abzuwischen.

»Und, wo wollt ihr es jetzt verkaufen«, erkundigte er sich.

»Das ist ja das Gute. Wir haben es schon verkauft.« Hen klopfte auf seine Hosentasche, und Torak hörte Münzen klimpern. »Gerade eben, hier auf eurem Hof. An einen fahrenden Händler auf dem Weg in den Süden. Weißt du, der Preis für Feenholz steigt und steigt. Nur dass die Bäume leider immer weniger werden. Doch gerade wenn du denkst, es gibt keinen mehr, rennst du direkt in einen hinein.« Er schenkte Torak ein bierseliges Lächeln.

»Und der Preis für das Holz, der steigt weil?«, erkundigte sich Torak mit mäßigem Interesse.

»Ach Torak, was weiß die Kuh vom Käse?«, gab Hen zurück. »Irgendwer will es eben haben. Als Bauholz ist es jedenfalls viel zu weich.« Dann lehnte er sich näher an Torak und flüsterte verschwörerisch: »Man sagt, dass früher die Feen um diese Bäume getanzt haben.«

Feen, jetzt geht das wieder los, dachte Torak. Keiner den er kannte, hatte je eine Fee gesehen, doch in manchen Köpfen waren die Sagengestalten noch lebendig.

Hen ergriff seinen Bierkrug, trank einen großen Schluck und rülpste geräuschvoll. »Und morgen, Torak«, rief er laut, »da gehen wir wieder raus und suchen mehr. Wo ein Feenholzbaum steht, ist ein zweiter nicht weit!«

»Na dann viel Erfolg«, meinte Torak halbherzig. Er kannte die Arbeit der Holzfäller. Tagein, tagaus hartes Schuften in der schwülen Hitze des Waldes. Angetrieben von der Aussicht auf den großen Fund, während ihnen die gelegentlichen Einnahmen sofort wieder zwischen den Fingern zerrannen. Wie um Toraks Gedanken zu bestätigen, klopfte Hen erneut auf seine Geldbörse und fragte: »Wo ist eigentlich deine Schwester?«

Torak hatte längst aufgegeben zu erklären, dass er nicht Albors leiblicher Sohn und folglich Juna auch nicht seine Schwester sei. Stattdessen sagte er »Juna müsste gleich kommen.«

»Ich mag sie«, erklärte Hen mit einem abwesenden Gesichtsausdruck. »Sie ist so …«, er suchte das richtige Wort und sagte dann zu Toraks Verblüffung »So unproblematisch.«

Torak wären für Juna andere Attribute eingefallen. *Unproblematisch* gehörte nicht auf diese Liste.

Von der gegenüber liegenden Seite des Tisches sprach ein Holzfäller Torak an: »Sag mal, die da …«, er nickte mit dem Kopf zu dem Vorhang, der die Gaststube von einem Nebenraum trennte, »… müssen die eigentlich hier sein?« Als Torak nicht gleich antwortete, setzte er hinzu: »Du weißt schon. Sie sind anders. Es wäre für alle besser, wenn sie da blieben, wo auch immer sie herkommen.«

»Ich mag die Syrth auch nicht besonders«, entgegnete Torak ehrlich. »Aber dies ist nun mal ein Gasthaus. Sie zahlen gut und stellen keine Ansprüche. Bessere Gäste könnte man sich kaum vorstellen.«

»Du weißt genau, was ich meine, Torak!«, sagte sein Gegenüber in schärferem Ton. »Wir wollen nicht, dass sie hier sind. Und wir wollen nicht, dass sie *das* mit uns tun.«

»Ach komm, das sind doch nur Schauergeschichten, mit denen man die kleinen Kinder erschreckt«, sagte Torak. »Du glaubst nicht wirklich, dass sie deine Gedanken lesen können, oder? Und außerdem bist du ja vor ihnen sicher!«

Der Mann sah ihn ungläubig an. »Wieso bin ich sicher?«, fragte er dann.

»Na, wo nichts ist …«, meinte Torak und grinste.

Der Holzfäller holte tief Luft und Torak glaubte kurz, eine Grenze überschritten zu haben. Doch das Lachen der anderen entspannte die Situation, und der Mann entschied sich, den Scherz auf seine Kosten zu übergehen.

»An die Arbeit!«, kam Albors Stimme von hinten.

Torak stand auf und begann sich wieder um die weiteren Gäste zu kümmern. Er brachte ihnen Bier und Wein und konnte einige Schüsseln Eintopf mit Brot an den Mann bringen. Anschließend verteilte er Talglichter auf den Tischen. Während die Lampen die mit Feuchtigkeit und Männerschweiß gesättigte Luft um den Geruch von ranzigem Fett bereicherten, sah Torak sich um: Alle waren versorgt. Das war schlecht. Denn jetzt gab es für ihn keinen Grund mehr, seinen Besuch bei den Syrth weiter aufzuschieben.

Er konnte sich gut an seine ersten Begegnungen mit ihnen erinnern. Seit fünf Jahren kamen sie regelmäßig durch das Dorf an der Großen Wegkreuzung. Die Dörfler, durch den stetig zunehmenden Handelsverkehr an ungewöhnliche Reisende gewohnt, schenkten ihnen anfangs keine besondere Beachtung. Doch dann war das Gerücht aufgekommen, dass die Syrth die Gedanken der Menschen um sie herum lesen konnten. Und ab da war es schwierig geworden. Es hatte nie einen Beweis für diese seltsame Fähigkeit gegeben. Doch jede Begegnung mit ihnen hinterließ in den Dorfbewohnern ein ungutes Gefühl, und so hielt sich das Gerücht hartnäckig. Auch Torak glaubte zumindest an einen wahren Kern, aber er hatte zwischenzeitlich seinen Weg gefunden, mit den Syrth umzugehen. Anfangs erschien ihm die Vorstellung, dass Fremde in seinen Geist sehen konnten, geradezu furchterregend. Doch mit den Monaten hatte er die Einsicht gewonnen, dass es ihm weniger um die Privatsphäre seines Verstandes als um das Empfinden der anderen beim Lesen seiner Gedanken ging. Aber da die Syrth das, was Torak bei ihrem Anblick dachte, wohl schon tausende Male gesehen hatten, konnte er annehmen, dass seine Gedanken für die Syrth nicht sonderlich interessant waren. Dennoch, ein unangenehmes Gefühl blieb.

Torak schnappte sich die verbliebenen Talglichter und schob den Vorhang zur Seite, der die Schankstube vom Nebenraum mit den Fremden trennte. Fünf Syrth saßen an einem Tisch. Unnatürlich aufrecht, unnatürlich groß und mit unnatürlich langen, an Spinnenbeine erinnernden Gliedmaßen. Alle Köpfe der schweigenden Runde schwenkten in seine Richtung und durchbohrten ihn mit Blicken aus stahlgrauen Augen.

»Guten Abend, die Herrschaften. Ich bringe Ihnen Licht. Wünschen Sie noch etwas zu trinken oder zu essen? Wir haben heute einen vorzüglichen Eintopf.« Torak nahm an, dass die Syrth wissen würden, dass der Eintopf nicht wirklich vorzüglich war. Dazu musste man allerdings keine Gedanken lesen können.

Einer der Syrth, Torak konnte nicht sagen ob Mann oder Frau, entgegnete mit hoher kratziger Stimme: »Danke, Wirtssohn, sei so freundlich und bringe uns noch fünf Krüge Bier.« Wie es bei den Syrth Brauch zu sein schien, schob er gleich eine Münze in Toraks Richtung. »Stimmt so«, fügte er hinzu. Auch diese Situation war für Torak nicht neu. Dennoch konnte er es nicht verhindern, dass sein Blick dem langen rosa Zeigefinger des Syrth wie hypnotisiert folgte. Dass ihnen Haare und Augenbrauen fehlten, damit kam er zurecht. Aber die Abwesenheit von Fingernägeln bereitete ihm beinahe körperliches Unbehagen.

Schnell griff er nach der Münze, bedankte sich und schickte sich schon an, den Raum zu verlassen, als der Syrth ihn noch einmal ansprach: »Wir werden morgen früh bei Sonnenaufgang abreisen. Bitte lass unsere Pferde rechtzeitig satteln.«

»Ich werde mich persönlich darum kümmern«, antwortete Torak. Die Reittiere gehörten zu seinen Aufgaben. Wie so viele andere, wenig geschätzte Tätigkeiten. Die frühe Abreise der Gäste bedeutete für ihn eine kurze Nacht. Er schenkte den Syrth ein kurzes Lächeln, das sie auf eine seltsam mechanische Art erwiderten, dann glitt er am Vorhang vorbei in den Schankraum. Dort rannte er direkt in Juna. »Pass doch auf!«, zischte sie ihn an, als Bier aus einem der Krüge auf ihren Rock schwappte.

Selbst Torak konnte nicht umhin zu bemerken, dass Albors Tochter wieder einmal aufreizend aussah. Sie hatte ihre blonden Haare zu einem züchtigen Zopf geflochten, der seitlich am Hals vorbei nach vorne verlief. Dort endete er zwischen ihren vom Mieder bis an die äußerste Grenze des Anstands aus der Bluse gepressten Brüsten. Ihr Aussehen und ein koketter Umgang mit den primär männlichen Kunden würden ein gutes Trinkgeld sicherstellen.

»Ich kümmere mich jetzt um die Gaststube. Du kannst gehen und bei den Pferden helfen.« Juna blickte den gut einen Kopf größeren Torak herausfordernd an, aber er wusste bereits, dass dieser Kampf, wie so viele andere zuvor, verloren war. Wieder ein Abend, an dem er kein Trinkgeld für seine Arbeit erhalten würde.

Torak hängte seine Schürze an einen Haken und lief über den Hof in Richtung Stall. Der Regen hatte den Boden in tiefen Matsch verwandelt, und Torak bemühte sich, den Platz halbwegs trockenen Fußes zu überqueren. Als er die Stalltür aufriss, schlug ihm feuchtwarme, nach Heu, Pferden und Pferdepisse riechende Luft entgegen. Er verschaffte sich im Halbdunkel einen schnellen Überblick: Fast alle Boxen waren belegt. Weiter hinten im Stall hörte er Ronther reden. Am Klang der Stimme des Knechts erkannte Torak, dass sein Gesprächspartner ein Pferd war. Er hatte die Gewohnheit, sich mit seinen Stallgästen über dies und das zu unterhalten, und die Tiere reagierten darauf mit wohlwollender Ignoranz.

»Torak, ich bin hier!« Trotz seines Alters hatte Ronther immer noch ein Gehör wie ein Luchs. Torak ging zu ihm herüber und ließ sich in einen Haufen Stroh fallen. Der Knecht drehte sich um und warf ihm einen gespielt vorwurfsvollen Blick zu. Dann aber sagte er lächelnd: »Du hast Glück, ich bin fast fertig.«

Torak beschloss, mit der Arbeit gar nicht erst zu beginnen. Während Ronther die Stute striegelte, beobachtete er die Ratten, die ungeniert an ihm vorbeihuschten, um sich eine Box weiter am Hafer zu bedienen. Nach ein paar Minuten war Ronther fertig und setzte sich zu Torak ins Stroh.

»Hat sie dich wieder rausgeschmissen?«, fragte Ronther.

»Ja, wenn das so weiter geht, bekomme ich wohl nie das Geld zusammen, um mir ein eigenes Pferd zu kaufen«, meinte Torak betrübt.

»So wird es wohl sein«, entgegnete Ronther. »Aber, nun sei mal vernünftig. Selbst wenn es dir gelänge, irgendeinem verzweifelten Reisenden seinen Gaul abzukaufen, was würdest du dann damit anstellen? In die große Stadt reiten und dich von den Leuten bejubeln lassen? Sehet da, hier kommt der berühmte Torak von der Wegkreuzung auf seinem edlen Ross!«

Torak wollte widersprechen, doch Ronther ließ ihn nicht zu Wort kommen: »Wahrscheinlich kämest du nicht mal bis in die Stadt. Deine Mähre würde unterwegs zusammenbrechen. Oder du würdest überfallen und ausgeraubt. Oder gleich getötet. Oder von den Sumpffliegen gestochen. Und wenn du Tage später wieder zu dir kommst, sitzt du irgendwo im Stillen Wald und findest nicht mehr auf den Weg zurück.«

»Du hast ja recht«, entgegnete Torak träge. Zu oft schon hatten sie diese Diskussion geführt. Ihn zog es hinaus in die Welt, und der lebenserfahrene Ronther lieferte ihm für jeden seiner Tagträume gleich eine Fülle von katastrophalen Ausgängen.

Eigentlich wäre es jetzt an Torak gewesen, ein paar brennende Argumente für die Abkehr von der elenden Siedlung an der Großen Wegkreuzung anzuführen. Üblicherweise ging es dabei um Bestimmung, Wohlstand, Abenteuer und Frauen. Eigentlich ging es sogar vorrangig um Frauen.

Frauen, die erobert werden wollten, die Torak retten würde. Um wunderschöne Frauen, die sich als dankbar erweisen würden. Sehr dankbar sogar.

Doch diesmal gingen seine Gedanken in eine andere Richtung: »Hast du das von Lorgar gehört? Die Leute sagen, er wolle sich den Priestern irgendeines Gottes anschließen und sich weihen lassen.«

»Und?«, fragte Ronther. »Was interessiert es mich, wenn er sein Leben wegwirft?«

»Das meine ich gar nicht«, entgegnete Torak. »Denk doch mal weiter. Falls Lorgar zu den Priestern nach Sturmwald geht, dann braucht der Schmied einen neuen Lehrling.«

»Ah. Und du denkst, dass du dafür infrage kämest? Bist du für den Beginn einer Lehre nicht etwas zu alt?«, fragte Ronther mit mäßiger Begeisterung.

»Schon«, bekannte Torak. »Ich bin jetzt 17. Glaube ich zumindest. Aber vielleicht würde der Schmied darüber hinwegsehen. Ich habe fast genug gespart, um das Lehrgeld für das erste Jahr zu bezahlen. Und abends könnte ich weiter im Wirtshaus helfen, um mir etwas Silber dazuzuverdienen.«

Ronther wühlte neben sich im Stroh und förderte eine halb volle Flasche Branntwein zutage. Er nahm einen großzügigen Schluck und reichte das Gefäß mit einem jovialen Grinsen an Torak weiter. Dieser roch erst einmal an der farblosen Flüssigkeit. Der beißende metallische Geruch verriet ihm, dass es sich um Blauwurzbrand handelte. Er war gewarnt, mit Blauwurz hatte er bereits seine Erfahrungen gemacht. Trank man zu viel davon, sah man Dinge, die nicht existierten. Nach seinem ersten heimlichen Trinkgelage mit den Jungs aus dem Dorf hatte Torak noch Tage später überall Elfen gesehen. Und das war eine der weniger unangenehmen Nebenwirkungen.

Torak trank einen wohlbemessenen Schluck und fühlte kurz darauf, wie sich die Wärme und Entspannung in seinem Körper ausbreitete. Dann griff er das Thema wieder auf: »Ich weiß, dass das Geld nicht reichen wird. Aber ich habe mit Albor gesprochen. Er wäre bereit, mir einen Teil des Lehrgelds zu leihen. Er versteht, dass ich nicht ewig im Gasthaus bleiben kann. Juna übernimmt hier mehr und mehr die Kontrolle. Und für uns beide wird es langsam …«, er suchte nach dem richtigen Ausdruck, »… zu eng da drin.«

»Ja«, sagte Ronther zögernd. »Vielleicht könnte das tatsächlich gelingen. Albor ist zwar ein alter Knauser, aber schließlich bekäme er dich dann endlich aus dem Haus.« Er lachte und genehmigte sich einen weiteren Schluck. Auch Torak griff nochmals nach der Flasche, froh über des alten Zustimmung zu seinen Plänen.

Während draußen der Regen auf die Dachschindeln niederprasselte, tat der Blauwurzbrand seine Wirkung, und die Last eines langen Arbeitstages begann von Torak abzufallen. Träge beobachtete er die im Halbdunkel kaum noch zu erkennenden Pferde, als Ronther das Gespräch überraschend wieder aufnahm: »Wenn du beim Schmied in die Lehre gingest, dann würde das auch bedeuten, dass du nicht mehr nach deinen Eltern suchen willst?«

Torak war sich nicht sicher, ob Ronther ihm eine Frage gestellt oder nur das Offensichtliche ausgesprochen hatte. Obwohl Albor immer wie ein Vater für Torak gewesen war, hatte ihn das Fehlen der Eltern, die er nie gekannt hatte, viele Jahre schwer belastet. Zumal er schon als kleines Kind hatte lernen müssen, dass er sich mit Fragen zu Mutter und Vater auf verbotenes Terrain begab. Ronther war damals der Einzige gewesen, dem sich Torak hatte anvertrauen können, wenn er sich mit seinen Erkundigungen bei seinem Ziehvater erneut eine unwirsche Abfuhr geholt hatte.

»Vielleicht …«, begann Torak zögernd, »also manchmal glaube ich, dass Albor doch recht hat. Vielleicht gibt es Dinge, die man besser nicht weiß.«

Einen Moment schwiegen beide, dann fuhr Torak fort: »Albor hat gesagt, er hätte meinen Eltern versprechen müssen, zu schweigen. Und dass es nur zu meinem Besten wäre, wenn ich meine Herkunft nicht kenne. Weißt du, inzwischen denke ich, dass so etwas wie ein Fluch auf ihnen gelastet hat. Und dass er verhindern möchte, dass dieser Fluch auf mich übergeht.«

Wieder blieb eine Antwort von Ronther aus, doch Torak meinte zu sehen, wie der Alte bedächtig mit dem Kopf nickte.

Als nach einer guten Stunde der Blauwurzbrand zur Neige ging, schlugen draußen im Hof die Hunde an. Kurz darauf hörten sie, wie Pferdehufe durch den Matsch stampften. »Späte Gäste«, meinte Ronther und erhob sich mühsam.

Torak riss sich aus der Blauwurz-Lethargie und half, das große Stalltor zu öffnen. Im Mondlicht konnte er die Silhouetten von drei Berittenen und zwei Packpferden erkennen. Der Regen lief in Strömen über die Menschen und die Körper der Tiere. »Schnell, kommt ins Trockene!«, rief er und setzte hinzu: »Ihr seid spät dran. Es ist gefährlich, bei Nacht durch den Wald zu reiten.«

»Nicht nur bei Nacht«, antwortete die Stimme einer älteren Frau. »Habt ihr noch eine Unterkunft und etwas zu essen für uns?«, fragte sie.

»Natürlich, gebt uns eure Pferde, wir werden sie gut versorgen. Im Gasthaus bekommt ihr sicherlich noch Eintopf«, antwortete Torak und wies in Richtung der Eingangstür.

Die drei saßen ab, und er besah sich die Neuankömmlinge genauer. Gesprochen hatte eine kleine grauhaarige Frau.

»Ich bin Klatrid«, stellte sie sich jetzt vor. »Das ist unser Begleiter Calak«, sie wies auf einen hünenhaften Mann. »Und dies ist unsere Herrin Nelairi. Wir sind auf dem Weg nach Sturmwald.«

Torak nahm dem Riesen sein Pferd ab. Er trug eine Lederrüstung, und Torak nahm an, dass es sich um einen Söldner handelte, den die beiden Frauen zu ihrem Schutz angeheuert hatten.

Er gab Torak die Zügel der reiterlosen Pferde. Das eine war tatsächlich ein Packpferd, das andere war zwar gesattelt, trug aber keinen Reiter. Torak blickte den Hünen fragend an, doch dieser zuckte nur mit den Schultern.

Inzwischen hatte auch die letzte Reiterin ihr Pferd in den Stall geführt und schob sich die Kapuze ihres Regenumhangs vom Kopf. Lange rote Haare quollen darunter hervor und umrahmten ein regennasses Gesicht von solcher Schönheit, wie Torak noch keines gesehen hatte. Sie wartete einen Moment, und erst als sie zu Lachen anfing, begriff er, dass er sie mit offenem Mund angestarrt hatte. Die Frau drückte ihm die Zügel ihres Pferdes in die Hand und gab ihm einen kleinen Knuff gegen die Schulter. Offenbar waren ihr Begegnungen wie diese nicht fremd.

Während die drei den Hof in Richtung Wirtshaus überquerten, bemühten sich Torak und Ronther, die Pferde im vollen Stall unterzubringen. Dabei waren Toraks Gedanken bei der Frau. Sie war so schön, so verheißungsvoll und so weiblich. Er nahm sich gerade vor, sich zu beeilen, um in der Gaststube einen weiteren Blick auf sie zu werfen, als ein Pferd Toraks Unaufmerksamkeit nutzte und ihn herzhaft in den Arm biss.

Als Torak wieder in die Schänke zurückkehrte, hatte sich diese bereits geleert. Nur die beiden Frauen und der Söldner saßen im letzten Schein des Kaminfeuers an einem der Tische. Juna blickte überrascht, als Torak freiwillig begann, ihr beim Abräumen des Geschirrs zu helfen. Bei den drei Gästen angekommen, sah er, dass die Grauhaarige und der Söldner etwas gegessen hatten, die junge Frau jedoch nicht. Wahrscheinlich war der Kanincheneintopf, der jeden Tag um neue Zutaten ergänzt wurde und so ein ewiges Leben genoss, nicht nach ihrem Geschmack gewesen. Torak nutzte die Gelegenheit, Nelairi etwas näher in Augenschein zu nehmen. Sie hatte sich trockene Kleidung angezogen und trug jetzt einen langen Rock und eine eher züchtige Bluse. Dennoch war ihre Anziehungskraft auf Torak ungebrochen. In seiner Fantasie malte er sich aus, wie er ihr durch die feuerroten Haare strich, dann sprangen seine Gedanken weiter und füllten seinen Kopf mit Bildern von dem, was die Bluse vor seinen Blicken verbarg. In diesem Moment sah die Frau zu ihm auf, und ihre Augen trafen sich. Er zuckte vor Schreck zusammen, fühlte sich ertappt und lief rot an. Hastig wendete er sich ab und brachte die Teller zum Tresen zurück.

Kurz darauf verließ Juna die Schankstube. Torak entging nicht, dass sie einen auffordernden Blick zu dem riesigen Söldner warf und dann nicht etwa in Richtung ihrer Kammer, sondern zu den Gästezimmern ging. Einen Moment später stand der Mann wortlos auf und nahm den gleichen Weg.

Torak bezog Beobachtungsposten hinter dem Tresen. Gedankenverloren trocknete er Krüge und Teller ab, beobachtete die beiden Frauen und überließ sich seinen Tagträumen.

Trotz des interessanten Anblicks merkte Torak bald, dass er müde wurde. Der Tag war lang gewesen, und der Blauwurz machte sein Denken träge. Er gähnte herzhaft und sah dabei, dass die beiden Frauen ihn anblickten. Dann stand die Grauhaarige auf und kam zu ihm herüber.

»Wie heißt du?«, fragte sie.

»Torak«, entgegnete er wenig geistreich.

»Ah, Torak.« Sie machte eine kurze Pause und schien nachzudenken. »Ein großer Name. Nach Torak dem Vereiner. Dem vierzehnten in der Dynastie der unsterblichen Herrscher. Lang ist's her.«

Torak war verblüfft. Natürlich wusste er, nach wem ihn seine Eltern benannt hatten. Aber hier draußen Menschen zu treffen, die die Ahnenreihen der Regenten eines längst vergangenen Zeitalters auswendig kannten, das war doch eher die Ausnahme.

»Ja, genau«, sagte er erfreut. »Was kann ich für Euch tun?«

»Nun, Torak, ich habe einen ungewöhnlichen Vorschlag für dich. Aber wir haben uns gedacht, wir versuchen es einfach mal bei dir. Schließlich scheinst du ein kluger und abenteuerlustiger Mann zu sein?«

Torak überlegte, was er erwiedern sollte, erkannte aber, dass die Frage wohl rhetorischer Art war. Darum setzte er ein interessiertes Gesicht auf und wartete ab.

»Du hast sicher gesehen, dass wir mit einem Pferd ohne Reiter hier eingetroffen sind. Leider hat sich heute Morgen, gleich nachdem wir das Nachtlager verlassen hatten, ein Unfall ereignet. Unser zweiter Begleiter, Jasrir, kam dabei ums Leben.«

»Wie schlimm«, entgegnete Torak, der den tragischen Tod eines Unbekannten nicht wirklich beachtenswert fand. Im Wald starben ständig Leute unter den seltsamsten Umständen. Dennoch fragte er nach: »Was ist denn passiert?«

»Sein Pferd hat vor einem Ast gescheut. Jasrir ist gestürzt und unglücklich gefallen. Sein Genick war gebrochen. Er war sofort tot. Wir haben ihn noch vor Ort begraben.«

Eine dämlichere Art, im Wald ums Leben zu kommen, wollte Torak nicht einfallen. Schon entstand in seinem Geist ein Bild von Jasrir als verwöhntem Dummkopf aus reichem Hause. Er entschied sich, bedauernd zu nicken.

»Leider war Jasrir ein wichtiger Helfer auf unserer Reise. Wir sind nur zwei Frauen und wir brauchen jemanden, der sich um die Pferde kümmert, das Lager aufschlägt, wenn wir im Wald übernachten, das Feuerholz sammelt und uns auch sonst zur Hand geht«, sagte sie.

»Aber ihr habt doch einen Begleiter?«, entgegnete Torak.

»Schon. Calak wird von uns bezahlt, um Nelairi und mich auf dieser Reise zu beschützen. Doch er ist Railaner und daher nicht bereit, andere Aufgaben als unseren Schutz zu übernehmen.«

Ein Railaner. Torak hatte schon von ihnen gehört. Sehr gute Kämpfer, die auch für ihre absolute Verschwiegenheit bekannt waren. Und sie waren sehr, sehr teuer. Die beiden Frauen schienen über reichlich Geld zu verfügen.

»Und eben haben Nelairi und ich uns gefragt, wie wir wieder zu einem Gefährten für den Rest unserer Reise kommen könnten. Und dann sahen wir dich. Du bist jung, groß und stark und möchtest doch sicherlich mal etwas anderes erleben, als hier tagein, tagaus die Bierkrüge zu spülen. Wenn du uns in die Stadt begleiten würdest, spränge ein anständiger Lohn dabei heraus. Und du kannst dich in Sturmwald umsehen und findest bestimmt eine bessere Beschäftigung. Oder du schließt dich einer Gruppe von Händlern an und kehrst in deren Schutz wieder hierher zurück.«

Das Angebot erschien Torak reizvoll. Natürlich wusste er, dass eine Reise durch den Stillen Wald selbst in Begleitung eines Railaners ein erhebliches Risiko darstellte. Auch ein Aufenthalt in der Stadt war für ihn, der nur das Landleben kannte, ein Wagnis. Dennoch reizte es ihn, den Vorschlag anzunehmen. Zuallererst, und Torak war sich der Unvernunft seines Denkens durchaus bewusst, bestand die Aussicht, dieser so verlockenden Frau, Nelairi, nahe zu sein. Und auch sonst, es war fast, als hätte die Alte seine Gedanken gelesen. So lange hatte er nach einer Möglichkeit oder einem Vorwand gesucht, das Dorf zu verlassen. Und jetzt bekam er diesen praktisch auf dem Silbertablett serviert.

Doch seit ein paar Tagen gab es noch einen anderen Weg. Greifbarer. Sicherer. Er könnte beim Schmied in die Lehre gehen, würde Geselle werden und vielleicht später einmal die Schmiede übernehmen. Der Schmied war ein wichtiger Mann im Dorf, und Torak würde zwar kein Ruhm, aber doch eine gesicherte Zukunft erwarten. Und schon seine Stellung als Lehrling würde die Chancen bei den jungen Frauen deutlich verbessern.

Torak antwortete und war über die Vernunft seiner Entscheidung selbst überrascht: »Ich danke euch sehr für dieses Angebot und euer Vertrauen. Aber ich gehöre hierher und hier sehe ich meine Zukunft.«

»Nun«, sagte die Alte, »da kann man wohl nichts machen.« Sie wünschte ihm noch eine gute Nacht, und Torak war froh, dass sie auf weitere Versuche, ihn von einer Mitreise zu überzeugen, verzichtete.

Die Alte flüsterte Nelairi etwas ins Ohr, dann verließ sie die Schankstube in Richtung der Gästezimmer. Jetzt war Torak mit Nelairi allein. Diese hatte Notizen in ein kleines Buch geschrieben und wickelte Feder und Tinte wieder in ein Reisemäppchen. Dann schickte sie sich an aufzustehen und der anderen Frau zu folgen. Um nicht ans Ende der Sitzbank rutschen zu müssen, schwang sie ein Bein über die Bank und saß jetzt rittlings darauf. Torak blickte genauer hin. Ihr Rock hatte sich hochgeschoben und zeigte ihre schlanken Beine bis zum Knie. Die Beine waren leicht gespreizt. Vielleicht, wenn er sich etwas bücken würde, könnte er noch ein wenig mehr sehen. Doch bevor er seinem Gedanken unauffällige Taten folgen lassen konnte, sah er, dass die Frau ihn direkt anblickte. Torak begriff, dass sie wusste, was er dachte.

Nelairi hielt seinen Blick für einige Sekunden. Dann nahm sie das Talglicht vom Tisch und stellte es vor sich auf die Bank. Sie beugte sich etwas nach vorne, fasste den Saum ihres Rocks und raffte ihn bis an die Hüfte hoch. Darunter war sie nackt. Langsam spreizte sie ihre Beine, und Toraks Augen richteten sich wie von selbst auf ihre Scham. Keine Haare verbargen den Blick auf ihre Spalte, die sich jetzt verheißungsvoll für ihn öffnete. Ihm wurde heiß. Der Teil seines Blutes, der nicht im Unterleib gebraucht wurde, schoss in seinen Kopf. Mit einer Kraftanstrengung lenkte er seine Augen auf Nelairis Gesicht. Ein Lächeln umspielte ihre Lippen.

Unversehens ließ Nelairi den Rock wieder fallen, schwang das zweite Bein über Bank und Talglicht hinweg und verließ, ohne ihn weiter zu beachten, den Raum. Torak blieb völlig perplex zurück. Was hatte sich da eben ereignet? Und vor allem: War es real oder hatte ihm der Blauwurz einen Streich gespielt?

Torak schlich sich in den Schlafraum der Männer und ließ sich auf sein Bett fallen. Einschlafen konnte er allerdings noch lange nicht. Während Ronther auf seinem Lager laut schnarchte, kreisten in Toraks Kopf die Gedanken: Nelairi, der Blick unter ihren Rock, das Angebot, nach Sturmwald mitzureisen, der Schmied und dann wieder Nelairi. Gedanken, die ihn auch, als er endlich eingeschlafen war, in wirren Träumen weiter verfolgten.

# KAPITEL

# 2

Torak schreckte aus dem Schlaf hoch. Hatte der Tag schon begonnen? Die Syrth wollten zu Tagesanbruch abreisen, und ihm stand die Aufgabe bevor, ihre Pferde zu satteln. Aber nein, das war es nicht, was ihn aufgeschreckt hatte. Er setze sich auf und blickte um sich. Die anderen Männer schliefen tief und fest. Und dann sah Torak durch das kleine Fenster den ersten Schein orangeroter Sonnenstrahlen. Hatte er doch verschlafen? Schon wollte er Ronther wecken, um ihm bei den Pferden der Syrth zu helfen, da erkannte er seinen Denkfehler. Seit wann ging die Sonne im Westen auf?

Jetzt war er ganz wach. Er sprang aus dem Bett und öffnete den Fensterladen. Das Wirtshaus brannte! Die Flammen schlugen aus dem Fenster der Gaststube und leckten bereits die Wand zu ihrer Stube hinauf.

»Feuer!«, schrie Torak in Panik,»Feuer! Es brennt! Feuer!«

Der Ruf weckte die anderen Männer. Während diese noch versuchten, die Situation einzuschätzen, rannte er in den Flur. Aus Richtung der Gaststube sah er, wie die Flammen über die Wände liefen und fühlte bereits ihre Wärme. Über ihm zogen die ersten grauschwarzen Rauchschwaden in den Korridor. Er stürmte den Gang hinunter, vom Feuer weg. Hastig riss er die Tür zum Schlafraum der Mägde auf, doch seine Schreie hatten die Frauen schon geweckt. Dann lief er zur Stube seines Ziehvaters. Dieser schlief noch tief und fest. Torak rüttelte ihn. »Feuer!«, schrie er immer wieder.

Er hörte, wie die anderen draußen an der Tür vorbeiliefen. »Schnell, Torak, Löschkette!«, rief Albor noch halb im Schlaf. Torak rannte los, durchquerte den stetig dichter werdenden Qualm und erreichte hustend den Hof. Dort sah er, dass das Feuer von der Schankstube bereits auf Gästezimmer und Küche übergegriffen hatte. Die Flammen schlugen übermannshoch in den Himmel, und er erkannte, dass das Haus verloren war. Durch das Dröhnen des Brandes hörte er aus dem Dorf den hellen Klang der Sturmglocke.

Hilflos blickte er in die alles verzehrende Feuersbrunst. Von einem Moment zum anderen war er der Grundlage seines bisher so geregelten Lebens beraubt worden. Die Feuerwalze fraß sich durch das Haus, das eben noch sein Heim gewesen war. Sie zerstörte alles, was sich ihrem Wüten in den Weg stellte.

Erst die verzweifelten Schreie der Pferde brachten Torak zurück in die Realität. Er rannte zum Stall und zog das große Tor auf. Einige der Tiere hatten sich bereits aus ihren Boxen befreit und stürmten an ihm vorbei ins Freie. Andere rissen in Todesangst an den Stricken, die sie festhielten. Torak wollte sich neben einem Schimmel in die erste Box quetschen, als das panische Tier ihn an die Wand drückte. Die Luft wurde mit einem Schlag aus seinen Lungen gepresst, und er konnte nicht mehr atmen. Torak versuchte, das Pferd wegzuschieben, doch der Druck nahm weiter zu. Panik stieg in ihm auf. Verzweifelt schlug er auf das Tier ein, wollte dann nach Hilfe rufen, aber kein Ton kam aus seiner Kehle. Er presste mit aller Kraft gegen das Pferd, schob, griff tief in das Fell, während der Schimmel seinen Druck weiter verstärkte. Toraks Lungen schrien jetzt nach Luft, und er wusste, dass seine Zeit ablief. Schon nahm eine gefährliche Ruhe von ihm Besitz. Schmerzen und Panik verschwanden und eine süße Lethargie breitete sich in seinem Geist aus. Irgendwo in Toraks Verstand rief eine Stimme, dass er sich wehren und weiterkämpfen müsse. Doch die Stimme wurde immer leiser, und er ergab sich der tödlichen Ruhe.

Als Torak wieder zu sich kam, war alles bereits vorbei. Er schlug die Augen auf und versuchte, sich zu orientieren. Er befand sich noch immer im Stall, halb sitzend und mit dem Rücken an eine der Trennwände gelehnt. Die Pferde waren verschwunden. Beim Versuch aufzustehen, griff er in feuchten Boden. Alles war voll Blut. Er sah an sich herab, auch sein Hemd war blutig. Aber wo kam das Blut her? Ein Schmerz am Hinterkopf wies ihm die Richtung. Er tastete und fühlte eine große Schwellung, in den Haaren klebten Blut und Stroh. Der Gaul musste seinen bewusstlosen Körper freigegeben haben, danach war er mit dem Kopf auf dem steinernen Futtertrog aufgeschlagen. Später hatte wohl jemand die Pferde aus dem Stall befreit, ihn jedoch liegen lassen.

Torak rappelte sich hoch und stellte fest, dass er nicht ernstlich verletzt war. Zwar schmerzten die Rippen und die Beule am Kopf begann zu pochen, doch ansonsten ging es ihm gut. Er hatte noch mal Glück gehabt, das wusste er. Torak nahm sich vor, beim nächsten Mal, welcher Art auch immer dieses nächste Mal sein würde, erst nachzudenken und dann zu handeln.

Am Stalltor Halt suchend blickte Torak hinaus auf den Hof. Vor ihm, im ersten Schein der Morgensonne, lagen Chaos und Zerstörung. Das Wirtshaus und die Gästezimmer waren fast vollständig abgebrannt, nur ein Gerippe aus massiven Balken ragte noch in die Höhe. Schwarzer, fettiger Rauch stieg aus der Ruine auf, die Flammen aber schienen gelöscht. Überall liefen Menschen herum, schleppten die letzten Wassereimer, versuchten die Pferde wieder einzufangen oder begannen, die Trümmer nach Dingen zu durchsuchen, die die Katastrophe überstanden hatten. Nur die Nebengebäude waren wie durch ein Wunder verschont geblieben.

»Torak!« Juna kam im wehenden Nachthemd auf ihn zugelaufen und umarmte ihn überraschend heftig. »Ich habe gedacht, du bist tot! So wie du da lagst. Ich habe versucht, dich aus dem Stall zu ziehen, aber du warst zu schwer. Also habe ich erst mal die Pferde rausgelassen, damit sie kein weiteres Unheil anrichten können.«

Torak spürte, wie ihm die Tränen in die Augen stiegen. Ausgerechnet Juna, das Miststück. Sicher, sie war ein Miststück, aber sie war auch noch etwas anderes, das er in ihr bisher nicht gesehen hatte.

Schnell war der Moment vorbei. Juna schob ihn von sich weg und blickte in sein Gesicht. »Geh zum Brunnen und wasch dich. Du siehst aus wie der Tod!«, befahl sie.

Torak ging zwei Schritte auf den Brunnen zu. Doch dann, endlich wieder in der Realität angekommen, fragte er Juna: »Wie geht es den anderen? Was ist mit Albor, Ronther und …«, er stockte. Eigenmächtig hatte sich Nelairis Name in die Frage schleichen wollen. Er korrigierte sich: »Und was ist mit den Gästen?«

»Was das angeht«, resümierte Juna, »hatten wir Glück im Unglück. Niemand wurde ernsthaft verletzt. Alle haben es noch rechtzeitig aus dem Haus geschafft. Allerdings haben viele ihr Hab und Gut verloren.« Junas Blick war nun schmerzerfüllt, und Torak spürte, dass sie sich in diese Feststellung mit einbezog. Einen Moment dachte er, sie würde anfangen zu weinen. Doch sie atmete nur tief durch und sprach weiter: »Die Syrth waren anscheinend schon vor dem Brand aufgebrochen. Auf jeden Fall haben wir keine Spur mehr von ihnen gesehen. Auch ihre Pferde waren weg, als ich in den Stall gekommen bin.«

»Stimmt«, meinte Torak. Als er in den Stall gerannt war, um die Tiere zu befreien, hatte er zwar nicht mehr an die Syrth gedacht, ihre Pferde hatte er aber auch nicht gesehen. Der stille Aufbruch kurz vor dem Ausbruch des Feuers gab ihm zu denken.

Juna unterbrach seine Überlegungen: »Vater meint, dass er das Haus wieder aufbauen will. Er sagt, er hätte ein wenig Gold zur Seite legen können. Und wenn er sich noch etwas borgt, dann sollte es für einen Neuanfang reichen.« Torak spürte sowohl ihre Hoffnung wie auch ihren Zweifel. Eine harte, entbehrungsreiche Zeit läge vor ihnen. Das Haus musste schnell gebaut werden, denn das geliehene Geld wollte zurückgezahlt werden, bevor Albor die Zinsen über den Kopf wuchsen. Torak hatte so etwas schon erlebt. Dörfler, die ihre Schulden nicht mehr bezahlen konnten, waren erst am Pranger und dann im Schuldturm gelandet. Letztlich hatten sie ihren gesamten Besitz verloren.

Doch es konnte auch gelingen. Albor hatte schon einmal mit nichts angefangen. Warum sollte er es kein zweites Mal schaffen? Aber dieser Weg war nicht mehr Toraks Weg. Als er in dieser Nacht in die Flammen geblickt hatte, und inzwischen kam es ihm so vor, als sei dies schon Tage oder gar Wochen her, da hatte er erkannt, dass seine Zeit in dem Dorf an der Großen Wegkreuzung vorbei war. Hier gab es für ihn keine Zukunft. Jetzt würde er dem folgen, was sein Herz seit Jahren von ihm verlangte. Er würde der Siedlung den Rücken kehren, nichts hielt ihn mehr.

Torak ging zum Brunnen. Nelairis grauhaarige Gefährtin zog gerade mit sichtbarer Anstrengung einen Eimer Wasser aus der Tiefe nach oben. Neben ihr stand das vor dem Feuer gerettete Gepäck.

»Das Angebot steht noch!«, sagte sie.

# KAPITEL

# 3

Mit schnellen Schritten eilte Cel durch die nächtlichen Straßen von Myr. Der abgetragene, von ihrer Dienerin geborgte Umhang verbarg ihren Körper und den Zopf mit dem eingeflochtenen bunten Seidentuch vor neugierigen Blicken. Eine Gruppe Betrunkener kam ihr entgegen, und sie zog die Kapuze tiefer über ihr Gesicht. Doch die Männer sahen sie nicht an. Wie Cel blickten auch sie nach unten und kniffen die Augen zusammen, um sie vor dem vom heißen Wüstenwind durch die Gassen getriebenen Sand zu schützen.

Cel atmete auf, als sie an den Männern vorbei war. Wenn jemand sie erkannte und zwei und zwei zusammenzählte, wäre nicht nur sie, sondern auch Nih in ernster Gefahr. So viele junge Frauen mit der verräterischen hellroten Haut der Westlinge gab es in Myr nicht. Schnell hätte man sie als die Tochter des Konsuls enttarnt, die allein und mitten in der Nacht wohl keiner lauteren Tätigkeit nachging.

Sie bog um zwei Ecken, dann hatte sie Nihs Haus erreicht. Vor dem großen Tor sammelte sie einen Moment ihren Mut, dann klopfte sie leise. Sofort wurde drinnen ein Riegel zurückgeschoben, und einer der Torflügel öffnete sich einen Spalt weit. In der Dunkelheit dahinter sah sie erst nur die Silhouette eines Mannes und kurz darauf das Lächeln weißer Zähne. Es war Nih. Und alles war gut.

Schnell schlüpfte sie durch die Öffnung in seine offenen Arme. Er zog sie an sich, küsste sie leidenschaftlich, ließ dann jedoch wieder von ihr ab, um das Tor zu verriegeln.

»Ich dachte schon, du kommst nicht mehr«, flüsterte er.

»Ich konnte nicht früher weg. Meine Eltern hatten Besuch, und ich musste die wohlerzogene Tochter spielen.« Cel wischte sich die Kapuze vom Kopf und blickte sich um. Der Innenhof und das dahinter liegende Haus lagen im Dunkeln, nur aus einem Zimmer drang gedämpfter Lichtschein. Das Schlafzimmer, dachte Cel. Bis auf den leise plätschernden Springbrunnen, den sie schon so oft im Tageslicht bewundert hatte, schien alles ruhig.

Nih drängte sich an Cel, um sie erneut zu küssen, doch sie hielt ihn zurück. »Ist …«, sie stockte. Sie wollte den Namen der Frau, die ihr Nih weggenommen hatte, nicht aussprechen. »Ist *sie* weg?«, fragte Cel schließlich.

»Ja«, antwortete er. »Shalia ist bei ihren Eltern. Ihre kleine Schwester heiratet. Uns bleiben zwei Nächte, wenn du möchtest. Dann muss ich ihr folgen.«

»Und die Diener?«, fragte Cel.

»Sie sind alle fort. Die meisten hat Shalia mitgenommen. Und den anderen habe ich freigegeben. Wir sind allein.«

Cel wusste, dass es mehr Gewissheit für sie nicht geben würde. Wochenlang hatte sie ihrem Zusammentreffen entgegengefiebert. Jetzt war es endlich so weit, doch sie hatte Zweifel. Die Strafen für Ehebruch waren drakonisch und würden nicht nur sie, sondern auch Nih mit gleicher Härte treffen. Nur dieses eine Mal, sagte sie sich. Nur noch eine letzte Nacht mit dem Mann, den sie so sehr liebte. Ein kurzes Zögern, dann löste sie das Band, dass ihren Umhang an

langsam und zärtlich, ein zweites Mal geliebt. Bald darauf war Nih eingeschlafen. Auch Cel wurde jetzt müde, doch sie durfte nicht schlafen. Die Nacht war schon fast vorüber, und sie musste vor Tagesbeginn wieder zu Hause sein, wenn ihre Abwesenheit nicht entdeckt werden sollte.

Ein Blick zu der Tür, die das Schlafgemach mit dem Innenhof des Herrschaftshauses verband, bestätigte ihr, dass die Dämmerung noch nicht begonnen hatte. Der hauchdünne Vorhang spielte im lauwarmen Wind und zeigte ihr ab und zu ein wenig von der nachtschwarzen Welt draußen im Hof. Cel zuckte zusammen. Für einen Moment meinte sie, dort eine Bewegung gesehen zu haben. Sie stieg aus dem Bett und schlich zur Tür. Ihren nackten Körper bedeckte sie mit dem Vorhang, dann sah sie an dem Stoff vorbei in den Innenhof.

Direkt vor ihr stand ein großer hagerer Mann, auf dessen Gesicht ein gehässiges Grinsen aufblitzte. Nach hinten gewandt flüsterte er: »Schnell jetzt!«, und trat zur Seite. Dunkel gekleidete Männer strömten an ihm vorbei in den Raum. Gleich der erste ergriff ihre Arme und hielt sie fest, während ihr ein zweiter Mann einen Sack über den Kopf stülpte. Cel reagierte, als es schon zu spät war. Verzweifelt versuchte sie, sich zu befreien, doch jemand zog eine Schlinge um ihren Hals zusammen und schnürte ihr fast den Atem ab. Sie schlug um sich, traf aber nur leere Luft, dann erhielt sie einen Stoß, stolperte rückwärts und stürzte nach hinten. Einer der Angreifer warf sich auf sie und presste sie auf den Boden, ein anderer packte ihre Hände und hielt sie über ihrem Kopf fest. Cel hörte Nih aufstöhnen, danach war plötzlich alles ruhig.

»Gute Arbeit«, hörte sie die Stimme des hageren Mannes. »Fesselt sie!«

Der auf ihr liegende Mann begann sich zu regen. Seine groben Hände betatschten ihren Körper, dann versuchte er, mit dem Knie ihre Beine zu spreizen. Cel schrie und presste die Oberschenkel zusammen, worauf mehrere der Angreifer anfingen zu lachen. Ihr Peiniger rollte sich von ihr herunter, Hände ergriffen sie und drehten sie auf den Bauch. Ihre Arme wurden nach hinten gezogen und mit einem groben Strick gefesselt.

Drei Tage und drei Nächte hatte Cel zusammen mit Diebinnen und Huren in dem Gefängnis von Myr verbracht. Immer wieder wurden neue Frauen in die große Zelle gestoßen oder andere, zum Teil mit Gewalt, wieder herausgeholt. Niemand sprach mit ihr. Weder die Frauen, die Cel nicht als ihresgleichen erkannten, noch die Wachen. Am Anfang hatte Cel an der Tür gerüttelt und gefordert, dass man ihren Vater unverzüglich holen solle. Später hatte sie geschrien, geweint und gebettelt. Inzwischen hatte sie gelernt, die hemmungslos von ihren Peitschen Gebrauch machenden Wachen zu fürchten. Als sich am Morgen des vierten Tages die Zellentür öffnete, wollte sie sich schon in eine Ecke ihres Gefängnisses zurückziehen, doch statt eines Aufsehers betrat ihr Vater den Raum. Cel sprang auf und umarmte ihn, aber ein kurzer Blick in sein Gesicht machte ihre Hoffnungen zunichte. Es war, als wäre ihr Vater in den wenigen Tagen um viele Jahre gealtert. Seine Haut war grau und faltig geworden, und nur mit Mühe schien ihm ein Lächeln zu gelingen.

Er schob sie in eine Ecke der Zelle, holte Luft, um etwas zu sagen, schwieg dann aber. Cels Augen füllten sich mit Tränen. Noch nie hatte sie ihren Vater so um Worte ringen sehen. Sie wusste, was er ihr nicht sagen konnte, in welches Unglück sie Nih und ihre Familie gestürzt hatte.

Cel ergriff seine Hände und sah ihm ins Gesicht. »Ich weiß es schon.« Sie log. Und doch sprach sie die Wahrheit. Wäre es um Stockschläge oder Peitschenhiebe gegangen, hätte ihr Vater diese Bestrafung als kleines, schnell vorübergehendes Übel verharmlost. Aber da dem sonst redegewandten Mann gänzlich die Worte fehlten, war Cels Tod unter dem Beil des Henkers schon beschlossene Sache.

Ihr Vater blickte sie verzweifelt an. Dann brach es aus ihm heraus: »Wir haben alles versucht. Bitten, Drohungen, Bestechung. Nichts hat geholfen. Sie haben euch bereits seit Wochen beobachtet. Und dabei geht es ihnen gar nicht um dich und Nih. Ich bin es, dem sie schaden wollen. Indem sie mir meine Tochter nehmen.«

In der Zelle herrschte Totenstille. Die Frauen belauerten teils verstohlen, teils offen Cel und ihren Vater. Die beiden boten eine willkommene Ablenkung von dem eigenen Schicksal oder der Eintönigkeit des Tages.

»Was wird aus Nih?« Gerade als Cel die einzige Frage stellte, die ihr noch wichtig war, öffnete sich die Zellentür.

»Die Zeit ist um!«, rief der Wächter.

Cels Vater ließ ihre Hände los und stand auf. »Wir können nichts für ihn tun«, sagte er, ohne Cel anzublicken. In der Tür wandte er sich noch einmal um. »Die Priester von Khaesis sagen, dass ein Opfer und eine größere Geldspende den Gott vielleicht milde stimmen könnten. Gib die Hoffnung nicht auf!«

Noch lange blickte Cel auf die vor ihren Augen verschwimmende Tür. Ein Opfer für den Totengott schien ihr wenig erfolgversprechend.

Schlaf war für die Frauen ein ebenso knappes wie kostbares Gut. Die Angst vor dem, was sie in den nächsten Tagen erwarten würde, hielt viele von ihnen wach. Andere sorgten sich mehr um ihre körperliche Unversehrtheit, denn wer schlief, konnte zum leichten Opfer der Mitgefangenen oder gar der Wärter werden. Was Cel jedoch am Schlafen hinderte, war die Schuld. Die Schuld, die sie auf sich geladen hatte, als sie in dieser einen Nacht zu Nih gegangen war. Sie war sich der Gefahr bewusst gewesen, und dennoch war sie gegangen. Aus reinem Eigennutz hatte sie ihrer beider Leben aufs Spiel gesetzt. Und sie hatte verloren. Dabei erschien ihr der eigene Tod wie eine gerechte Strafe für das, was sie Nih angetan hatte. Doch während sich ihr Denken auf der verzweifelten Suche nach einem Ausweg immer schneller im Kreis drehte, schlich sich ein schwarzer Nebel der Müdigkeit in ihren Geist, verklebte ihre Gedanken und ließ sie in einen tiefen Schlaf fallen.

Cel war wieder bei Nih. Sie lag neben ihm und betrachtete seinen nackten, schlafenden Körper. Trotz der Wärme der Nacht fröstelte sie. Anfangs meinte sie, ein frischer Seewind habe den steten Zustrom glutheißer Wüstenluft abgelöst und so der Stadt die ersehnte Abkühlung geschenkt. Doch sie spürte immer noch die Hitze der stehenden Luft, sah die Schweißtropfen auf Nihs und ihrer Haut. Irritiert setzte sie sich auf und sah sich im Raum um. Als sie den träge herabhängenden Vorhang vor dem Durchgang zum Hof erblickte, durchflutete sie ein Gefühl drohender Gefahr. Etwas schien hinter dem dünnen Stoff zu lauern, es wartete auf sie, bereit zum Sprung.

Dann kehrte die Erinnerung an den Mann zurück. An seinen großen, mageren Körper und den triumphierenden Blick, als sie die Stoffbahn zur Seite geschoben hatte. Doch diesmal war Cel im Vorteil. Sie wusste, was sie dort draußen erwartete. Diesmal würde sie sich nicht von ihm überrumpeln lassen. Diesmal würde sie Nih beschützen. Sie stand auf und schlich zum Vorhang. Ein fast mannshohes Schwert lehnte daneben an der Wand. Mit der einen Hand ergriff sie das Heft der schweren Klinge, mit der anderen riss sie den Stoff zur Seite.

Dahinter war nichts. Kein Mann, kein Innenhof, kein Himmel und auch keine Nacht. Verwundert ließ Cel das Schwert fallen, dann trat sie nach draußen. Obwohl es nicht wirklich dunkel zu sein schien, konnte sie nichts sehen. Absolute Stille umfing sie und die einzige Wahrnehmung, die ihr noch blieb, war das Gefühl, durch knöchelhohes lauwarmes Wasser zu laufen. Cel ging einige Schritte, dann sah sie zurück zum Haus. Es war verschwunden.

Cel verspürte den unbestimmten Wunsch, zu schreien und in panischer Angst zu fliehen, doch ihr Verstand war dazu nicht in der Lage. Auch in ihre Gedanken hatte das Nichts Einzug gehalten, und so blieb sie schließlich stehen und wartete ab. Doch irgendwann ertappte sie sich dabei, dass sie wieder das Nichts durchwanderte, ohne dass sie sich zum Weitergehen entschieden hatte. Nachdem sie ein gutes Stück Weg zurückgelegt hatte, meinte sie, leichte Änderungen in ihrer Umgebung wahrzunehmen. Um sie herum schien es dunkler zu werden, und sie glaubte in der Ferne die Silhouetten von Menschen zu erkennen, die wie sie durch das Nichts irrten. Das unsichtbare Wasser, durch das sie watete, wurde allmählich tiefer und nahm eine zähe, fast schleimige Konsistenz an. Anfangs schob Cel diese Wahrnehmungen ihrer Fantasie zu, die bar aller Reize Dinge erschuf, die in Wirklichkeit nicht existierten. Doch dann kamen Berührungen hinzu. Erst waren sie hauchzart wie das Vorbeigleiten von Fledermausflügeln, aber bald schienen klebrige Hände an unendlich langen Armen aus dem Wasser nach ihr zu greifen.

»Was ist dein Begehr?«

Die Stimme ertönte direkt in ihrem Kopf. Auch ihr schien das Nichts anzuhaften, denn weder Emotionen noch Menschlichkeit schwangen in ihr mit. Cel konnte nicht einmal sagen, ob eine Frau oder ein Mann gesprochen hatte.

Als sie schwieg, begann die Stimme erneut: »Ein Aufschub, vielleicht?«

»Nein!«, rief Cel in das Nichts. »Ich möchte, dass Nih lebt!«

Cel erhielt keine Antwort. Nachdem sie eine Weile gewartet hatte, beschloss sie, ihre Wanderung durch das schleimige Nichts fortzusetzen. Zeit verging, dann ertönte wieder die Stimme: »Das geht nicht. Sein Schicksal war vorherbestimmt. Er ist ein Spielstein in einem großen Spiel. Dein Schicksal dagegen …« Die Stimme schwieg erneut.

Cel wusste, dass sie jetzt, von Wut und Verzweiflung übermannt, um Nihs Leben hätte betteln müssen, doch diese Gefühle hatte ihr das Nichts genommen. So blieb ihr nur zu sagen: »Dann gehen wir zusammen.«

Langsam, ganz langsam schien sie tiefer in dem dickflüssigen Schleim zu versinken. Auch wenn sie nichts sah, fühlte sie doch, dass dieser ihren Körper umschloss und wie mit Händen gierig über ihre Haut fuhr. Nicht mehr lange, dann wäre es vorbei. Cel wehrte sich nicht.

»Ich habe in deine Zukunft geblickt«, sagte die Stimme.

»Nein!«, schleuderte ihr Cel hastig entgegen. Sie wollte nichts von einer Zukunft ohne Nih hören.

»Du hast noch eine Aufgabe zu erfüllen«, entgegnete die Stimme. Und dieses eine Mal glaubte Cel, eine Emotion in ihr zu erkennen. Die Stimme klang verärgert.

Mit unerträglicher Langsamkeit versank Cel in dem unsichtbaren Schleim. Erst reichte er ihr nur bis zum Bauchnabel, dann bis zu den Brüsten und schließlich bis zum Hals. Als er Cels Lippen bedeckte, besiegte der Überlebensinstinkt ihren Willen. Sie versuchte, sich vom Grund abzustoßen, aber ihre Füße trafen nur auf zähe Fäden, die ihre Knöchel umklammerten und sie mit einem Ruck unter die Oberfläche zogen. Sie kämpfte, ruderte mit den Armen und wollte sich mit Schwimmbewegungen nach oben arbeiten, doch der Schleim war stärker und hielt sie wie mit tausend Händen fest. Cels Lungen begannen zu brennen und der Drang zu atmen wurde übermächtig, als etwas ihren Kopf zurückbog, um anschließend mit unmenschlicher Kraft ihren Mund aufzuzwingen. Sie biss die Zähne zusammen, doch dann hörte sie ein reißendes Geräusch, ihr Mund klappte haltlos auf und ein zäher Klumpen wurde hineingeschoben. Das Letzte, was Cel wahrnahm, war, wie sich der Klumpen verflüssigte und in ihren Rachen floss, wo sie ihn wie einen Kloß aus Rotz hinunterschluckte.

Hustend und würgend erwachte Cel unter den Blicken ihrer Mitgefangenen. Das Licht des jungen Tages flutete in die Zelle und kündigte an, dass der Tag ihrer Hinrichtung begonnen hatte. Doch das Nichts, das von nun an Cels ständiger Begleiter sein würde, benötigte noch einen Moment, um ihren Geist wieder freizugeben. So saß sie einige Minuten bar jeder Empfindung auf dem Boden der Zelle, bis schließlich die Todesangst in ihre Gedanken sickerte.

# KAPITEL

# 4

Torak saß auf dem Pferd, das nur einen Tag zuvor das Leben des armen Jasrir so abrupt beendet hatte. Er hatte allen Lebewohl gesagt und dabei überrascht festgestellt, dass keiner versuchte, ihn aufzuhalten. Im Gegenteil, anscheinend hatten alle schon insgeheim damit gerechnet, dass er eher früher als später die kleine Gemeinschaft verlassen würde. Insbesondere sein Ziehvater Albor schien regelrecht erfreut über seine Abreise zu sein. Er wirkte, als würde zumindest diese Last von seinen Schultern genommen, verabschiedete Torak aber sehr herzlich.

Auch wenn ihm von seinem bescheidenen Besitz nur das geblieben war, was er am Leib trug, so trat er die Reise doch nicht mittellos an. Seinen kleinen Lederbeutel mit den Ersparnissen hatte er aus einem Versteck im Stall geholt. Hier hatte er auch von Ronther Abschied genommen, dem Einzigen, der seine Abreise aufrichtig bedauerte.

Allen Abschieden gemein war allerdings gewesen, dass jeder von einem Fortgang für immer auszugehen schien. Torak sah sich mit einer Endgültigkeit konfrontiert, die er selbst so gar nicht geplant hatte.

Der Söldner gab das Zeichen zum Aufbruch, und die kleine Gruppe ritt auf den Weg nach Osten. Torak vermied es, einen letzten Blick auf die Ruine zu werfen; so wollte er den Ort seiner Kindheit und Jugend nicht in Erinnerung behalten.

Die Stute erwies sich als ein gutmütiges Tier, das vom Reiter kaum Aufmerksamkeit forderte. Er ließ sich an das Ende der kleinen Gruppe zurückfallen, um ein wenig mit seinen Gedanken allein zu sein.

Schließlich beendeten die feuchte Wärme des Waldes und die allgegenwärtigen Fliegen seine Tagträume. Das Hemd klebte am Körper, und die Hufe der Pferde schmatzten im aufgeweichten Boden. Torak beobachtete die Reiter vor ihm. Nelairi und Klatrid ritten nebeneinander und unterhielten sich leise. Beide saßen aufrecht auf ihren Pferden und schienen erfahrene Reiterinnen zu sein. Torak erlaubte sich einen genaueren Blick auf Nelairis Körper. Auch von hinten und bei Tageslicht sah sie atemberaubend aus. Ihre roten Haare hatte sie zu einem hüftlangen Zopf zusammengefasst, der im Takt der Pferdeschritte über ihren Rücken wippte. Auch ihr war heiß; er sah ihr durchgeschwitztes Hemd und die Schweißtröpfchen, die auf ihren Armen glänzten. Unter dem dünnen Stoff konnte er ein Brustband erkennen. Sicherlich eine gute Wahl für einen langen Ritt, allerdings behinderte es Toraks Gedanken an Nelairis im Rhythmus der Pferdeschritte wippenden Brüste.

Nachdem er sich an ihrer Rückseite sattgesehen hatte, trieb er seine Stute an, die gehorsam zu Nelairis und Klatrids Pferden aufschloss. Die Unterhaltung zwischen den beiden verstummte, und eine peinliche Stille trat ein. Dann wandte sich Klatrid an ihn: »Na Torak, wie geht es dir? Das muss doch für dich ein ungewohnt langer Ritt sein. Kannst du noch reiten?«

Die Frage war berechtigt, denn er hatte bereits gemerkt, dass sein Hintern und seine Knie langsam wund wurden. »Ja, kein Problem«, log er, denn er wollte nicht als neues Mitglied gleich am ersten Tag zur Belastung werden.

»Sehr gut«, entgegnete Klatrid. »Dann sei doch bitte so nett und frage Calak, ob wir heute noch die Kaltwasser überqueren.«

Auch wenn sich Torak bisher nie so weit von dem Gasthaus entfernt hatte, kannte er doch die Reisewege von Karten sowie aus den Berichten der Gäste ihrer Herberge. Daher wusste er, dass die Furt über den Fluss bei ihrem Reisetempo noch einen guten Tag entfernt sein musste. Aber er verkniff sich die Antwort, denn ihn beschlich das Gefühl, dass es Klatrid weniger um die Information ging, als darum, Torak auf freundliche Art wieder loszuwerden.

Er schloss zu Calak auf, der ihnen ein gutes Stück vorausgeritten war. Aber auch dieser gab sich äußerst wortkarg. Er bestätigte zwar, dass es noch einen Tag bis zur Kaltwasser dauern würde, beantwortete allerdings Toraks Bemühungen, das Gespräch in Gang zu halten, nur einsilbig. Letztlich ließ Torak sich wieder an das Ende der Gruppe zurückfallen. Seine Rolle in der Gemeinschaft schien etwa der des brav hinter Klatrid hertrabenden Packpferdes gleichzukommen.

Die Sonne stand schon tief, als Calak sie endlich vom Weg fort auf eine Waldlichtung führte. Torak stellte anerkennend fest, dass der Platz gut gewählt war. Sie befanden sich jetzt weit genug vom Weg entfernt, um von anderen Reisenden nicht gesehen zu werden. Und die Waldwiese selbst war mit Gras und übermannshohen Farnen bewachsen, die ihnen bei Regen einen gewissen Schutz bieten konnten. Vom Rand der Lichtung her hörte er Wasser plätschern. Anscheinend gab es hier einen kleinen Bach, der später in seinem Lauf in die Kaltwasser mündete.

Torak saß ab und war froh, dass der Ritt schließlich ein Ende genommen hatte. Viel länger hätte er es auf dem Gaul nicht mehr ausgehalten. Dann machte er sich nützlich. Er sattelte die anderen Pferde ab und führte die Tiere zum Tränken ans Wasser. Tatsächlich fand er einen kleinen Bach, der weiter flussaufwärts über ein paar Steine plätscherte und dann träge an ihrem Lagerplatz vorbeifloss. Torak beschloss, hier später am Abend ein erfrischendes Bad zu nehmen.

Wieder zurück auf der Lichtung sah er, dass auch die anderen nicht untätig gewesen waren. Der Söldner hatte Holz gesammelt und war dabei, ein kleines Feuer in einem von Gras überwachsenen Steinring zu entfachen. Demnach nahm Calak es mit der Gepflogenheit, dass Railaner sich nicht an den niederen Arbeiten beteiligen, wohl nicht so genau. Auch die beiden Frauen schienen prächtig ohne ihn klarzukommen. Klatrid schnitt Gemüse in den Kochtopf, und Nelairi breitete Decken für das Nachtlager aus.

Klatrids Eintopf schmeckte Torak hervorragend. Er enthielt neben Trockenfleisch und Kartoffeln verschiedene Kräuter sowie ihm unbekannte Gewürze. Dazu gab es frisches Brot, das Nelairi am Morgen bei einem Bauernhof am Rand seines Dorfs gekauft hatte. Er aß reichlich und war froh, dass er in das unverbindliche Gespräch miteinbezogen wurde. Danach erklärten die Frauen, dass sie im Bach ein Bad nehmen würden. Er blickte ihnen hinterher, doch noch bevor er auf irgendwelche Gedanken kommen konnte, legte sich die Hand des Söldners schwer auf seine Schulter. Torak verstand und entschied sich, nach den Pferden zu sehen. Inzwischen war er überzeugt, dass er die Erfahrung abends in der Gaststätte ausschließlich dem Blauwurz verdankte.

Bald kamen Klatrid und Nelairi zurück. Sie unterhielten sich angeregt und lachten, ihre klatschnassen Körper, so gut es ging, in ihre Kleider gehüllt. Er glaubte, Nelairis harte Brustwarzen unter der auf der Haut klebenden Bluse sehen zu können, dann waren die beiden Frauen schon an ihm vorbei.

Schließlich ging Torak zum Wasser. Erst spülte er den Essenskessel aus, dann zog er sich aus und sprang in den Bach. Er schwamm ein paar Züge und genoss es, vom kühlen Nass umspült zu werden. Doch das Hochgefühl eines erfrischenden Bades nach einem langen, harten Tag blieb aus. Torak fühlte sich einsam wie noch nie zuvor in seinem Leben.

Die nächsten Tage verliefen eintönig. Wer morgens Wache hatte, weckte die anderen Mitglieder der Gruppe, sobald das erste Rot am Himmel zu sehen war. Es gab ein schnelles Frühstück, anfangs noch aus Brot, und als dies in der feuchten Witterung zu schimmeln begann, aus Hafergrütze. Dann wurden die Pferde gesattelt und beladen, und es folgte ein nicht enden wollender Ritt durch die schwüle Hitze des Waldes.

Die Überquerung der Kaltwasser verlief problemlos. Der Fluss führte zwar fast Hochwasser, doch die Furt war breit und flach. Sie saßen ab, führten die Pferde am Zügel durch das schnell fließende Wasser und wurden nicht einmal bis zur Hüfte nass.

Gelegentlich trafen sie auf Gruppen aus Sturmwald kommender Reiter. In diesen Fällen näherten sie sich den Reisenden nur vorsichtig, denn es war ungewiss, ob sie Räubern oder ehrlichen Menschen begegnen würden. Und selbst bei den vermeintlich Ehrlichen war es fraglich, ob diese nicht für eine leichte Beute von ihren Grundsätzen abzuweichen bereit waren. Aber, ob es reines Glück oder Calaks Präsenz war, die Zusammentreffen verliefen allesamt friedlich. Man tauschte sich über die jeweils vor ihnen liegenden Wegstücke aus und setzte dann seine Reise fort.

Am dritten Tag begegneten sie einigen Syrth. Torak, der wie immer das Schlusslicht der kleinen Gemeinschaft bildete, erkannte sie schon früh an ihren breitkrempigen Schlapphüten, die wohl ihre empfindliche Haut vor der Sonne schützen sollten. Er sah, wie sich einer von ihnen kurz mit Calak unterhielt, anschließend ritten die beiden Gruppen aneinander vorbei. Die Frauen vor ihm versuchten, so viel Abstand zu den Syrth zu halten, dass die Zweige der Bäume schon ihre Pferde streiften. Im Gegenzug schienen die Syrth die Begegnung in die Länge ziehen zu wollen. Sie hatten ihre Reittiere in der Mitte des Weges angehalten, sodass Toraks Gruppe nur langsam an ihnen vorbeikam.

Als Torak sie passierte, richteten sich vier graue Augenpaare auf ihn, und er hatte das Gefühl, dass die Syrth ihn mit deutlich mehr Interesse musterten, als es bisher in der Gastwirtschaft der Fall gewesen war. Krampfhaft versuchte er, an nichts Besonderes zu denken, doch wie auf ein Kommando arbeitete sich sein Verstand durch die Erlebnisse der letzten Tage. Als die Syrth schließlich auf dem Weg hinter ihnen verschwanden, ärgerte sich Torak über seine Schwäche. Er hatte zwar nichts zu verbergen, aber seine Gedanken den Syrth auf einem Silbertablett zu servieren, durfte nicht erneut vorkommen. Für die nächste Begegnung würde er sich eine Strategie überlegen. Er hatte ausreichend Zeit zum Nachdenken.

Um sie herum veränderte sich der Wald mit unmerklicher Langsamkeit. Der Boden wurde zu Morast und grüne Tümpel lagen erst vereinzelt, dann immer öfter am Wegesrand. Bald wurden die Tümpel größer und verbanden sich zu nassen Sümpfen. Am vierten Tag fing der anfangs noch gerade Weg an, sich zwischen den Moorgebieten hindurchzuwinden. Sie hatten den Sommerbruch erreicht. Torak wusste, dass sie dem Ziel ihrer Reise nah waren. Morgen würden sie Sturmwald erreichen.

An diesem Tag errichteten sie ihr Nachtlager deutlich früher als gewohnt. Da ihm keiner die Hintergründe erklärte, nahm er an, dass es an Nelairi lag. Mit fortschreitender Reise sah sie immer erschöpfter aus. Vielleich aß sie nicht genug; Torak hatte sie bisher noch gar nichts essen sehen. Aber wahrscheinlich stillte sie ihren Hunger abseits von den anderen, vielleicht schickte sich das gemeinsame Essen nicht für Frauen von ihrem Stand.

Klatrid entschied, dass es heute frisches Fleisch geben sollte. Vielleicht ließen sich ja ein Kaninchen oder ein paar Eichhörnchen fangen. Torak bekam den Auftrag, für das Kochfeuer zu sorgen, während Klatrid und Calak die Umgebung erkundeten.

Er sammelte Holz, hockte sich vor den Stapel und versuchte, mit der von Calak geliehenen Zunderbüchse ein

Feuer zu entfachen, aber die vom Feuerstein in den Zunder geschlagenen Funken verloschen gleich wieder. Bestenfalls kringelte sich eine winzige Rauchsäule in die Höhe.

»Torak?«

Er war so in seine Arbeit vertieft gewesen, dass er nicht bemerkt hatte, dass Nelairi vor ihm stand. Überrascht blickte er auf und sah die Silhouette ihres Körpers gegen die untergehende Sonne. Jetzt, da sie seine ungeteilte Aufmerksamkeit hatte, sprach sie ihn erneut an.

»Torak, hast du eigentlich schon einmal bei einer Frau gelegen?«, fragte sie. Dabei war ihr Ton so selbstverständlich, als ob sie ihn nach dem Weg fragte.

»Äh«, entgegnete Torak entgeistert. »Nein ..., das heißt doch ..., aber nicht richtig«, antwortete er verzweifelt und dachte an seine flüchtige Erfahrung mit einer Dorfschönheit bei der letzten Sonnenwendfeier.

»Nun, dann wäre jetzt ein guter Zeitpunkt, das zu ändern«, sagte Nelairi immer noch im Plauderton. Er blickte zu ihr auf und war sich bewusst, dass er in seiner aufkeimenden Panik sicherlich keinen besonders abgeklärten Eindruck machte.

Sie wartete einen Moment, während in Toraks Kopf die Gedanken rasten. Was für ein Spiel wurde hier mit ihm gespielt? Meinte sie das ernst oder würde sie sich gleich lachend abwenden und den anderen erzählen, welchen Spaß sie sich mit ihm erlaubt hatte?

»Du willst doch, oder?«, setzte Nelairi nach. Aber statt eine Antwort abzuwarten, nahm sie ihren Hüftgürtel ab und ließ ihn neben sich ins Gras fallen. Dann begann sie, die Knöpfe ihrer Bluse zu öffnen. Einen nach dem anderen in quälender Langsamkeit. Als alle Knöpfe geöffnet waren, zog sie die Bluse aus und stand mit bloßem Oberkörper vor ihm.

Torak hatte zwischenzeitlich erkannt, dass es sich nicht um einen Scherz handelte. Jetzt schien das zu geschehen, was er sich schon seit Tagen ausgemalt hatte. Vielleicht war die Art und Weise weniger romantisch als in seiner Vorstellung. Und auch seine Rolle war bisher nicht besonders rühmlich gewesen, aber was sollte es? Das war es doch, was er wollte!

Unterdessen hatte Nelairi den Rock ausgezogen und war jetzt nackt. Torak sah ihre helle Haut, die schlanken Hüften und vor allem ihre verlockenden Brüste, die für eine Frau von ihrer schmalen Statur fast ein wenig groß ausfielen. Dann drehte sie sich um und gewährte ihm einen Blick auf ihre Rückseite. Seine Augen glitten über die runden Pobacken und schließlich auf den Streifen des letzten Sonnenlichts, das zwischen ihren Oberschenkeln hindurchfiel. Torak wurde es in seiner Hose ziemlich eng.

Nelairi kniete sich vor ihm ins Gras und ergriff seine Hände. Der Feuerstein, den er krampfhaft festgehalten hatte, fiel zu Boden. Sie hob die Hände an und drückte sie auf ihre Brüste. Torak spürte sie, gleichermaßen weich und fest, warm und mit harten Nippeln. Vorsichtig knetete er sie. Währenddessen fühlte er, wie Nelairi das Schnürband seiner Hose öffnete und seinen steifen Schwanz herausholte. Sie streichelte ihn mit kaum zu ertragender Sanftheit.

Torak überkam eine Begierde jenseits von allem, was er bisher für möglich gehalten hatte. Er musste jetzt sofort mit ihr schlafen, in sie eindringen, in ihr kommen. Sein Verstand ließ keinen vernünftigen Gedanken mehr zu, die

Welt um ihn herum verschwand. Da waren nur noch sein pochendes Glied und Nelairis verheißungsvoller Körper.

Sie ließ sich auf das Gras zurücksinken und spreizte die Beine. »Komm zu mir«, sagte sie, doch das hörte Torak kaum. Er stürzte sich auf sie, und sie half ihm mit der Hand, in sie einzudringen.

Während er wie rasend in sie hineinstieß, spürte er einen Hauch von Zweifel. So sollte es doch nicht sein? Alarmiert versuchte er sich zu bremsen, aber sein Körper gehorchte ihm nicht mehr. Die gewaltige, unerträgliche Erregung in seinem Unterleib beherrschte ihn völlig und schrie nach sofortiger Erleichterung.

Nelairis Arme zogen ihn eng an sich, als er aufschrie und tief in ihr kam. »Vergib mir«, sagte sie leise, als mit seinem Samen auch sein Leben pulsierend in ihren Schoß strömte. Um Torak wurde es schwarz.

# KAPITEL

# 5

Torak war tot. Sein Körper dazu bestimmt, von Tieren und Würmern gefressen zu werden, zu zerfallen und schließlich zu Staub zu werden. Um irgendwann in neues, fremdes Leben einzugehen.

Doch Toraks Körper weigerte sich, diesen Weg zu gehen. Wie schon Generationen vor ihm trug auch er diesen besonderen Lebensfunken in sich, der sich selbst vom Tod nicht dauerhaft löschen ließ. Fluch und Segen zugleich. Torak war unsterblich.

Doch jeder Tod hatte seinen Preis. Wer einmal tot war, der sollte es auch bleiben. Und selbst an Torak würde eine Spur des Todes haften, ihn begleiten und mit der Welt der Toten verbinden. Die Tür hatte sich einen Spaltbreit geöffnet, und sie würde sich nicht wieder schließen.

Während die Sonne auf und wieder unterging, der Regen auf ihn prasselte, die Tiere des Waldes an seinem Leib schnüffelten, um dann erschreckt Reißaus zu nehmen, zwang der Lebensfunke den Tod aus Torak zurück, um ihm eine neue, zweite Chance zu geben.

# KAPITEL

# 6

Wirre Bilder blitzten in hektischer Abfolge durch Toraks Geist. Abrupt setzte sein Verstand ein, die Bilder verschwanden und eine Wahrnehmung von überwältigender Dringlichkeit ließ keinen weiteren Gedanken mehr zu: Ihm war kotzübel. Schon zog sich sein Magen zusammen, er würgte verzweifelt, verschluckte sich an Magensäure und ihm blieb die Luft weg. Mit großer Anstrengung zwang er sich, langsam einzuatmen und die Kontrolle über seinen Körper zurückzugewinnen.

Schließlich ließen Husten und Würgen nach und Torak konnte sich einen ersten Eindruck von seiner Lage verschaffen. Er hob den Kopf aus dem feuchten Gras und sah üppig sprießende Vegetation. Einzelne schwere Tropfen fielen von Bäumen auf ihn herab, aber an manchen Stellen zeichnete die Sonne schon helle Flecken auf den grünen Waldboden. Torak wollte aufstehen, doch seine Beine gaben nach und er stürzte vornüber. Die Hände griffen in Morast und für einem Moment fürchtete er, kopfüber im Schlamm zu versinken. Aber der Boden hielt, und bald darauf kroch Torak zu einem nahe stehenden Baum und zog sich an ihm in die Höhe. Es glückte. Er stand schwer atmend an den Stamm geklammert da und blickte sich um.

Er befand sich immer noch im Sommerbruch, das erkannte er sofort. Ein Blick an sich herab offenbarte ihm, den Schultern zusammenhielt. Der Stoff glitt an ihr hinab und sie stand nackt vor ihm. Schüchtern schaute sie zu Nih auf, dessen smaragdgrüne Augen sie erstaunt anblickten. Einer weiteren Ermunterung bedurfte er allerdings nicht, denn er kam auf sie zu und drängte sie mit seinem Körper an die hinter ihr aufragende Wand. Als er sich gegen sie presste, spürte sie sein hartes Glied durch seine Hose. Während er sie küsste, strichen seine Hände über ihren nackten Leib. Dann griffen sie nach ihren Brüsten, umfassten die festen Hügel, die ihr immer viel zu klein vorkamen. Doch Nih schien das nicht zu stören, denn seine Hände schoben sich jetzt hastig nach unten und öffneten die Hose. Erst presste sich sein Schwanz gegen ihren Bauch, dann ging er in die Knie, und sie spürte ihn zwischen ihren Beinen. Cel erhob sich auf die Zehenspitzen und schlang ein Bein um seine Hüfte, damit er in sie eindringen konnte.

Dann fühlte sie ihn endlich in sich. Sie schlang die Arme um Nih und genoss die süße Erregung, als sein Schwanz von ihr Besitz ergriff. Anfangs versuchte Nih noch, sich zu bremsen, während Cel ihm bei jedem Stoß fordernd entgegenkam. Doch schnell wurden seine Bewegungen so tief und heftig, dass Cel die Mauer in ihrem Rücken unangenehm spürte. Dann verkrampfte sich Nihs Körper und seine Finger krallten sich tief in ihre Arme. Hastig presste Cel ihre Hand auf seinen Mund, um sein lautes Stöhnen zu dämpfen.

Im Schein der letzten zwei Kerzen beobachtete Cel Nihs schlafenden Körper. Nachdem sie ins Haus gegangen waren, hatten sie eine Kleinigkeit gegessen und ein paar Becher Wein getrunken. Anschließend hatten sie sich, diesmal dass sein Körper von fest anhaftendem Dreck und alten Blättern bedeckt war. Als hätte ich mich ausgiebig auf dem Boden gewälzt, dachte er. Oder als wenn ich sehr viel länger als nur ein paar Stunden oder Tage hier gelegen hätte.

Erst dann realisierte er, dass er nackt war. Er blickte sich um und suchte seine Kleidung, fand sie aber nirgends. Und bei dem Gedanken an die Nacktheit traf ihn die Erinnerung wie ein Schlag. Nelairi! Was war da passiert? Er hatte vollständig die Kontrolle verloren, erst über seinen Geist, dann über seinen Körper. Er ließ den Abend noch einmal vor seinem geistigen Auge ablaufen, verstand aber nicht, was ihm widerfahren war. Oder, und diese Sichtweise schien ihm deutlich treffender, was Nelairi ihm angetan hatte.

Da Torak sich die Ursache seiner aktuellen Misere nicht erklären konnte und Matsch, Moos und Pilze um ihn herum keinen Beitrag zur weiteren Aufklärung leisten wollten, entschied er sich, den lebenswichtigen Aspekten seiner Lage Vorrang einzuräumen. Das Nelairi-Rätsel würde er später lösen, jetzt hatte er andere Probleme. Er musste raus aus dem Wald! Torak wusste, dass Menschen, die sich im Stillen Wald verliefen, diesen meist nicht mehr lebend verließen. Aber noch vor der Suche nach einem Ausweg brauchte er trinkbares Wasser und Nahrung. Seit die Übelkeit abgeklungen war, spürte er einen nagenden Durst und seine Zunge fühlte sich wie ein pelziger Fremdkörper in seinem Mund an.

Wasser sollte ausreichend vorhanden sein, er stand mitten in einem Sumpf. Trotzdem durfte er nicht jedes Wasser trinken, im schlimmsten Fall brächte es ihn schneller um als der Durst. Torak kämpfte sich auf gut Glück durch matschigen Boden und hochwachsende Pflanzen mit fleischigen grünen Blättern. Dabei versuchte er, einen geraden Weg einzuschlagen, um später wieder zu der Stelle zurückzufinden, an der er zu sich gekommen war. Als er sich geräuschvoll durch von Flechten überwachsene Büsche kämpfte, hörte er, wie ein Stück rechts von ihm einige Vögel erschreckt aufflatterten. Torak wandte sich in diese Richtung und kam bald an einen kleinen, von hohen Gräsern eingefassten Tümpel. In seiner Oberfläche spiegelte sich der blaue Himmel.

Torak hätte zwar Wasser aus einem Fließgewässer vorgezogen, sein Durst ließ ihm aber keine Wahl. Am Rand des Tümpels kniete er sich ins Gras, um mit der Hand Wasser zu schöpfen. Er beugte sich vor und sah in den Teich. Aus leblosen Augen starrte ihm, wie eine Reflexion auf der spiegelglatten Oberfläche, das graue Gesicht eines Toten entgegen. Torak schrak zurück und kroch rückwärts vom Tümpel fort. Sein Herz raste. Was hatte er da erblickt? War da etwas im Wasser, oder hatte er eine Spiegelung gesehen? Die Vorstellung, sein eigenes Spiegelbild erblickt zu haben, entsetzte ihn bis ins Mark. Panisch betastete er sein Gesicht, spürte straffe Haut, Bartstoppeln und Haare und beschloss, dass es sich nicht um ihn gehandelt haben konnte.

Etwas beruhigt stand Torak auf und trat vorsichtig an den Rand des Tümpels heran. Dann spähte er, jeden Muskel seines Körpers bereit zur Flucht, erneut über die Kante. Er sah nichts außer grünlichem Wasser, schlammigem Boden und einigen Wasserlinsen. Auf der Oberfläche erkannte er verschwommen sein Spiegelbild. Misstrauisch beugte er sich näher heran: Es war Torak, wie er ihn kannte. Vielleicht bleicher als sonst. Und magerer. Die Wangen waren eingefallen und sein Gesicht zeigte harte Konturen. Aber es war zweifelsfrei er!

Torak atmete tief durch und entspannte sich wieder. Anscheinend hatte ihm sein Verstand einen Streich gespielt. Doch von dem Wasser würde er nicht trinken, auch wenn der Durst noch so überwältigend war.

Er setzte seine Suche fort und ging um den Tümpel herum, um zu sehen, ob er von einem Zufluss gespeist würde. Allerdings schien das Wasser direkt aus dem nassen Boden zu kommen. Doch er stieß auf eine Gruppe stacheliger Büsche mit leuchtend roten Beeren. Er pflückte einige, wobei die langen Stacheln ihm die Arme zerstachen. Die Früchte schmeckten bittersüß und hinterließen ein taubes Gefühl im Mund, das Torak an ihrer Essbarkeit zweifeln ließ.

Inzwischen hatte er sich schon so weit in den Wald vorgekämpft, dass er nicht mehr daran glaubte, den Platz, an dem er zu sich gekommen war, wiederzufinden. Er mühte sich zwischen den Ästen niedriger Büsche hindurch, dann stand er plötzlich an einem Weg. Trotz seiner misslichen Lage musste Torak lachen. Er war augenscheinlich einen großen Kreis gelaufen und befand sich wieder auf der Strecke nach Sturmwald. Oder zumindest auf einem Weg, der wie der Weg nach Sturmwald aussah. Dennoch, ein Weg, wo auch immer er hinführte, war mehr als nur ein Lichtblick. Er könnte jetzt warten, bis jemand vorbeikäme. Oder auf gut Glück in eine der beiden Richtungen gehen. Dann meinte er, in dem säuerlichen Odem des Sumpfes eine Spur von Rauch zu erkennen. Hoffnung keimte in ihm auf. Er rannte auf den Weg und schnüffelte mit erhobener Nase in der fast stehenden Luft. Als er glaubte, die Herkunft auszumachen, lief er den Weg in die Richtung hinunter, in der er

Sturmwald vermutete. Der Rauchgeruch wurde stärker, und nun bemerkte er auch Spuren von gebratenem Fleisch darin.

Aus den Augenwinkeln sah er eine Bewegung. Dort stand ein ausgewachsener Ochse im Wald, rupfte Pflanzen und beobachtete ihn ohne großes Interesse. Dann sah er noch einen zweiten Ochsen und dahinter zwei Männer vor einem kleinen Feuer.

»Hilfe!«, rief Torak und lief auf die Männer zu. Eine möglicherweise von ihnen ausgehende Gefahr war ihm genauso egal wie seine Nacktheit. Die Männer sprangen auf und kamen zögernd auf ihn zu. Dann erfasste der ältere von beiden die Situation, lief auf Torak zu und fing ihn in dem Moment auf, als seine Beine unter ihm nachgaben.

Die Ereignisse der nächsten Minuten nahm Torak wie durch einen Schleier wahr. Die beiden Männer ergriffen seine Arme und führten ihn zum Lagerplatz am Feuer. Dort gab der Ältere ihm einen Trinkschlauch mit wunderbarem süßen Wasser. Er trank gierig, das »langsam, langsam« des Mannes ignorierend. Darauf erbrach er alles und versuchte, nach einer kurzen Pause erneut zu trinken, diesmal jedoch in kleinen Schlucken. Jemand reichte ihm ein Stück Brot und er aß es dankbar.

Die untergehende Sonne tauchte den Sumpf in ein warmes rotes Licht, als Torak, inzwischen mit einer geliehenen Hose bekleidet, den beiden Männern seine Geschichte erzählte. Mit großem Appetit ein Stück gebratenes Pökelfleisch essend, versuchte er, eine etwas entschärfte Version seiner Erlebnisse der letzten Tage wiederzugeben. Die Männer, der ältere hatte sich ihm als Nimann der Händler vorgestellt, der jüngere war sein Sohn Nitalf, hörten interessiert zu. Torak wollte den verhängnisvollen Moment mit Nelairi nur sehr vage schildern, wurde allerdings immer wieder von Nitalfs neugierigen Fragen unterbrochen. Er schätzte den Jungen auf fünfzehn Jahre und stellte fest, dass Nitalfs Interesse an Frauen nicht nur das seine deutlich überstieg, sondern dazu noch von einer gewissen Hemmungslosigkeit geprägt war. Als dieser rausplatzte: »Und dann hast du sie gefickt, ja?«, wurde es Nimann zu viel.

»Schweig!«, fuhr er den Jungen an, und Torak fürchtete schon, dass es eine ernsthafte Auseinandersetzung geben würde. Aber anstatt zu antworten, stand Nitalf auf und verschwand in der Dunkelheit.

Torak berichtete weiter, auf die Erwähnung seiner seltsamen Begegnung mit der Wasserleiche verzichtete er sicherheitshalber aber ganz. Als er geendet hatte, nahm Nimann einen tiefen Zug aus seiner Schnapsflasche, wischte sich den Schweiß von der Glatze und flüsterte dann in verschwörerischem Ton: »Hast du schon einmal von Sirenen gehört?«

Torak schüttelte den Kopf, und Nimann setzte hinzu: »Ich weiß es natürlich nur vom Hörensagen, aber man erzählt von wunderschönen rothaarigen Frauen, die Männer in ihr Bett locken und ihnen dann das Leben aussaugen. Ihre Opfer sterben, damit sie weiterleben können.«

Torak schluckte entsetzt. Er war sofort bereit, diese Geschichte zu glauben.

»Aber du lebst ja zum Glück noch«, sagte Nimann wieder in normaler Lautstärke. »Dann muss es wohl eher der Stich einer Sumpffliege gewesen sein.«

»Ja, wahrscheinlich«, entgegnete Torak. Insgeheim fand er, dass Nimann eine zwar seltsame, aber schlüssige Erklärung für seine Erlebnisse geliefert hatte. Doch wie hatte er die Begegnung überlebt? Vielleicht hatte Nelairi ja mal eine Ausnahme für ihn gemacht, weil er so nett war. Er musste über seine Naivität lächeln.

Wütende Rufe aus dem Wald ließen Torak zusammenschrecken. Er verstand die raue Sprache nicht, die Aggression in den hastig ausgespuckten Worten war jedoch offenkundig. Etwas wurde gegen Metall geschlagen, dann wurden die Schreie schrill und heftig. Nimann sprang auf und brüllte: »Nitalf! Komm sofort her oder du bekommst die Peitsche zu spüren!« Nimanns Kopf lief vor Zorn rot an und er schien leicht zu schwanken. Anscheinend hatte er dem Alkohol etwas zu reichlich zugesprochen.

Nach Nimanns Ruf endete der Lärm schlagartig. Torak, der sich innerlich schon auf einen Kampf vorbereitet hatte, sah Nitalf aus dem Wald zurück in den Schein des Feuers treten. Sein Vater schnaubte vor Wut und schlug nach dem fast einen Kopf größeren Jungen, der sich routiniert wegduckte, sodass der Hieb ihn nur streifte. »Du weißt, dass du sie in Ruhe lassen sollst. Sie sind gefährlich. Und wenn sie so kurz vor dem Ziel verletzt werden, schmälert das meinen Erlös. Und ich werde es dir vom Lohn abziehen!« Torak begriff, dass er den Abend in Gesellschaft von Sklavenhändlern verbracht hatte.

Die Sonne stand schon am Himmel, als Torak am nächsten Morgen erwachte. Sein Schlaf war tief und erholsam gewesen und er fühlte sich ausgeruht und beinahe kraftvoll. Auf der Lichtung rührte Nimann in einem Kessel, während Nitalf die auf dem Lagerplatz verstreute Ausrüstung einsammelte.

»Ah, Torak, komm her, das Frühstück ist fertig«, rief der Händler. Torak stand auf und kam zum Feuer. Nimann klatschte eine großzügige Kelle Gerstengrütze auf einen Teller und reichte ihn Torak. »Honig?«, fragte er dann.

»Klar!«, antwortete dieser und erhielt einen großen Klecks kostbaren Honigs auf seine Grütze. Während sie aßen, blickte er zu dem Ort hinüber, von dem gestern der Lärm gekommen war. Hinter dichter Vegetation stand ein Karren mit einem seltsamen Aufbau.

Nimann folgte seinem Blick. »Interesse an meiner Ware?«, fragte er scherzhaft. »Iss auf, dann zeige ich sie dir.«

Im weiteren Verlauf des Frühstücks erklärte Nimann, dass sie schon am Vortag die Reise hatten fortsetzen wollen, allerdings war der Karren mit den Sklaven im weichen Boden stecken geblieben. Alle Versuche, ihn zu bewegen, hatten nur dazu geführt, dass der Wagen noch tiefer eingesunken war. Schließlich hatten sie ihre Erfolglosigkeit eingesehen und die erschöpften Ochsen ausgespannt. Heute wollten sie einen neuen Versuch starten.

»Vielleicht ist unser Zusammentreffen eine glückliche Fügung«, sagte Nimann. »Du bist groß und kräftig. Du kannst uns helfen, hier herauszukommen. Und als Gegenleistung nehmen wir dich mit nach Sturmwald. Ist das ein Angebot?«, fragte der Händler jovial und hielt Torak die Hand hin. Dieser schlug ein, der Vorschlag entsprach genau seinen Vorstellungen. Er fand Nitalf zwar zunehmend seltsam, aber mit den beiden würde er satt und sicher in die große Stadt gelangen. Über die Sklaven wollte Torak einfach nicht weiter nachdenken.

Nimann füllte drei weitere Schüsseln mit Grütze, verzichtete diesmal allerdings auf den Honig. »Komm, Torak, lass uns die Raubtiere füttern«, sagte er grinsend. Er drückte ihm zwei Teller in die Hand und nahm selbst den dritten.

»Ich habe sie in Myr gekauft«, berichtete Nimann und deutete mit dem Kinn in Richtung Karren. »Du weiß doch, wo Myr liegt?«

Torak nickte. Zumindest hatte er aus dem Studium von Karten einen ungefähren Eindruck. Zwar zeigten nicht alle Karten Myr an der gleichen Stelle, aber es schien sich um die weit im Westen liegende Hauptstadt von Myrna zu handeln.

»Eigentlich werden dort gar keine Sklaven gehandelt, doch diese hier waren zum Tode verurteilt. Es gelang mir, den Statthalter zu überzeugen, dass ein Verkauf für die Stadt wie für ihn der bessere Weg wäre. Und statt geköpft zu werden, sind sie jetzt hier. Ihr Pech«, lachte Nimann im Gehen.

»So etwas hast du noch nicht gesehen! Erstklassige Ware! Ich werde damit einen hervorragenden Preis erzielen!«, sagte er und deutete mit großer Geste auf das, was jetzt hinter den Büschen sichtbar wurde.

Zumindest diese Art von Wagen kannte Torak bereits von dem Hof vor der Gaststätte. Es war ein einfacher Ochsenkarren, auf dessen Ladefläche ein fast mannshoher Käfig aus Eisenstangen stand. Ein ekelerregender Geruch ging von ihm aus. In dem Wagen saßen drei Männer in gebückter Haltung auf niedrigen Bänken. Sie sahen mager und elend aus, waren nur mit einem Lendenschurz bekleidet und vermieden jeden Blickkontakt. Aber Torak sah auch, was an ihnen den hohen Verkaufspreis rechtfertigen würde: Ihre Haut war von einer hellen, orangeroten Farbe.

»Sie kommen aus dem Land Syll«, sagte der Händler. Als er Toraks verständnisloses Gesicht sah, setzte er hinzu: »Von Myr mit dem Schiff zwei Tagesreisen nach Westen.«

Toraks Neugier siegte über sein Gewissen und er wollte näher an den Käfig herantreten, als Nimann ihm seine freie Hand auf die Schulter legte. »Vorsicht!«, sagte er. »Sie sind zwar dumm wie Stroh, aber trotzdem gefährlich. Stell sie dir wie Tiere vor. Gefangene wilde Tiere.«

Dann gingen sie gemeinsam zum Käfig, und Nimann schob den ersten Teller unter den Gitterstäben in den Wagen. Torak sah, dass der Händler jetzt in der eben noch freien Hand eine kurze dicke Lederpeitsche hielt. Der Gefangene versuchte, möglichst viel Abstand zum Sklavenhändler zu halten, und drückte sich an die Trennwand, die den Käfig längs in zwei Hälften teilte. Klappernd spannte sich die armlange Kette an seinem Fußeisen. Nachdem Nimann den Teller abgestellt hatte, griff der Mann hastig danach und fing eilig an, sich den Brei in den Mund zu schaufeln.

»Jaja, immer sind sie hungrig«, kommentierte Nimann. »Die Kunst besteht darin, ihnen nicht so viel zu geben, dass sie einem die Haare vom Kopf fressen. Und nicht so wenig, dass sie krank werden oder sterben.«

Er schob den nächsten Teller in den Käfig und ging dann zum dritten Gefangenen, der sich in einer Ecke zusammengekauert hatte. »Na, meine Kleine, heute so zurückhaltend?«, fragte er. Die Gestalt sprang auf, streckte den Arm durch das Gitter und versuchte, nach Nimann zu schlagen. Dieser wich geschickt aus, allerdings flog der Teller dabei in hohem Bogen in die Büsche.

Betroffen erkannte Torak, dass es sich um eine junge Frau handelte. Um möglichst wenig Trefferfläche zu bieten, duckte sie sich jetzt in eine Ecke des Käfigs. Man hatte ihr die Haare geschoren und sie war genauso mager wie die Männer, doch Torak konnte den weiblichen Körperbau und mädchenhafte Brüste erkennen. Sie zischte Nimann in einer fremden, aus hektisch aneinandergereihten Wörtern bestehenden Sprache an. Dann blickte sie zu Torak, und er sah ihre Augen. Sie waren gelb wie die Augen eines Luchses und schienen selbst im hellen Tageslicht zu leuchten. Im gleichen Augenblick trat Nimann direkt an den Käfig, und sie riss die Arme hoch, um sich vor einem Peitschenhieb zu schützen. Aber der Hieb kam nicht.

»Ist sie nicht ein Prachtstück?«, lachte Nimann. »Ich werde doch nicht ihren hübschen Körper mit Striemen verschandeln, wenn wir in ein paar Tagen in Sturmwald sind.« Zu der Frau gewandt sagte er dann: »Aber du wirst dafür bezahlen!«

Ihr Blick folgte ihm, als er zur vorderen Sitzbank des Karrens ging, einen kurzen Strick aus einer Kiste kramte und damit zurückkam. Anscheinend wusste die Frau, was nun kommen würde, denn sie fing an, in ihrer Sprache zu schreien. Torak konnte sie nicht verstehen, aber er spürte ihre Verzweiflung. Und die eben noch empfundene seltsame Faszination wich dem Mitleid. Egal, was jetzt käme, Torak wollte es verhindern. Er stellte sich Nimann in den Weg: »Bitte, das muss doch nicht sein. Sie wird es sicher nicht wieder tun«, sagte er wenig überzeugend.

»Sag du mir nicht, wie ich mit meiner Ware umzugehen habe«, antwortete Nimann wütend und stieß ihn aus dem Weg. »Das sind Wilde, Torak. Wilde! Sie müssen wissen, wer ihr Herr ist. Wenn sie erst anfangen, an meiner Herrschaft zu zweifeln, dann verliere ich die Kontrolle über sie.« Schließlich setzte er in freundlicherem Ton hinzu: »Du kannst sie nach mir haben, wenn du willst.«

Zu der Frau gewandt, hielt er den Strick in die Luft und sagte, halb zu ihr, halb zu Torak: »Du brauchst Disziplin. Und die wirst du jetzt bekommen.«

Sie hatte aufgehört zu schreien und starrte das Seil an. »Los!«, rief Nimann. Als sie nicht reagierte, hob er die Peitsche. Die Frau kam nun aus ihrer zusammengekauerten Position hoch und setzte sich mit dem Rücken zu Torak und Nimann auf die niedrige Bank. Dann schob sie die Hände nach hinten durch das Gitter. Routiniert ergriff sie der Sklavenhändler und band sie so zusammen, dass sich ein Gitterstab zwischen ihren Armen befand. Sie saß fest.

Dann schloss er die Hälfte des Käfigs auf, in der die Frau saß, und kletterte behände hinein. Während die beiden anderen Sklaven auf den Boden sahen und sich bemühten, nicht weiter aufzufallen, blickte die Frau Nimann mit ihren gelben Augen trotzig an. Dieser stellte sich direkt vor sie, öffnete seine Hose und holte seinen schlaffen Schwanz heraus. Er trat näher, bis er mit seinem Glied ihr Gesicht berührte. Sie drehte den Kopf weg. Nimann wartete einen Moment, dann klatschte die Peitsche auf ihre Beine. Torak konnte sehen, dass der Schlag nur mit mäßigem Kraftaufwand geführt war, dennoch zuckte die Frau zusammen. »Los!«, sagte Nimann, und die Frau gab auf. Sie drehte ihren Kopf zurück und nahm den Schwanz in den Mund.

Torak sah, dass sie ihre Tränen nicht zurückhalten konnte. Das war zu viel für ihn. Er wandte den Blick ab, hörte aber Nimanns Grunzen und das Würgen der Frau. Schließlich drehte er sich um und ging zum Lagerplatz zurück. Dabei sah er Nitalf zwischen den Büschen stehen und die Szene beobachten.

Während das Geschehene Torak intensiv beschäftigte, war es für Nimann und Nitalf bei ihrer Rückkehr zum Lagerplatz keiner Erwähnung wert. Die beiden planten, wie sie den Karren wieder flottbekämen, und zogen Torak sofort zu ihrer Unterredung hinzu. Man einigte sich darauf, Hölzer unter die Räder des Wagens zu legen, um das weitere Einsinken im Schlamm zu verhindern. Dann sollte Toraks zusätzliche Kraft den Ausschlag geben. Wenn alles scheiterte, würde Nitalf zu Fuß nach Sturmwald gehen, um Hilfe zu holen. Diese Option war zwar erfolgversprechend, aber der Sklavenhändler würde Zeit und Geld verlieren.

Sie begannen mit der Arbeit. Nimann verstaute die Ausrüstung, Nitalf spannte die Ochsen an, und Torak hackte mit einem Beil Äste von Büschen und Bäumen. Diese schleppte er zum Karren und legte sie in die Fahrspur. Dabei vermied er es strikt, seine Blicke auf den Käfig zu richten.

Dann war alles bereit für den ersten Versuch. Doch als sie beginnen wollten, hörten sie Hufschlag. Nimann lief zum Weg und sprach die aus drei Reitern bestehende Gruppe an. Torak sah, wie sie diskutierten und Nimanns Gesten auf sie und den Wagen wiesen. Dann ritten die Männer weiter, und Nimann kehrte zurück.

»Den Versuch war es wert«, sagte er mit hochrotem Kopf. Seine Frustration war unübersehbar. Niemand würde ihnen helfen, der verstanden hatte, um was für einen Wagen es sich handelte.

Torak fragte: »Und was ist mit …«, er stockte und suchte nach einem passenden Begriff. »Und was ist mit ihnen?«, sagte er dann und deutete auf den Käfig. »Wenn sie absteigen, wird der Karren leichter. Oder sie könnten gleich mithelfen.« Doch schon während er sprach, erkannte er die Aussichtslosigkeit seiner Idee. Nimann schüttelte den Kopf, und Nitalf meinte: »Da kannste einem alten Klepper auch sagen, er soll sich selber auf den Weg zum Schlachter machen.« Er lachte herzhaft über seinen Scherz.

Nimann blickte besorgt in den Himmel, an dem sich erste Wolken vor die Sonne schoben. Bald würde es regnen und das Unterfangen somit zusätzlich erschwert. Man einigte sich schnell darauf, dass Nimann die Ochsen antreiben würde. Nitalf und Torak sollten den Karren von hinten schieben. Sie begaben sich an die Rückseite des Fuhrwerks und suchten einen festen Stand. Mit der Hand auf der Querstrebe des Wagens blieb Torak keine Wahl mehr, er musste einen Blick auf die Insassen des Karrens werfen, die sich nur eine gute Armeslänge entfernt von ihm befanden. Einer der Männer wirkte apathisch, der andere und die Frau vermieden den Blickkontakt. Torak fragte sich, was sich in ihnen abspielte. Da griff Nitalf blitzschnell durch die Gitterstangen und umklammerte das Fußgelenk der Frau. Sie schrie auf und entriss ihm den Fuß, rutschte, so weit die Kette es zuließ, an die andere Seite des Käfigs und zog die Beine an sich. Nitalf grinste breit.

Von vorne erscholl ein lautes »Hüja!«, und die Peitsche knallte auf einen der Ochsen. Ein Ruck ging durch den Karren, und Nitalf und Torak stemmten sich gegen ihn.

Torak merkte, wie seine Füße im weichen Untergrund einsanken, aber noch hatte er Halt und schob mit aller Kraft. Dann spürte er, wie das Gefährt ein winziges Stück nachgab. Er schob weiter und sah, wie die großen Wagenräder zaghaft begannen, sich zu drehen.

Bald war die zurückgelegte Strecke so groß, dass Torak einen Fuß nach vorne setzen musste, um dem Fuhrwerk zu folgen. Dann folgten weitere Schritte und Toraks Füße trafen auf festen Grund. Als endlich ein erlösendes »Hoh!« von Nimann kam, war er am Ende seiner Kräfte. Aber sie hatten es geschafft, der Karren war frei. Nitalf und Torak richteten sich auf. Schweißüberströmt und mit zitternden Beinen blickten sie sich an und lachten. Im nächsten Moment fielen die ersten schweren Regentropfen.

Nimann lobte die beiden für ihre gute Arbeit und beschloss, den Regenguss abzuwarten, bevor sie die Reise nach Sturmwald fortsetzten. Und so ließen sie den Wagen und seine Insassen im zunehmenden Regen stehen und fanden einen Steinwurf entfernt einen halbwegs trockenen Platz unter den ausladenden Ästen eines Baumes. Nimann reichte den Jungen ein Stück Hartkäse und ließ einen Schlauch mit Wein herumgehen. Den Wein lehnte Torak dankend ab. Nach seinen Erlebnissen der letzten Tage hielt er es für klüger, auf alles zu verzichten, was die Gefahr barg, seine aktuelle Situation auch nur geringfügig zu verschlechtern. Während der Regen auf den Wald herabprasselte, fielen ihm die Augen zu.

Torak erwachte, als Nimann ihn mit dem Ellenbogen anstieß. Der Schauer war vorbei, und während noch dicke

Tropfen aus den Bäumen fielen, schien die Sonne schon wieder durch die Wolken.

»Auf!«, sagte Nimann und mühte sich selbst hoch. Torak sah, dass er schwankte, und blickte auf den Weinschlauch. Er war leer.

Torak rappelte sich vom Boden auf, während Nimann nach Nitalf rief, der nirgends zu sehen war.

Die beiden Ochsen standen triefnass und in stoischer Ruhe wiederkäuend vor dem Karren. Nicht in das Bild passte, dass eine der Gittertüren des Käfigs offen stand. Nimann rannte los, und Torak folgte ihm. Das Erste, was er wahrnahm, war das Blut. Es war überall, floss über die Ladefläche des Wagens und tropfte vom Regen verdünnt ins Gras, wo es sich in roten Pfützen sammelte. Im Käfig lag Nitalf auf dem Bauch. Sein Hemd war ebenfalls von Blut durchtränkt, sein Unterleib war nackt. In einer Ecke ihres Gefängnisses hatte sich die Frau zusammengekauert. Auf ihrer roten Haut war das dunkle Blut kaum zu sehen, doch auch unter ihr färbte sich der Boden rot. Frisches Blut tropfte von ihrem linken Knöchel. Sie musste verzweifelt versucht haben, sich die Fessel vom Fuß zu reißen, doch das Eisen hatte gehalten. Die beiden Männer hatten sich in die der Frau gegenüberliegende Ecke ihrer Käfighälfte gekauert.

Einen Moment lang waren sie wie gelähmt. Dann kam Leben in Nimann. Hastig kletterte er auf den Wagen und beugte sich über seinen Sohn. Mit zitternden Händen hob er den schlaffen Körper an, dabei kippte Nitalfs Kopf zur Seite und offenbarte am Hals eine klaffende Wunde. Torak sah durchtrennte Haut, Muskeln und weiße Sehnen. Nitalf war tot.

Nimann begann unartikuliert zu schreien. In einem Moment der Verzweiflung riss er den toten Körper seines Sohnes an sich, ließ ihn wieder fallen und stürzte sich auf die Frau. Er schlug auf sie ein, während sie sich zusammenkrümmte und versuchte, Kopf und Bauch zu schützen. Aus einer Tasche am Stiefel zog Nimann ein spitz zulaufendes Messer. Er stach nach der Frau, die mit der Hand die Klinge von sich wegstieß. Bevor Torak begriff, was er tat, war er über Nimann und zog ihn von ihr weg. Dieser fuhr herum, rasend vor Wut und Verzweiflung. Er schlug mit dem Messer nach Torak, und dieser spürte, wie sich ein brennender Schmerz in seiner Brust ausbreitete. Er wich zurück, doch Nimann setzte nach und stach erneut zu.

Torak fühlte, wie das Messer in seinen Bauch eindrang. Erst war da ein scharfer Stich, dann schnitt sich die Klinge unter Nimanns Druck tiefer in seinen Leib. Ein gleißend heller Schmerz explodierte in seinem Unterleib. Er schrie und versuchte in panischer Angst, Nimann von sich wegzudrücken. Dieser wollte erneut zustechen, wurde jedoch abrupt zur Seite gerissen. Einer der Männer auf der anderen Käfigseite hatte seinen Arm gepackt und zog ihn in Richtung Gitter. Während Nimann seine Klinge gegen den Mann schwang, versuchte Torak, aus dem Käfig zu entkommen, stolperte über den am Boden liegenden Nitalf und stürzte rücklings auf ihn. Inzwischen hatte Nimann sich losgerissen, er warf sich auf Torak und hieb ihm sein Messer in die Schulter. Verzweifelt griff Torak nach Nimanns Hemd, um ihn an sich zu ziehen und ihm die Bewegungsfreiheit zu nehmen. Das gelang, und er schlang einen Arm um seinen Hals, während er die freie Hand gegen seine Kehle presste. Nimann holte erneut mit dem Messer aus, dann erfasste er seine Situation und versuchte, sich aus der Umklammerung zu lösen. Erst hieb er auf Toraks Seite, dann wollte er sich aus dem Griff herauswinden, doch Torak hielt mit aller Kraft dagegen. Auch als Nimanns Bewegungen schwächer wurden und schließlich erlahmten, hielt er mit zitternden Armen den Druck aufrecht.

Torak wusste nicht, wie viel Zeit vergangen war, als er seinen Griff endlich löste. Nimanns Körper lag schwer und bewegungslos auf ihm, und eine warme Flüssigkeit floss über seine Beine. Torak schob ihn von sich, kroch zur Gittertür und ließ sich aus dem Wagen auf den grünen Waldboden sinken. Dort rollte er sich zusammen und blieb reglos liegen.

Schließlich erkannte Torak, dass er nicht an seinen Verletzungen sterben würde. Die anfangs unerträglichen Schmerzen hatten sich auf einem Niveau eingependelt, das wieder rationales Denken zuließ. Er versuchte, sich in eine sitzende Haltung zu stemmen, doch ein Brennen im Bauch zwang ihn auf den Boden zurück.

Er besah sich seine Wunden im Liegen. Über seine Brust verlief ein langer, aber nur oberflächlicher Schnitt, der heftig geblutet hatte. Der Stich in die Schulter entpuppte sich als tief und schmerzhaft, aber wohl nicht gefährlich. Er konnte die Schulter bewegen, wenn auch mit Schmerzen. Dann erst traute er sich, die Bauchwunde näher in Augenschein zu nehmen. Der Einstich war schmal, jede Bewegung verursachte reißende Schmerzen. Aber er wertete es als gutes Zeichen, dass kein Blut mehr aus der Wunde floss.

Erneut versuchte Torak aufzustehen. Dazu drehte er sich diesmal in die Bauchlage und stemmte sich mit den

Armen in eine kniende Position, um so schließlich auf die Beine zu kommen. Es glückte, und er konnte jetzt einen Blick in das Innere des Käfigs werfen. Drei gelbe Augenpaare sahen ihm daraus entgegen. Die beiden Männer schienen unverletzt, während die Frau eine Hand vorsichtig mit dem anderen Arm gegen den Körper presste. Auf dem Boden lagen Nitalf und auf ihm Nimann, dessen Füße fast die Beine der Frau berührten. Seine Augen waren geöffnet, aber der Blick ging ins Leere.

»Lass uns frei«, sagte die Frau zu Torak.

# KAPITEL

# 7

Torak drehte dem Wagen und seinen Insassen den Rücken zu und ging an den Platz im Wald zurück, der vor einigen Stunden ihr Lagerplatz gewesen war. Er musste nachdenken. Mühsam ließ er sich auf einen Baumstamm nieder und versuchte, seine neue Lage zu begreifen, doch sein Verstand verweigerte ihm die Zusammenarbeit. Zu intensiv war das Entsetzen über das Geschehene.

Vor seinen Augen liefen immer wieder die letzten Augenblicke mit Nitalf und Nimann ab. Eben war noch alles in Ordnung. Und dann, aus heiterem Himmel, war das Unheil über sie hereingebrochen und zwei Menschen waren gestorben. Und er? Was war seine Rolle in dieser Tragödie? Ohne Toraks Einschreiten würde Nimann noch leben. Und die Frau wäre tot. Mit welchem Recht hatte er eingegriffen? Hatte er sich lediglich verteidigt oder die Grenzen der Notwehr überschritten und Nimann absichtlich getötet? War er ein Mörder?

Egal wie Torak die Dinge drehte und wendete, es fanden sich keine Antworten auf seine Fragen. Und so schlich sich die Realität wieder in seine Gedanken. Einen Steinwurf entfernt stand ein Ochsenkarren mit zwei Toten und drei Sklaven. Und er war es, dem das Schicksal die Pflicht zu handeln auferlegt hatte. Torak durchdachte seine Alternativen. Er könnte einfach gehen! Die Aussicht war verlockend, sollte sich doch jemand anderes um das Problem kümmern. Andererseits war der Karren schon aus dem sumpfigen Boden gezogen. Torak könnte die Ochsen antreiben und sich mit Wagen und Sklaven auf den Weg nach Sturmwald machen.

Letztlich sah Torak ein, dass es unter vielen Optionen nur einen akzeptablen Weg für ihn gab. Und dieser war in mancherlei Hinsicht der schlechteste von allen. Er stand auf und kehrte zum Karren zurück. Auf halber Strecke hörte er, dass dort eine hitzige Diskussion geführt wurde. Zwar im Flüsterton, doch heftig stritten die Frau und einer der Männer miteinander in ihrer seltsam abgehackten Sprache. Als Torak näherkam, verstummten sie und blickten ihn an.

»Und? Was wird jetzt? Mach uns los!«, zischte die Frau.

Doch Torak war noch nicht bereit zu antworten. Stattdessen wollte er die Leichen der beiden Sklavenhändler aus dem Käfig holen und in einer einigermaßen würdigen Position im Gras ablegen. Es war nicht viel, was er noch für die beiden tun konnte, aber zumindest das war er ihnen schuldig.

Torak stellte sich vor die offene Gittertür und ergriff Nimanns Arme. Den Schmerz in seinem Bauch ignorierend, zog er an dem schlaffen Körper, bis dieser auf den Waldboden fiel. Er atmete kurz durch und wappnete sich für erneute Schmerzen, dann zog er die Leiche ein Stück vom Wagen weg und legte sie vorsichtig im Farn ab. Er blickte auf den Toten hinunter und eiskaltes Entsetzen schoss ihm durch den Körper. Nimanns Augen waren offen und er sah ihn an. Sein Mund öffnete sich und er versuchte zu sprechen. Torak hörte die Stimme hohl und dumpf, verstand aber die Worte nicht. Dann verschwamm Nimanns Gesicht und er lag wieder unbelebt und mit geschlossenen Augen vor ihm.

Torak sah wie gelähmt auf den leblosen Körper hinab. Dieser war tot, daran gab es keinen Zweifel. Aber was hatte er gesehen? Erst die Wasserleiche im Sumpf, nun Nimann. Wurde er langsam verrückt?

Ein scharfes »He, was ist jetzt mit uns?« riss ihn aus seinen Gedanken. Torak stellte anerkennend fest, dass die Frau in Anbetracht ihrer Lage ganz schön keck war. Er kehrte zum Wagen zurück und begann mit der Bergung von Nitalf. Diesmal standen ihm keine Überraschungen bevor. Zwar war der Sohn um einiges schwerer als der Vater und Toraks Schmerzen waren größer als beim ersten Mal, aber zu seiner grenzenlosen Erleichterung blieb Nitalf ruhig und tot liegen, nachdem er ihn neben Nimann ins Farnkraut gebettet hatte.

Jetzt stand der nächste und schwierigere Schritt an. Er trat an die Gittertür des Wagens und sprach die Sklaven an. »Ihr sprecht also meine Sprache?«

»Ich tue es«, sagte die Frau.

Torak dachte fieberhaft nach. An dieser Stelle endete sein hastig zurechtgelegter Plan. Die drei waren für ihn nicht nur ein Problem, sie waren auch eine ernst zu nehmende Bedrohung. Wenn er sie freiließe, könnte er sich schnell zu Nimann und Nitalf gesellen. Schließlich hatte man sie zum Tode verurteilt, und Torak ging davon aus, dass auch in Myrna Todesstrafen nicht für geringfügige Verbrechen verhängt wurden. Wie könnte er erfahren, was sie im Schilde führten?

»Ich bin Cel«, versuchte die Frau, ein Gespräch mit ihm zu beginnen. »Und das sind Ceit und Noul.« Sie deutete auf die beiden Männer auf der anderen Käfigseite.

»Mein Name ist Torak«, antwortete er.

Die Frau schüttelte den Kopf. Das konnte ja heiter werden, dachte er. Er stellte die entscheidende Frage und hoffte, dass er Wahrheit von Lüge würde unterscheiden können: »Wenn ich euch hier rauslasse, welche Sicherheit habe ich dann, dass ihr mich nicht angreift?«

»Du hast mein Wort.« Cels Antwort kam prompt. Torak nahm an, dass sie mit dieser Frage gerechnet hatte. Er zeigte auf die Männer: »Und was ist mit ihnen?«

»Ich gebe dir jetzt einen guten Rat, Tok. Lass sie einfach im Käfig. Lass mich raus und sie bleiben, wo sie hingehören. Dann hast du auch keinen Ärger.«

»Torak!«, korrigierte er, noch bevor er die Aussage ihres Satzes gänzlich verstanden hatte. Dann dämmerte ihm, dass Cels Rat ihm noch ein zusätzliches Problem aufbürdete. Allerdings konnte diese Frau ihm viel erzählen. Möglicherweise war es gerade umgekehrt und sie sollte lieber im Käfig bleiben. Aber er konnte das jetzt nicht überprüfen. Also sagte er zu Cel: »Alle oder keinen! Übersetze ihnen das und sie sollen schwören, dass sie mich nicht angreifen werden.«

»Wie du willst«, erwiderte Cel wenig überzeugt. Sie begann, auf die beiden Männer in ihrer Sprache einzureden. Der, den sie Ceit genannt hatte, antwortete hastig, dann entspann sich eine zunehmend aggressiver werdende Diskussion. Schließlich erhoben die Männer ihre Faust in Toraks Richtung und sagten etwas ihm Unverständliches.

»Sie haben es geschworen«, erklärte Cel. »Und ich schwöre es auch!« Sie hob ihre Faust. Das Wort der drei Sklaven musste Torak genügen.

Er kletterte auf Cels Seite in den Käfig und versuchte dabei, nicht in die klebrigen Blutpfützen zu greifen. Dann untersuchte er die Kette, die Cel erfolgreich an der Flucht gehindert hatte. Ein Metallring umschloss ihren blutigen linken Knöchel, die Enden wurden durch das erste Kettenglied zusammengehalten. Er folgte der kurzen Kette und sah, dass sie sich mit den Ketten der anderen Gefangenen vereinte und dann mit einem Eisenstab des Käfigs verbunden war. Ein Schloss fand er nicht. Der Schmied hatte ganze Arbeit geleistet.

Da Torak keinen eleganten Weg sah, die Fesseln zu lösen, musste er es mit Gewalt versuchen. Er kletterte aus dem Käfig und begab sich auf die Suche nach geeignetem Werkzeug. Er durchwühlte die Kiste vorne auf dem Karren und dann das Gepäck von Nimann und Nitalf, aber außer dem Beil, das er schon zum Abhacken von Ästen benutzt hatte, fand er nichts. Er hatte auch nicht ernsthaft damit gerechnet. Warum sollten die beiden schwere Gerätschaften mitführen? Sie hätten am Ende ihrer Reise einfach wieder einen Schmied beauftragen können, dachte er.

Dann durchsuchte er die zwei Leichen. Dabei redete er sich ein, dass sie ihren Besitz ja nicht mehr benötigten, dennoch fühlte er sich nicht nur wie ein Leichenfledderer, sondern, schlimmer, auch wie ein Verräter. Nach Abschluss der Durchsuchung stand er erleichtert auf und besah sich seine Beute. Neben dem Beil besaß er ein Hemd, zwei Messer, eine bis auf ein paar Kupfermünzen leere Geldbörse und einen grob gefertigten Schlüssel. Er steckte Messer und

Geldbörse ein und beschloss, auch das Beil nicht mehr aus der Hand zu geben. Den Schlüssel hatte er bei Nitalf gefunden. Dieser würde sicherlich die zweite Käfigtür öffnen. Nur Werkzeug fehlte weiterhin. Und mit dem Beil auf die schwere Kette einzuschlagen, erschien wenig aussichtsreich. Dann kam ihm eine Idee. Er lief zur Vorderseite des Karrens und spannte die Ochsen aus. Während sich die Tiere behäbig einen Futterplatz suchten, überprüfte er das Zuggeschirr. Ein schwerer Metalldorn verband es mit der Deichsel des Wagens. Torak schlug den konischen Dorn mit dem Beil aus dem Auge der Deichsel.

Anschließend kletterte er wieder in den Käfig und besah sich die Kette an Cels Bein genauer. Den Eisenring würde er nicht lösen können. Vielleicht ließe sich die Kette nahe dem Fuß aufsprengen. Er wählte ein schwächer aussehendes Kettenglied, setzte den Dorn hinein und schlug mit dem Beil darauf. Dann trieb er ihn Schlag für Schlag tiefer in den Boden des Wagens. Aus dem Augenwinkel bemerkte er, dass Cel sich über ihn beugte, und ihm wurde bewusst, wie angreifbar er in dieser Position war. Dennoch drosch er weiter auf den Dorn ein, bis dieser plötzlich tief in das Kettenglied einsank. Die feuerverschweißte Verbindung hatte nachgegeben. Er hebelte sein Werkzeug wieder aus Kette und Wagenboden und hakte dann das Kettenglied aus. Cel war frei. »Danke«, sagte sie kurz und schob sich ohne ein weiteres Wort an ihm vorbei aus dem Wagen. Torak blickte ihr einen Moment nach, bevor auch er aus dem Käfig kletterte.

Die andere Käfigseite ließ sich mit dem gefundenen Schlüssel problemlos öffnen. Hier war es enger, da zwei Männer sich den Platz teilten. Einer schob den angeketteten Fuß in seine Richtung, und Torak machte sich ans Werk. Diesmal war die Kette unnachgiebiger und er hämmerte verzweifelt auf den Keil ein. Dann berührte eine Hand seine Schulter. Er zuckte zusammen, hob den Kopf und sah in das Gesicht des Mannes. Dieser blickte jedoch nicht zu ihm, sondern in den Wald. Torak folgte seinem Blick. Keine 15 Schritte entfernt standen zwei Reiter und betrachteten Torak genauso entsetzt wie er sie. Dann rissen sie die Pferde herum und trieben sie zurück auf den Waldweg, um in Richtung Sturmwald davonzugaloppieren.

Torak war bewusst, welchen Eindruck die Szene bei den Reitern hinterlassen hatte. Wenn sie schnell ritten, konnten sie in sechs Stunden in Sturmwald sein und den Amtmann und seine Büttel alarmieren. Und wenn diese kämen, um ihn zu holen, würde eine ehrliche Schilderung der Vorgänge ihn bestenfalls direkt in den Kerker bringen. Torak hatte keine Lösung für sein Dilemma. Aber ihm war klar, dass seine Zeit knapp wurde. Mit allen Kräften hieb er weiter auf den Dorn ein.

Zwei Stunden später saß Torak unter einem Baum und beobachtete die Abläufe um sich herum wie ein Außenstehender. Cel, Ceit und Noul hatten die Vorräte geplündert und fast gänzlich aufgegessen. Dann hatten sie die Habseligkeiten der Sklavenhändler durchsucht. Cel und Ceit hatten sich mit Kleidung ausgestattet, die nun schlaff an ihnen herabhing. Nur Noul trug weiter seinen Lendenschurz, was Torak zwar in Anbetracht der schwülen Hitze als ausreichend erschien, ihn aber weiterhin wie den Sklaven aus dem Käfig aussehen ließ.

Sie waren mit dem Durchwühlen von Nimanns und Nitalfs Besitz fast fertig, als Cel anfing, eines der Kleidungsstücke zu zerreißen. Darauf saß sie einige Zeit mit dem Rücken zu Torak auf dem Boden, dann kam sie zu ihm. Drei Goldmünzen lagen schwer in ihrer Hand. Sie nahm eine davon und hielt sie Torak hin. Ohne zu überlegen, schüttelte er den Kopf. Er wusste, dass die Münzen für Nimann und Nitalf keine Bedeutung mehr hatten, aber er konnte es mit seinem Gewissen nicht vereinbaren, aus dem Tod der beiden Kapital zu schlagen.

Nachdem alle brauchbaren Gegenstände einen neuen Besitzer gefunden hatten, sah Torak die Frau mit einem Stück Seife im Wald verschwinden. Er nahm an, dass sich die Zeit im Wagen nicht einfach von ihr abwaschen ließe, dennoch hatte sie sich bei ihrer Rückkehr verändert. Sie war weiterhin dürr und trug zu große Kleidung, aber ihre Haltung war aufrecht und sie strahlte eine innere Kraft aus, die vorher nicht dagewesen war. Und noch etwas bemerkte er: Ein leichter Lavendelgeruch ging von ihr aus, und er nahm sie zum ersten Mal als Frau wahr.

Torak entging nicht, dass die drei auch ihn beobachteten. Ihm erschien das naheliegend, denn er hatte nicht nur einen Teil der Ausrüstung für sich reklamiert, sondern auch alle Waffen an sich genommen.

Während er unter dem Baum saß, reifte in ihm eine Entscheidung. Er würde zum Gasthaus zurückkehren. Oder zu dem, was davon übrig geblieben war. Auch wenn er Sturmwald beinahe erreicht hatte, den Weg dorthin durfte er nach der Begegnung mit den beiden Reitern nicht fortsetzen. Und ein anderes Ziel zu suchen, schien ihm nicht mehr verlockend, zumal fast alle Wege an der großen Kreuzung vorbeiführten. Auf jeden Fall aber musste er vorsichtig sein. Der Amtmann würde nach ihm suchen lassen. Vielleicht könnte er sich im Wald verstecken?

Torak stand auf und ging zu Cel, die eine dünne Decke in einen Filzbeutel stopfte. »Was habt ihr jetzt vor?«, fragte er sie.

Sie blickte mit ihren gelben Katzenaugen zu ihm auf. »Wir gehen nach Hause«, sagte sie entschlossen und wendete sich wieder ihrer Decke zu.

Torak wartete einen Moment, aber für Cel war das Gespräch beendet. Daher fragte er nach: »Wie wollt ihr das anstellen? Man wird nach euch suchen. Und …«, er zögerte, »… nun ja, jeder wird sehen, dass ihr geflohene Sklaven seid.«

Sie stand auf und holte tief Luft. »Tok, wenn du da drin sitzt …«, sie deutete auf den Käfig, »… dann kennst du nur einen Gedanken. Du willst fliehen. Und selbst wenn es noch so aussichtslos ist. Wenn du den Kampf und die Hoffnung aufgibst, dann stirbt dein Geist.« Sie blickte kurz zu Noul. »Wir gehen nach Hause, egal wie weit der Weg ist. Der Wald wird uns verbergen und uns ernähren. Wir brauchen eure Wege nicht.«

Torak spürte ihre Überzeugung, aber er hatte Zweifel. Der Stille Wald war nicht dafür bekannt, dass man ihn durchwandern konnte. Die Menschen verloren in ihm schnell die Orientierung, wurden von Tieren angefallen oder ertranken qualvoll im Sumpf. Und dann waren da die vielen Geschichten über das, was im Wald sonst noch lebte. Wenn nur ein Bruchteil davon wahr wäre? Nein, darüber wollte er nicht nachdenken, denn er sah jetzt eine Lösung für sein eigenes Problem. »Kann ich euch ein paar Tage begleiten? Nur bis wir auf einen der Wege stoßen? Das sollte genügen, falls sie kommen, um uns zu suchen.« Er deutete mit dem Kinn in Richtung Sturmwald.

Cel blickte ihn lange an. Schließlich sagte sie: »Aber du darfst uns nicht aufhalten.«

Torak erwachte genauso erschöpft, wie er eingeschlafen war. Acht Tage harten Marsches hatten ihn an die Grenze seiner Leistungsfähigkeit gebracht. Acht Tage war er den anderen durch Schlamm, Gestrüpp und Dornen gefolgt. Während die drei sich mit traumwandlerischer Sicherheit durch den Wald bewegten, hatte er schon nach wenigen Stunden die Orientierung verloren. Inzwischen nagte der Hunger an ihm. Sie fanden zwar immer wieder Kräuter, essbare Wurzeln und Beeren, aber das war längst nicht genug, um ihn auf Dauer am Leben zu erhalten. Vor zwei Tagen hatte er begonnen, ans Aufgeben zu denken. Er war sich der Konsequenzen durchaus bewusst, doch er konnte nicht mehr weiter. Wenn er stehen geblieben war, hatte Cel ihn angetrieben. Und sie hatte ihm von ihren Beeren gegeben. Torak war ihr dafür dankbar, er erkannte aber auch, dass er für sie zur Last wurde.

Das erste Licht des Tages hatte ihn geweckt. Er drehte sich auf den Rücken und erspähte im lichten Blätterdach zwei Eichhörnchen, die in schwindelerregender Höhe durch Äste und die darauf wachsenden Farne turnten. Dann stemmte er sich in eine sitzende Position und sah sich um: Er war allein.

Zu seinem Erstaunen empfand er Erleichterung. Es war vorbei und er könnte einfach liegen bleiben. Es wäre ein schöner Ort zum Sterben. Doch er sah ein, dass er sich etwas vormachte. Natürlich würde er aufstehen und sich weiterschleppen. Immer weiter, bis er zufällig auf einen Weg stieß. Kurz sah er sich als alten Mann durch den Wald humpeln. Mit einem bodenlangen Bart voller Flechten, schwer auf einen Stock gestützt und pausenlos Verwünschungen vor sich hinmurmelnd.

»Sie sind weg«, sagte Cel plötzlich hinter ihm.

Torak fuhr zusammen und sah sich um. Er hatte erlebt, dass die junge Frau sich geräuschlos durch den Wald bewegen konnte. Und sie schien über eine seltsame Art von Humor zu verfügen. Er war sich sicher, dass sie sich absichtlich angeschlichen hatte.

»Hier, iss das«, sagte sie und warf etwas Grünes neben ihm in das Farnkraut. Torak starrte auf das Paket aus Blättern, war aber im Geiste noch beim Verschwinden von Ceit und Noul. »Was ist passiert? Wohin sind sie gegangen?«, fragte er.

»Das sind Verbrecher«, antwortete Cel. »Wir sind besser dran ohne sie. Allerdings ...«, sie wies mit großer Geste auf den Lagerplatz, »... haben sie unsere Ausrüstung mitgenommen.«

Torak sah sich erneut um. Um ihn herum nur Waldboden und platt gedrückte Pflanzen. Alles bis auf Cels Rucksack, den sie zum Schlafen nicht abgelegt hatte, war weg. Er tastete nach der Axt an seiner Seite. Sie war verschwunden, obwohl er praktisch auf ihr geschlafen hatte. Trotz des Diebstahls empfand er Ceit und Noul gegenüber eine gewisse Dankbarkeit. Cel und er lebten noch. Das war nicht selbstverständlich.

Allerdings wusste er weiterhin nicht, woran er mit der Frau war. Sie war zwar nicht wirklich freundlich zu ihm gewesen, dennoch hatte er etwas Vertrauen zu ihr gefasst. Sie hatte ihn mit Nahrung versorgt, ohne dass eine Verpflichtung dazu bestanden hätte. Doch er wollte es jetzt genauer wissen: »Wenn Ceit und Noul Verbrecher sind, was bist du dann?«

»Keine Verbrecherin«, erwiderte sie bissig und drehte Torak den Rücken zu. »Iss!«

Er verzichtete auf weitere Fragen. Einen kurzen Moment hatte er die Verzweiflung hinter ihrer Maske gesehen. Er nahm das Blätterpaket und öffnete es. Darin lag eine zerdrückte Honigwabe. Goldgelber Honig tropfte auf Toraks Finger. Unermessliche Dankbarkeit befiel ihn, als er in die klebrige Wabe biss. Das Wachs haftete an seinen Zähnen und eine wunderbar herbe Süße erfüllte seinen Mund. Torak aß hastig, und erst als nur noch ein kleines Stück übrig war, dachte er wieder an Cel. Schnell hielt er ihr den Rest hin, doch sie schüttelte den Kopf.

Der Honig hatte Toraks Lebensgeister geweckt und der Marsch fiel ihm nun deutlich leichter. Außerdem schien der Wald lichter zu werden. Büsche und Gestrüpp wichen einem hellen Laubwald, der immer wieder von üppig grünen Lichtungen durchbrochen wurde. Torak trottete hinter Cel her, bis diese abrupt anhielt und auf den Boden zeigte. »Hier lang«, sagte sie.

Torak trat näher und sah einen schmalen Wildpfad den Hügel hinab durch die mit violetten Blüten gesprenkelte Wiese laufen. »Mit etwas Glück führt er uns zu Wasser«, meinte Cel.

Sie folgten dem Weg weiter, bis kein Zweifel mehr daran bestand, dass dieser für einen Wildwechsel inzwischen zu breit war. In der Ferne erscholl die Stimme einer Frau. Cel duckte sich sofort ins Gras und sah den neben ihr stehenden Torak fragend an. Der begriff die potenzielle Gefahr erst spät, kniete sich dann aber zu Cel auf den Boden. »Was machen wir jetzt?«, flüsterte Cel.

Torak zögerte. Seit Tagen hatte er die Begegnung mit Menschen herbeigesehnt. Doch sein Verstand mahnte ihn zur Vorsicht. Er fragte: »Ranschleichen und erst mal nachsehen?«, und war überrascht, als Cel nickte.

Im Schutz der Bäume gingen sie leise weiter in die Richtung, aus der sie die Stimme gehört hatten. Mit einem Mal öffnete sich der Wald vor ihnen, und sie standen an einem sonnenbeschienenen Waldsee. Zwei nackte Frauen badeten im flachen Wasser.

Cel zog Torak an der Schulter nach unten und spähte über den Farn. »Elfen«, flüsterte sie.

»Quatsch«, antwortete Torak, ohne nachzudenken.

»Doch, Elfen! Schau sie dir doch mal an!«

Aber das tat Torak schon. Tatsächlich schienen sich die Frauen etwas von denen zu unterscheiden, die er kannte. Ihre Körper waren schlank und feingliedrig, beinahe zerbrechlich. Die Gesichter waren von ebenmäßiger Schönheit und spitze Ohren lugten durch goldglänzende Haare. Und auch die kleinen runden Brüste entgingen ihm nicht. Doch Elfen konnten es nicht sein.

»Sie haben keine Flügel!«, protestierte Torak leise.

»Warum sollten sie?«, kam Cels nüchterne Antwort zurück.

Die Frauen hatten das Wasser schon fast verlassen, da ergriff eine die Hand der anderen, zog sie an sich und küsste sie leidenschaftlich. Beide lachten ausgelassen.

Torak war irritiert. Beides waren Frauen, das war eindeutig. Und auch der Kuss war eindeutig gewesen. Er hatte dessen Intimität bis zu seinem Versteck im Wald gespürt. Ob Elfen oder nicht, diese Frauen schienen sich von Frauen, wie Torak sie kannte, in mehr als nur einer Kleinigkeit zu unterscheiden.

»Friede auf euren Wegen!«, ertönte unerwartet eine Stimme hinter ihnen. Torak und Cel fuhren herum. Da standen drei Frauen. Sie hatten den gleichen hauchzarten Körperbau wie die Grazien im Wasser. Aber sie trugen grüne und erdbraune kurze Kleider und ihre Waffen straften ihren Gruß Lügen. Torak fluchte innerlich. Warum konnte sich jeder unbemerkt an ihn anschleichen?

Einen Moment lang musterten sich beide Parteien schweigend. Torak nutzte die Zeit, um die Bedrohung einzuschätzen. Die Frau in der Mitte hielt einen Speer, die anderen trugen kurze Dolche. Die Waffen schienen aus Bronze zu sein und waren ausnahmslos auf ihn gerichtet. Dennoch kam Torak zu dem Schluss, dass er nicht in akuter Gefahr war. Die Frauen waren zwar bewaffnet und in der Überzahl, wirkten aber eher wachsam als aggressiv.

»Friede auch auf euren Wegen«, ergriff Cel das Wort. »Wir sind harmlose Reisende auf dem Weg gen Westen.«

Als die Frauen schwiegen, fuhr Cel fort: »Ich bin Cel, Tochter des Konsuls von Syll in der Stadt Myr. Dorthin bin ich auch auf dem Weg. Und dies«, sie wies mit der Hand auf Torak, »ist Tok.«

Er verzichtete darauf, seinen Namen zu korrigieren. Eben hatte er in einem Satz mehr über Cel erfahren als in den letzten acht Tagen ihrer gemeinsamen Reise. Und jetzt musste er sich eine angemessene Vorstellung seiner selbst überlegen. Als ihm auf die Schnelle nichts Eindrucksvolles einfiel, sagte er: »Ich bin auf dem Weg zur Großen Wegkreuzung.«

»Mein Name ist Alais«, entgegnete die Frau mit dem Speer und deutete eine Verbeugung an, ohne Torak und Cel aus den Augen zu lassen. »Ihr reist weitab von den Wegen. Und ihr seid ohne Erlaubnis in das Land der Elfen eingedrungen. Wir werden euch jetzt zur Ältesten bringen. Sie wird über euer Schicksal entscheiden.«

»Ich hab es doch gesagt«, flüsterte es Cel leise.

Alais ging voraus, Torak und Cel folgten. Den Abschluss bildeten die zwei anderen Elfen. Torak dachte an die beiden Messer in seiner Hose. Wenn er kämpfen wollte, dann wäre das jetzt der richtige Augenblick. Er blickte auffordernd zu Cel, aber sie reagierte nicht.

Der Weg um den See herum dauerte fast eine halbe Stunde. Torak hatte also ausreichend Zeit, ihre Führerin zu mustern. Sie war barfuß und das kurze, ihren schlanken Körper umspielende Kleid wirkte abgetragen. Auch der Bronzespeer schien schon durch Generationen von Händen gegangen zu sein.

Auf der anderen Seite des Sees folgten sie einem gut erkennbaren Pfad bergauf in den Wald. Dann durchschritten sie einen gewaltigen von Pflanzen und Moos überwachsenen Torbogen und standen an einem Ort, der vor Hunderten von Jahren einmal eine Stadt gewesen sein musste. Torak sah Häuser, Treppen, gepflasterte Wege und übermannshohe Statuen. Aber der Wald hatte diesen Ort zurückgefordert und in eine Ruinenstadt verwandelt. Grün bewachsene Säulen trugen nicht mehr vorhandene Dächer und beindicke Baumwurzeln zermalmten mit quälender

Langsamkeit Mauern und Wege. Aber Torak sah auch Anzeichen von menschlichem Leben. In kleinen, aus Stein gehauenen Schreinen brannten Kerzen und eine kaum noch erkennbare Statue trug eine Halskette aus verwelkten Blumen.

Sie folgten dem Weg weiter in die Stadt. Hier waren die Häuser besser erhalten und Reparaturarbeiten waren zu erkennen. Die ersten Bewohner, die sie trafen, waren zwei kleine Mädchen, die vor Begeisterung kreischend in einer Matschpfütze spielten. Als die Gruppe an ihnen vorbeizog, beobachteten sie Cel und Torak mit unverhohlenem Staunen. Je weiter sie kamen, desto mehr nahm das dörfliche Leben um sie herum zu. Torak sah Frauen, die einen Karren mit Feldfrüchten den Weg entlangschoben, andere flochten Körbe und in einem Haus arbeitete eine Frau an einem einfachen Webstuhl. Der Duft von frisch gebackenem Brot zog durch den Wald. Männer erblickte er nicht.

Ihre Führerin blieb vor einem Gebäude stehen, das wohl einmal ein Tempel gewesen war. Große Säulen umrahmten den Eingang und in seinem Inneren brannten Öllampen. Die Frau sagte: »Ihr werdet hier warten«, und verschwand im Dunkel des Bauwerks. Ein Plätschern erinnerte Torak an seinen Durst. Er sah sich um und erkannte neben dem Tempel eine Art Brunnen. Aus dem großen Maul eines in Stein gehauenen Fabeltieres floss wunderbares, klares Wasser in einen Steintrog und von dort weiter durch eine Rinne den Hügel hinab. Er blickte von der Quelle zu seinen Bewacherinnen. Eine nickte, und er ging zum Brunnen und trank gierig. Dann hielt er seinen Kopf unter den Wasserstrahl und genoss die belebende Frische. Mit triefnassen Haaren trat er zurück, damit Cel es ihm gleichtun konnte.

Bald darauf standen sie erneut vor dem Eingang des Tempels und warteten auf die Älteste. Immer wieder liefen Elfenfrauen über den Platz, um Ware von hier nach dort zu bringen oder um Wasser von der Quelle zu holen. Torak entging nicht, dass die Frauen ihn und Cel dabei betont unauffällig beobachteten. Mit der Zeit erschien es ihm gar so, als ob die Elfen nur vorgaben, den Platz überqueren zu müssen, in Wirklichkeit aber kamen, um die beiden Fremden in Augenschein zu nehmen.

Als die Älteste ihnen endlich aus dem Tempel entgegentrat, waren Toraks Haare längst getrocknet und seine Laune auf dem Tiefpunkt. Auch die Älteste war barfuß und trug ein safrangelbes Kleidchen, das sich in Form und Zustand kaum von denen der anderen Frauen unterschied. Hinter ihr kam Alais, weiterhin den Speer in der Hand. Dann verließen zwei Gestalten den Schatten des Tempels, und Torak erkannte entsetzt, dass es Syrth waren. Wie die Elfen trugen sie dünne Kleider, was sie mit ihren an Insekten erinnernden Armen und Beinen wie albtraumhafte Zerrbilder der grazilen Elfen erscheinen ließ.

»Friede auf euren Wegen!«, sagte die Frau, und Torak sah, dass sie deutlich jünger und schöner war, als er sich eine Älteste vorgestellt hätte. »Ich bin Tiala, gewählte Älteste der Bergelfen. Alais hat mir berichtet, dass ihr ohne Genehmigung in unser Reich eingedrungen seid. Wie rechtfertigt ihr euch?«

Diese Anschuldigung hatte Torak gerade noch gefehlt. Er holte tief Luft, um der Ältesten zu erklären, dass es ihm leider an hellseherischen Fähigkeiten mangelte, um dieses

Elfennest im Voraus zu erkennen. Cel stieß ihm heftig den Ellenbogen in die Rippen und übernahm das Antworten. Torak wurde wie gewohnt als »Tok« vorgestellt, und dieser beschloss, sie bei nächster Gelegenheit zu fragen, was für ein Problem sie mit seinem Namen hatte.

Zu seiner Überraschung trat jetzt einer der Syrth vor und sprach ihn direkt an: »Ah, Torak, es freut mich, dich bei guter Gesundheit zu sehen. Ich hatte gehört, du seiest kurz vor Sturmwald tödlich verunglückt?«

Toraks Geist füllte sich schlagartig mit Fragen. Er war sich trotz der seltsamen Kleidung des Syrth sicher, ihn nie getroffen zu haben. Doch dieser kannte nicht nur seinen Namen, er schien auch von seinem Erlebnis mit Nelairi zu wissen. Was sollte er jetzt antworten? Die Wahrheit? Auf keinen Fall! Er durfte den Syrth auch keinen unnötig tiefen Einblick in seine Gedanken gewähren. Darum griff er auf seinen Plan zurück, den er sich nach seiner letzten Begegnung mit ihnen überlegt hatte. Vor seinen Augen ließ er das Bild der beiden im Teich badenden und sich küssenden Elfen erscheinen. Dann versuchte er zu antworten, ohne die Erinnerung an die nackten Elfen vollständig loszulassen: »Wie ihr seht, erfreue ich mich bester Gesundheit. Ich hatte meine Reisegruppe verlassen und mich auf den Rückweg zur Großen Kreuzung gemacht. Auf diesem Weg habe ich Cel getroffen. Um Räubern auszuweichen, sind wir durch den Wald gegangen und haben versehentlich das Gebiet der Elfen betreten.« Als Torak geendet hatte, war er einigermaßen mit sich zufrieden. Er wusste zwar nicht, was die Syrth in seinen Gedanken hatten lesen können, aber er hatte das Bild der nackten Elfen fast durchgehend vor Augen gehabt. Und so würde es auch bleiben, bis die beiden Syrth wieder außer Sichtweite waren. Mit einem gut gewählten Motiv war es ganz einfach.

Der Syrth wollte etwas entgegnen, als die Älteste ihm ins Wort fiel: »Nun gut. Ihr schildert beide, dass ihr unser Land unabsichtlich betreten habt. Dennoch! Die Gesetze sehen seit jeher nur eine Strafe vor: den Tod.«

Torak fuhr zusammen. Was stimmte mit diesen Frauen nicht? Er wollte seinem Entsetzen Luft machen, als die Älteste mit einer beschwichtigenden Geste weitersprach: »Aber die Zeiten haben sich geändert.« Einen Moment ließ sie ihren Blick über die Ruinenstadt schweifen, um dann Torak ausgiebig zu mustern. Mit einem Lächeln sprach sie weiter: »Ich werde die Strafe abwandeln. Heute ist Neumond. Bis zum nächsten Neumond werdet ihr zum Ausgleich Arbeit für unsere Gemeinschaft leisten. Anschließend steht es euch frei zu gehen. Alais wird euch jetzt eure Quartiere zuweisen.«

Ohne eine Reaktion abzuwarten, drehte sich die Älteste um und verschwand, von den Syrth gefolgt, wieder im Tempel. Torak und Cel blieben verwirrt zurück. Was war da gerade passiert? Erst drohte aus heiterem Himmel die Todesstrafe, dann erfolgte sogleich die Begnadigung? Torak beschlich das Gefühl, Opfer eines abgekarteten Spiels zu sein.

Eine Stunde später saß Torak auf einem klapprigen Bett und starrte die gegenüberliegende Wand an. Alais hatte Cel in die Obhut zweier Elfen gegeben und den Frauen aufgetragen, dass sie zuallererst mit Cel zur Schmiedin gehen und die Fußfessel entfernen lassen sollten. Dann hatte sie mit ihm die ganze Stadt durchquert und war schließlich vor einem Gebäude stehen geblieben, das etwas weniger verfallen aussah als die Häuser der Umgebung. Sie hatte auf den Eingang gewiesen und gesagt: »Deine Unterkunft. Du darfst von hier in den Wald gehen, aber entferne dich nicht zu weit. Es ist dir bei Strafe verboten, in die Stadt zu gehen. Hast du das verstanden?«

Torak hatte genickt, und Alais war gegangen. Er hatte sich das Haus angesehen, das zwar klein, aber in recht gepflegtem Zustand war. In einem Zimmer stand ein Bett mit einer Strohmatratze und einer Decke. Ansonsten war das Haus leer, aber sauber.

Torak grübelte über seine Situation nach. Gerne hätte er jetzt mit Cel gesprochen, vielleicht hätte sie Antworten auf seine Fragen gewusst. Der Monat Strafarbeit, zu dem sie verurteilt worden waren, stellte für ihn bei näherer Betrachtung kein Problem dar. Arbeiten müsste er überall, und außerdem fand er die Elfen freundlich und ausgesprochen attraktiv. Daher sah er den kommenden vier Wochen eher wohlwollend entgegen. Was ihn mehr bedrückte, war das merkwürdige Verhalten der Syrth. Sie wussten Dinge, die sie nicht wissen konnten. Und sie hatten ein befremdliches Interesse an ihm entwickelt. Außerdem schienen diese eine nicht unwichtige Rolle im Gefolge der Ältesten zu spielen.

Draußen wurde es dunkel, und Torak wandte seine Gedanken profaneren Themen zu. Er hatte Hunger. Wie würde er zu Essen kommen, wenn das Haus leer war und er nicht in die Stadt gehen durfte? In diesem Moment hörte er Schritte vom Eingang, und eine Elfe kam wie gerufen mit einem Tonkrug und einer Schüssel in sein Zimmer.

»Ich bin Kyela«, stellte sich die Frau vor und platzierte beides neben Torak auf dem Boden. »Ich bin heute deine

Gastgeberin. Bitte, iss«, sagte sie freundlich. Er ließ sich das nicht zweimal sagen und griff nach der Schale. Darin war ein warmer Brei aus Getreide und einem grünen Gemüse, das er nicht kannte. Auch wenn das Essen nicht ganz nach seinem Geschmack war, aß Torak begierig.

Kauend fragte er: »Kyela, sag mir bitte, wo bin ich hier?«

Kyela lächelte verständnisvoll. Dann erklärte sie: »Du bist im Land der Elfen. Und dieses Haus befindet sich am Rand unserer einzigen verbliebenen Stadt Ys Aethel.« Grazil setzte sie sich im Schneidersitz Torak gegenüber, was dieser als Einladung zu einem weiteren Gespräch ansah.

»Und hier leben nur Elfen?«, fragte er.

»Ja«, sagte sie. »Wir sind gut 400 Schwestern.«

»Schwestern? Das heißt, ihr seid alle Frauen?«, fragte Torak neugierig.

»Ja, so ist es. Egal, was du bisher über Elfen gehört haben solltest: Es gibt bei uns keine Männer. Und wir haben keine Flügel, und nein, wir können auch nicht fliegen.« Sie lachte.

Torak beobachtete Kyela, während sie sprach. Sie war, soweit er das bei den Elfen überhaupt abschätzen konnte, nicht mehr ganz jung, aber auch nicht alt. Nach seinen Maßstäben war sie wunderschön, was allerdings genauso auf die anderen Elfen zutraf, die er bisher gesehen hatte. Die schlanken Beine lugten im Schneidersitz unter ihrem Kleidchen hervor. Was ihn aber am meisten beeindruckte, war ihr warmes Lachen.

Torak wollte die Situation mit den Männern noch einmal hinterfragen. Nach kurzer Denkpause fragte er zweideutig: »Das heißt, ihr kommt hier völlig ohne Männer aus?«

»Ja, völlig«, sagte sie und lachte herausfordernd.

Torak war sich nicht sicher, wie das gehen sollte, dennoch verzichtete er darauf, weiter nachzuhaken. Stattdessen fragte er: »Darf ich dir noch eine weitere Frage stellen? Was machen die Syrth hier bei euch?«

Diesmal musste Kyela für die Antwort etwas länger nachdenken. Schließlich sagte sie: »Die Syrth sind unsere Berater und Verbündeten. Du musst verstehen, Torak, dass wir hier zwar in unserem kleinen Paradies leben, dass es da draußen aber eine Welt gibt, die für uns eine Bedrohung darstellt. Die Syrth helfen uns und schützen uns vor Feinden.«

Torak hatte hier seine Zweifel. Er fragte: »Und sie helfen euch, weil …?«

»Es ist ein Geben und Nehmen«, gestand Kyela ein.

Torak schreckte aus dem Schlaf auf, weil sich eine monströse Schlange neben ihm im Bett wand. Instinktiv wich er vor dem Tier bis an die Wand zurück. »Ruhig, ganz ruhig«, flüsterte die Schlange ihm zu.

Dann ordneten sich seine Gedanken und er begriff, dass sich in der fast vollständigen Dunkelheit des Zimmers ein warmer weicher Körper zu ihm unter die Decke geschoben hatte. Die Frau rückte jetzt zu ihm auf und schmiegte sich an ihn. Ein Bein schob sich über seins und glitt sanft an ihm auf und ab, während sich ihre Hüfte eng an ihn presste.

Toraks Körper hatte längst auf den Kontakt reagiert, aber sein Verstand wünschte sich Klarheit. »Wer bist du?«, wollte er fragen, doch eine Hand legte sich zart auf seinen Mund. Die Frau glitt auf ihn, und Torak gab die Zurückhaltung auf. Seine Hände strichen über die fragile Schlankheit des Elfenkörpers, während ihre langen Haare sein Gesicht berührten. Einen Moment lag sie still und leicht auf ihm, dann rieb sie ihren Körper gegen seinen. Kleine feste Brüste strichen sanft über ihn und ihre Spalte massierte sein steifes Glied. Sie ließ ihn in sich eindringen und begann, ihre Hüfte langsam vor- und zurückzubewegen. Kurz schoss die Erinnerung an Nelairi durch Toraks Kopf, aber seine steigende Erregung vertrieb diesen Gedanken sogleich. Er wollte nur fühlen und die Intimität möglichst lange auskosten, doch ihre Bewegungen ließen ihn früh und heftig kommen. Die Elfe blieb noch einen Moment auf ihm liegen, und er fühlte ihren schnellen Herzschlag. Dann glitt sie von ihm herunter und verließ mit dem Kleid in der Hand sein Haus. Zurück blieb ihr Duft nach Schweiß und Blüten.

Am Morgen erwachte Torak ausgeruht und in bester Stimmung. An der Tür des Ruinenhauses fand er ein großes Stück Brot und einen Krug mit Wasser, auf dessen Oberfläche eine violette Blüte schwamm. Er setzte sich auf die Stufe vor seinem Haus und blickte in den regennassen Wald. Dabei dachte er an die vergangene Nacht zurück. Es war so sanft und schön, der Körper der Elfe so unwiderstehlich gewesen. Torak nahm an, dass es sich bei der Frau um seine Gastgeberin Kyela gehandelt hatte, sicher war er sich allerdings nicht. Er konnte es kaum erwarten, sie wiederzusehen.

Als das Brot gegessen und die Hälfte des Wassers getrunken war, malte Torak sich aus, wie er später zu Hause den anderen Jungs seine Begegnung mit einer Elfe schildern würde. Sie würden ihm kein Wort glauben.

Am Himmel stieg die Sonne langsam höher, und Torak wartete ab, was der Tag für ihn bereithielt. Er sollte für die Gemeinschaft arbeiten, so viel war ihm klar. Aber wenn er nicht in die Stadt gehen durfte, dann musste die Arbeit wohl zu ihm kommen. Also blieb er vor dem Haus sitzen.

Gelegentlich kamen Elfen vorbei und blickten ihn verstohlen an. Manche tuschelten untereinander und zwei Händchen haltende junge Elfen konnten sich ein schrilles Kichern nicht verkneifen. Torak war das egal. Es ging ihm gut. Gegen Mittag wurde ihm langweilig und er entschloss sich, zum See hinab zu gehen und zu baden.

# KAPITEL

# 8

Foruh war aufgeregt wie noch nie in seinem Leben. So viele Jahre hatte es Volk und Mutter treu gedient. Zu Anfang hatte es den sanften Dank seiner Mutter gespürt, der es zu immer größeren Leistungen und Selbstaufopferung anspornte. Dann hatte sie ihm ihren Geist geöffnet, und während es weiter in der Heimstätte arbeitete, zeigte sie ihm die Welt draußen. Es kannte jetzt die Menschen und die Sprachen des Nordens. Und es hatte tiefe Einblicke in die Politik seiner Mutter erhalten, wie sie behutsam und ungesehen die menschlichen Herrscher der Reiche um sich herum an der Hand nahm und führte. Das Wohl des Volkes war ihr einziges Ziel, und Foruh bewunderte sie für ihr Geschick.

Jetzt hatte sie Foruh gerufen und es war gekommen. Als eines unter vielen wartete es vor den Räumen ihrer Mutter auf seine Audienz. Die zwei Tage des Wartens hatte Foruh voller Vorfreude und Erwartung verbracht. Es empfand weder Hunger noch Durst, denn so nahe bei Mutter gab es nur süßen Gehorsam und Glück.

Dann erscholl in seinem Geist der Ruf der Wache und wie im Traum stand es auf und durchschritt die Tür zu ihren Gemächern. Es sah sie zum ersten Mal und sein Herz war erfüllt von Schönheit und Freude. Sie lag weich gebettet und Diener umsorgten sie aufopferungsvoll.

Wie jeden Tag, so würde ihr Leib auch heute einem weiteren Syrth-Geschwister das Leben schenken, doch jetzt nahm sie sich Zeit für Foruh. Sie wandte ihm ihren Blick zu, und es fiel auf die Knie und sandte ihr seinen übergroßen Dank, worauf sie ihm ihre Freude zurückgab.

Dann zeigte sie ihm seine Bestimmung. Die Jahrzehnte der Vorbereitung waren abgeschlossen und bald würde es mit weiteren Geschwistern ausziehen und einen delikaten Auftrag zum Schutz des Volkes erfüllen. Schon vor Jahren hatte Mutter ihm das Wissen über die Bedrohung durch die Feen und ihre schreckliche Göttin eröffnet. Jetzt hatte sich der vielleicht letzte Fee enttarnt, denn er war gestorben und wieder ins Leben zurückgekehrt. Eine Fähigkeit, die, wie Foruh wusste, selbst unter den Feen nur selten anzutreffen war.

Als Mutter Foruh entließ, wusste es alles, was es zur Bewältigung der Aufgabe benötigte. Trunken vor Glück kehrte es ihn die Wohnstätte zurück. Es würde den Auftrag erfüllen. Wie Mutter im Großen würde es im Kleinen die Geschicke zum Wohle des Volkes lenken und dem Handlanger der Feengöttin ein baldiges Ende bereiten.

# KAPITEL

# 9

»Käkkäkkäkkäkkäk«.

Cel hätte gerne ein wenig länger geschlafen. Gaben diese elenden Vögel denn nie Ruhe? Und wieso war sie immer die Einzige, die von diesem Höllenlärm wach wurde? Träge hob sie den Kopf und sah in Richtung Fenster. Schwarz vor Blau zeichneten sich die Dächer der Stadt im ersten Licht des Tages ab. Cel ließ den Kopf sinken, entschied sich dann aber aufzustehen. Schlaf würde sie ohnehin keinen mehr finden; schon wieder kreisten ihre Gedanken um die geplante Flucht. 15 Tage bei den verdammten Elfen waren genug. Heute zur Mittagsstunde würde sie sich davonschleichen. Das Risiko, das sie damit einging, war verschwindend gering. Niemand würde sie jagen, denn sie hatte für die Elfen keine Bedeutung. Bei Torak wäre das sicherlich anders. Aber sie war zu unwichtig. Außerdem waren die Elfen so freundlich zu ihr, dass sie sich einen ernsthaften Konflikt mit ihnen nicht vorzustellen vermochte.

Bevor Cel das Bett verlassen konnte, musste sie sich aus der Umklammerung von Orwen lösen. Diese war im Laufe der Nacht sukzessive näher an sie herangerutscht und hatte sich, einen Arm und ein Bein auf Cel legend, an sie gekuschelt. Vorsichtig versuchte Cel, sich unter ihr herauszuwinden, als diese die Augen aufschlug und Cel anlächelte.

»Schlaf weiter«, flüsterte Cel und erhob sich, bevor Orwen sie zurückhalten konnte.

Sie stand in der frischen Morgenluft vor dem Bett und blickte auf die Elfe hinab, deren nackter Körper von der Decke kaum verhüllt wurde. Cel spürte einen überraschenden Stich im Herzen. Sie begriff, dass sie für Orwen etwas empfand. Auch wenn Cel ihr nicht das geben wollte, worauf Orwen so sehr hoffte, war in diesen 15 Tagen zumindest eine innige Freundschaft zwischen den beiden Frauen entstanden. Oder, so fragte sich Cel einen Moment, war es mehr als Freundschaft? Verdammte Elfen, dachte sie erneut, zog sich an und schlich an den drei Betten vorbei zur Tür. Dort angekommen zögerte sie und warf nochmals einen Blick in das Zimmer. Niemand beobachtete sie. Leise ging sie wieder zurück, ergriff ihren Rucksack und verließ schnell den Raum.

Vor dem Haus sah sie sich um: keine Elfen in Sicht. Den verräterischen Rucksack unter dem Arm folgte sie dem Weg zu der großen Halle, die sie anfangs für einen Tempel gehalten hatte. Es wurde zunehmend heller, und sie kam sich vor, wie auf dem Präsentierteller. Noch schien alles ruhig, doch je näher sie dem Mittelpunkt der Stadt kam, desto höher war das Risiko einer Entdeckung. Als sie den Platz vor der Halle schon am Ende des Weges sehen konnte, traten direkt vor ihr drei Elfen aus einem Haus. Cel duckte sich hinter einen Busch, der seine Wurzeln tief unter das Pflaster der Straße getrieben hatte, und wartete ab. Anscheinend war sie unbemerkt geblieben, denn die drei wandten sich angeregt tuschelnd zur großen Halle.

Cel entschied sich, ihr Glück nicht weiter herauszufordern. Sie lief den Weg ein paar Schritte zurück und bog in eine Lücke zwischen den Häusern ein. Dort überkletterte sie Mauerreste und wand sich durch dichte Vegetation. Vögel flatterten kreischend vor ihr auf, dann stand sie wieder vor einem von Ruinen gesäumten Weg. Hier hatte der Wald schon vor langer Zeit die Herrschaft übernommen. In den Überresten der Häuser wuchsen Bäume, das Pflaster war aufgebrochen und kaum passierbar. Cel war zufrieden; hier würde sie auf keine weiteren Elfen treffen.

Wenige Minuten später und um einige blutige Kratzer reicher, stand Cel im Gebüsch am Platz vor der großen Halle. Den Rucksack hatte sie unter Laub und Ästen versteckt. Sie trat schnell aus ihrer Deckung und schlenderte im ersten Licht der Morgensonne zum Eingang der großen Halle.

Cel hatte das Gebäude schon mehrfach besucht, aber auch dieses Mal konnte sie sich der morbiden Faszination des Bauwerks nicht entziehen. Sie ging durch das mittlere Tor und nahm Pracht und Zerfall der von der Sonne erleuchteten Halle in sich auf. Der Boden war mit Mosaiken ausgelegt und ein breiter Gang leitete Blick und Besucher zu einem obsidianschwarzen Altar am Ende des Bauwerks. Schlanke steinerne Fabelwesen standen aufrecht zu beiden Seiten des Durchgangs. Dort wo ihre Köpfe hätten sein müssen, gingen die Körper in die Säulen über, die die Decke trugen. Cel konnte sich gut vorstellen, dass zur Blütezeit der Elfenzivilisation ein Besuch in dieser Halle kein erfreuliches Erlebnis gewesen war. Jetzt aber glich der Tempel mehr einem improvisierten Markt. Zwischen den Säulen waren hölzerne Stände aufgebaut, an denen Elfen später am Tag ihre Produkte feilbieten würden. Auf einer Seite der Halle war ein Teil des Daches eingestürzt, und Cel konnte den blauen Himmel und ein paar Baumkronen erkennen. Überall, wo das Licht es zuließ, klammerten sich Farne an Wände und Vorsprünge.

Cel gesellte sich zu einer Gruppe von Elfen, die sich flüsternd vor einer mit Kreide auf die Steinwand geschriebenen Liste aufhielten. »Torak« stand in großen Lettern darüber, dann folgte eine Aufzählung von Elfennamen, die mit »1 Kyela« begann und bei »15 Maiae« endete. Jeden Tag hatte die Älteste einen weiteren Namen hinzugefügt.

»Wie ist es gelaufen? Habt ihr sie schon gesehen?«, fragte eine Elfe mit Besorgnis in der Stimme und deutete auf den letzten Namen.

Die Umstehenden schüttelten den Kopf, dann sagte eine: »Es wird immer schwieriger. Bei Kyela hat es noch gut geklappt. Aber sie mag Männer ja auch. Vielleicht hat sie sogar Spaß dabei gehabt.« Sie grinste verächtlich. »Aber jetzt ist es wie bei den anderen Männern auch. Irgendwann verlieren sie die ...«, sie suchte nach einem Wort, »... die Motivation. Und dann wollen sie nicht mehr. Oder sie können nicht mehr. Es ist wirklich schade. Er hätte bestimmt ein paar schöne Kinder gemacht.«

»Naja«, meinte eine Dritte, »wir dürfen jetzt nicht aufgeben. Wir haben noch zwei Wochen, und da müssen wir das Beste aus ihm rausholen.« Ein anzügliches Lächeln lag auf ihrem Gesicht. Sie holte Luft, um noch etwas hinzuzufügen, unterbrach sich aber gleich wieder, als sich der Blick der anderen Elfen auf eine Person hinter ihr richtete. Dort war ein junges Mädchen zu der Gruppe getreten. Sie war wunderschön, doch ihre Augen waren gerötet und ihr hübsches Gesicht vom Weinen verquollen. Cel wusste sofort, dass sie die Nummer 15 auf der Liste war.

»Ich habe versagt«, sagte sie leise und ihre Augen füllten sich mit Tränen. »Ich habe wirklich versucht, Tialas Anweisungen zu befolgen. Aber ich konnte es einfach nicht. Es war so ...«, sie schluchzte, »... so widerwärtig. Ich lag neben ihm, und er hat mich mit seinen groben Händen angefasst. Dann wollte er sich auf mich wälzen. Ich habe sein hartes ...«, sie zögerte einen Moment, »... sein hartes Geschlecht an mir gefühlt. Da habe ich ihn gebissen und bin weggelaufen«, schluchzte sie und die Tränen liefen wieder über ihr hübsches Gesicht.

Cel verließ die Gruppe, doch ihre Gedanken blieben bei dem Mädchen. Die Älteste würde nicht erfreut sein, von einem weiteren Misserfolg hören zu müssen. Diese seltsame Gemeinschaft kam zwar fast vollständig ohne Männer aus, aber eben nur fast. Kein Nachwuchs, und ihr Schicksal wäre in Kürze besiegelt. Und Orwen hatte Cel berichtet, dass die Elfen ohnehin nicht besonders fruchtbar waren und sich nur wenige Männer für die Fortpflanzung eigneten. Wie es Tok mit dieser speziellen Aufgabe zum Wohle der Gemeinschaft wohl ging? Sie lächelte. Gerne hätte sie ihm einen Besuch abgestattet und sich verabschiedet, doch der Kontakt mit ihm war strikt untersagt. Cel kannte den Grund dafür zwar nicht, nahm aber an, dass den Männern eine Art Unreinheit anhaftete, die nicht in die Gemeinschaft getragen werden durfte.

Cel riss sich von ihren Gedanken los, denn sie hatte jetzt andere Prioritäten. Es galt, unauffällig Proviant für ihre Flucht zur Seite zu schaffen. Sie wandte sich zum Altar, auf dem Frühstück für den Teil des Volkes vorbereitet war, der sich nicht selbst verpflegen konnte oder wollte. Einige, meist ältere Frauen umstanden den großen, schwarzen

Steinblock und bedienten sich an der Speisenauswahl. Die bunte Vielfalt von Gemüse und Obst bot einen seltsamen Kontrast zu der schwarz glänzenden Oberfläche, in die eine umlaufende Rinne mit einem Ablauf an jeder Seite geschnitten war. Cel nahm sich einen Holzteller und häufte reichlich Trockenobst und ein großes Stück Hartkäse darauf. Dann brach sie sich großzügig von dem dunklen, süßen Brot ab, das die Elfen hier so schätzten. Sie hatte keine Angst, mit ihren üppigen Portionen aufzufallen, denn sie sah immer noch ausgezehrt aus, und auch das reichliche Essen der letzten Wochen hatte daran wenig ändern können. Dann ging Cel gemächlich durch die Halle, setzte sich aber nicht an einen der Tische, sondern trat zwischen den Säulen hindurch in den Sonnenschein. Dort nahm sie auf der Treppe Platz und begann, an ihrem Brot zu nagen. Dabei beobachtete sie aus den Augenwinkeln das morgendliche Geschehen. Als keine der Elfen in ihre Richtung blickte, huschte sie schnell in das Gebüsch neben der Halle und verwahrte die Beute in ihrem Rucksack. Dann tauchte sie wieder auf dem Platz auf und begab sich erneut zurück zum Altar.

Auch Cels zweiter Raubzug verlief problemlos. Als sie aber zum dritten Mal mit ihrem Teller die Halle in Richtung Ausgang durchquerte, traf sie der Blick der Ältesten. Diese reagierte zwar in keiner offensichtlichen Weise, dennoch hatte Cel das Gefühl, ertappt worden zu sein. Doch sie setzte ihren Weg fort und verstaute kurz darauf die dritte Portion in ihrem Rucksack.

Ein viertes Mal Proviant beiseitezuschaffen, traute sich Cel nicht mehr. Aber etwas essen musste sie auf jeden Fall. Sie durchquerte ein weiteres Mal die Halle und häufte diesmal eine große Portion Grütze auf ihren Teller. Als sie sich umdrehte, um sich einen Platz zu suchen, stand die Älteste direkt vor ihr.

»Guten Morgen, Cel, wie geht es dir bei uns? Setz dich doch zu mir und lass uns ein wenig plaudern«, sagte sie und wies auf einen leeren, abseits gelegenen Tisch. Cel blieb nichts anderes übrig, als Tiala gegenüber Platz zu nehmen. »Nun erzähl doch mal, wie fühlst du dich hier bei uns?« Die Älteste ließ der Frage ein warmes Lächeln folgen.

Cel wollte erst zu einer Höflichkeitsfloskel greifen, beschloss dann aber, dass sie es Tiara und vor allem sich selbst schuldete, ehrlich zu antworten. Nach einem Moment des Nachdenkens antwortete sie: »Verzeih mir, Tiala, aber dein Reich ist mein Gefängnis. Ihr seid alle viel netter zu mir, als ich es verdient habe. Und insbesondere Orwen ist so etwas wie eine Freundin für mich geworden. Und es gibt immer genug zu essen.« Sie musste lächeln. »Aber, wie schon andere vor euch, nehmt ihr mir meine Freiheit. Und ich zähle die Stunden, bis ich meinen Weg nach Hause fortsetzen kann.«

Tiara hatte mit leicht geneigtem Kopf zugehört und nickte zustimmend. »Ja, wir haben uns so etwas schon gedacht. Und darum möchte ich dir ein Geschäft vorschlagen.« Sie sah Cel einen Moment lang fragend an. Als eine Antwort ausblieb, fuhr sie fort: »Du hast unsere Gemeinschaft inzwischen kennengelernt. Und du hast gesehen, dass unser Zusammenleben von so viel Frieden und Harmonie geprägt ist, wie du es anderswo schwerlich finden wirst. Aber auch die Schattenseiten unseres Daseins werden dir nicht entgangen sein. Unsere Gemeinschaft schrumpft unaufhörlich. Noch zwei oder drei Generationen und unser

Volk wird zu klein sein, um selbständig in dieser Welt zu überleben. Schon heute sind wir vom guten Willen der Syrth abhängig.« Die letzten Worte waren nur ein Flüstern.

»Aber, ohne Männer …«, fing Cel an. »Ich meine, es ist doch kein Wunder, dass bei euch keine Kinder geboren werden.«

Bevor Cel in die Verlegenheit kam, Tiala naturgegebene Notwendigkeiten zu erläutern, fiel ihr diese ins Wort. »Das ist es nicht«, sagte sie resigniert. »Dies alles …«, sie wies auf die Stadt hinter den Mauern des Tempels, »… wurde einst mit Blut erkauft. Mit dem Blut unserer Töchter. Jede Woche ein neues Opfer, um den Blutdurst der Göttin zu befriedigen und uns ihr Wohlwollen zu erkaufen. Doch vor vielen Generationen waren unsere Vorfahren nicht mehr bereit, diesen Preis zu bezahlen. Sie weigerten sich, die Opfer darzubringen, und die Göttin verließ uns. Unser Reich zerfiel, die Städte verschwanden von den Landkarten und unser Volk schrumpfte zu dem kümmerlichen Haufen, den du heute hier in Ys Aethel siehst.«

Während Tiala sprach, wurden Cels Augen von dem gewaltigen schwarzen Altar angezogen und sie fühlte einen Hauch des Grauens, das diesem Ort weiterhin innewohnte.

»Wir sind keine Menschen, Cel, wir sind Elfen. Und seit wir uns von der Göttin getrennt haben, können Elfen mit menschlichen Männern keine Nachkommen mehr zeugen. Doch manchmal finden wir einen Mann, in dem das alte Blut fließt. Blut aus einer fernen Zeit, in der sich die Rassen noch nicht in Menschen und Elfen gespalten hatten. Diese Männer schenken uns die Kinder, die wir so dringend benötigen.« Tiala sah Cel traurig an. »Aber auch das wird uns nicht retten. Um zu überleben, müssten wir entweder wieder auf den alten Weg zurückkehren oder gänzlich neue Pfade beschreiten.«

Cels Mienenspiel musste ihre Gedanken verraten haben, denn die Älteste fügte schnell hinzu: »Nein, nein, keine Angst. Wir sind uns einig, dass der alte Weg nicht unser Weg sein darf. Aber wenn die Lösung nicht von innen kommen kann, dann müssen wir außerhalb unserer Gemeinschaft nach ihr suchen. Cel, ich habe einen Vorschlag für dich: Bleibe noch eine Weile bei uns. Nicht als unsere Gefangene, sondern als unser Gast. Es steht dir jederzeit frei, uns zu verlassen. Oder aber bleib bei uns.« Tialas leuchtend blaue Augen fixierten Cel. »Werde eine von uns!«

Cel glaubte, sich verhört zu haben. Sie eine Elfe? Das war absurd. »Aber Tiala, ich bin ein Westling und keine Elfe.« Wie zum Beweis strich sie sich über die rote Haut ihrer Arme. »Ich bin doch nicht wie ihr. Wie soll das gutgehen?«, sagte Cel entgeistert, doch Tiala lächelte nur.

»Du wärest in der Tat die Erste. Aber weitere würden folgen. Nimm dir Zeit und denke über mein Angebot nach. Du wirst sehen!« Damit stand die Älteste auf und ließ Cel verwirrt zurück.

Sie versuchte, ihre Gedanken zu ordnen. Tialas Vorschlag war absurd, so viel war klar. Sie gestand sich zwar ein, dass sie die Elfen auf eine gewisse Art liebenswert fand. Aber sie waren auch hilflos. Und Cel hatte sich vorgenommen, nie wieder hilflos und ausgeliefert zu sein. Sie konnte sich nicht vorstellen, den Rest ihres Lebens zwischen Ruinen zu verbringen. Und dann war da noch die paradoxe Beziehung zu den Männern. Könnte sie auf Männer verzichten? Cel spielte einen Moment mit dieser Option und kam zu dem Schluss, dass ein Leben ohne sie durchaus eine

Möglichkeit darstellte. Dieses Leben wäre vielleicht auch ein Leben ohne Leid, ohne Bindung und ohne Verlust. Aus heiterem Himmel öffnete sich in ihrem Geist eine Tür, die sie verzweifelt verschlossen gehalten hatte. Ihre Gedanken glitten unaufhaltsam zu Nih, und der Strudel des Grauens begann sich wieder in ihr zu drehen. Sie sah Nihs leblosen Körper vor sich liegen, sein Kopf war fortgerollt, und aus seinem Hals pulsierte Blut in breiten Strömen in den Sand des Marktplatzes von Myr. Der Henker wischte sein Schwert an Nihs weißem Gewand ab, und sie schrie aus Leibeskräften, kämpfte gegen den unerbittlichen Griff der Wachen, wollte sich losreißen und zu Nih laufen. Doch die Gardisten lachten nur. Statt sie zum Richtblock zu führen und ihr Leiden zu beenden, schleifte man sie vor den Augen der sensationslüsternen Meute zurück zur Festung.

Als Cel wieder aufblickte, wandten sich die Blicke verstörter Elfen von ihr ab. Hastig wischte sie sich die Tränen vom Gesicht und begann, ihren inzwischen kalten Brei zu essen. Sie hatte sich an eine Illusion geklammert. Seit man sie in den Wagen des Sklavenhändlers gestoßen hatte, hatte der Gedanke an Flucht sie am Leben erhalten. Auch auf dem Weg mit Torak und während der zwei Wochen bei den Elfen war sie auf der Flucht gewesen. Das hatte Geist und Körper eine Aufgabe gegeben, um nicht darüber nachdenken zu müssen, dass es kein Ziel für ihren Weg gab. Eine Rückkehr nach Myrna war ausgeschlossen. Nih war tot, und ihre Eltern würden sie nie mehr in die Arme schließen. Als Ehebrecherin wartete am Ende ihrer Flucht nur der Tod.

Ziellos irrte Cel durch die Ruinen von Ys Aethel. Undeutlich konnte sie sich daran erinnern, dass sie aus der großen Tempelhalle fortgelaufen war. Zwei Elfen hatten mit sanften Händen und Worten versucht, sie aufzuhalten, doch sie hatte die Frauen zur Seite gestoßen. Sie war gerannt, immer weiter durch die nicht enden wollende Stadt aus Ruinen und Bäumen. Sie war über Mauern und Baumstämme gekklettert, gestürzt und wieder aufgestanden, war erst gelaufen, dann gegangen. Jetzt stand sie auf einem kleinen Platz inmitten eines Kreises aus Statuen und nahm ihre Umgebung zum ersten Mal seit Stunden bewusst wahr. Die Sonne schien auf sie herab und die Skulpturen warfen fast keinen Schatten auf den mit Blättern bedeckten Boden. Cel sah sich um und augenblicklich beschlich sie ein beklemmendes Gefühl, wie sie es auch beim Anblick des Altars in der Säulenhalle verspürt hatte. Doch hier war die Bedrohung greifbarer, geradezu lebendig. Dabei fanden ihre Augen nichts, was diese irrationale Empfindung bekräftigen konnte. Vielleicht wirkten die im Laufe der Jahrhunderte verwitterten Statuen ein wenig bedrückender als die anderen Statuen in dieser Stadt. Und möglicherweise duckten sich die Ruinen der Häuser ein wenig näher an den Boden, so als ob ein unsichtbares Gewicht auf ihnen lastete. Oder es war nur dieser seltsame, süßliche Geruch, der sie erst an Blüten und dann an verdorbenes Fleisch erinnerte?

Cel schüttelte die Vorahnung des Unheils von sich ab. Sie war an diesem Tag schon einmal vor ihren inneren Dämonen geflohen, das musste genügen. Jetzt würde sie besser in den belebten Teil der Stadt zurückkehren. Auch wenn sie einer Entscheidung über ihre Zukunft nicht nähergekommen war, spürte sie, dass Ruinen und Einsamkeit an diesem

Tag keine gute Wahl waren. Von hinten legte sich eine kühle Hand auf ihre Schulter und ließ sie zusammenschrecken.

»Ruhig, Kind, ich tue dir nichts. Hab keine Angst.«

Cel fuhr herum und sah eine kleine gebückte Frau, den mageren Körper in Lumpen gehüllt. »Hast du dich verlaufen, Kind?«, fragte die Alte mit brüchiger Stimme. »Komm mit mir, ich werde dir den rechten Weg weisen.«

Cel kämpfte ihren Fluchtreflex nieder und besah sich die Frau genauer. Strähnige graue Haare hingen in ihr faltiges Gesicht und eine lückenhafte Reihe von Zahnstümpfen zeigte etwas, das vielleicht ein Lächeln darstellte. Wäre da nicht dieser durchdringende Blick aus klaren, hellblauen Augen gewesen, hätte Cel die Frau nicht mehr zu den Lebenden gezählt.

»Du bist keine Elfe«, platzte es aus Cel heraus.

»Gut erkannt, Kleines«, antwortete die Frau. »Man nennt mich Heleli. Vielleicht haben dir die Elfen schon von mir berichtet. Sie schätzen mich nicht besonders. Aber manchmal, wenn sie in größter Verzweiflung einen Rat benötigen, dann erinnert sich die eine oder andere an mich und stattet mir einen Besuch ab.« Ein Lächeln flog über das welke Gesicht. »Aber wo bleibt meine Höflichkeit? Komm mit mir, Kleines, und lass uns ein Glas Wein trinken. Nicht dieses schreckliche Blütenwasser, das die Elfen so schätzen. Leiste mir etwas Gesellschaft. Ich bin doch recht einsam hier unten in der Stadt.«

Ohne Cels Antwort abzuwarten, drehte sich Heleli um und humpelte auf einen zwischen den zwei größten Statuen gelegenen Eingang zu. Cel zögerte. Das ungute Gefühl, das sie beim Betreten des Platzes gespürt hatte, meldete sich jetzt heftiger als zuvor. Sie könnte einfach gehen. Es gab keine Verpflichtung gegenüber der Alten. Und einen Weg in den bewohnten Teil der Stadt würde sie auch alleine finden. Andererseits war etwas an dieser Frau, das Cel auf eine hypnotische Weise in ihren Bann zog. Es war, als würde ihr Wichtiges entgehen, wenn sie nicht mit der Alten ginge. Und was hatte sie schon zu verlieren? Im schlimmsten Fall ihr Leben. Aber das hatte bereits vor Monaten seinen Wert eingebüßt.

Cel folgte ihr und musste bestürzt feststellen, dass der vermeintliche Eingang der Beginn einer langen, unter die Erdoberfläche führenden Treppe war. Zu beiden Seiten waren Blumen niedergelegt. Einige ließen ihre Blätter hängen, andere trotzten mit frischen Farben der brennenden Sonne.

Cels Blick folgte der Treppe in die Dunkelheit. Schon war Heleli in der Schwärze kaum noch zu erkennen. Augenscheinlich war die Greisin deutlich besser zu Fuß, als Cel erwartet hatte. Sie beeilte sich, der Alten zu folgen, fuhr jedoch zusammen, als sich aus einer Nische seitlich der Treppe lange Arme nach ihr ausstreckten. Cel hob abwehrend die Hände, erkannte dann aber, dass es sich nur um eine weitere Statue handelte, der Baumwurzeln bedrohliche Extremitäten hatten wachsen lassen. »Komm, Kind, wir sind gleich da«, erscholl es von unten.

Das Tageslicht nahm so schnell ab, dass Cel ihre Füße vorsichtig tastend auf die ausgetretenen Stufen setzen musste. Sie hielt sich gebückt, während Wurzelfinger von oben durch ihr kurzes Haar strichen. Dann endete die Treppe abrupt und Cel stand in einem breiten Gang, an dessen Ende ein gelbliches Licht leuchtete. Nach der Hitze des Tages ließ die kühle Luft Cel schaudern, und der stetig zunehmende süßliche Geruch verursachte ihr Übelkeit. Bald öffnete sich der Korridor und Cel befand sich in einem großen, von Säulen getragenen Raum, dessen prachtvolle Ausstattung in einem befremdlichen Widerspruch zur im Verfall befindlichen Stadt stand. Das Licht einer Vielzahl von Kerzen gewährte ihr einen Blick auf mehr Wohlstand, als sie in ihrem bisherigen Leben erblickt hatte.

»Bitte, nimm doch Platz.« Heleli wies auf eine Gruppe von üppigen, mit goldenen Bordüren verzierten Sitzkissen. Zögernd kam Cel der Aufforderung nach und versank fast in der samtigen Weichheit. Heleli trat zu ihr und reichte ihr einen Kelch mit Wein. Während Cel beeindruckt die blutrote Flüssigkeit in dem goldenen Kelch bewunderte, setzte sich die Alte direkt neben sie. Ihre Knie berührten sich, und Cel versuchte, unauffällig ein wenig weiter von der Frau wegzurutschen, doch Trinkgefäß und Kissen hinderten sie daran. »Trink!«, forderte Heleli sie auf, und Cel nippte gehorsam an dem Kelch. Ein unvergleichliches Aroma aus Früchten, Sonne und überirdischer Harmonie überwältigte Cel. Für einen Moment ließ sie ihre Wachsamkeit fallen und schwelgte in dem unerwarteten Genuss.

»Guter Wein, nicht wahr?«, lachte Heleli, und Cel stellte irritiert fest, dass das Lächeln der Alten jetzt gar nicht mehr zahnlos erschien. Anscheinend schmeichelte ihr das Kerzenlicht ungemein, denn auch die Falten in ihrem Gesicht schienen geglättet. Die Alte nahm nun selbst einen großen Schluck und blickte Cel mit schief gelegtem Kopf an. »Wie heißt du, Kleines?«, fragte sie dann.

»Cel«, entgegnete sie.

»Ah, Cel, ein schöner, kurzer Name, ganz nach dem Brauch der Westlinge. Sag mir, Cel, was führt dich zu mir?«

»Nichts«, antwortete Cel hastig. »Ich bin nur durch die Stadt gelaufen. Dass wir uns getroffen haben, war ein Zufall.«

»Ein Zufall, meinst du also. Dann weißt du sicherlich nicht, dass in dieser Stadt alle Wege früher oder später zu mir führen«, sagte die Alte. Nach einer kurzen Pause folgte eine weitere Frage: »Was meinst du, Cel, wie alt bin ich?«

Cel musste einen Moment überlegen. Bei Tageslicht hatte die Alte mindestens wie eine Hundertjährige gewirkt. Nicht, dass Cel je eine Hundertjährige gesehen hätte, aber Heleli war wohl der älteste Mensch, den sie jemals getroffen hatte. Hier unten allerdings wirkte sie viel jünger und agiler. Auch ihr Verstand schien noch gut zu funktionieren. »Vielleicht 70?«, sagte Cel höflich.

Heleli lachte glucksend. »Soso, vielleicht 70. Aber was wäre, wenn ich älter wäre?«, Helelis Lächeln verschwand und an seine Stelle trat etwas Hartes, Gnadenloses. »Was wäre, Cel, wenn ich viel älter wäre? Wenn ich schon immer dagewesen wäre?«

Cel konnte nicht antworten. Innerhalb eines winzigen Moments hatte sich ihre Wahrnehmung von Heleli in das Gegenteil verkehrt. Vor sich sah sie noch den Körper einer alten Frau, aber Cel spürte, dass sich dahinter ein Wesen bar jeder Menschlichkeit versteckte.

Cels entsetzten Blick richtig deutend, sprach Heleli weiter: »Du siehst mich jetzt, nicht wahr? Sehr gut. Aber du brauchst keine Angst vor mir zu haben. Habe ich dir nicht oben auf der Straße gesagt, dass ich dir den Weg weisen werde? Nichts anderes beabsichtige ich zu tun. Du wirst sehen, Cel, auf mein Wort ist Verlass. Denn die Lüge haben erst die Menschen in diese Welt gebracht. Uns ist die Sphäre der Lügen verschlossen.« Nach einer Pause fügte sie leise hinzu: »Gewiss, es gibt Grauzonen, das solltest du wissen. Noch etwas Wein?«

Cels Herz raste, sie wollte fliehen, doch willenlos streckte sie Heleli die Hand mit dem Kelch entgegen. Diese füllte Wein nach und sagte: »Trink, Kleines, so einen Wein bekommst du so schnell nicht wieder.«

Auch Heleli nahm einen weiteren Schluck und seufzte zufrieden. Dann wandte sie sich erneut Cel zu und fragte verschwörerisch: »Sag mir, was denkst du über die Elfen?«

»Sie sind freundlich«, antwortete Cel vorsichtig.

»Ja, das stimmt. Freundlich sind sie. Aber das ist es nicht, was du über sie denkst. Sag mir, Cel, was ist dein Urteil über die Elfen?«

Cel hatte bisher nicht bewusst versucht, die Gesellschaft der Elfen zu bewerten. Doch zu ihrer Überraschung platzte die Antwort aus ihr heraus: »Sie sind schwach. Sie haben keine Ziele und leben in den Tag hinein, während ihre Welt verschwindet. Während sie selber verschwinden.« Cel wunderte sich über ihre harten Worte. Was war los mit ihr? Hatte der Wein ihre Zunge gelöst? Leiser setzte sie hinzu: »Sie haben aufgehört zu kämpfen.«

Über das Gesicht der Alten glitt ein Lächeln. »Sehr gut, Cel. Sie haben aufgehört zu kämpfen. Kannst du mir auch sagen, was die Ursache dafür war?«

Diesmal hatte Cel keine Antwort. Die Ruinen um sie herum waren ein stummer Zeuge dessen, was die Elfen zu leisten imstande waren. Eine grausame Göttin hatte sie auf ihrem Weg begleitet. Doch dann hatten sich die Elfen von ihr losgesagt und ihre Welt hatte sich allmählich aufgelöst. Cel sah Heleli an, sagte aber nichts. Dabei hatte sie das Gefühl, dass sich der Raum ganz langsam drehte. Sie sah auf ihr Weinglas: Es war leer. Wann hatte sie es ausgetrunken?

»Weißt du, Cel«, sagte die Alte, »nicht alle Menschen sind wie du und ich. Du gibst auch dann nicht auf, wenn es klüger wäre, sich in sein Schicksal zu fügen. Aber die da draußen«, sie machte eine raumgreifende Geste, »die wählen den leichteren Weg. Sie sind wie Schafe. Nur dass diese Schafe sich ihren Hirten selber auswählen. Und dann folgen sie ihm. In eine blühende Zukunft oder in ihr Verderben. Wenn der Hirte sie mit ruhiger Hand leitet, werden sie ihm Gehorsam leisten.«

»Aber die Elfen sind doch ihre eigenen Gebieter, keiner bestimmt über sie«, protestierte Cel, doch Heleli fiel ihr sofort ins Wort.

»Unsinn!«, rief sie aus. »Hast du es denn nicht gesehen? Natürlich könnten sie frei sein, wenn sie es nur wollten. Aber sie sind es nicht. Sie haben nur ihre alte Göttin gegen einen neuen Gott getauscht. Keinen Gott, der fordert und sie zu immer höheren Leistungen antreibt. Sondern gegen einen, der sie versteht und ihnen mit Rat und Tat zur Seite steht. Und der sie mit sanfter Hand immer tiefer in ihr Verderben führt.«

»Aber…«, wollte Cel widersprechen, doch Heleli sprang von ihren Sitzkissen auf und stand drohend vor ihr.

»Sei nicht so naiv«, fuhr Heleli sie an. »Warum willst du es nicht wahrhaben? Du hast Sydoras Kinder doch gesehen. Sie sind überall. Nicht nur bei den unwissenden Elfen. Sie haben ganz Vilares in ihrer Hand und führen es in den Untergang. Nicht mehr lange, und es ist vorbei mit Elfen und mit Menschen. Ihr werdet aussterben und vergessen werden. Ohne dass die Syrth auch nur einmal die Hand gegen euch erheben müssen, bekommt sie ihren Willen.«

Das, was da vor Cel aufragte, sah der Alten kaum noch ähnlich. Zu groß war ihre Silhouette vor dem flackernden Licht der Kerzen, zu schwarz ihr Kleid, zu verzerrt ihr Gesicht. Cel versuchte, aufzustehen und vor dieser Kreatur zu fliehen, doch während der Raum sich immer schneller drehte, gaben die Polster unter ihr nach und sie versank in einen Sumpf aus Kissen.

Ohne dass Cel gesehen hätte, wie Heleli sich bewegte, stand diese plötzlich hinter ihr und legte die eiskalten, knochigen Hände auf ihre Schultern. Sie beugte ihr Haupt zu Cel hinunter, der von dem süßlichen Geruch augenblicklich übel wurde. Sie spürte kalte Lippen an ihrem Ohr, und eine harte Stimme flüsterte in ihrem Kopf: »Doch wir wollen nicht, dass es so kommt, nicht wahr, kleine Cel? Wir wollen, dass das Zeitalter der Syrth endet und die Menschen wieder frei sind, sich neue, bessere Hirten zu suchen. Oder aber zu dem Altbewährten zurückzukehren.« Heleli verstärkte ihren Griff, und Cel schrie auf, als sich spitze Krallen in ihre Schultern bohrten.

»Du hast mir schon einmal geholfen, kleine Cel. Denn du hast Torak hergeführt. Er wird das Instrument im Kampf gegen die Syrth sein, nach dem ich so lange gesucht habe. Und jetzt, Cel, wirst du mir noch ein zweites Mal helfen. Gemeinsam werden wir die Syrth besiegen, das möchtest du doch auch, oder?«

Schmerzen, Wein und explodierende Panik ließen Cel keinen klaren Gedanken mehr fassen. Während sie gegen den überwältigenden Brechreiz ankämpfte, stellte sie entsetzt fest, dass ihr Kopf zu den Worten der Alten zustimmend nickte.

»Sehr gut«, hörte sie Helelis Stimme. »Dann lass uns den Bund besiegeln.« In der Luft vor Cel formte sich ein rot glühender Armreif. Heleli ergriff ihn mit Krallen, von denen Cels Blut tropfte, und schob ihn über deren Hand. »Mein Geschenk an dich. Es wird dich beschützen«, flüsterte Heleli. Schreiend vor Schmerz und Angst versuchte Cel, sich den glühenden Reif vom Arm zu streifen, doch dieser brannte sich dabei nur tiefer in ihre Haut. Rauch stieg von ihrem Arm auf.

»Und jetzt nehme ich mir mein Geschenk«, sagte Heleli und Hunderte nadelspitzer Zähne schlugen sich in Cels Hals.

# KAPITEL

# 10

»Cel! Bitte, Cel, wach doch auf!« Eine zarte Hand strich durch ihr Haar, und sie kehrte aus einem tiefen Schlaf zurück in die Realität. Verwirrt öffnete sie die Augen und versuchte sich zu orientieren. Sie befand sich in einer Art Keller, Fackelschein beleuchtete notdürftig die kahlen Wände. Über sich sah sie das besorgte Gesicht einer Elfe. Lyriel, erinnerte sich Cel. Sie hatten sich bei der Feldarbeit kennengelernt.

»Wie geht es dir?«, fragte die Elfe sanft. »Und was ist mit dir passiert? Wir wollten die Suche schon aufgeben.«

Cel setzte sich auf. Ihr ging es gut, so viel war ihr klar. Tatsächlich hatte sie sich seit Monaten nicht mehr so frisch und ausgeruht gefühlt. »Alles in Ordnung«, sagte sie zu Lyriel, der die Erleichterung anzusehen war. Dann blickte Cel sich um. Das, was sie erst für einen Keller gehalten hatte, entpuppte sich als große, von Säulen getragene Halle. Im Schein der Fackeln erkannte sie zwischen den langen Schatten der Säulen die für Ys Aethel so charakteristischen Anzeichen des Verfalls. Hereingewehte Blätter bedeckten Steinbrocken, die sich aus der einst kunstvoll verzierten Decke gelöst hatten. Im hinteren Teil des Raumes waren Wände und Gewölbe eingestürzt, ein schwarzer Erdhaufen hatte sich hereingewälzt. Und doch erkannte Cel den Ort wieder. Ein Schauer überlief sie, als sie an den seltsamen

Traum zurückdachte, an die Pracht, den Wein und Heleli. Unwillkürlich betastete sie ihren Hals, fühlte aber nur glatte, unverletzte Haut.

Cel sah an Lyriels fragendem Blick, dass ihr Verhalten dieser nicht entgangen war. »Nein, wirklich, es geht mir gut«, beeilte sie sich zu sagen.

»Nun gut, dann lass uns gehen«, drängte die Elfe, und Cel meinte eine Spur von Sorge in ihren Worten zu hören. Dann setzte sie leise hinzu: »Wir sollten nicht hier sein.«

Cel erhob sich und folgte Lyriel über die lange Treppe nach draußen. Je weiter sie kamen, desto greller brannte das Sonnenlicht in ihren Augen. Schließlich standen sie auf dem Platz zwischen den Säulen. Die Sonne schien fast senkrecht auf sie herab; es war wieder Mittag. »Bin ich etwa einen ganzen Tag da unten gewesen?«, fragte sie verwirrt.

»Wir suchen seit drei Tagen nach dir.« Lyriel zog sie mit sich, fort von dem Platz und der Treppe.

»Komm, lass uns baden gehen«, lachte Orwen. »Du siehst ja aus wie ein Wildschwein.« Cel hatte reichlich gegessen und saß mit Orwen in der großen Halle der Elfen. Sie war so satt und zufrieden, dass sie sich den Protest gegen Orwens Bemerkung sparte. Und vielleicht hatte die Elfe sogar recht.

»Na gut, dann los«, entgegnete Cel und schüttelte die Trägheit von sich ab. Ja, ein erfrischendes Bad war jetzt genau das, was sie brauchte. Gemeinsam verließen sie die Halle und begaben sich auf den Weg zum See.

Das Licht der tief stehenden Sonne ließ die Wasseroberfläche in warmen Orangetönen erstrahlen, als sie die Badestelle erreichten. Cel wollte schon zum Wasser hinuntergehen, doch Orwen schob sie weiter. »Nicht hier«, meinte sie in verschwörerischem Ton. »Ich will dir etwas zeigen.«

Die Elfe führte Cel auf einem Trampelpfad am Seeufer entlang. Sie kletterten über Felsen und zwängten sich durch Gestrüpp. Cel kam es so vor, als beabsichtigte Orwen eine komplette Umrundung des Sees. Sie wollte protestieren, da hörte sie vor sich das Rauschen von Wasser. Die Frauen wanden sich zwischen den letzten Büschen hindurch, dann standen sie vor einem der Zuflüsse. Bäume reckten ihre Zweige über das Wasser einer Bucht, in die sich von einer überhängenden Steinkante ein kleiner Wasserfall ergoss. Dieser idyllische Anblick war den Umweg tatsächlich mehr als wert, dachte Cel und wandte sich lächelnd zu Orwen um. Diese war nackt, zu ihren Füßen lag das dünne Elfenkleid. Ein schelmisches Lächeln umspielte ihre Lippen, als sie herausfordernd vor Cel wartete, ihr Zeit gab, ihren Körper mit Blicken zu erforschen. Cel hatte längst gelernt, dass Nacktheit bei den Elfen kein Tabu war, aber sie spürte, dass Orwen jetzt eine Grenze überschritt. Dennoch konnte sie die Augen nicht von ihr abwenden. Sie sah die weiße Haut, glänzend unter einem dünnen Schweißfilm, die kleinen runden Brüste auf Orwens schnell atmendem Brustkorb, das Rosa ihrer Brustwarzen. Cel hatte noch nie eine Frau berührt, doch in diesem Moment fragte sie sich, wie sich diese Brüste in ihren Händen wohl anfühlen würden. Dann glitt ihr Blick weiter nach unten, über schlanke Hüften und einen flachen Bauch, unter dem sich die Muskeln abzeichneten.

Doch als ihr Blick die sanfte Erhebung von Orwens Scham streifte, kamen ihr Zweifel. Sie mochte Orwen. Und sie konnte nicht verleugnen, dass ihr Körper eine unwiderstehliche Anziehung auf sie ausübte. Sie wollte diesen Körper berühren. Und sie wollte von Orwen berührt werden. Ein warmes, forderndes Gefühl breitete sich in ihrem Unterleib aus. Cel stockte. Das war doch falsch, so falsch.

Anscheinend hatte Orwen Cels Irritation gespürt. »Denk nicht so viel nach«, sagte sie lachend und sprang von der Felskante kopfüber in das klare Nass. Dankbar über diesen Ausweg aus ihrem Zwiespalt zog Cel ihr Kleid aus und hüpfte hinterher. Das Wasser war herrlich kühl und sie tauchte bis zum Grund. Kleine Fische flohen vor ihr und mit ein paar kräftigen Zügen erreichte sie den Wasserfall. Sie schwamm unter ihm hindurch und kam im flachen Wasser unter dem Felsen wieder an die Oberfläche.

Erfrischt wischte sie sich das Wasser aus den Haaren, während ein sanfter Regen aus dem porösen Gestein auf sie niederging. Dann tauchte Orwen vor ihr auf. Auch sie strich sich erst die nassen blonden Haare aus dem Gesicht, dann betrachtete sie die nackt vor ihr stehende Cel. »Erfrischend, nicht wahr?«, meinte sie, als ihr Blick über Cels flache Brüste glitt. Sie trat einen Schritt auf Cel zu, und diese erwartete, dass Orwen sie jetzt küssen oder an sich ziehen würde, doch nichts geschah. Auf Orwens Gesicht wechselten in rascher Folge Verwirrung, Fassungslosigkeit und schließlich Entsetzen. Sie griff nach Cels linkem Arm, riss ihn an sich, nur um ihn gleich darauf wie ein glühendes Stück Kohle wieder loszulassen. Orwen stolperte von ihr weg, rückwärts durch den Wasserfall.

Fassungslos blickte Cel ihr hinterher, dann besah sie ihren Arm. Wassertropfen perlten über ihre rote Haut, aber sonst war nichts zu sehen. Sie wischte das Wasser ab, und dabei spürte sie es. Auf halbem Weg zwischen Handgelenk und Ellenbogen war der Arm rau und schwielig. Dann erkannte sie ein Muster aus kaum sichtbaren Narben. Drei ineinander verschlungene Linien liefen rund um ihren Arm. Sofort kehrte die Erinnerung an den Traum zurück, Helelis rot glühender, aus drei verflochtenen Goldbändern gebildeter Armreif hatte sich in ihre Haut gebrannt. Der Traum war kein Traum gewesen. Es war wirklich geschehen, wenn auch nicht in der Wirklichkeit, die Cel normalerweise umgab.

Cel fröstelte trotz der lauwarmen Luft, dann rief sie nach Orwen. Und Orwen kam. Sie schwamm durch den Wasserfall hindurch zu Cel und blieb mehrere Armlängen von ihr entfernt stehen. Das Wasser lief ihr über das Gesicht, und Cel stellte fest, dass Elfen noch blasser werden konnten, als sie es ohnehin schon waren.

Knisternd sandte das kleine Feuer rote Funken in das Dunkel aus Ästen und Himmel über den beiden Frauen. Sie saßen nebeneinander an einer alten Steinmauer, die noch die Wärme des Tages abstrahlte, und blickten in die Flammen. »Noch ein Stück Honigkuchen?«, fragte Orwen.

»Mhhh«, antwortete Cel, die sich gerade einen letzten Rest des trockenen Kuchens in den Mund geschoben hatte. Orwen brach ihr ein großzügiges Stück ab, und Cel wollte es ihr schon aus der Hand nehmen, da legte Orwen es in den leeren Raum zwischen den beiden und zog ihre Hand schnell wieder zurück.

»Orwen, es reicht jetzt!«, schimpfte Cel. »Ich habe nicht vor, dir dein Blut auszusaugen, deine Seele zu fressen oder sonst irgendetwas Schreckliches mit dir zu tun. Ich bin immer noch die gleiche Cel, die du seit gut zwei Wochen kennst. Nichts hat sich verändert!«

»Ich weiß«, antwortete Orwen. »Aber du trägst ihr Mal.«

»Und wenn schon!«, rief Cel und spürte Wut und Frustration in sich aufsteigen. Sie wusste nur zu gut, dass sie noch dieselbe wie vor diesem seltsamen Traum war. Warum glaubte ihr diese einfältige Elfe nicht? Und warum war es ihr so wichtig, wieder von Orwen gemocht zu werden? Sie war doch nur auf der Durchreise. Morgen würde sie schon ganz woanders sein; die Elfen wären dann nur eine sonderliche Erinnerung aus einer traurigen Vergangenheit.

Vorsichtig rutschte Cel näher an die Freundin heran, bis sich ihre Körper berührten. Dann griff sie nach ihrer Hand, zog sie auf ihren Schoß und hielt sie mit beiden Händen fest. Sie fühlte, wie sich Orwens Körper neben ihr anspannte, und glaubte schon, dass sie aufspringen und weglaufen würde, doch nach ein paar Atemzügen entspannte sich die Elfe wieder.

Eine Weile saßen die beiden Frauen schweigend da und blickten in das herunterbrennende Feuer. Dann drehte Orwen ihren Kopf zu Cel und flüsterte besorgt: »Cel, da ist etwas, das du wissen solltest.«

»Ja?«, fragte Cel irritiert.

»Ich fürchte«, wisperte Orwen, »du sitzt auf dem Honigkuchen.«

Cel brauchte ein paar Sekunden, um Orwens mit finsterer Stimme gesprochenen Hinweis richtig zu verstehen, dann fing sie lauthals an zu lachen. Und mit dem Lachen fiel für einen Moment auch die Angst von ihr ab, die Realität der letzten Wochen verlor ihren Schrecken und die Einsamkeit wich dem warmen Gefühl von Freundschaft. Sie lachte, bis Tränen über ihre Wangen liefen, und sah durch den Tränenschleier in Orwens grinsendes Gesicht. Dann zog die Elfe sie vorsichtig an sich, und Cel fühlte Orwens Lippen auf den ihren. Die Berührung war warm und weich, gleichzeitig fremd und vertraut. Und sie versprach mehr, so viel mehr. Doch bevor Cel reagieren konnte, hatte Orwen sich wieder von ihr gelöst und sah sie unschuldig lächelnd an.

»Gut«, meinte Orwen. »Damit wäre wohl bewiesen, dass du doch keine Gefahr für mich darstellst, auch wenn du das Mal trägst.« Sie blickte Cel in die Augen. »Und ich habe absolut nichts gespürt, was mich aufhält«, fügte sie zweideutig hinzu.

Um ihre Verlegenheit zu überspielen, stand Cel auf und warf ein paar von den trockenen Fichtenzweigen in die Glut. Feuer züngelte empor und augenblicklich erfüllte ein harziger Duft die Nacht. Cel klaubte den platt gedrückten Honigkuchen aus dem Gras und setzte sich zu Orwen. Wieder saßen beide Frauen schweigend da und blickten in die Flammen. So verging eine ganze Weile, bis Orwen schließlich fragte: »Möchtest du mir erzählen, was dort unten in der Halle vorgefallen ist?«

»Du meinst bei Heleli?«, fragte Cel.

Orwen zuckte spürbar zusammen. Nach einem Moment erklärte sie: »Wir sprechen ihren Namen nicht aus. Wir wollen sie nicht rufen. Sie soll nicht zurückkommen!«

Cel bezweifelte, dass sich Heleli durch das Totschweigen ihres Namens aufhalten lassen würde. Zu präsent war sie in ihrer Erinnerung.

»Als ich gestern in der Halle erwachte, dachte ich, es sei nur ein Traum gewesen. Ein Traum, der schnell verblassen würde. Doch das Gegenteil ist der Fall. Es kommt alles wieder. Sie hat mir gezeigt, was geschehen wird. Wie die Welt, wie wir sie kennen, endet. Diese Bilder, Orwen, sie haben sich in meinen Kopf gebrannt.« Cel atmete tief durch, sammelte sich einen Moment, dann sprach sie weiter: »Alle werden sterben. Die Menschen und auch die Elfen. Es ist so vorherbestimmt. Die Syrth haben diese Welt von innen zerfressen. Schon jetzt ist sie ausgehöhlt und zerbrechlich. Unsere Zivilisation wird zugrunde gehen.«

»Die Syrth?«, fragte Orwen verblüfft, als ob sie den Rest von Cels Worten nicht gehört hätte.

»Sie sind nicht das, wofür ihr sie haltet«, antwortete Cel. »Sie sind kein Volk und keine Rasse. Es scheinen viele zu sein, aber sie bilden alle ein einziges uraltes Wesen. Schon einmal, vor Tausenden von Jahren, hatte es seinen Feind, die Menschen, an den Rand des Abgrunds getrieben. Doch sie konnten sich wehren. Und das Wesen verschwand aus dieser Welt und aus den Erinnerungen. Es sammelte neue Kraft und steht uns heute als die gegenüber, die wir als Syrth kennen.«

Orwen blickte Cel zweifelnd an. »Du glaubst das tatsächlich, nicht wahr?«, fragte sie. »Aber die Syrth sind doch unsere Freunde. Ja, sie sind seltsam, hässlich und manchmal auch furchterregend. Aber sie haben uns immer geholfen. Nur mit ihrer Hilfe konnten wir uns von ihr abwenden. Und sie haben uns geholfen, zu dem zu werden, was wir heute sind!«

Sofort lag Cel eine bittere Antwort auf der Zunge. Aber sie sprach es nicht aus. Sie wollte ihre Freundin nicht mit dem traurigen Rest an Zivilisation konfrontieren, der den Elfen noch geblieben war, ihr nicht sagen, dass sie das Ende des Elfenvolks bereits für besiegelt hielt. Orwen würde es nicht verstehen. Niemand würde es verstehen, der nicht das gesehen hatte, was Heleli ihr gezeigt hatte. Schließlich sagte sie nur: »Vielleicht ist das ja nur die verzerrte Wahrnehmung, die Hel… die *sie* von den Syrth hat. Wer weiß das schon.«

Cel sah ein, dass sie Orwen heute nicht würde überzeugen können. Diese war fest in der Welt der Elfen verwurzelt, und Cel versuchte, ihr zu erklären, dass alles, was sie bisher über ihre Welt wusste, falsch war. Was Orwen für ihre Freunde gehalten hatte, sollten in Wirklichkeit ihre Feinde sein?

So gerne Cel Orwen auf ihrer Seite gewusst hätte, sah sie doch ein, dass es keinen kurzen Weg geben würde, die junge Elfe von ihrer neuen Sicht der Dinge zu überzeugen. Außerdem nagte der Zweifel an ihr. Sie konnte sich nun an immer mehr Details aus Helelis Vision vom Untergang der Welt erinnern, ja sie sah die Bilder vor sich, als wäre sie selbst dabei gewesen. Aber mit der Erinnerung wuchs auch die Skepsis. Wie konnte sie sich an Dinge erinnern, die noch gar nicht geschehen waren? Und wie real war die Begegnung mit Heleli gewesen? Zumindest so etwas wie einen Traum konnte sie ausschließen, dafür sprachen die Narben auf ihrem Arm eine zu deutliche Sprache.

Und außerdem: Wer war diese Heleli eigentlich? Was wusste dieses blutrünstige Monster schon über die Zukunft. Und selbst wenn sie Cel tatsächlich die Zukunft gezeigt hatte, welche Facette davon war ihr präsentiert worden?

Cel versuchte, ihre sich immer schneller im Kreis drehenden Gedanken wieder unter Kontrolle zu bringen. So kam sie nicht weiter. Was sie erlebt hatte, entzog sich einer verstandesmäßigen Überprüfung. Doch bei allem Zweifel spürte sie, dass sie das, was sie nicht nachprüfen konnte, dennoch glauben wollte. Heleli lebte vielleicht schon seit Jahrtausenden und erkannte daher Veränderungen, die in ihrer Langsamkeit für eine Eintagsfliege wie Cel unsichtbar waren. Und selbst wenn Heleli ihr das mögliche Ende dieser Entwicklung in allzu drastischen Farben geschildert hatte, so glaubte sie ihr doch. Heleli hatte ihrem Verstand einige Mosaiksteinchen geliefert, die sich mit Cels Wahrnehmung der Realität zu einem neuen Bild formten. Jetzt meinte auch sie, in der sie umgebenden Welt die Anzeichen des Verfalls zu sehen, des immer schneller stattfindenden Wandels. Ja, sie würde ihr Heleli gegebenes Versprechen halten.

Und dann bemerkte Cel es! So sehr sie auch in ihren Erinnerungen suchte, da war nichts! Sie hatte Heleli versprochen, gemeinsam mit ihr die Syrth zu besiegen. Das stand außer Frage. Aber wie? Von dem konkreten Auftrag waren ihr nur Bruchstücke im Gedächtnis geblieben. Dabei hatte Heleli ihr doch Einblick gewährt in den Plan der Götter. In das filigrane Konstrukt, fein gesponnen aus übernatürlichem Wissen und prophetischer Weitsicht. Ihre Rolle darin, der Weg, den sie gemeinsam mit Torak gehen sollte … es war alles so einleuchtend gewesen. Doch nun war ihre Kenntnis von den Absichten der Götter verblasst und sie konnte sich nur noch daran erinnern, dass ihr die Rolle des Gefäßes zufiel, während Torak die des Boten innehatte. Oder war es umgekehrt gewesen? Fassungslos blickte sie in das heruntergebrannte Feuer. Sie hatte ihren Auftrag vergessen!

Fast im gleichen Moment flüsterte eine hohe Stimme hinter ihr: »Gut so! Das Vergessen ist dein Freund.«

Cel zuckte zusammen, und Orwen stieß einen entsetzten Schrei aus. Sie drehten sich hastig um und sahen einen der beiden Syrth aus dem Gebüsch auf sich zukommen. »Lass dir von der alten Hexe keine Hirngespinste in den Kopf setzen«, sagte der Syrth in seinem Singsang und näherte sich ihnen, als wäre sein plötzliches Auftauchen die normalste Sache der Welt. »Heleli will dich für ihre eigenen, dunklen Zwecke einspannen und das Reich der Elfen vernichten.«

Mit jedem Schritt, den der Syrth auf Cel zukam, wich diese einen Schritt zurück. Der Schreck über sein unerwartetes Erscheinen hatte ihren Körper in Alarmbereitschaft versetzt. Doch schwerer als dies wog ihre Empörung über sein Eindringen in ihre Gedanken.

Augenblicklich blieb der Syrth stehen, seine Spinnenarme vollführten eine beschwichtigende Bewegung. »Du brauchst keine Angst vor uns zu haben. Seit Jahrhunderten sind wir Freunde und Beschützer der Elfen. Auch du kannst eine von ihnen werden und unseren Schutz genießen. Du brauchst nur Tiaras Angebot zu akzeptieren, und die Elfen werden dich in ihr Volk aufnehmen. Vergiss die Worte der Hexe, hier erwartet dich eine sorgenfreie Zukunft. Du wirst geliebt werden«, er blickte lächelnd auf Orwen, »und du wirst hier eine neue Familie finden.«

Zu spät erkannte der Syrth seinen Fehler. »Familie?«, schrie Cel ihn an und trat einen Schritt auf ihn zu. Das von ihm gezeichnete Bild von Sicherheit und Liebe war genau das, was Cel ersehnte. Fast hätte sie seinen Worten Glauben geschenkt. Aber die versprochene Familie hatte die schöne Illusion entlarvt.

»Du willst mir etwas von einer neuen Familie erzählen? Ich habe bereits eine Familie. Ich habe Eltern und Schwestern. Und ich hatte Nih! Wir haben uns geliebt. Und jetzt ist er tot. Soll ich sie alle einfach vergessen? Und hier ein neues Leben beginnen, als wenn nichts gewesen wäre? Soll ich meine Augen vor der Wahrheit um mich herum verschließen? Das kann ich nicht, selbst wenn ich es mir noch so sehr wünsche.« Sie kämpfte mit den Tränen, wollte sich aber vor dem Syrth nicht die Blöße geben, zu weinen.

Langsam trat der Syrth auf sie zu und nickte verständnisvoll. »Ich weiß, dass dir die Entscheidung für ein Leben bei den Elfen schwerfällt. Zu stark ist der Widerstand in dir. Doch bedenke, dass Entscheidungen auch Konsequenzen haben. Und diese betreffen nicht nur dich allein. Du trägst Verantwortung. Wie wird es den Elfen ergehen, wenn du dich von ihnen abwendest?« Er stand jetzt dicht vor ihr und flüsterte: »Und was wird aus denen, die du liebst? Deinen Eltern? Oder deinen Schwestern Sil und Nel? Du möchtest doch, dass es ihnen weiterhin gutgeht?«

Cel schlug zu. Sie legte all ihre Wut und Verzweiflung in den Schlag, der dazu bestimmt war, dem Syrth den Kiefer zu brechen. Doch dieser tauchte einfach unter ihrem Arm hindurch und sprang einen Schritt zurück, um gleich darauf mit erhobenen Händen dazustehen.

»Versteh doch!«, rief er. »Wir möchten dir helfen! Sicherlich lässt sich mit ein wenig gutem Willen eine Lösung finden, die für dich, die Elfen und auch uns annehmbar ist. Beruhige dich und lass uns reden.«

Cel wollte sich nicht beruhigen. Der Syrth war zu weit gegangen, hatte eine Grenze überschritten. Doch gerade als sie einzusehen begann, dass ein Kampf gegen ihn wenig erfolgversprechend war, spürte sie den Hauch einer kalten Präsenz in ihrem Verstand. Das Nichts, das Cel seit Myr begleitete, hatte sich geregt und für einen kurzen Augenblick all ihre Empfindungen fortgewischt, um gleich darauf wieder zu verschwinden. Einen Moment standen Cel und der Syrth sich wie gelähmt gegenüber, dann hob dieser langsam den Arm und deutete mit einem seiner langen Finger auf sie.

»Du!«, schrie er mit sich überschlagender Stimme. »Du bist nicht das, was du zu sein vorgibst. Ich kann es sehen!« Mit einer kantigen Bewegung förderte er einen spitzen, glänzenden Gegenstand aus seinem Kleid zutage. Er schwang ihn gegen Cel, die immer noch wie erstarrt dastand. Sie sah die Klinge auf sich zukommen, wollte sich wegdrehen, doch ihr Körper reagierte viel zu langsam. Etwas prallte gegen ihre Seite und stieß sie von dem Syrth weg. Im Fallen hörte Cel Orwen überrascht aufstöhnen, dann sah sie, wie diese zwischen dem Syrth und ihr langsam auf die Knie sank. Ihre Hände waren auf den Bauch und das Messer des Syrth gepresst. Cels rationales Denken setzte aus, und das Nächste, was sie bewusst wahrnahm, war, dass sie auf dem Körper des am Boden liegenden Syrth hockte und wieder und wieder auf ihn einschlug. Wie Glas brachen seine fragilen Knochen unter ihren Händen. Doch sie konnte nicht aufhören, musste immer weiter auf dieses entsetzliche Wesen einschlagen, bis alle Kraft in ihrem Körper aufgebraucht war. Sie fiel vornüber und konnte gerade noch verhindern, direkt auf den zerstörten Leib des Syrth zu stürzen. Die rasende Wut ließ nach, dann erinnerte sie sich wieder an Orwen. Cel stemmte sich vom Boden hoch und kroch zu der Elfe. Viel zu entspannt lag diese neben den Resten des Feuers im taunassen Gras. Das gelbe Elfenkleid hatte sich mit Blut vollgesogen, und Orwens schönes Gesicht war den Sternen blicklos zugewandt. Die Rufe der aus der Stadt heraneilenden Frauen nahm Cel nicht wahr. Sie zog die Freundin an sich, umklammerte sie, schüttelte sie, schrie verzweifelt ihren Namen. Doch das Leben kehrte nicht in den Körper der Elfe zurück.

Anfangs war Cel gerannt. Immer tiefer in das Dunkel des Waldes, weg von der Leiche des Syrth, dessen braunes Blut noch an ihren Händen klebte. Weg von Orwen, die gestorben war, um sie zu retten. Und weg von den Elfen, die niemals verstehen würden, was sich gerade ereignet hatte.

Doch vor sich selbst konnte sie nicht weglaufen. Irgendwann hatten die Tränen ihr die Sicht genommen und sie war über eine Baumwurzel in eine matschige Senke mit Farnen und Sumpflilien gestürzt. Dort war sie liegen geblieben, während Wogen aus Wut und Schmerz über ihr zusammenschlugen. Als die Schuld an den Toden von Orwen, von Nih und sogar von Nitalf übermächtig wurde, griff sie nach ihrem letzten Strohhalm: Torak. Er war in dieser Situation das, was einem Freund am nächsten kam.

Cel wähnte die Nacht schon fast vorüber, als sie sich auf den Rückweg zur Elfenstadt begab. Sie zweifelte nicht daran, dass die Elfen nach ihr gesucht hatten und dies vielleicht immer noch taten, daher näherte sie sich Toraks Ruinenhaus vom Wald her. Anfangs nahm sie noch an, dass in der Stadt Ruhe eingekehrt war, doch dann sah sie den Fackelschein vor Toraks Behausung.

# KAPITEL

# 11

Derselbe Traum verfolgte Torak nun schon seit drei Nächten. Nackte, geflügelte Elfen jagten ihn durch die Gassen der Ruinenstadt, und wohin er sich in seiner Verzweiflung auch wandte, die Elfen waren schneller und wendiger als er. Sie trieben ihn in die Enge, um mit winzigen Bronzeschwertern auf ihn einzustechen. Als eine der Elfen begann, ihm das Hemd vom Leib zu reißen, fluteten Licht und laute Stimmen in Toraks Traum und brachten ihn zurück in die Wirklichkeit. In seinem kleinen Zimmer standen Männer mit Fackeln, und einer von ihnen hielt ihm breit grinsend ein schartiges Schwert an die Kehle.

»Guten Morgen, mein Kleiner«, sagte der Mann. »Ich bin Wilbert, Hauptmann der Büttel von Sturmwald.«

Als Torak versuchte, vor der Klinge an seinem Hals zurückzuweichen, verstärkte Wilbert den Druck und meinte, weiterhin grinsend: »Wenn ich du wäre, Junge, dann würde ich jetzt ganz still liegen bleiben. Denn ich würde meine Eier gerne behalten.« Dabei blickte er vielsagend an Torak herab. Dieser folgte dem Blick und begriff seine Situation. Die Elfe vom letzten Abend war verschwunden. Er lag nackt auf dem Strohlager, und einer der Büttel hielt ein Messer über seinen Unterleib. Die Angreifer grinsten. Sie schienen sich köstlich zu amüsieren.

Torak ließ seinen Kopf resigniert sinken. Darauf erklärte Wilbert: »Du wirst in Sturmwald vor Gericht erwartet. Man wirft dir den Mord an Nimann dem Sklavenhändler und seinem Sohn Nitalf vor. Und wir werden sicherstellen, dass du vor dem hohen Gericht erscheinst.«

Wenig später saß Torak, zu seiner Erleichterung jetzt angezogen, auf einem Pferd. Seine Hände waren an den Sattelknauf gefesselt, und einer der Büttel führte das Tier an einer langen Leine hinter seinem Pferd her. Man hatte die Fackeln gelöscht, und die Männer ritten im Schritt durch das nur von spärlichem Mondlicht beschienene Ys Aethel. Torak fragte sich, ob die Elfen seine heimliche Gefangennahme missbilligen würden, und wollte schon um Hilfe rufen, da sah er zwei Personen am Wegrand stehen. Im Näherkommen erkannte er erst die hellen Farben der Elfenkleider, danach den großen hageren Körper einer der Gestalten: Es war einer der Syrth. Neben ihm stand Tiala, die Älteste. Für einen Moment trafen sich ihre Blicke, dann waren sie an den beiden vorbei. Torak wurde klar, dass er keine Hilfe zu erwarten hatte.

# KAPITEL 12

Sturmwald, die weit entfernte große Stadt, hatte noch vor wenigen Wochen auf Torak und seine Freunde eine magische Anziehung ausgeübt. Viele Reisende hatten von ihr berichtet, ihren unermesslichen Reichtum und das geschäftige Treiben beschrieben. Vielleicht hatte der eine oder andere dabei auch ein wenig übertrieben, sodass in den Dorfjungen der Eindruck entstanden war, dass Sturmwald ein Füllhorn an neuen Erfahrungen und einträglichen Beschäftigungen für sie bereithielte. Dort würde es all das geben, woran es ihnen in ihrem Dorf mangelte. Folglich wären bei den abendlichen Gesprächen der jungen Männer untereinander insbesondere die Sturmwalder Frauen ein immer wiederkehrendes Thema. Sie seien willig und nicht so verklemmt wie die Mädchen aus dem Dorf. Und sie wären sicherlich an den hübschen und kräftigen Jungs vom Lande interessiert.

Auch Torak hatte sich diesen Gedanken hingegeben und sich seine Erlebnisse in der großen Stadt in manchen Tagträumen vorgestellt. Neben ansprechenden Erfahrungen mit den Sturmwalder Frauen – Toraks Fantasien führten ihn hier insbesondere in die freizügigen Badehäuser – sah er sich auch gerne in der Rolle des Helden und Retters der Stadt. Er würde nach begangener Heldentat auf seinem Pferd durch das Stadttor reiten und vom dortigen Volk gebührend gefeiert werden. Sicher wartete auch die eine oder andere Belohnung auf ihn, vielleicht in der warmen Wanne eines Badehauses.

Und tatsächlich war er jetzt auf dem Weg nach Sturmwald. Ein kleiner Hügel trennte die sechs Reiter noch von der Stadt, doch Torak konnte sie bereits riechen. Über die Hügelkuppe quoll ihnen in der Gluthitze des Nachmittags der bestialische Gestank gärender menschlicher Ausscheidungen entgegen. Dann überwanden sie die Anhöhe, und Torak sah die vollen Ausmaße der Stadt. Sie war gewaltig, und sie platzte aus allen Nähten. Die Sturmwald nahezu ringförmig umfassende Stadtmauer ließ für neue Behausungen keinen Raum mehr und so wuchs vor dem einzigen Stadttor eine improvisierte Vorstadt aus Hütten und Zelten. Den Wald, der einstmals der Stadt ihren Namen gegeben hatte, gab es nicht. Längst war er dem Hunger der Menschen nach Bau- und Feuerholz zum Opfer gefallen.

»So, Torak«, sagte der vor ihm reitende Büttel. »Das ist das Ende deiner Reise.« Er vollführte eine genauso weiträumige wie unnötige Handbewegung in Richtung der Stadt. Dann legte er eine bedeutungsschwere Pause ein, fuhr aber nach einem Blick in Toraks entsetztes Gesicht jovial fort: »Mach dir keine Sorgen. Du gehst für ein paar Tage ins Gefängnis, bekommst dann eine faire Verhandlung und stirbst, wenn der Henker es will, einen schnellen Tod am Strang. Stell dir doch nur vor, du kämest in die Minen. Jahrelang nur Arbeit, Staub und Dunkelheit, bis du dir irgendwann die Lunge stückchenweise aus dem Leib hustest. Nein Torak, glaub dem alten Wilbert, so ist es das Beste für dich.«

Zumindest glaubte Torak, dass Wilbert das, was er sagte, auch tatsächlich meinte. Die vier Büttel waren schlichte Männer, die das ausführten, was ihnen aufgetragen wurde. Hätten sie ihn töten sollen, so hätten sie dies, ohne mit der Wimper zu zucken, schnell und effektiv erledigt. Aber da sie ihn lebend und unversehrt von den Elfen nach Sturmwald befördern sollten, stand einem aufmunternden Gespräch mit dem Gefangenen nichts im Wege. Und so kam Torak erneut in den Genuss von Wilberts breitem, zahnlückigem Grinsen, das er zum ersten Mal vor zwei Tagen in seinem Haus bei den Elfen gesehen hatte.

An den Ausläufern der Stadt angekommen, nahmen die Büttel Torak in ihre Mitte. Erst dachte er, dass es sich hierbei um eine zusätzliche, wenn auch aus seiner Sicht nicht erforderliche Maßnahme handelte, um einen Fluchtversuch zu unterbinden. Doch schnell zeigte sich, dass dieses Manöver eher zu seinem Schutz diente. Der Gefangenentransport schien den Menschen eine willkommene Ablenkung und Unterhaltung zu bieten, denn sie strömten aus den schmalen Gängen zwischen Hütten und Zelten hervor und begafften ihn ungeniert. Kurz vor Erreichen des Stadttores hatte sich die Menge um sie herum so verdichtet, dass die Reiter fast zum Stehen kamen. Und Torak, der noch nie so viele Menschen auf einem Haufen gesehen hatte, spürte ihre Wut und Verdrossenheit. Dann flogen erste Steine, und Wilbur trieb die Gruppe im Galopp durch die Umstehenden in Richtung Stadttor. Sich krampfhaft am Sattel festhaltend, überlegte Torak, wem der Angriff gegolten hatte. Ihm, den Bütteln oder der Obrigkeit, die die Büttel repräsentierten.

Wenig später waren sie in Sturmwald angekommen. Trotz der nur kurz zurückliegenden Feindseligkeit der Vorstadtbewohner konnte sich Torak der Faszination der Stadt nicht entziehen. Straßen und Wege waren gepflastert und die mehrere Stockwerke hohen Steinhäuser drängten sich eng aneinander. Manche von ihnen verfügten sogar über kleine gebogene Fensterscheiben aus Glas. Allerdings stank es auch hier und in den Gassen sammelten sich Unrat und Exkremente. Städter und Fuhrwerke zwängten sich durch die schmalen Straßen, und mehrfach musste die Gruppe anhalten, weil sich Karren ineinander verkeilt hatten und die Fuhrmänner sich gegenseitig anpöbelten, anstatt etwas zur Lösung der Situation beizutragen.

Toraks Kopf fuhr herum, als er eine bekannte Gestalt erblickte. Die schlanke Frau mit roter Haut und kurzen schwarzen Haaren war vor den Reitern in einen Hauseingang zurückgewichen. Einen Moment blickte sie zu Torak hinauf, und er sah ihre gelben Augen. Kein Erkennen lag darin. Es hätte ihre Schwester sein können, aber die Frau, die sich jetzt vorsichtig und jede Konfrontation vermeidend, an der Gruppe vorbeiwand, war nicht Cel. Es war eine Sklavin, wie ihm der Eisenring um ihren Hals mitteilte. Bald verschwand die Frau im Gewühl der Menschen und hinterließ eine ungewohnte Leere in Torak. Doch bevor er dem Gefühl nachspüren konnte, erreichten sie das Ende ihres Rittes. Die Gasse mündete in einen von hohen Häusern umstandenen Platz, auf dem um einen Brunnen herum an hölzernen Marktständen Waren angeboten wurden. Sie ritten über den Markt, und die Händler wichen mit ihren Ständen vor ihnen zurück, nur um gleich darauf wieder an ihren angestammten Platz zurückzukehren.

Die Reiter hielten auf das einzige Haus zu, das nicht von Kaufleuten und Marktständen belagert wurde. Die Büttel saßen ab, und einer löste Toraks Handfesseln vom Sattelknauf. Zwei Männer zogen ihn grob vom Pferd und ergriffen seine Arme. Dann schienen sie auf irgendetwas zu warten.

Wenn es auf dieser Reise je einen Moment zur Flucht gegeben hatte, dann war es dieser, schoss es Torak durch den Kopf. Gerade wollte er sich von den beiden Bütteln losreißen, da erhielt er von hinten einen herzhaften Tritt in die Beine und fiel auf die Knie.

»Denk nicht mal dran, Jungchen«, sagte einer der Männer. »Eine falsche Bewegung, und du leistest der da Gesellschaft.« Torak konnte zwar nicht erkennen, ob der Mann hinter ihm auf jemanden zeigte, aber er entdeckte auch ohne seine Hilfe, wer gemeint war. Seitlich neben dem Haus stand ein hölzerner Pranger. Zwei horizontale Holzbretter hielten Kopf und Hände einer gebückt stehenden Frau fest. Ihr Gesicht war gen Boden gewandt, lange schwarze Haare verdeckten es vollständig. Das Wort »Diebin« stand in ungelenker Kreideschrift auf der Querstrebe des Prangers.

Torak beobachtete, wie sich zwei Halbwüchsige einen Spaß daraus machten, ihren Rock anzuheben und den entblößten Unterleib der Frau in Augenschein zu nehmen, während diese erfolglos nach ihnen zu treten versuchte. Sie schrie mit heiserer Stimme etwas Unverständliches; offenbar hatte sie schon einige Zeit in dieser prekären Lage verbracht.

Angetrieben von einer befremdlichen Faszination beobachtete Torak das Treiben. Er sah, wie sich die Frau wand, wie sie den gierigen Händen der Jungen zu entkommen versuchte, sah den schlanken Leib und die vollen Hüften. In seinem Geist entstanden Bilder, was er anstelle der Halbwüchsigen mit der wehrlosen Frau anfangen könnte. Kurz gab er sich einem Machtgefühl und seiner Erregung hin, dann realisierte er, dass seine eigene Situation um keinen Deut besser war. Niedergeschlagen wandte er den Blick ab.

Aus der Tür vor ihnen traten drei Männer. Zwei trugen eher fadenscheinige Kleidung und folgten dem Dritten in unterwürfiger Haltung. Sofort richtete sich der Blick aller Anwesenden auf den Mann, und Torak sah, dass sogar die Jungen am Pranger von ihrer Tätigkeit abließen, um unauffällig zwischen den Marktständen zu verschwinden. Wilbert trat an Torak vorbei auf den Mann zu und verneigte sich tief. Dann entspann sich ein geflüstertes Gespräch, währenddem Wilbert wiederholt auf Torak zeigte und der andere Mann ihn interessiert musterte. Schließlich kamen beide auf ihn zu.

»Ich bin Klaric, Statthalter von Sturmwald«, sagte er in nicht unfreundlichem Ton zu dem immer noch knienden Torak. »Ich bin die rechte Hand unseres verehrten Fürsten Georod und für Verwaltung und Rechtsprechung in dieser Stadt verantwortlich.«

Torak legte den Kopf in den Nacken, um zu dem groß gewachsenen Mann aufzublicken. Eine auffällige goldene Kette baumelte von Klarics Hals, als dieser sich nach unten beugte, um Torak genauer zu mustern.

»Jetzt, da du mich kennst«, sagte Klaric, »wüsste ich gerne, wer du bist. Wie heißt du und wo kommst du her?«

»Torak, Herr«, stammelte dieser. Dann riss er sich zusammen und sagte: »Mein Name ist Torak. Meine leiblichen Eltern habe ich nie kennengelernt, aufgewachsen bin ich bei Albor, dem Wirt, an der Großen Wegkreuzung.«

»Sehr gut«, sagte Klaric, und Torak meinte die Spur eines zufriedenen Lächelns auf seinem Gesicht zu sehen. »Und auf deinem Weg nach Sturmwald, bist du da den Sklavenhändlern Nimann und Nitalf begegnet?«

»Ja, Herr«, antwortete Torak, während Panik über die schnelle Wendung des Gesprächs in ihm aufstieg.

Jetzt lächelte der Statthalter tatsächlich. »Deine Verhandlung ist für morgen früh angesetzt.« Zu seinen Begleitern gewandt fügte er hinzu: »Ihr könnt ihn wegbringen.«

Torak sah seine vielleicht letzte Chance verrinnen, das über ihm schwebende Unheil abzuwenden, und wandte sich an Klaric: »Herr, darf ich fragen …« Weiter kam er nicht. Ein heftiger Tritt in den Bauch nahm ihm die Luft, dann folgte ein überwältigender Schmerz. Er umklammerte seinen Leib, sank seitlich auf das Pflaster des Marktplatzes und rang nach Atem. Nein, er durfte wohl nicht fragen.

Schmerzen und Luftnot dominierten Toraks ganzes Sein, als er von den Männern des Statthalters hochgerissen und in das vor ihm liegende Gebäude geschleift wurde. Er sah, wie der Boden unter ihm von Kopfsteinpflaster zu poliertem Stein wechselte, dann ging es ausgetretene Sandsteinstufen hinab in einen dunklen Gang. Die Wärme wich einer klammen Feuchte und ein durchdringender Uringeruch brannte in seiner Nase. Endlich ließen die Männer ihn los. Er fiel schwer auf den harten, schmutzigen Boden, Schritte entfernten sich und eine Tür schloss sich mit kratzendem Geräusch. Er war allein.

Torak blieb einfach liegen. Mit dem Gesicht auf den klebrig-feuchten Steinplatten wartete er darauf, dass der

Schmerz endlich nachlassen würde. Zeit verstrich, ob es Stunden oder nur Minuten waren, konnte er nicht sagen. Schließlich wandelte sich das überwältigende Brennen zu einem dumpfen Pulsieren und Torak konnte seine Aufmerksamkeit wieder der Welt außerhalb seines Körpers zuwenden. Mühsam drehte er sich auf den Rücken.

Er lag in einer Art Keller. Rötliches Abendlicht fiel spärlich durch zwei vergitterte Fenster in den Raum und offenbarte ein großes, aus Steinquadern gemauertes Gewölbe. Bis auf verstreutes Stroh und einen Holzeimer schien sich nichts weiter darin zu befinden, doch dann erkannte er in einer dunklen Nische ein Bündel Lumpen in der Form eines Menschen.

Torak spürte Beklemmung in sich aufsteigen. War dies der Raum, in dem die Toten aufbewahrt wurden, bevor man sie zur letzten Ruhe bettete? Nein, beruhigte er sich, Stroh und Eimer sprachen eher für eine Unterbringung für die Lebenden. Aber er musste nachsehen, womit er es zu tun hatte. Er drehte sich auf die Knie und richtete sich dann vorsichtig an der Wand auf. Eine Schmerzwelle wollte ihn augenblicklich wieder zu Boden zwingen, doch er kämpfte dagegen an und versuchte, die Hände gegen die Mauer gestützt, stehen zu bleiben und ruhig weiterzuatmen. Das darauffolgende Nachlassen der Schmerzen wertete Torak als ein gutes Zeichen und ging durch die zunehmende Dunkelheit vorsichtig auf das Lumpenbündel zu. Darübergebeugt erkannte er einen Mann. Alt, abgemagert und faltig lag er zusammengekrümmt in der Ecke. Fluchtbereit und auf alles gefasst, stieß Torak den Lumpenmann mit dem Fuß an. »Lass mich! Geh weg«, lallte das Bündel und entsandte mit seiner abwehrenden Handbewegung zugleich eine übelriechende Ausdünstung aus Alkohol und Urin. Er wich angewidert zurück und begann, den Kerker genauer zu inspizieren.

Zuerst besah er sich die beiden Fenster. Sie waren klein und befanden sich knapp unterhalb der Decke. Ein Gitter war auf ihrer Innenseite angebracht und ein weiteres auf der Außenseite. Dahinter sah er einen Streifen der Obergeschosse der Häuser am Marktplatz. Verzweifelt streckte er einen Arm nach oben durch die Gitter und spürte Pflastersteine unter seinen Händen. Torak kam sich dumm vor, als er an den Eisenstäben rüttelte. Das hatten sicherlich schon Hunderte Gefangene vor ihm probiert. Dennoch stemmte er ein Knie gegen die Wand und zerrte mit aller Kraft an den Stäben, doch das schwere Metall widerstand ungerührt seinen Bemühungen.

Dann untersuchte er die Tür genauer. Sie war aus Eichenbrettern gefertigt und bildete eine fast glatte Holzfläche. Griffe oder Beschläge sah er keine, sie mussten sich auf der Außenseite befinden. Er nahm Anlauf und rammte seine Schulter gegen das Holz. Ein dumpfer Aufprall war zu hören und eine Schmerzwelle brandete durch seine Schulter, dann erwachten auch die Schmerzen im Bauch zu neuem Leben. Und mit den Schmerzen kam ein anderes Gefühl, schlich sich in seinen Geist und ergriff Besitz von seinen Gedanken: Verzweiflung. Während des Ritts mit den Bütteln hatten ihn Ablenkung und die Hoffnung auf ein wie auch immer geartetes Missverständnis noch an einen guten Ausgang glauben lassen. Doch jetzt, in der Einsamkeit des Kerkers, realisierte er die Ausweglosigkeit seiner Lage. Einem inneren Drang folgend schlug er mit den Fäusten gegen die Tür, rief die Wächter, schrie dann nach ihnen. Aber auf dem Gang hinter der Tür blieb es still. Torak drehte sich zurück zum Raum, in dem es allmählich dunkler wurde. Aus der Ecke des Lumpenmannes kam ein röchelndes Schnarchen und vom Marktplatz her hörte er das Gezeter zweier Frauen. Das Leben der anderen ging weiter, aber was würde aus ihm?

Schließlich suchte sich Torak die am wenigsten nach Urin riechende Ecke des Raumes, wischte mit den Füßen etwas Stroh zusammen und setzte sich hinein. Mit angezogenen Knien blickte er durch die Dunkelheit in Richtung Tür und grübelte über sein Schicksal nach. Wäre er doch nur im Dorf an der Großen Wegkreuzung geblieben. Oder hätte er Cel in ihrem Käfig nicht geholfen. Wäre er bloß nicht Nelairis Versuchung erlegen. Selbst seine Zeit bei den Elfen hatte er gedankenlos verstreichen lassen. Er hätte einfach gehen können, niemand hätte versucht, ihn aufzuhalten. Und selbst wenn: Die Elfen waren keine großen Kämpfer. So viel hatte er in den letzten Wochen erlebt, so viele falsche Entscheidungen hatte er getroffen. Wäre er doch bloß klüger gewesen. So wie die Jungen aus dem Dorf. Alle hatten sie irgendwann einmal die Möglichkeit gehabt, die Siedlung zu verlassen. Aber wer war tatsächlich gegangen? Nur er! Die anderen waren vernünftig geblieben und hatten ihren Weg in eine vorbestimmte Zukunft akzeptiert. Nur er nicht. Und das hatte er jetzt davon.

Torak schreckte auf. Ein lang gezogener, qualvoller Schrei hatte ihn geweckt. Er meinte ihn noch zu hören, wusste aber nicht, ob es Traum oder Wirklichkeit gewesen war. Verwirrt sah er sich um. Es war weiterhin Nacht, doch jetzt konnte er Wände und Tür seines Gefängnisses wieder erkennen. Ein Streifen Mondlicht fiel durch die Fenster und verwandelte den Steinboden in einen silbernen Spiegel. Feine Kräuselungen auf der Oberfläche warfen das Licht zuckend auf Decke und Wände des Verlieses. Einen Moment lang nahm Torak dieses friedliche Bild in sich auf, dann erst erfasste er die Situation und sprang vom Boden hoch. Dieser war nass, das Stroh auf dem er gelegen hatte, schwamm auf dem dünnen Wasserfilm und auch seine Hose war völlig durchnässt. Panisch blickte er sich nach der Herkunft des Wassers um, dann erkannte er die Zusammenhänge. Ein heftiger Regenguss war über der Stadt niedergegangen, und ein Teil des Wassers hatte den Weg vom Marktplatz in sein unterirdisches Verlies genommen. Doch jetzt war der Regen vorbei. Nur noch wenige schwere Tropfen fielen klatschend von Häusern und Ständen auf das Pflaster.

Torak spähte zum Lumpenmann, aber dieser schlief, von der Überschwemmung ungerührt, seinen Rausch aus. Seine Ecke des Kerkers lag ein wenig oberhalb der den halben Raum einnehmenden Wasserpfütze. Torak nahm an, dass der alte Mann die Eigenheiten des Kellers bei seiner Platzwahl berücksichtigt hatte.

Erneut ertönte ein Schrei. Der lange, heisere Ton ließ Torak an nachtaktive Raubtiere denken, doch er wusste es besser. Die Frau am Pranger hatte eine noch schlechtere Nacht als er. Und schon wieder sammelte sich in Torak das verdammte Mitleid. Hätte er es gekonnt, hätte er versucht, ihr zu helfen. Egal, was die Ursache für ihre missliche Lage war. Aber diesmal hielten ihn die Kerkerwände davon ab, seinen nächsten großen Fehler zu begehen. Torak blickte durch die Gitter auf die Dächer des Marktplatzes. Die

Schreie hatten wieder aufgehört, und die Stadt lag still vor ihm. Keine Stimmen und keine Schritte auf dem Pflaster störten die Ruhe. Bin ich der Einzige, der sie hört?, fragte er sich.

Frustriert wandte er sich wieder dem überschwemmten Kerker zu. Da er sich nicht zu dem alten Mann in die einzige trockene Ecke setzen wollte, entschied er sich, stehen zu bleiben und abzuwarten. An Schlaf war vorerst nicht mehr zu denken. Er lehnte sich mit dem Fenster im Rücken an die Wand und sah zu, wie das Mondlicht über das Wasser spielte. Sanftes Glitzern ging von der Oberfläche aus und warf helle Flecken an die Kerkerwände. Dann wurde es für einen Moment völlig dunkel, als eine Wolke am Mond vorbeizog, aber zu Toraks Freude kehrte das Licht zurück, bildete Formen auf dem Wasser und schließlich das Gesicht einer Frau, das ihn von der Wasseroberfläche aus anblickte. Er schreckte auf, so wach wie angenommen war er wohl nicht gewesen. Das Gesicht war zu Mondlicht auf der Oberfläche zerflossen, dann sammelte es sich erneut. Diesmal schien die Frau jünger zu sein, und er konnte einen großen Baum hinter ihr erkennen. Irritiert blickte Torak sich im Kerker um. Er war nun hellwach, konnte aber nichts erkennen, was diese irritierende Spiegelung hervorgerufen haben könnte. Wunschdenken, dachte er, nichts als die bizarren Gedanken eines Mannes, der langsam den Verstand verliert. Doch auch wenn die Wasserpfütze jetzt wieder nur das kalte Mondlicht reflektierte, das verwirrend schöne Antlitz der Frau war in Toraks Geist haften geblieben. So fremd und doch so seltsam vertraut.

Eine weiche Schwere legte sich auf ihn, hüllte seine Gedanken in Trägheit und betäubte seine Sinne. Torak spürte, wie die Welt um ihn herum an Bedeutung verlor, ließ es jedoch ohne Gegenwehr geschehen und begrüßte die dumpfe Empfindungslosigkeit. Dann verschwand die Wand, an die er sich eben noch gelehnt hatte, und er stürzte nach hinten.

Torak lag inmitten eines lichten Waldes im nassen Gras. Vor ihm erhob sich ein gewaltiger Feenholzbaum, vor dem die anderen Bäume ehrfürchtig zurückzuweichen schienen. Im warmen Licht der tief stehenden Sonne tanzten Insekten, doch Torak fror erbärmlich. Er rappelte sich vom Boden auf und sah sich um. Wo war er? Und vor allem: Wie war er dort hingekommen? Er hatte von Männern und Frauen gehört, denen ihr Verstand seltsame Streiche spielte, indem er sie Dinge außerhalb der Realität sehen ließ. Manche bezeichneten das, was sie sahen, als Visionen, die ihnen die Götter geschickt hatten. Doch er wusste, dass es mit diesen Menschen oft kein gutes Ende nahm.

Torak fand keine Antwort auf seine Fragen und beschloss, sich diesen fremden Ort genauer anzusehen. Er trat ein paar Schritte auf den die Szenerie beherrschenden Feenholzbaum zu und bewunderte die Ruhe und Erhabenheit, die von ihm ausging. Dies wäre ein schöner Ort zum Verweilen, dachte er. Vielleicht für ein Nachtlager nach einer anstrengenden Reise durch den Wald. Doch so gerne er sich ins Gras gesetzt hätte, die gnadenlose Kälte fing an, ihm zuzusetzen. Unerbittlich kroch sie unter seine Haut und ließ Finger und Zehen taub werden. Das bisschen Kleidung, das er am Leib trug, bot nicht den geringsten Schutz. Er begann, unkontrolliert zu zittern.

»Meine Macht über die Welt der Menschen geht zur Neige«, sagte plötzlich eine sanfte Stimme neben ihm. »Und nur für einen kurzen Moment kann ich dich zu mir rufen.«

Torak blickte in ihre Richtung, und dort, wo eben noch Insekten in den Sonnenstrahlen getanzt hatten, stand jetzt eine Frau. Erst meinte er, sie wäre nackt, doch dann erkannte er einen zarten Schleier, der sie wie ein Nebel umfloss, sie mal verhüllte, nur um sich kurz darauf in nichts aufzulösen. Und so unstet wie der Schleier war auch der Körper der Frau. Er schien keine endgültige Form annehmen zu wollen, mal war sie jung, dann wieder alt, mal gertenschlank, um danach in üppiger Weiblichkeit vor ihm zu stehen. Doch das nahm Torak kaum wahr, denn er konnte seine Augen nicht von dem schönen Gesicht nehmen, dem schönsten, das er jemals gesehen hatte. Ihr Lächeln ließ ihn die eisige Kälte vergessen und offenbarte eine unendliche Güte und Liebe. Die Augen aber schienen dieser Schönheit widersprechen zu wollen. Kein Weiß war zu sehen und keine Iris. Torak sah in abgrundtiefe Schwärze.

»Nur wenige meiner Kinder wandeln noch auf eurer Welt. Und nur du bist berufen, diesen Ort zu betreten. Denn dies ist kein Ort für die Lebenden«, fuhr die Frau fort. »Nur die Schatten dürfen sich an seiner Herrlichkeit laben.«

»Schatten?«, platzte Torak mit vor Kälte klappernden Zähnen heraus. »Welche Schatten? Und wo bin ich eigentlich?«

Die Frau schwieg, und Torak fürchtete schon, sie durch seine hastige Frage gegen sich aufgebracht zu haben. Doch dann erkannte er, dass sie nachdachte. Ein abwesender Ausdruck war in ihr Gesicht getreten, und sie sagte, mehr zu sich selbst als zu ihm:

»Zurück bleibt nichts – zumeist.
Doch mitunter:
Der übergroße Zwiespalt des Geistes zerreißt die Seele.
Es bleibt ein Echo, der Widerschein des Selbst, ein Schatten.
Dürstend nach Leben, nach Rache, nach Liebe.«

Auch wenn Torak die Worte nicht verstand, so blieben sie doch nicht ohne Wirkung. Denn jetzt sah er, was die Frau mit Schatten gemeint hatte. Dunkle Gestalten wurden auf der Wiese sichtbar. Sie schienen aus dem Boden aufzusteigen oder aus der Luft zu entstehen. Ihre Körper formten sich aus Schwärze und rissen fahle Lücken in das Sonnenlicht. Entsetzen ergriff ihn, doch die Frau fasste seine Hände und flüsterte eindringlich: »Keine Angst, Torak. Auch du wirst dereinst einer von ihnen sein. Deine Wandlung hat schon begonnen. Denn mit jedem Tod bist du weniger Mensch und mehr Schatten. Das ist der Preis unserer Unsterblichkeit.«

Torak wollte widersprechen, doch ihm fehlte die Kraft. Die Kälte hatte ihn bereits gelähmt, nun fiel ihm sogar das Denken schwer. Einzig die Hände der Frau versorgten ihn noch mit Leben spendender Wärme. Auch ihr schien sein Zustand nicht verborgen zu bleiben. »Dein Körper vergeht«, sagte sie. »Ich habe dir so viel Zeit geschenkt, wie ich konnte. Du musst jetzt zurückkehren. Suche die Schwestern vom Schattenquell! Sie haben das Wissen, dich sicher zu mir zu geleiten. Handle schnell, denn deine Aufgabe duldet keinen Verzug.«

Torak hatte so viele Fragen. Doch die Frau zog ihn an sich, bis ihre Gesichter sich fast berührten. Er blickte in die unendliche Schwärze ihrer Augen, die größer und größer wurden, die Welt um ihn herum verschluckten und mit Leere füllten.

Verwirrt betastete Torak seinen Schädel. Beim Sturz auf den Kerkerboden musste er sich heftig den Kopf angeschlagen haben. Seine kalten Finger fuhren über die Stirn, berührten eine Platzwunde, und der Schmerz ließ ihn zurückzucken. Haare und Gesicht waren feucht, aber in der Dunkelheit konnte er nicht feststellen, ob von Blut oder von Wasser. Sein Körper zitterte unkontrolliert, doch zu seiner Beruhigung wärmten ihn die umgebende Luft und selbst das Wasser in der Pfütze.

Einige Zeit verging, und mit dem zurückkehrenden Gefühl in Armen und Beinen nahm Toraks Verstand seine Arbeit wieder auf. Was war mit ihm geschehen? War er unglücklich gestürzt, hatte er sich den Kopf angeschlagen und dann von dieser Frau auf der Waldlichtung geträumt? Ja, so musste es gewesen sein, beruhigte er sich. Diese Erklärung leuchtete ein. Und vor allen Dingen blieb sie die einzige Antwort, die sich in seine Gedankenwelt einpassen ließ.

Doch in Toraks Geist regten sich Zweifel. Es hatte sich so real angefühlt. Auch jetzt konnte er sich an alle Details seines Aufenthalts beim Feenholzbaum erinnern. Noch roch er den würzigen Duft des Waldes, hörte das Summen der Insekten. Er dachte an die Frau und fühlte erneut die

Vertrautheit und mütterliche Liebe. Wäre sein Verstand überhaupt in der Lage, sich so etwas auszudenken?

Mühsam rappelte er sich vom Boden auf und ging zum Fenster. Draußen zeigte sich das kalte Blau des nahenden Tages. Sich an die Gitterstäbe klammernd, dachte er über ihre Worte nach. Sie hatte behauptet, Torak, nein, sie beide seien unsterblich. Nun gut, dies würde sich in Kürze überprüfen lassen, befand er sarkastisch. Oder war er schon einmal gestorben und hatte es bloß nicht bemerkt? Ein Lächeln umspielte seine Lippen, doch dann erinnerte er sich daran, wie ihn das Pferd beim Brand des Gasthauses beinahe zerquetscht hatte. Nein, er war nur bewusstlos gewesen, so schnell stirbt man nicht. Er verwarf den Gedanken. Und sonst? Ausgeschlossen, da war nichts. Außer vielleicht: Nelairi! Hatte sie sein Leben genommen und seinen toten, nackten Körper einfach im Wald liegen lassen? Auch das war eher abwegig. Wenngleich eine angenommene Unsterblichkeit zusammen mit Nimanns Beschreibung einer Sirene doch eine ganz schlüssige Erklärung für den Zustand lieferte, in dem er nach der Begegnung mit Nelairi wieder zu sich gekommen war.

Während Torak am Fenster stand und die seltsame Begegnung wieder und wieder durchspielte, über Untote und Schatten sinnierte und herauszufinden suchte, welche Schwestern ihm helfen könnten, färbte sich der Himmel langsam rot, dann orange, und das Leben erwachte wieder auf den Straßen Sturmwalds. Menschen liefen eilig über den Marktplatz, die ersten Ochsenkarren fuhren knarrend durch die schmalen Gassen und die Händler befüllten ihre Stände mit mehr oder weniger frischen Waren. Die Nacht war vorbei und der Gerichtstag hatte begonnen.

# KAPITEL

# 13

Mutter hatte Foruh gut auf ein Leben außerhalb der Heimstätte vorbereitet. Dennoch litt es Höllenqualen. Zum einen waren es die Menschen, die ihm so sehr zu schaffen machten. Seit seiner Ankunft in Sturmwald war es fast ständig von diesen primitiven Wesen umgeben. Mit dem von ihnen ausgehenden Gestank hätte es noch leben können. Aber es war ihr Verhalten, das seinen Leitbildern derart widersprach, dass es ihm körperliches Unbehagen verursachte. Jede Form von Gemeinsinn schien ihnen zu fehlen. Ausnahmslos waren sie auf ihr eigenes Wohl bedacht und suchten in der Ausbeutung ihrer Mitmenschen den schnellen Erfolg.

Weiterhin war da ihre Geschlechtlichkeit, die Foruh aufs höchste verwirrte. Ständig – und oft, ohne es selbst bewusst wahrzunehmen – waren sie mit dem Werben um Fortpflanzungspartner beschäftigt. Und war dieser Partner erst einmal gefunden, standen sie unter dem Zwang zu kopulieren, immer und immer wieder. Auf einem Fest des Fürsten hatte es beobachtet, wie sie sich zu zweit oder zu dritt in stille Nischen zurückzogen, um auf widerliche Weise ihrem Trieb zu gehorchen.

Noch schlimmer als die Gegenwart der Menschen war die Abwesenheit von Mutter. Zu Hause war sie stets bei ihm, führte und beschützte es. Aber schon während des langen Ritts war diese Verbindung stetig schwächer geworden. Hier in Sturmwald konnte es ihre Anwesenheit kaum noch erahnen. Es war in seinen Entscheidungen auf sich selbst gestellt.

Seine Geschwister Aryn und Jal, die beiden Botschafter der Syrth in Sturmwald, waren ihm keine Hilfe. Sie hatten es zwar mit großer Freude begrüßt und sich gleich um Essen und Unterbringung in der Residenz von Fürst Georod gekümmert, doch der Grad der Degeneration der beiden hatte es so entsetzt, dass es seine Bestürzung nur mit großer Mühe vor ihnen verbergen konnte.

Die Zeit fern vom Nest forderte ihren Tribut. Foruh wusste um die Gefahr der schleichenden Loslösung vom gemeinsamen Geist der Syrth und hatte sich vorgenommen, seinen Aufenthalt in Sturmwald so kurz wie möglich zu gestalten. Und zumindest in dieser Hinsicht sah es gut für Foruh aus.

Bei Beginn seiner Reise hatte es noch beabsichtigt, direkt zur Stadt der Feen zu reiten. Doch unterwegs hatte es sich umentschieden. Die schwachen Elfen wären ihm möglicherweise bei der Ergreifung Toraks keine Hilfe. In Sturmwald jedoch hatte es Zugriff auf so viele Bewaffnete wie nötig.

Problemlos hatte Foruh den Statthalter des Fürsten davon überzeugt, dass der Mensch Torak sterben müsse. Für Klaric war dessen Leben ohnehin bedeutungslos. Und so war es nur eine Frage des Preises gewesen, bis dieser seine Büttel nach Ys Aethel geschickt hatte, um den Jungen einzufangen. Auch die Elfen hatten für ein kleines Entgegenkommen kooperiert.

Auf dem Rückweg von Klarics Residenz hatte Foruh der Sirene einen Besuch abgestattet. Seit dem ersten Zusammentreffen zwischen ihr und seinen Geschwistern hatte sie im gemeinsamen Geist der Syrth eine leicht zu verfolgende Spur hinterlassen. Sie begann im Wirtshaus an der Großen Wegkreuzung. Der damals von ihr geplante Brand hatte die Syrth zu einer Abreise mitten in der Nacht gezwungen. Einige Tage später war eine weitere Syrth-Gruppe auf dem Weg nach Sturmwald ihr begegnet. Sie hatten festgestellt, dass der Plan der Sirene aufgegangen war. Der Schankbursche aus der Gaststätte folgte ihr wie ein Hund.

In Sturmwald schließlich hatten Aryn und Jal ab und zu ein Auge auf sie gehabt. Sie lebte unauffällig, und der Blick in ihren Geist zeigte, dass sie trotz des Überangebots an jungen Männern ihren Hunger nach Leben zügelte. Doch auch, wenn nur ein Mann pro Woche spurlos verschwand, blieb ihr Wirken nicht völlig unbemerkt. Gerüchte begannen sich in der Stadt auszubreiten, und so war es kein Wunder, dass sich die Sirene bereits in den Vorbereitungen für ihre Abreise befand, als Foruh bei ihr eintraf.

Es hatte die Kreatur richtig eingeschätzt. Die wenigen noch lebenden Sirenen waren stets hungrig, stets auf der Flucht und, da sie nie länger an einem Ort bleiben konnten, auch stets knapp bei Kasse. Daher hatte es auf die Begleitung durch Wachen verzichtet und der Sirene geradewegs einen kleinen Beutel Gold sowie sein Stillschweigen angeboten. So hatte es sich ihre Kooperation mit den Syrth erkauft, die sich irgendwann in der Zukunft noch als nützlich erweisen könnte. Nachdem sie sich anfangs geziert hatte, hatte die Sirene ihm schließlich bestätigt, dass sie Torak im Sauerbruch getötet und seine Leiche im Wald zurückgelassen hatte. Ihr Geist hatte keine Spur von Zweifel gezeigt.

Später war Foruh zufrieden in seine Unterkunft zurückgekehrt. Die Sirene hatte ihm das mitgeteilt, was die Syrth ohnehin schon gewusst hatten. Torak war gestorben und dennoch lebend bei den Elfen erschienen.

Foruh hatte in wenigen Tagen viel erreicht. Der wohl letzte Fee saß im Gefängnis, und heute würden sie über ihn Gericht halten. Mit der Hinrichtung Toraks wäre sein Auftrag eigentlich abgeschlossen. Doch die Gedanken der beiden Syrth bei den Elfen ließen es zweifeln. Hier war etwas geschehen, was selbst Mutter nicht vorausgesehen hatte. Eines seiner Geschwister hatte überraschend die Konfrontation mit Toraks Begleiterin Cel gesucht. Es hatte etwas Unheilvolles und Zerstörerisches in ihr erkannt und den Versuch, es zu vernichten, mit seinem Leben bezahlt.

Noch bevor die Verbindung abriss, hatte Foruh gewusst, dass Cel eine mindestens ebenso große Bedrohung für die Syrth darstellte wie Torak. Und so würde es seine Abreise hinausschieben müssen, bis auch dieses Problem aus der Welt geschafft wäre.

# KAPITEL

# 14

Torak wurde von einem Plätschern geweckt. Schlaftrunken versuchte er, sich zu orientieren. Er lag unterhalb eines der beiden Gitterfenster auf dem Boden. Vor ihm stand der Lumpenmann mit halb heruntergelassener Hose und pinkelte auf Toraks Beine. »Du spinnst wohl!«, schrie der ihn an und zog schnell die Füße an sich.

»Weg da. Das ist mein Fenster!«, forderte der Mann und kam noch einen Schritt näher. Hastig rollte sich Torak zur Seite, um dem nicht enden wollenden Urinstrahl zu entkommen. Er rappelte sich vom Boden auf und überlegte, wie er auf den Angriff reagieren sollte. Körperlich war er dem Mann um Längen überlegen, aber was würde es ihm bringen, auf einen alten Säufer einzuprügeln? Und gesetzt den Fall, er würde sich die Zelle noch einige Zeit mit ihm teilen müssen, wäre es unklug, sich den Mann zum Feind zu machen. Auch Torak musste irgendwann wieder schlafen.

Schließlich verzichtete er auf eine weitere Konfrontation. Er ging zum anderen Fenster und starrte von dort auf die sonnenbeschienenen Obergeschosse der Häuser am Markt. Männer, Frauen und Kinder liefen in geschäftiger Eile an seinem Gitter vorbei, lebhaftes Stimmengewirr drang zu ihm herab. Je länger Torak durch die Öffnung blickte, desto elender fühlte er sich. Eine nagende Übelkeit stieg in ihm auf, während Kopfschmerzen sein Denken erschwerten. Was war nur los mit ihm? Waren dies Nachwirkungen seines nächtlichen Ausflugs zum Feenholzbaum oder setzten ihm seine Situation und der anstehende Gerichtstag dermaßen zu?

Erst als draußen ein Bäcker lautstark »feine, knusprige Fettkuchen« anpries, erkannte Torak die Ursache seines schlechten Befindens. Er hatte seit fast zwei Tagen nichts gegessen. Aufregung und Strapazen hatten selbst das Grundbedürfnis Essen in den Hintergrund gedrängt. Doch jetzt forderte sein Körper mit aller Macht, was ihm zustand. Auch wenn Torak wusste, dass er sich falsche Hoffnungen machte, sah er sich erneut im Kerker um. Vielleicht hatte ja jemand, während er schlief, ein wenig zu Essen gebracht? Aber nein, außer feuchtem Stroh, Steinwänden und Dunkelheit hatte der Raum nichts zu bieten.

»He, Alter«, sprach Torak den Lumpenmann an, »gibt es hier auch irgendwann Wasser und Essen? Oder lassen die uns verrecken?«

»Lass mich!«, grunzte der Alte. Doch dann schien ein letzter Rest Uneigennützigkeit bei ihm die Oberhand zu gewinnen und er drehte sich vom Gitter weg zu Torak. »Wenn dir deine Leute nichts bringen, kann es hart werden«, nuschelte er.

»Aber ich habe hier doch niemanden«, antwortete Torak entsetzt.

Der Alte schwieg einen Moment, dann drehte er sich wieder zum Fenster. Er lehnte sich eng an die Wand und reckte einen Arm durch das Gitter. »So musst du es machen. Und Geduld musst du haben!«

Im Gasthaus an der Großen Wegkreuzung war es meist Torak zugefallen, sich um die gelegentlich vorbeikommenden Bettler zu kümmern. Einige von ihnen hatten das Betteln zum Beruf erkoren, andere hatten auf ihrer Reise mehr oder weniger selbstverschuldet Hab und Gut verloren und waren auf die Mildtätigkeit ihrer Mitmenschen angewiesen. Aber alle Bettler waren eine Belästigung für die Gäste gewesen, und so hatte er sie schleunigst vertrieben. Sollten sie doch einer richtigen Arbeit nachgehen.

Unversehens fand sich Torak nun auf dieser ihm bisher fremden Seite des Lebens wieder. Die nächsten Stunden verbrachte er auf Zehenspitzen stehend. Er reckte die offene Hand möglichst weit aus dem Fenster, wartete ab, bis die Schmerzen unerträglich wurden, und wechselte dann den Arm. Die Ausbeute waren einige Fußtritte, ein Stein und ein angebissener Apfel, den er samt Kerngehäuse gierig verschlang.

Geräusche an der Tür holten ihn aus einem gnädigen Dämmerzustand zurück in die Realität. Die Tür wurde aufgestoßen, und vier Männer drängten in den Raum. Sie waren in die gleichen verschlissenen Uniformen gekleidet, wie Torak sie am Vortag bei den Männern des Statthalters gesehen hatte. Einer von ihnen hielt ein Kurzschwert vor sich, zwei Männer schwangen drohend ihre hölzernen Schlagstöcke, der vierte trug ein langes Seil. »Du da!«, sagte der Erste und richtete sein Schwert auf Torak. »Wir bringen dich jetzt zur Befragung. Mach uns keinen Ärger, dann wird dir nichts geschehen.«

Torak sah, wie sich neben ihm der Lumpenmann langsam und jede ruckartige Bewegung vermeidend in die hintere Ecke des Raumes zurückzog. Angesichts des martialischen Auftritts der Wachen wäre er gar nicht auf die Idee gekommen, Widerstand zu leisten oder gar einen Fluchtversuch zu unternehmen. Allerdings schienen die Männer genau das von ihm zu erwarten. Seine Besorgnis wuchs.

Langsam kamen sie auf Torak zu und nahmen ihn in die Zange. Dann wurde er grob nach hinten gestoßen und fiel gegen die Wand. Hände ergriffen ihn, drehten ihn um und zogen seine Arme auf den Rücken. Schnell waren seine Handgelenke gefesselt und er war wehrlos. Zu allem Überfluss legte jemand eine Schlinge über seinen Kopf und zog das Seil um seinen Hals stramm. Augenblicklich explodierte schiere Panik in Toraks Geist, doch dann spürte er, dass er noch genügend Raum zum Atmen hatte.

Die Wachen ließen von ihm ab, ihr angespanntes Verhalten wich routinierter Aufgabenerfüllung. »Du gehst voran!«, sagte der mit dem Schwert und wies mit der Klinge zur Tür. Torak machte sich auf den Weg. Hinter der Kerkertür wollte er den Weg nach links einschlagen, auf dem er am Vortag gekommen war, doch ein scharfer Ruck am Seil riss ihn fast von den Füßen. »Das hättest du wohl gerne, Freundchen. Andere Richtung!«, tönte es hinter ihm.

Torak folgte dem Weg, so gut er konnte, wurde jedoch immer wieder am Strick zurückgerissen, wenn er eine falsche Abbiegung nahm. Er fragte sich, ob sich die Männer einen Spaß mit ihm erlaubten, oder ob sie schlicht rechts und links nicht benennen konnten. Bald stiegen sie eine Treppe hinab und dann noch eine weitere mit schmalen, ausgetretenen Stufen. Torak setzte seine Schritte mit äußerster Vorsicht, um einen unbeabsichtigten Sturz und damit ein ebenso unbeabsichtigtes Strangulieren zu vermeiden. Schließlich befanden sie sich tief unter der Erdoberfläche. Das flackernde Licht einer einsamen Öllampe offenbarte aus grob behauenen Steinblöcken zusammengefügte Wände und Säulen, die augenscheinlich schon Jahrhunderte vor dem heute auf ihnen stehenden Haus einer anderen, wuchtigen Architektur als Unterbau gedient hatten.

Der Gang, in dem sie sich jetzt befanden, verlief schnurgerade und schien weit über die Ausmaße des Gebäudes hinauszureichen.

»Da rein!«, rief es plötzlich von hinten, und Torak trat durch eine niedrige Tür in einen Raum zu seiner Rechten. Hier war es dunkel, nur in einer Ecke glommen Reste eines Feuers. Es roch nach Kohlenrauch und irgendetwas Säuerlichem, das er nicht einordnen konnte. Die Wachen folgten ihm in den Raum und entzündeten zwei weitere Öllampen. Nun konnte Torak sich umsehen. Er befand sich in einer Art Schmiede. Was er für ein fast verloschenes Feuer gehalten hatte, waren Kohlen in einer Esse, darüber hing ein rußgeschwärzter Abzug. An der Wand lehnte eine Reihe von Schmiedewerkzeugen, vornehmlich Hammer und Zangen. Der größte Teil des Raumes wurde von einem massiven niedrigen Tisch eingenommen.

»Da rauflegen!«, sagte einer der Wächter. Augenblicklich erkannte Torak seinen Irrtum. Seine Knie wurden weich und sein Herz begann zu rasen. Nein, um alles in der Welt würde er sich nicht auf diesen Tisch legen. Doch die Männer machten kurzen Prozess. Einer zog Torak am Strick nach unten, ein anderer trat ihm von hinten in die Kniekehlen, schon stürzte er und wurde auf den Tisch niedergedrückt. Er trat um sich und versuchte, sich vom Tisch herunterzurollen, doch mit jeder Bewegung zog sich die Schlinge enger um seinen Hals und er bekam keine Luft mehr. Er gab auf und folgte dem unerbittlichen Zug des Seils, bis er rücklings auf dem Tisch lag. Erst wurden seine Füße an den Tischecken festgebunden, dann lösten die Wachen seine Handfesseln, zogen die Arme schmerzhaft über seinen Kopf und banden sie wieder fest. Schließlich ließen die Männer schwer atmend von ihm ab. Torak sah, dass einem von ihnen die Lippe aufgeplatzt war und heftig blutete.

Der Anführer kontrollierte den sicheren Sitz der Fesseln erst an den Füßen, dann an den Händen. »Zu locker!«, rief er dem blutenden Mann zu, der daraufhin eine am Kopfende und damit außerhalb von Toraks Blickwinkel befindliche Apparatur betätigte. Erst hörte er ein knarzendes Geräusch, dann straffte sich der Strick, um seine Arme mit gnadenloser Kraft zum Ende des Tisches zu ziehen. Doch die Fesseln um die Fußgelenke hielten dagegen. Immer unerträglicher wurde die Spannung, bis ein brennender Schmerz durch Toraks Achselhöhlen schoss. »Lass ab, Kyral!«, rief der Anführer. »Du verletzt ihn sonst. Und du weißt, was die Priesterin dann mit uns macht!«

»Jaja«, brummte der Mann hinter Torak. »Ich dachte nur, dass ein kleiner Ausgleich für seine Widerspenstigkeit ganz angemessen wäre.« Die Soldaten lachten, doch zu Toraks großer Erleichterung ließ die Spannung etwas nach, sodass er fast schmerzfrei, aber weiter bewegungsunfähig auf dem Tisch lag.

Anscheinend war die Arbeit der Wachen nun getan, denn sie löschten die Öllampen und verließen den Raum. Als Letzter ging der Mann mit der blutenden Lippe. In der Tür drehte er sich noch einmal um und sagte hämisch zu Torak: »Schön brav hier liegen bleiben und nicht weggehen.« Dann folgte er, über seinen eigenen Scherz lachend, den anderen Soldaten.

Torak war allein. Vor sich konnte er das letzte Glimmen der Esse ausmachen, ansonsten herrschte undurchdringliche Dunkelheit. Er prüfte, welche Bewegungsfreiheit ihm die Apparatur erlaubte. Erfolglos zog er an den Stricken, dann probierte er, ob seine ausgestreckten Hände etwas ertasten konnten. Anschließend versuchte er es mit Gewalt. Er krampfte sich ruckartig zusammen, was ihm aber außer Schmerzen im Bauch nichts einbrachte. Seine Bemühungen waren vergeblich. Egal, wie er sich anstrengte, die Vorrichtung hielt ihn gnadenlos fest.

So blieb ihm nur das Warten auf das, was folgen mochte. Darauf, dass wieder jemand zu ihm kam und seine missliche Lage durch eine noch schlimmere ersetzte. Seine Gedanken kreisten um das, was ihm bevorstand. Die Einsicht, dass er wohl genau zu diesem Zweck dort lag, half ihm wenig.

Irgendwann, Torak wusste nicht, wie viel Zeit vergangen war, hörte er draußen im Gang Schritte. Sie kamen näher und Licht flackerte in den Raum. Eine Frau und zwei Männer traten ein. Einer ging, ohne Torak weiter zu beachten, zur Esse, legte Kohlen auf die Glut und betätigte den Blasebalg. Während das Feuer zum Leben erwachte und gierig im Takt der eingeblasenen Luft pulsierte, entzündete der zweite Mann die Öllampen und nahm auf einem Stuhl knapp außerhalb von Toraks Gesichtsfeld Platz.

Angespannt verfolgte der Gefangene die Abläufe um ihn herum. Nach kurzer Zeit kehrte Ruhe ein. Der Mann an der Esse war mit der Glut zufrieden, der andere in seinem toten Winkel hatte aufgehört, mit etwas zu rascheln, was

Torak für Pergament hielt. Die Frau ragte bedrohlich neben ihm auf und schien auf etwas zu warten. Um keine unerfreuliche Reaktion zu provozieren, hatte er sich bisher nicht getraut, zu ihr aufzublicken. Aber schon bald ertrug er das Warten nicht mehr und sah sie an. Ihre Blicke trafen sich kurz, dann sah Torak sicherheitshalber wieder weg. Doch der Moment hatte ihm gereicht, um einen ersten Eindruck von der Frau zu erhalten. Sie war mittleren Alters, hatte hüftlange braune Haare, braune Augen und ein Gesicht, das Torak unter anderen Umständen als schön bezeichnet hätte. Allerdings überlagerte die Härte ihres Blicks alle positiven Wahrnehmungen; sie schien geradezu in sein Innerstes hineinschauen zu wollen.

»So, du bist also Torak«, stellte die Frau fest, die anscheinend nur auf eine erste Reaktion von ihm gewartet hatte. »Ehrlich gesagt hatte ich mir dich ein wenig anders vorgestellt.« Sie erlaubte sich eine kurze Kunstpause, während Torak sich fragte, ob er zum Guten oder zum Schlechten von ihrer Erwartung abwich. Schließlich sprach sie weiter: »Du weißt, warum du hier bist?«

»Zu einer Befragung?«, brachte Torak mit krächzender Stimme heraus.

»Sehr gut«, lachte sie mit aufgesetzter Freude. »Doch lass mich es dir ein wenig genauer darlegen.« Wieder folgte eine Pause. Dann setzte sie routiniert fort: »Dir wird ein Kapitalverbrechen zur Last gelegt. Das ist ein besonders schweres Verbrechen, das mit dem Tode zu bestrafen ist. Unser Recht verlangt in solchen Fällen, dass das Verhör des mutmaßlichen Täters in Form einer peinlichen Befragung stattzufinden hat. Dies unterstützt die Erinnerungsfähigkeit und dient dazu, die Wahrheit ans Licht zu bringen.«

Für Torak enthielten ihre Worte kaum etwas Neues. Doch die nüchterne Darlegung dessen, was jetzt auf ihn wartete, versetzte ihn in zusätzliche Angst. Das war wohl auch der Frau klar, denn sie ließ Torak ausreichend Zeit, die Mitteilung auf sich wirken zu lassen. Dann fuhr sie mit lauter Stimme fort: »Ich bin Junrun, Priesterin von Tyra, der Göttin des Wissens und der Wahrheit. Als ihre Stellvertreterin werde ich die Befragung vornehmen. Dank ihrer Gnade werde ich Wahrheit von Lüge trennen und so den wirklichen Hergang des Geschehens zutage fördern.« Dann setzte sie in freundlicherem Tonfall hinzu: »Du hast es in der Hand, Torak. Nur du entscheidest über den Grad deines Leidens. Ich werde die Wahrheit belohnen und die Lüge bestrafen.« Sie sah ihre beiden Gehilfen an. »Lasst uns beginnen.«

Torak hörte, wie hinter ihm eine Feder Worte auf ein Pergament kratzte. Der Mann an der Esse bewegte etwas in der Glut. »Die Zangen wären bereit«, sagte er.

Die Priesterin blickte zögernd erst zur Esse, dann auf Torak, dann wieder zur Esse. »Ich glaube, die Zangen werden wir vorerst nicht brauchen. Gib mir die Haselnussrute.«

Er reichte ihr einen langen dünnen Stab, und sie lehnte sich etwas über Torak, um die Rute entgegenzunehmen. Dabei fiel sein nach oben gerichteter Blick zwangsläufig auf die Brüste der Frau, die oberhalb des Mieders den weißen Stoff der Bluse ausfüllten. Doch bevor sie dies bemerken konnte, drehte er hastig den Kopf zur Seite. Das Letzte, was er in diesem Moment wollte, war, die Frau unnötig zu verärgern. Junrun ließ die Rute mehrfach mit scharfem Zischen durch die Luft wippen, um sie daraufhin wieder beiseitezulegen. Sie setzte sich neben Torak auf den schmalen Tisch, legte beiläufig eine Hand auf seine Brust und sagte: »Erzähl mir: Wer bist du und wo kommst du her?«

Und Torak erzählte. Er berichtete von dem Gasthaus an der Großen Wegkreuzung, seinem Ziehvater Albor und seiner *Schwester* Juna. Dabei merkte er, dass er beim Erzählen fast die Situation vergaß, in der er sich befand. Es fiel ihm seltsam leicht, dieser Frau von seinem Leben zu berichten. Sie saß bei ihm, ihre Hand streichelte ihn sanft und er spürte die Nähe ihres Körpers, während im Hintergrund eine Feder über Pergament kratzte.

Nach einer Weile unterbrach sie ihn. »Das hast du gut gemacht. Du hast dir eine kleine Pause und etwas zu trinken verdient.« Sie stand auf und kam mit einem Tonkrug zurück. »Mund auf!«, befahl sie und beugte sich über ihn. Er tat wie geheißen, und sie goss eine kühle Flüssigkeit hinein. Gierig schluckte er und stellte überrascht fest, dass es sich um einen herben Rotwein handelte, der einen nussig-bitteren Nachgeschmack hinterließ. Erneut öffnete er den Mund, und wieder gab sie ihm einen Schluck. Der Vorgang wiederholte sich einige Male, ehe sie sagte: »Genug. Wir wollen ja nicht, dass du einschläfst.« Sie stellte den Krug auf den Boden und hielt ihm ein Stück Kuchen unter die Nase. »Abbeißen!«, sagte sie. Ob es nur an seinem Hunger lag, wusste er nicht, aber der Kuchen war lecker und saftig und viel süßer als der Kuchen, den er von der Großen Wegkreuzung kannte.

Doch schon nach wenigen Bissen legte Junrun das Kuchenstück zur Seite. »Musst du pinkeln?«, fragte sie ihn ungeniert. Entsetzt zuckte Torak zusammen. Während ihm die Schamesröte ins Gesicht stieg, schüttelte er heftig den

Kopf. Nein, er musste nicht pinkeln. Zumindest diesen Vorteil hatte es, wenn man am Verdursten war. Er wollte sich lieber nicht ausmalen, welche peinliche Prozedur ihn erwartet hätte.

Junrun nahm wieder an Toraks Seite Platz. »Erzähl mir von deinen leiblichen Eltern«, sagte sie. Diesmal legte sie ihre Hand nicht auf sein Hemd, sondern schob sie darunter. Sanft streichelte sie seinen Brustkorb. Torak musste seine Gedanken einen Moment sammeln, zumal ihm von dem Wein seltsam leicht im Kopf wurde. Dann gab er das wenige wieder, was ihm vor Jahren über seine Eltern berichtet worden war. Er erzählte, dass er sich nicht mehr an sie erinnerte, dass Albor ein Kampfgefährte seines Vaters gewesen sei und dass seine Eltern sich auf der Flucht befunden hätten. Sie hatten ihn bei dem Mann zurückgelassen, der später sein Ziehvater wurde. Damit schloss er seinen Bericht. Junrun wartete einen Moment, dann durchzuckte ihn ein stechender Schmerz. Sie hatte ihn in eine Brustwarze gekniffen. Er wollte sich schon rechtfertigen, aber sie schüttelte den Kopf. »Du verschweigst etwas«, sagte sie anklagend.

Erst wusste Torak nicht, was sie meinte. Doch dann gestand er ihr das, worüber er bisher mit keinem Menschen gesprochen hatte: »Sie sind tot. Ich weiß es. Ich fühle es. Sie haben mich bei Albor versteckt, damit mir nicht das Gleiche widerfährt wie ihnen.«

»Gut«, sagte Junrun. Mit beiden Händen ergriff sie Toraks Hemd und schob es bis zu seinem Hals nach oben. Einen Moment besah sie sich seinen Körper, und er merkte, dass ihr Blick an der Stelle verweilte, an der ihn vor zwei Tagen der Tritt der Wache getroffen hatte. Dann rutschte sie ein Stück weiter zum Fußende des Tisches und öffnete seine Hose. Ihm blieb vor Entsetzen die Luft weg. Was hatte die Frau mit ihm vor? »Nein! Nicht!«, stammelte er, doch Junrun ließ sich nicht abhalten. Sie zog das Kleidungsstück so weit nach unten, wie die gespreizten Beine es zuließen. Jetzt lag er praktisch nackt vor ihr. Während sie aufstand und seinen Körper in Augenschein nahm, wäre Torak am liebsten im Boden versunken. Oder gestorben. Egal. Alles war besser, als entblößt und hilflos vor dieser Frau an einen Tisch gefesselt dazuliegen.

Junrun griff zum Haselstecken. Torak wappnete sich für den Schlag, spannte die Muskeln an und kniff die Augen zu. »Ruhig«, sagte die Frau. Der Hieb kam nicht. Stattdessen schwang sie ein Bein über ihn, hob den Rock leicht an und kniete sich auf ihn. Torak fühlte ihren warmen Unterleib auf seinem Bauch. Sie legte die Rute griffbereit ab und streichelte mit zarten Händen seinen Brustkorb. »Ruhig«, sagte sie erneut.

Gerade als Toraks Entsetzen ein wenig nachließ, richtete sie ihren Oberkörper auf und fasste mit der rechten Hand nach hinten. Zielsicher ergriff sie seinen schlaffen Schwanz. »Entspann dich«, flüsterte sie, sein Glied sanft massierend. Doch auch wenn Torak einen solchen Moment unter anderen Umständen genossen hätte, jetzt schlug sein Herz bis zum Hals und alle seine Sinne standen auf Flucht. Dies war wohl auch Junrun klar. Während die linke Hand vorne beruhigend über seine Brust strich, versuchte die rechte weiter, sein Glied zum Leben zu erwecken.

Als der Erfolg ausblieb, ließ sie ihn los und griff unter ihren Rock. Dann zog sie die Hand wieder hervor, beugte sich zu ihm hinab und rieb mit ihren Fingern etwas Feuchtes unter seine Nase. Torak roch ihren Duft, herb und süß zugleich. Er wusste nicht, ob ihn ihr Geruch oder diese Geste erregte, aber sein Schwanz wurde hart.

»Na bitte, geht doch!«, lachte Junrun. Sie schob ihre Hüften nach unten, ergriff sein Glied und ließ ihn mit grausamer Langsamkeit in sich eindringen. Dann verharrte sie reglos auf ihm. Torak fühlte, wie die warme Enge ihres Körpers ihn umgab, sehnte die nächste Bewegung herbei, doch nichts geschah.

Schließlich fuhr Junrun in geschäftsmäßigem Ton fort: »Erzähl mir von deiner Reise nach Sturmwald.« Torak benötigte eine Weile, bis er sich genug gesammelt hatte, um einen brauchbaren Bericht abzuliefern. Er begann am Abend vor seiner Abreise, entschied sich jedoch, seine Faszination für Nelairi sowie den Blick unter ihren Rock für sich zu behalten. Als er zu dem Brand am nächsten Morgen überwechseln wollte, traf ihn Junruns Rute. Sie musste den Hieb quer über seinen Brustkorb mit aller Kraft geführt haben, denn der Schmerz schwoll immer mehr an, bis das infernalische Brennen Toraks gesamtes Denken einnahm. Er schnappte nach Luft und konnte nur mit Mühe einen Schrei unterdrücken. Als der Schmerz nachließ, hob er den Kopf, um sich die Verletzung anzusehen. Trotz des Halbdunkels war der rote Striemen quer über seinen Brustkorb gut erkennbar. Junrun sah auf ihn herunter und ließ die Haselrute in der Luft auf und ab wippen. »Du verschweigst mir etwas«, sagte sie drohend.

Torak nahm zweierlei wahr. Zum einen schien Junrun – ob mit oder ohne Hilfe der Götter, ließ er dahingestellt – sehr genau zu erkennen, ob er ihr Informationen vorenthielt. Zum anderen steckte sein Schwanz immer noch in unerschütterlicher Härte tief in ihr. Er entschied sich, fortan auf Auslassungen in seinem Bericht zu verzichten. Was sein damaliges Handeln anging, hatte er sich nichts vorzuwerfen. Auch die sehr persönlichen Erfahrungen mit Nelairi würde er freiheraus schildern. Peinlichkeit hin oder her, beschämender konnte die Situation für ihn nicht mehr werden.

Torak berichtete von Neuem, während Junrun zuhörte und die eine oder andere Begebenheit hinterfragte. Weitere Schläge mit der Haselrute blieben zu seiner Erleichterung aus. Stattdessen bewegte die Priesterin gelegentlich ihre Hüften sanft auf und ab, was zwar Toraks Konzentration wenig zuträglich war, gleichzeitig aber als Belohnung und Ansporn von ihm verstanden wurde.

Als der Bericht bei der Auseinandersetzung mit den Sklavenhändlern angekommen war, konnte Torak vor Erregung kaum noch klar denken. Die Situation, in der er sich befand, war völlig in den Hintergrund getreten. Das Verlangen nach der nur durch eine lückenlose Schilderung zu erreichenden Erleichterung ließ seine Worte sprudeln, selbst als er von seinem Kampf gegen Nimann berichtete.

Dann war es vorbei. »Hast du alles?«, fragte Junrun den Schreiber. Als dieser bejahte, hob sie ihre Hüften, ließ Toraks Schwanz aus sich herausgleiten und erhob sich vom Tisch. Er blickte verständnislos zu ihr auf, während sie neben ihm stand und ihre Knie rieb. Erst langsam dämmerte ihm, dass die peinliche Befragung beendet war. Mehr Zuwendung von Junrun würde es für ihn nicht geben.

# KAPITEL

# 15

Irgendwann kamen die Wachen zurück, um Torak aus der Dunkelheit des Befragungsraumes wieder in den Kerker zu bringen. Da sich niemand die Mühe gemacht hatte, seine Hose zu schließen, konnten sich die vier Männer halbwegs vorstellen, was in ihrer Abwesenheit vorgefallen war. Unweigerlich folgten einige derbe Scherze auf Toraks Kosten, doch zu seiner Überraschung waren ihm die Späße völlig egal. Er befand sich in einem seltsamen Zustand, der ihn zwar die Abläufe um sich herum erleben ließ, aber gleichzeitig jedes Denken und Verstehen weitgehend unterband.

Als die Wachen schließlich einsahen, dass ihr Spott ins Leere lief, banden Sie Torak vom Tisch los und stellten ihn auf die Füße. Doch seine Beine wollten ihn nicht mehr tragen und er fiel wie eine Marionette, deren Fäden man durchtrennt hatte, auf den Boden. Dort blieb er regungslos liegen. Als alle Bemühungen, ihn mit Fußtritten zum Aufstehen zu bewegen, erfolglos verliefen, legten zwei der Männer seine Arme über ihre Schultern und schleiften ihn über Gänge und Treppen in sein altes Verlies. Dort ließen sie ihn wie einen Sack Mehl fallen. Torak hörte, wie sie hinter ihm den Raum verließen und die Tür verriegelten. Mit größter Willensanstrengung gelang es ihm, in eine Ecke zu kriechen und mit angezogenen Armen und Beinen zusammenzurollen.

Unsanfte Tritte weckten Torak. Verwirrt blickte er um sich. Im Halbdunkel des schwindenden Abendlichts ragten mehrere Gestalten vor ihm auf. Nur langsam ordneten sich einzelne Eindrücke zu einem Gesamtbild. Vor ihm standen die ihm schon bekannten Wachen. Doch diesmal war ihre Haltung unterwürfig und sie hielten respektvollen Abstand zu den zwei Personen in ihrer Mitte. Der Größere von ihnen war unverkennbar ein Syrth. Bei dem anderen half die schwere goldene Kette Toraks träger Erinnerung auf die Spur: Es war Klaric, der Statthalter.

»Wie schön, dass er sich doch noch bemüßigt, an seiner Urteilsverkündung teilzuhaben«, spottete dieser. Dann fuhr er in förmlichem Ton fort: »Torak, das Gericht hat dich des vorsätzlichen Mordes an Nimann, dem Händler, für schuldig befunden. Wir sehen es als erwiesen an, dass der Mord aus niederen Beweggründen erfolgt ist, zumal Nimann dich aus reiner Nächstenliebe bei sich aufgenommen hatte und du sein Vertrauen schändlich missbraucht hast.«

Torak war wie betäubt. Was sich hier anbahnte, stand für ihn außer Frage. Wenn er jetzt nicht sprach, wenn es ihm jetzt nicht gelang, Klaric von seiner Unschuld überzeugen, dann würde er sterben. Verzweifelt versuchte er, die lebensrettenden Worte zu finden, doch sie entglitten ihm wieder, durchmischten sich mit Angst und wirren Gedanken, noch bevor seine träge Zunge sie aussprechen konnte. Hilflos blickte er zu seinem Richter auf, während Erschöpfung und Apathie immer tiefer in seinen Verstand sickerten.

Ohne Toraks inneren Kampf wahrzunehmen, setzte Klaric seinen Monolog fort: »Den Mord an Nimanns Sohn

…«, er sah sich fragend in der Gruppe um. Als ihm keiner den Namen nannte, begann er erneut: »Den Mord an Nimanns Sohn legen wir dir jedoch nicht zur Last. Außerdem erkennen wir mildernde Umstände aufgrund deiner jugendlichen Unerfahrenheit. Daher lautet das Urteil auf Tod durch den Strang. Zu vollstrecken ist es …«, er dachte kurz nach, »… zu vollstrecken ist es in fünf Tagen.« Zu seinen Begleitern gewandt, fügte er hinzu: »Eine nette Hinrichtung belebt den Jahrmarkt doch ungemein.«

Schon wandte sich Klaric zum Gehen, aber der Syrth legte ihm eine Hand auf die Schulter und flüsterte etwas in sein Ohr. Verblüfft sah Klaric den Syrth an und verkündete der Runde: »Na schön, dann eben eine Enthauptung.« Dann fasste er die Wachen ins Auge. »Ihr seid mir dafür verantwortlich, dass er seine Hinrichtung noch erlebt. Er sieht ja schon halb tot aus.«

Bei Toraks nächstem Erwachen war sein Verlies bis auf einen kleinen Streifen Mondlicht stockfinster. Er erwartete, dass ihn Schlaf oder Erschöpfung sogleich wieder gnädig in ihre Arme schließen würden, doch etwas durchdrang den Nebel, der seinen Geist umhüllte. Ein altbekannter Geruch veranlasste ihn zu schnuppern, zu zweifeln, dann erneut zu schnuppern. Es roch nach Rübeneintopf. Auch wenn Torak längst weder Hunger noch Durst verspürte, ließ ihm diese Wahrnehmung keine Ruhe. Auf allen vieren suchte er nach der Quelle des Geruchs. Dicht neben sich fand er eine Holzschale mit dem Eintopf, daneben einen Krug und eine Kugel, die sich beim Anfassen als Brot herausstellte.

Er hatte zu essen und zu trinken. Wie sehr hätte er sich nur einen Tag früher darüber gefreut. Aber jetzt? Die dringend benötigte Nahrung würde das unausweichliche Ende doch nur hinauszögern. Warum sollte er Klaric den Gefallen tun, sich bei bester Gesundheit hinrichten zu lassen? Er könnte den anderen, den leichteren Weg gehen: einfach wieder einschlafen und irgendwann nicht mehr aufwachen. So hätte er den kleinen Triumph für sich, Klaric und den Syrth um die Vollstreckung des Urteils betrogen zu haben.

Torak ließ sich wieder auf den kühlen Steinboden sinken. Da war nichts mehr, für das es sich zu kämpfen lohnte. Sein Leben hatte jede Bedeutung verloren. Seine Familie im Gasthaus an der Großen Wegkreuzung hatte ihn sicher längst vergessen. Und seine Freunde von früher, die Jungs, mit denen er so manches Abenteuer erlebt hatte, führten jetzt ihr eigenes Leben. Dann waren da noch die Elfen, die bestimmt verdammt froh waren, ihn losgeworden zu sein. Und da war Cel. Cel, die nie gelacht hatte, die ihn tagelang durch den Wald gescheucht hatte, die notfalls über Leichen ging. Eine Getriebene auf der Flucht vor sich selbst. Torak wusste, dass Aufgeben für Cel keine Option war. In einer Situation wie dieser hätte sie wie eine eingesperrte Wildkatze gekämpft, statt sich widerstandslos zu ergeben. Und er? Auch wenn seine Aussichten auf Erfolg denkbar gering waren, durfte er aufhören zu kämpfen? Musste er sich nicht gegen seine Feinde stellen? Schließlich hatte er viel zu gewinnen und praktisch nichts zu verlieren. Wollte er sich wie ein Lamm zur Schlachtbank führen lassen oder würde er lieber kämpfend untergehen?

Ohne sich einer Entscheidung bewusst zu sein, ergriff Torak den Krug und setzte ihn an die Lippen. Erst trank er nur einzelne Schlucke, jeweils gefolgt von einer langen Pause. Als sein Körper das Wasser willig annahm, trank er hastiger, und schließlich griff er nach dem Brotlaib und biss in die zähe Kruste. Sein Mund war so trocken, dass er zu jedem Bissen Brot einen Schluck Wasser nehmen musste, aber er spürte, wie mit dem Essen der Lebenswille in seinen Körper zurückkehrte.

Als draußen die Sonne aufging und sich der Marktplatz mit geschäftigem Treiben füllte, hatte Torak das Wasser ausgetrunken und mit dem Brot den größten Teil des Rübeneintopfs in sich hineingeschaufelt. Zu seiner Überraschung vertrug er das Essen gut. Erst im Morgengrauen stellte er fest, dass er sich allein im Kerker befand. Der Lumpenmann musste während seiner Befragung entlassen worden sein. Auch wenn Torak sich eingestand, dass ihn die Abwesenheit des Mannes erleichterte, hoffte er doch, dass er tatsächlich auf freien Fuß gesetzt worden war und es sich nicht um eine andere Art des Verschwindens gehandelt hatte.

Torak legte sich seinen Tagesplan zurecht. Zuallererst wollte er sicherstellen, dass er mehr Essen und Trinken erhielt. Wie er dies bewerkstelligen würde, war ihm zwar noch nicht klar, aber er baute auf Klarics Anweisung, ihn am Leben zu halten. Die Wachen hatten ausreichend Angst vor dem Statthalter. Und Torak würde einen Weg finden, das auszunutzen. Als Zweites musste er einen Fluchtplan schmieden. Auch wenn er einsah, dass seine Fluchtmöglichkeiten äußerst beschränkt waren, hatte er sich doch vorgenommen, die brauchbarste Idee in die Tat umzusetzen. Als dritte und letzte Aufgabe wollte Torak sich einem weniger lebenswichtigen Thema widmen, seinem Besuch am Feenholzbaum. Die Erinnerung daran ließ ihm keine Ruhe, und er hatte sich unbewusst schon längst entschieden, das Erlebte nicht als Traum oder Halluzination abzutun.

Der Vormittag verlief ruhig, aber wenig erfolgreich. Die erste Aufgabe erledigte sich, da ihn die Wachen ohne sein weiteres Zutun hinreichend mit Essen versorgten. Dabei zählte Torak mindestens drei Mann hinter der Tür. Eine Erkenntnis, die einen Fluchtversuch bei der Essensübergabe wenig aussichtsreich erscheinen ließ. Das Essen selbst überraschte ihn angenehm. Die Gerstengrütze war noch warm und enthielt sogar ein paar Nüsse. Und das Brot war stets frisch und knusprig. Er setzte sich den Gitterfenstern gegenüber in einen sonnenbeschienenen Fleck am Boden und genoss sein Mahl.

Gegen Mittag waren Toraks Fluchtpläne noch nicht weiter gediehen. An Ideen mangelte es ihm nicht, aber er musste einsehen, dass sich aus keinem Einfall ein halbwegs erfolgversprechender Plan schmieden ließ. Während die Stunden verstrichen, wurden aus den Gedanken Tagträume, in denen er seine Feinde heldenhaft niederkämpfte.

Lärm auf dem Gang holte Torak in die Wirklichkeit zurück. Die Tür wurde aufgerissen und ein Bündel hineingestoßen. Selbst bei völliger Dunkelheit hätte er gewusst, um wen es sich dabei handelte,der schneidende Geruch nach billigem Fusel und Urin war unverkennbar. Der Lumpenmann setzte sich auf und blickte Torak aus gelben Augen an, schien ihn jedoch nicht wiederzuerkennen. Dann kroch er in die von ihm beanspruchte Kerkerecke, wurde dabei aber von einem heftigen Hustenanfall gestoppt. Als das Husten in ein Würgen überging, fragte Torak sich, ob er dem Mann helfen müsse, doch dann rollte sich dieser auf dem Boden zusammen und kurze Zeit später war ein blubberndes Schnarchen zu hören.

Von allen Menschen in Sturmwald war der Lumpenmann derjenige, den Torak am wenigsten gerne in seinem Verlies zur Gesellschaft haben wollte. Auf Klaric und den Syrth konnte er allerdings auch verzichten. Er wünschte sich jemanden zum Reden, mit dem er zumindest ein paar seiner Gedanken teilen konnte. Gerade jetzt, da er nicht mehr allein in der Zelle war, fühlte er seine Einsamkeit besonders stark. Doch diesmal weigerte Torak sich, sich wieder in einen Strudel der Hoffnungslosigkeit ziehen zu lassen. Wenn er nichts gegen das Alleinsein tun konnte, dann müsste er eben das Beste aus seiner Situation machen.

Das brachte ihn zu seiner dritten Aufgabe. Er war schon einmal aus dem Kerker geflohen. Es waren nur wenige Minuten gewesen, aber auf der Lichtung am Feenholzbaum hatte es keine Einsamkeit gegeben. Nur Liebe und Verständnis. Was, wenn er erneut dahin zurückkehren könnte? Nur um diese fremde und doch so vertraute Frau ein weiteres Mal zu sehen.

In einer plötzlichen Hochstimmung fielen alle Zweifel von ihm ab. Er wusste, dass er es nicht nur konnte, nein er war geradezu dazu bestimmt. Und er wollte es auf der Stelle tun. Er befahl sich, jetzt sofort zum Feenholzbaum zu reisen. Als nichts geschah, musste er sich eingestehen, dass er auch nicht mit einem Erfolg gerechnet hatte. Sein Verstand war von der Aussichtslosigkeit des Unterfangens überzeugt, doch sein Gefühl sagte ihm, dass er auf dem richtigen Weg war. Erneut wünschte er sich zu dem Baum – wieder ohne Erfolg. Dann probierte er Alternativen aus, versuchte es mit mehr Konzentration. Er spannte alle Muskeln an. Er ließ die Lichtung vor seinem geistigen Auge erscheinen. Als auch dies keinen Erfolg brachte, probierte er, den Baum zu sich zu befehlen oder den Kerker zum Baum zu senden. Nach einer halben Stunde gab er entmutigt auf.

Torak hatte den Tag sinnlos vertan. Er war Hirngespinsten nachgejagt, während seine kostbare Zeit unaufhaltsam ablief. Er begann, im Kerker auf und ab zu gehen, wobei er die Ecke mit dem Lumpenmann sorgsam mied. Anschließend aß er von dem Brot, blickte zum Marktplatz hinauf und ließ sich letztlich unterhalb des Fensters auf den Boden sinken. Der Tag war vorbei, und er hatte versagt.

# KAPITEL

# 16

Vor dem Sturmwalder Stadttor herrschte heilloses Chaos. Während unzählige Händler mit ihren Fuhrwerken und Waren durch das Tor zur Stadt hineinwollten, versuchten andere, auf demselben Weg, die Stadt zu verlassen. Da unter dem schmalen Torbogen nur ein Fahrzeug hindurchpasste und die Fahrer der Ochsenkarren zumeist auf das Recht des Stärkeren setzten, kam der Verkehr, begleitet von heftigen Schimpftiraden, regelmäßig zum Erliegen. Cel beobachtete, dass der sonst entspannt an die Stadtmauer gelehnte Wachposten in solchen Fällen seinen Platz verließ, um willkürlich einen Teil der verkeilten Kontrahenten zurückzutreiben, damit die anderen ihren Weg fortsetzen konnten.

Für die Personen, die das Tor passierten, schien die Wache kein Auge zu haben. Und so reihte sich Cel in die Traube von Menschen und Fuhrwerken ein, um sich langsam von der drängelnden, schwitzenden und stinkenden Menge durch das Tor treiben zu lassen. Doch je näher sie dem Portal kam, desto sicherer glaubte sie zu erkennen, dass sich dahinter das Gedränge nicht auflöste, sondern eher noch verdichtete. Der eigentliche Engpass schien sich erst hinter dem Tor zu befinden.

Cel ließ sich an den Rand der Menschentraube treiben und verschwand in einem der schmalen Gänge zwischen den Ständen und Zelten. Jetzt bloß kein unnötiges Risiko eingehen, sagte sie sich. Wenn jemand nach ihrem Mord an dem Syrth nach ihr suchte, dann würde er sicherlich auch den einzigen Zugang zur Stadt überwachen.

In der Vorstadt, die sich außerhalb der Stadtmauer gebildet hatte, herrschte Enge und Schmutz, doch die vielen Menschen schienen hier schon seit Jahrzehnten zu leben. Hastig gebaute, mehrfach erweiterte und dann teilweise eingestürzte Behausungen und Verschläge zeugten von einer kargen Normalität. Cel nahm an, dass wenige Bewohner dieses Elendsviertels auf eine bessere Zukunft hoffen durften. Sie drängte sich zwischen Menschen und Ständen hindurch, bemüht, möglichst nicht aufzufallen. Auch wenn die Farbe ihres Kleides sich von einem lebensfrohen Gelb inzwischen zu Schlammgrau geändert hatte, ihre rote Hautfarbe konnte sie nicht verstecken. Dies hatte Cel anfangs die meisten Sorgen bereitet, doch sie stellte fest, dass die Menschen aus Sturmwald Westlinge bereits kannten. Auch ihr ramponiertes Äußeres schien dazu beizutragen, dass die Bewohner der Vorstadt sie als ihresgleichen ansahen. Daher folgten ihr zwar viele Blicke, Feindseligkeiten blieben jedoch aus.

Cel bog um zwei Ecken, dann stand sie wieder an dem Weg zum Stadttor. Der Andrang dort hatte noch zugenommen. Aber jetzt schien Unruhe in die Fuhrleute zu kommen, sie trieben ihre Ochsen zur Eile an. Cel sah nach oben, doch schwere Regenwolken verwehrten ihr den Blick nach dem Stand der Sonne. Trotzdem nahm sie an, dass bald der Abend anbrechen würde. Zu Hause in Myr waren die Stadttore geschlossen worden, wenn die letzten Strahlen der untergehenden Sonne den weißen Turm nicht mehr erreichten. Sie erwartete, dass es sich hier ähnlich verhielt. Das bedeutete, dass ihr die Zeit weglief. Wenn sie keine Nacht hier draußen verbringen wollte, dann müsste sie sich jetzt auf den Weg machen. Verzweifelt nahm sie ihren Rucksack ab und durchsuchte ihn. Sie fand das kleine Bronzemesser, dass die Elfen zum Schneiden von Gemüse benutzt hatten. Keine bedrohliche Waffe, aber klug eingesetzt dennoch gefährlich. Sie legte das Messer obenauf in den Sack und reihte sich in die Menge der Wartenden ein.

Noch bevor sie das Tor erreichte, fing es in schweren Tropfen an zu regnen. Nur wenige Minuten später goss es bereits wie aus Eimern und der Himmel nahm eine blauschwarze Farbe an. Die Menge drängte jetzt nach vorne; ein Umstand, der Cel sehr gelegen kam. Als sie den Torbogen passierte, sah sie die im Halbkreis dahinter aufgestellten Wachen. Jeder, der in die Stadt wollte, wurde befragt. Cel schob sich hinter einen hünenhaften Mann und rückte zusammen mit ihm immer weiter auf, bis sie nur noch dieser Mann von einer der am Rand des Kreises stehenden Wachen trennte. Während der Hüne mit dem Wachposten sprach, versuchte Cel ihren Gegner einzuschätzen. Vorsichtig lugte sie am Arm ihres Vordermannes vorbei. Dort stand ein alter Mann in einer Montur, die einmal ein Uniformrock gewesen sein könnte. Der Regen lief ihm über das Gesicht und tropfte aus seinem ungepflegten weißen Bart. Hinter ihm war der Weg in die Stadt frei. Mehrere Gassen verschwanden zwischen den eng aneinandergepressten Häusern.

Cel durchwühlte ihren Rucksack. Im gleichen Moment trat der Hüne an der Wache vorbei, sodass sie jetzt direkt vor dem Alten stand. Sie blickte zu ihm auf und sah, wie sich seine Augen weiteten. Er hatte sie erkannt. Während der Mann noch Luft holte, um seine Kameraden zu alarmieren, trat Cel auf ihn zu und hielt ihm die geöffnete Hand hin. Unwillkürlich starrte der Wächter auf die Hand und das darin liegende Goldstück. Einen Moment schien er innerlich mit sich zu ringen, dann griff er zu und trat zur Seite. Rasch schritt Cel an ihm vorbei. Sie war in der Stadt; das Messer in ihrer Rechten hatte sie nicht gebraucht.

Im strömenden Regen fiel Cels Hast nicht weiter auf. Alle hatten es jetzt eilig, ins Trockene zu kommen. Sie wählte eine schmale Gasse zu ihrer Linken und hoffte, dass sie in einen Bereich Sturmwalds führen würde, in dem die Wachen und Büttel weniger präsent wären. Schnell schritt sie über das holprige Pflaster immer tiefer in die Stadt hinein. Hier und da hielt sie kurz an, um sich nach etwaigen Verfolgern umzusehen. Doch die wenigen Menschen in der Gasse hasteten mit gesenkten Köpfen durch den Regen oder pressten sich, die weit in die Straße hineinragenden Obergeschosse als Regenschutz nutzend, an den Hauswänden entlang.

Schließlich erlaubte Cel sich, langsamer zu gehen und etwas von ihrer Anspannung abzulegen. Sie hatte es geschafft! Jetzt galt es, einen Schlafplatz zu finden, und morgen würde sie sich auf die Suche nach Torak begeben.

Während sie dem Weg weiter folgte, löste die Dunkelheit der Nacht die Regenwolken ab. Die Gassen leerten sich zügig, und bald hörte Cel nur noch den Widerhall ihrer eigenen Schritte. Nur in wenigen der von der Last der Jahre gebeugten Häuser sah sie zwischen geschlossenen Fensterläden den Lichtschein von Kerzen oder Öllampen. Zu ihrer Rechten erblickte sie eine offene Haustür und spähte vorsichtig hinein. Das Haus schien verlassen und in seinem Inneren sah sie nur Schwärze. Diese Ruine könnte ihr Unterschlupf für die Nacht bieten, doch der Gedanke, sich in diese beinahe greifbare Dunkelheit hineinzutasten, schreckte Cel ab. Sie ging weiter.

Kurz darauf erklangen Schritte hinter ihr. Erschreckt sah sie sich um, doch zu ihrer Beruhigung lief dort nur ein vielleicht achtjähriges Mädchen in einem schmutzigen Kleid. Sie ging weiter, und als das Mädchen ihr folgte, bog sie nach links in eine schmale Gasse ab. Das Kind folgte ihr weiterhin. Cel beschleunigte ihre Schritte, doch als sie sich wieder umblickte, war nicht nur der Abstand gleich geblieben, sondern es waren jetzt zwei Mädchen, die mit ihr Schritt hielten. Bei der nächsten Seitengasse wurde ihr klar, dass die beiden ihr nicht zufällig folgten. Eine Gruppe Halbwüchsiger hatte sich so über die Gasse verteilt, dass Cel sich zwischen ihnen hätte hindurchzwängen müssen, um den Weg zu betreten. Den ältesten Jungen schätzte Cel auf etwa 15 Jahre. Seine Hosenbeine waren eine Handbreit zu kurz und seine Haare hingen in fettigen Strähnen vor sein Gesicht. Sein breites Grinsen strahlte weiß durch die Dunkelheit.

Cel entschied sich gegen eine Auseinandersetzung und für die Flucht. Sie rannte die einzig verbliebene Straße weiter hinunter, doch die Kinder ließen sich nicht abschütteln. Jetzt hörte sie auch ihre Rufe. Erst kamen sie von hinten, dann antworteten Stimmen von vorne. Ihre Flucht endete an der Stadtmauer. Sie erblickte einen kleinen Platz, einen Ziehbrunnen und eine der Mauer folgende Gasse, aus der weitere Kinder auf sie zurannten. Cel zählte sieben von ihnen vor sich und ein gutes Dutzend hinter sich. Auch sie liefen jetzt nicht mehr, sondern verteilten sich in zwei Halbkreisen um sie herum.

»Gib uns den Rucksack und das Kleid, dann lassen wir dich laufen!«, rief der Junge, der sie eben noch aus der Gasse angegrinst hatte.

»Und die Schuhe!«, forderte ein Mädchen von der anderen Seite.

Während Cel ihre Optionen abwog, kramte sie schon im Rucksack nach dem Messer. Einen Kampf gegen 20 Straßenkinder konnte sie schwerlich gewinnen. In einigen Händen sah sie Stöcke, und vielleicht besaß der eine oder andere auch eine Klinge. Aber der Anweisung zu folgen und hinterher nackt und ohne Besitz zurückzubleiben, war keine Option. Zumal sie nicht auf die Zusicherung des sicheren Abzugs vertraute. Dann bliebe ihr nur noch der Versuch, den Ring zu durchbrechen und ihr Heil in der Flucht durch die fremde Stadt zu suchen. Cel blickte sich um und versuchte, die schwächste Stelle im Kreis der immer näher kommenden Kinder zu finden.

»Drei von euch werden sterben!«, erscholl die Stimme einer Frau hinter ihr. Die Köpfe der Kinder fuhren herum. »Lasst von ihr ab, oder drei von euch werden sie auf ihrem Weg in das schwarze Tal begleiten. Ich sehe es, es besteht kein Zweifel!«

Die Worte der Frau hatten Cels Angreifer sichtlich irritiert. Während sie untereinander tuschelten, versuchte sie, die Quelle der Prophezeiung auszumachen, sah aber nur einen dunklen Umriss vor einer Tür, die sich in die Schwärze des Hauses öffnete. Ihre Gedanken rasten. War die Frau ihre Rettung? Oder nur die Vollendung des perfiden Plans, sie quer durch die Stadt zu treiben, damit sie sich schließlich selber in die vorbereitete Falle stürzte? Da es keine Gewissheit gab, entschied sich Cel, die augenscheinliche Verwirrung ihrer Gegner auszunutzen und sofort zu handeln. Sie rannte auf die geöffnete Tür zu, bereit, die Kinder aus ihrem Weg zu stoßen. Doch diese wichen vor ihr zurück. Schnell hatte Cel die wenigen Schritte bis zur Tür hinter sich gelassen, stolperte jedoch über die Schwelle und stürzte taumelnd an der Frau vorbei ins Haus. Dort prallte sie an eine Wand und ging zu Boden. Mit einem lauten Knall schloss sich hinter ihr die Tür.

Völlige Dunkelheit umgab sie, doch hinter sich hörte sie Schritte. Cel wollte wegkriechen, stieß jedoch mit dem Kopf gegen eine Wand.

»Hab keine Angst. Von mir droht dir keine Gefahr«, sagte die Frau. »Warte einen Moment, ich werde dir eine Kerze anzünden.«

Cel hörte, wie mit einem Schlageisen hantiert wurde, und bald brachte der glimmende Zunder ein rotes Leuchten in die Dunkelheit. Sie sah, wie sich die Frau darüberbeugte, und kurz darauf flammte eine Kerze auf. Mit dem Rücken zu Cel sagte ihre Retterin: »Ich bin Kyrla, die Seherin. Erschrick nicht über meinen Anblick!« Dann drehte sie sich zu Cel um.

Cel schätzte Kyrlas Alter auf 30 oder 35 Jahre. Ihre ausgesprochene Schönheit war unübersehbar. Männer, die sich auf der Straße nach ihr umdrehten, würden sich an ihrer Figur und ihren hüftlangen, zu einem Zopf geflochtenen schwarzen Haaren kaum sattsehen können. Doch all dies nahm Cel nur unbewusst wahr, denn sie starrte nur auf Kyrlas Gesicht. Ein Gesicht, das keines war. Glatte Haut bedeckte die Stellen, an denen die Augen hätten liegen müssen. Cels Blicke, unfähig, den gewohnten Fixpunkt zu finden, glitten haltlos von der glatten Fläche ab.

»Wieso …?«, fragte Cel, noch bevor sie sich wieder gefangen hatte. Sofort bedauerte sie die Frage, doch Kyrla antwortete nüchtern: »Manchmal schenken einem die Götter das, was man sich wünscht. Und nicht das, was gut für einen wäre.«

# KAPITEL

# 17

Cel wurde durch Hahnenschreie geweckt. Einen glücklichen Moment konnte sie die flüchtigen Traumbilder noch festhalten, dann umfing sie wieder die Wirklichkeit. Verwirrt blickte sie sich um. Wo war sie? Helles Sonnenlicht drang durch geschlossene Fensterläden und beleuchtete ein kleines Zimmer. Allmählich kehrte die Erinnerung an den letzten Abend zurück. Sie hatte sich ein wenig mit Kyrla über Belanglosigkeiten unterhalten, dann hatte diese ihr angeboten, in einem ungenutzten Raum ihres Hauses zu übernachten. Trotz ihrer Bedenken hatte Cel angenommen.

Sie erhob sich und lugte durch den Spalt zwischen den Fensterläden ins Freie. Das Fenster musste sich auf der Rückseite des Hauses befinden, denn sie sah einen kleinen, von heruntergekommenen Behausungen eingerahmten Hof. In seiner Mitte stand ein Baum, der ihr unbekannte Früchte trug. Graue Hühner scharrten fleißig in der feuchten Erde. Cel wollte sich schon abwenden, da erfasste sie wieder einer dieser Anfälle, die seit ihrem Kampf gegen den Syrth immer häufiger wurden. Eine Welle aus Kälte spülte durch ihren Verstand und beraubte sie aller Gefühle und Emotionen. An ihre Stelle traten unwillkommene Erinnerungen an den seltsamen Albtraum im Gefängnis von Myr, in dem dieses Leiden sie zum ersten Mal heimgesucht hatte. Doch schnell hielt die Normalität wieder in ihr Denken Einzug und mit ihr kam die Angst. Angst vor dem, was immer öfter mit ihr passierte. Und Angst davor, was aus ihr werden würde, wenn die Anfälle weiter zunahmen. Sie hatte schon genug Probleme, da brauchte sie nicht auch noch einen Verstand, der sie immer öfter im Stich ließ. Frustriert trat sie den Stuhl zur Seite, mit dem sie die Zimmertür verbarrikadiert hatte, und betrat den Hauptraum des Hauses. Kaum war sie durch die Tür, empfing sie der Geruch gebratener Eier mit Speck. Schnell wischte sie die Sorgen zur Seite.

»Guten Morgen, ich hoffe, du hast gut geschlafen«, sagte Kyrla, in einer Pfanne rührend.

»Ja, vielen Dank«, entgegnete Cel und sah sich zum ersten Mal bei Licht in dem Zimmer um. Kyrla schien keine arme Frau zu sein, denn sie konnte gut gezimmerte Möbel und einige Teppiche ihr Eigen nennen und in der Küche standen Krüge, Geschirr und Pfannen bereit.

Kyrla hatte sich einen Streifen Stoff um den Kopf gebunden, der die leeren Stellen der fehlenden Augenhöhlen verdeckte. Cel war ihr dafür dankbar, denn so konnte sie Kyrla unbefangener ins Gesicht sehen.

Kyrla reichte Cel einen Teller mit Spiegeleiern und Speck, den sie erfreut annahm. Als sie mit dem Essen fertig waren, meinte Kyrla: »Wenn du möchtest, kannst du mit mir zum Tempel von Yul kommen. Von dort ist es nicht mehr weit zu dem Ort, den du suchst.«

»Woher weißt du, welchen Ort ich suche?«, entgegnete Cel in schärferem Ton, als sie eigentlich beabsichtigt hatte.

Kyrla lächelte milde. »Das ist einfach. Ich sehe viele Wege, die du heute gehen könntest. Doch egal, wie du dich entscheidest, egal was dich vom Weg abbringt, alle Wege treffen sich wieder an diesem einen Ort. Dort findest du, was du suchst. Was danach kommt, liegt für mich noch im Nebel.«

Jetzt war es an Cel, milde zu lächeln. Auch in Myr gab es Wahrsagerinnen, Seher und Propheten. Und sie alle beherrschten nur eine Kunst: den Menschen das zu sagen, was sie zu hören wünschten. Doch Cel verzichtete auf eine Entgegnung. Kyrla hatte ihr in höchster Not geholfen und sie in ihr Haus aufgenommen. Die Zurschaustellung ihrer Profession konnte sie verzeihen. »Gut, dann komme ich gerne mit«, sagte sie. Schließlich war der von Kyrla vorgeschlagene Ort, der Tempel von Yul, für den Beginn ihrer Suche nach Torak genau so gut wie jeder andere.

Als die beiden Frauen vor die Tür von Kyrlas Haus traten, hatte sich der Platz, der Cel am Vorabend noch finster und bedrohlich erschienen war, mit buntem Treiben gefüllt. Kinder holten Wasser vom Brunnen, fliegende Händler suchten nach Kundschaft, und einige leicht bekleidete Frauen lehnten an der Wand eines der weniger verfallenen Häuser und unterhielten sich angeregt. Kyrla schien Cels Blick wahrzunehmen: »Nicht die beste Gegend hier. Aber genau richtig für Diebe, Huren …«, sie wies in Richtung der Frauen, »und natürlich für Seherinnen. Und gleich neben dem städtischen Hurenhaus findest du noch ein Schwitzbad und eine Brauerei. Und dies«, sie wies in eine Gasse zu ihrer Linken, »ist die Gerbergasse. Ein steter Quell von Dreck und Gestank.«

Während Kyrla sprach, hatte sie sich bereits nach links gewandt und ging, eine Hand über die Hauswände gleiten lassend, zielstrebig die Gasse hinunter. Cel fiel auf, dass Kyrla sich trotz ihrer Blindheit erstaunlich gut zurechtfand. Einmal wollte sie Kyrla schon zur Seite ziehen, damit diese nicht über einen Eimer mit Schlachtabfällen stolperte, doch die Seherin schien dem Hindernis bewusst auszuweichen. Cel vermutete, dass Kyrla diesen Weg bereits so oft gegangen war, dass sie wusste, wo sie mit Hindernissen zu rechnen hatte.

Nach und nach wandelte sich die Stadt um sie herum. Die Gassen wurden breiter, die Häuser höher, und auch die Menschen auf den Straßen wirkten nun nicht mehr so armselig wie zu Beginn ihres Weges. Dann bog Kyrla unerwartet in, wie Cel es schien, eine Art Hauseingang ab. Doch es handelte sich um den Zugang zu einer Treppe, die, zu keinem der angrenzenden Häuser gehörend, unter die Erde führte. »Das sind die Tunnel«, meinte Kyrla. »Die halbe Stadt ist von ihnen unterhöhlt. Sie ziehen sich durch den Stein wie die Gänge von Wühlmäusen.«

Während sie die enge Treppe hinabstiegen, erkannte Cel, dass Wände und Stufen aus massivem Stein bestanden. Auch wenn es sich hierbei nur um Sandstein handelte, musste der Aufwand, Treppen und Tunnel in den Fels zu meißeln, gewaltig gewesen sein. Bald wurde es um die beiden herum unangenehm dunkel, doch Kyrla ging ungerührt weiter. Dann sah Cel im letzten Rest des Tageslichts das Ende der Treppe. Von dort führte ein Weg nach links und ein anderer geradeaus. »Wozu sind diese Tunnel angelegt worden?«, fragte sie.

»Wir wissen es nicht«, sagte Kyrla. »Sie waren schon hier, bevor die Stadt gebaut wurde. Manche meinen, es handele sich um ein Geschenk der Götter an die Menschen. Doch da bin ich mir nicht ganz so sicher.« Leise fügte sie hinzu: »Die Tunnel sind gefährlich. Geh in keinen Tunnel, den du nicht kennst. Einige Banden treiben hier ihr Unwesen. Und geh nie mehr als zwei Treppen in die Tiefe.« Dann sagte sie etwas lauter: »Siehst du Licht dort hinten? Das ist unser Ziel.«

Cel war froh, mit Kyrla nicht durch endlose Dunkelheit wandern zu müssen. Nicht weit entfernt brannten Fackeln und tauchten den Gang in flackerndes orangerotes Licht. Schnell erreichten sie den Lichtkreis und der Weg öffnete sich zu einer kleinen Halle. Menschen liefen geschäftig umher oder standen flüsternd in Gruppen zusammen. Auf der gegenüberliegenden Seite befand sich ein mit Tüchern verhängter Durchgang, der von Steinmetzarbeiten gesäumt war, die Cel erst für ineinander verschlungene Ranken oder Schlangen hielt. Erst beim genaueren Hinsehen erkannte sie, dass es sich um die verwitterte Darstellung männlicher und weiblicher Körper beim Liebesakt in allen erdenklichen Positionen handelte.

»Yuls Tempel«, flüsterte Kyrla, und Cel spürte Ehrfurcht in ihrer Stimme. »Er ist der Gott der Liebe und Fruchtbarkeit.« Sie zögerte und flüsterte dann kaum hörbar: »Und der Gott, der mir dies angetan hat.« Sie berührte kurz ihre Augenbinde.

»Dein Weg ist die Treppe dort drüben«, sagte Kyrla und deutete auf einen Tunnel, aus dem gerade eine Gruppe von Frauen trat. »Sie führt dich zum kleinen Markt. Ich werde bis kurz vor Sonnenuntergang hier im Tempel sein. Wenn du möchtest, nehme ich dich wieder mit zu meinem Haus. Du weißt ja, dass die Nächte in Sturmwald gefährlich sind.« Ohne eine Antwort von Cel abzuwarten, wandte Kyrla sich ab und ging auf den Eingang des Tempels zu.

Cel verfolgte, wie die Seherin im Halbdunkel hinter den Vorhängen des Tempels verschwand. Einen Moment lang verspürte sie den Drang, Kyrla zu folgen. War es, weil sie sich in ihrer Gegenwart so sicher gefühlt hatte? Oder übte der Ort selbst eine Anziehungskraft auf sie aus? Sie wusste es nicht. Schnell schlug sie den Weg zur Treppe ein.

Noch bevor Cel die Oberfläche erreichte, roch sie schon ein Durcheinander aus Schafwolle, Leder und frisch gebackenem Brot. Dann blendete sie helles Sonnenlicht. Als sich ihre Augen an den Lichtschein gewöhnt hatten, erkannte sie einen großen, von mehrstöckigen Häusern gesäumten Platz. Händler bewarben lautstark ihre Waren, während sich die Bürger zwischen den Ständen und Zelten hindurchdrängten. Da weder Soldaten noch Wachen zu sehen waren, trat Cel auf den Markt und ließ sich von der Menschenmenge mitnehmen.

An einem Stand mit getragener Kleidung hielt sie inne. Mit an die Gepflogenheiten der Städter angepassten Kleidern würde sie sicherlich weniger auffallen als in ihrem dünnen und schmutzigen Elfenkleid. Doch zuvor müsste sie eine ihrer Goldmünzen eintauschen. Sie entschied sich, die Suche abzukürzen, und fragte die Frau an dem Stand nach einem Geldwechsler.

»Da gehst du am besten zum Ehrlichen Torbor, Mädchen. Du findest ihn dort hinten beim Brunnen. Und dann kommst du wieder zu mir zurück. Ich habe wunderschöne Kleider für dich.«

Cel bedankte sich und begab sich wieder in das Gedränge. Kurz darauf hatte sie ein kleines Zelt gefunden, in dem ein beleibter Mann auf dem Boden vor einem niedrigen Tisch saß und gelangweilt einige Münzen hin- und herschob. Als sie eintrat, setzte er ein strahlendes Lächeln auf und winkte ihr. »Komm herein, komm herein. Beim Ehrlichen Torbor bist du goldrichtig. Keiner gibt dir einen besseren Kurs für dein Geld.« Er wies auf den Boden vor seinem Tisch, und Cel nahm auf dem verschlissenen Teppich Platz. Sie schob ihm eines der verbliebenen Goldstücke über den Tisch. Der Wechsler blickte erst auf die Münze, dann lange auf Cel. Schließlich nahm er das Gold, betrachtete es und wog es in den Händen. Den Kopf von einer Seite zur anderen wiegend, meinte er: »Das ist viel Geld für ein einfaches Mädchen. Und es ist heute schon die zweite von diesen Münzen, die mir angeboten wird.«

Erneut blickte er Cel zweifelnd an. Doch dann kehrte das Lächeln in sein Gesicht zurück. »Ach was. Das wird sicherlich am bevorstehenden Jahrmarkt liegen. Da sind immer viele seltene Münzen im Umlauf. Ich mache dir einen angemessenen Preis.«

Er zog eine kleine Schublade unter dem Tisch auf und kramte einige Münzen heraus. Dann zählte er sie umständlich vor Cel auf die Tischplatte. »Sechs Kronen, achtzehn Silber und dreißig Kupfer. Das ist ein wirklich hervorragender Wechselkurs. Einverstanden?«

Cel zweifelte nicht daran, dass Torbor ihre Notlage erkannt hatte. Unter anderen Umständen hätte die Münze viel mehr eingebracht. Trotzdem nickte sie und schob das Geld in ihre Hand.

Wieder auf dem Markt kehrte sie zu der Kleiderhändlerin zurück und durchsuchte die Warenstapel nach etwas Passendem. Schließlich fand sie, was sie suchte. Eine flachsfarbene Bluse und einen braunen Rock, beide gut erhalten und so gewählt, dass sie weder auffielen, noch unnötig viel von ihrer roten Haut zeigten. Sie zog sich hinter einem Stoffvorhang gleich um und gab ihr Elfenkleid bei der Händlerin für drei Kupfer in Zahlung.

Kurz darauf stand sie wieder auf dem schmalen Weg zwischen den Marktständen und ließ die Menschen an sich vorbeiziehen. Sie war an dem Punkt ihres Weges angekommen, den sie seit ihrem Aufbruch gefürchtet hatte. Jetzt galt es, Torak zu finden und falls nötig zu retten, doch wie sie dieses Wunder vollbringen sollte, darauf hatte sie noch keine Antwort gefunden.

Kyrla war allerdings überzeugt gewesen, dass sie ihn genau hier finden würde. Und auch wenn Cel nicht an Wahrsagerei glaubte, so musste sie sich doch eingestehen, dass es sich mit Kyrla anders verhielt. Sie vertraute ihr. Dass ein Gott sie berührt hatte, war für Cel nicht völlig ausgeschlossen. Kyrla benahm sich nicht wie eine Blinde. Ein andersartiger, fremder Sinn schien den Verlust der Augen auszugleichen. Schließlich beschloss Cel, zu Kyrla zurückzugehen und sie direkt nach Torak zu fragen. Und selbst wenn diese ihr nicht helfen konnte, müsste sie doch zumindest wissen, wo sich das Gefängnis befand.

Diesmal wählte Cel nicht den Weg zwischen den Marktständen hindurch, sondern ging im Schatten der Bürgerhäuser in Richtung Tunneleingang. Hier hatten viele der ansässigen Handwerker und Krämer ihre Waren vor den Türen ihrer Geschäfte aufgebaut. Cel kam an Schneidern, Krämerläden, einem Händler für feine Stoffe und schließlich einer Bäckerei vorbei. Die üppige Bäckersfrau trug gerade einen Korb frischer Krapfen vor die Tür, und Cel erlaubte sich nach kurzem inneren Zwiespalt, einen von ihnen zu kaufen.

Der mit Apfelstückchen gefüllte Fettkuchen war das Beste, was Cel seit langer Zeit gegessen hatte. Und während sie im Gehen seine warme Süße genoss, entging ihr völlig, dass sich die Menschenmenge um sie herum lichtete. Dann stand sie unversehens an einem imposanten Gebäude, vor dem nicht nur die Marktstände, sondern auch ein Großteil der Passanten zurückwichen. Eine uniformierte Wache war vor dem Eingang postiert, doch diese hatte ihre Aufmerksamkeit einem Mann zugewandt, der ein sich heftig wehrendes Mädchen in Richtung Tür schleifte. Schnell machte Cel kehrt und erreichte mit ein paar eiligen Schritten das schützende Getümmel des Marktes.

Von dort besah sie sich das Gebäude genauer. Es überragte die umstehenden Häuser von Händlern und Handwerkern bei weitem. Fenster mit kostbaren kleinen Glasscheiben und schwere Säulen vor dem Eingang zeugten von Wohlstand. Einen krassen Gegensatz dazu bildeten jedoch die vergitterten Öffnungen von Keller und Erdgeschoss und der seitlich neben der Eingangstür stehende Pranger. Cel war sich sicher, Toraks Aufenthaltsort gefunden zu haben. Im Geiste lobte sie Kyra für ihren Rat.

Zwischen den Marktständen auf und ab schlendernd, beobachtete Cel das Geschehen vor dem Gebäude. Soldaten kamen und gingen, gut gekleidete Männer verließen das Haus, eine Frau brachte einen mit einem Tuch bedeckten Korb. Alle wurden von dem Wachsoldaten gegrüßt, manche förmlicher, die anderen eher beiläufig. Gegen Mittag wurde der Soldat abgelöst und ein neuer übernahm den Posten.

Da es so aussah, als ob die Vorderseite des Hauses ständig bewacht würde, beschloss Cel, sich die Rückseite einmal genauer anzusehen. Doch die Gebäude am Marktplatz waren nahtlos aneinandergebaut, sodass Cel durch drei der angrenzenden Gassen lief, um letztlich wieder zu ihrem Ausgangsort zurückzukehren. Ein Weg zwischen den Häusern hindurch existierte nicht.

Inzwischen stand die Sonne tief am Himmel, und die ersten Händler begannen, ihre Waren einzupacken. Cel lief die Zeit davon. Sollte sie ohne irgendeine Erkenntnis zu Kyrla zurückkehren? Zumindest ein Blick durch die Fenster ins Innere müsste doch möglich sein und ihr die eine oder andere Form von Gewissheit zu verschaffen. Aber nur wenige Menschen liefen über die Freifläche vor dem Haus, und Cel befürchtete, mit allzu neugierigen Blicken die Aufmerksamkeit der Soldaten zu wecken.

Schließlich hielt sie die Ungewissheit nicht mehr aus. Sie kaufte auf dem Markt einen Besen und einen hölzernen Kübel und ging damit bewaffnet zu dem großen Haus zurück, vor dem gerade eine Gruppe Berittener von ihren Pferden absaß. Der Moment war günstig. Cel ging gebückt und auf ihren Besen gestützt auf den Eingang zu. Auf halber Strecke lag der erste Haufen Pferdeäpfel. Sie bückte sich und versuchte, die Ballen in ihren Eimer zu kehren, musste aber feststellen, dass sie besser eine Schaufel als einen Besen gekauft hätte. Schließlich nahm sie die Finger zur Hilfe und schob den warmen Mist in ihren Eimer. Ein Blick aus den Augenwinkeln zeigte Cel, dass weder der Wachmann noch die Reiter von ihr Notiz genommen hatten.

Sie humpelte zum nächsten Haufen, der nur wenige Armeslängen von der Hauswand entfernt lag. Auch hier sammelte sie die Pferdeäpfel ein, wobei sie erfolglos versuchte, einen Blick durch die vergitterten Öffnungen in das Gebäude zu werfen. Doch im Haus war es zu dunkel, um etwas erkennen zu können.

Cel las auch die nächsten drei Haufen auf, ohne irgendwelche Erkenntnisse zu erlangen. Einmal sah sie jemanden an einem Fenster vorbeigehen, an einem anderen hörte sie Fetzen einer Auseinandersetzung. Zu allem Überfluss musste sie feststellen, dass ihr Eimer bereits randvoll war. Gerade wollte sie sich von dem Haus abwenden, da sah sie zwei Hände, die die Gitter eines Kellerfensters umklammerten. Als sie das Fenster erreichte, verschüttete sie einen Teil des Eimerinhalts und kniete sich nieder, um ihn erneut aufzulesen. Sie blickte in den dunklen Keller hinab. Im Halbdunkel stand ein Mann und sah abwesend ins Leere. »Torak?«, rief sie leise.

Einen Moment geschah nichts, dann kam von unten die gedämpfte Antwort: »Cel?«

Ohne auf ihre Tarnung zu achten, trat sie näher an das Fenster und blickte nach unten. Er sieht schlecht aus, schoss es ihr durch den Kopf. Noch schlechter als bei ihrer ersten Begegnung. Aber sie sah auch einen Funken Hoffnung in seinem Blick. Nur zu gerne hätte sie ihn in diesem Moment umarmt. Überrascht merkte sie, dass ihre Augen feucht wurden.

»Torak, ich hol dich da raus!«, rief sie leise in das Loch.

»Da wirst du dich beeilen müssen«, kam es von unten und Cel sah ein trauriges Lächeln auf seinem Gesicht. »Am Sonntag werden sie mich hinrichten!«

Hinter ihr ertönte Hufgetrappel, doch sie hörte es kaum, Entsetzen hatte sie erfasst. Sie hatte die ganze Zeit gewusst, dass er in Gefahr war. Aber das grausame Urteil aus seinem Mund zu vernehmen, trieb ihr Tränen in die

Augen. Torak, der immer nur für alle das Beste wollte, sollte sterben. Und ihr blieben gerade einmal zwei Tage, um das zu verhindern.

Ein ruppiger Stoß ließ sie stolpern. Sie drehte sich um und blickte in die Augen eines Pferdes, das den Hals reckte, um an ihr zu schnuppern. Halb vom Pferdehals verdeckt, saß der Reiter gerade ab. Hastig griff Cel nach Eimer und Besen und humpelte gebückt in Richtung der Marktstände.

Erst als sie sich wieder in den schmalen Gassen des Marktes befand, wagte sie einen Blick zurück. Niemand war ihr gefolgt.

Cel schaute zwischen den qualmenden Fackeln und dem Vorhang vor Yuls Tempel hin und her. Warten würde sie nicht weiterbringen. Kyrla war entweder schon gegangen oder sie befand sich immer noch dort drin. Während es draußen immer dunkler wurde, vergeudete Cel kostbare Zeit mit Nichtstun. Klarheit würde nur ein Blick hinter den Vorhang bringen, doch sie wusste um die Gefahren, die von fremden Göttern und deren Heiligtümern ausgingen. Dabei ging es meist gar nicht um die Götter selbst. Ein falsches Wort, eine begangene oder unterlassene Handlung, und schon würden Gläubige und Tempeldiener hinter ihr her sein.

Andererseits hatte Kyrla gesagt, dass dieser Gott der Gott der Liebe sei. Was konnte ihr also passieren? Erst im Gehen merkte Cel, dass sie eine Entscheidung getroffen hatte. Sie wollte gerade den schweren Vorhang zwischen den Fackeln beiseiteschieben, als er sich von alleine öffnete. Dahinter stand ein glatzköpfiger Mann in einem grauen

Gewand. Cels Zweifel schienen ihr ins Gesicht geschrieben, denn er lächelte und wies ihr mit einer einladenden Geste den Weg in den hinter ihm liegenden Raum. Cel trat ein.

Der Tempel entsprach nicht ganz dem, was sie erwartet hatte. Er schien ebenso wie die zahlreichen Tunnel hastig in den Fels getrieben worden zu sein, denn die Wände wiesen noch die Spuren grober Meißel auf. Der Raum war groß und annähernd oval. Einige scheinbar wahllos verteilte Säulen stützten die niedrige Decke. Ein Großteil des Bodens war mit Teppichen bedeckt, die schon bessere Zeiten gesehen hatten. Hier und da saßen Menschen und unterhielten sich oder beteten zu dem Gott, dessen deckenhohe Statue alle Aufmerksamkeit auf sich vereinte. Auch Cels Blick wurde von dem Standbild magisch angezogen. Yuls in Stein gehauenes Abbild ähnelte einem Menschen nur entfernt. Der Gott saß mit verschränkten Beinen auf dem Boden, doch Beine wie Arme waren für einen Menschen zu lang. Sein Körper schien mit einer Art Fell bedeckt. Zwischen seinen Schultern saß der lang gestreckte Kopf eines Cel unbekannten Tieres. Die scharfen Reißzähne, die flache Nase und die eng beieinanderstehenden Augen hatten durchaus etwas Bedrohliches, doch es war den Schöpfern der Statue auch gelungen, einen Hauch von Güte in seinen Zügen zu verewigen.

Cels Blick blieb allerdings an etwas anderem hängen. Es war im Gegensatz zur restlichen Statue von eindeutig menschlicher Form, aber übermenschlicher Größe. Ein gewaltiger Steinphallus erwuchs aus Yuls Schoß und ragte schräg nach oben in den Raum. Cel sah, dass der Stein um die Eichel herum glatt und abgegriffen war. Viele Hände hatten ihn dort berührt.

Befremdet wandte Cel den Blick ab und begab sich auf die Suche nach Kyrla. Zu ihrer Erleichterung entdeckte sie die Seherin fast sofort. Sie saß in einer dunklen Nische und sprach mit einer aufgeregt gestikulierenden Frau. Cel wollte die beiden nicht stören, doch da stand Kyrla schon auf und kam zu ihr herüber.

»Es tut mir leid«, sagte sie. »So einen Andrang wie heute habe ich selten erlebt. Alle wollen meinen Rat, und gerade heute liegen große Teile der Zukunft noch in tiefem Nebel. Sei so gut und warte einen Moment auf mich, ich werde gleich bei dir sein.«

Cel nickte schon und wollte sich wieder von Kyrla abwenden, da fügte diese mit einem schelmischen Lächeln hinzu: »Und fass nichts an!«

Cel musste also noch etwas Zeit im Tempel zubringen. Sie suchte sich ein Plätzchen abseits der Besucher und beobachtete die Menschen beim Kommen, Gehen und Beten. Dabei stellte sie fest, dass sich die Abläufe in diesem Tempel nicht grundlegend von denen unterschieden, die sie aus anderen Tempeln kannte. Lediglich ein blutiger Holzklotz, neben dem einige kopflose Hühner lagen, erschien ihr ungewöhnlich.

Cel hatte sich bemüht, die Statue Yuls bei ihren Beobachtungen auszusparen. Dennoch blieben ihre Blicke gelegentlich an ihr hängen. Anfangs führte Cel das auf den irritierenden Anblick des steifen Penis zurück, doch dann merkte sie, dass seine Augen ihren Blick noch stärker anzogen. Sie hatte beinahe das Gefühl, die Statue würde sie ansehen. Als sie dem Blick nicht länger standhalten konnte, suchte Cel sich einen neuen Platz auf der anderen Seite der Halle. Doch auch hierhin folgten ihr Yuls kleine Augen, die geradezu in sie hineinsehen zu wollen schienen. Schließlich wandte sie sich von dieser ebenso bewundernswürdigen wie befremdlichen Arbeit längst verstorbener Steinmetze ab und richtete ihren Blick auf den Teppich.

»Ich habe über dich gewacht, kleine Cel.« Sie fuhr herum. Wer hatte sie angesprochen und woher kannte er ihren Namen? Ihr Körper war bereit, aus dem Tempel zu fliehen, doch sie konnte die Quelle der Bedrohung nicht ausmachen. Die Menschen gingen weiter ihren Geschäften nach, niemand blickte auch nur in ihre Richtung. War es nur Einbildung gewesen?

»Komm zur mir, kleine Cel, die du von zwei Göttern gezeichnet wurdest.« Jetzt wusste sie, woher die Stimme kam, die nur sie hören konnte. Sie richtete den Blick auf Yul, dessen steinernes Gesicht ihr weiterhin zugewandt schien. Cel glaubte, in seinem Ausdruck einen Anflug von Sorge zu entdecken.

»Ich blicke in dein Herz. Und wo Freude und Liebe sein sollten, sehe ich nur Wut und Verzweiflung. Komm zur mir, Cel, und wähle deinen Weg.«

Wie in Trance trat sie näher an die Statue heran. Wann sie aufgestanden war, wusste sie nicht zu sagen. Sie hatte keine Erinnerung daran, ihren Beinen den Befehl dazu gegeben zu haben. Mit jedem Schritt, den sie sich der Statue näherte, schienen Yuls Gesichtszüge lebendiger zu werden. Sie sah den Stein, aber sie sah auch das schwarze Fell, das Yuls Körper bedeckte, die feuchte Nase und das Weiß seiner Reißzähne. Kurz darauf stand sie seitlich, in respektvollem Abstand zu seinem steifen Penis, vor ihm.

Yul schwieg eine Weile, und Cel nutzte die Gelegenheit, sich prüfend im Tempel umzusehen. Niemand nahm von ihr Notiz. Und niemand außer ihr schien die mit Yuls Statue vorgehende Veränderung zu bemerken. Dann hörte sie wieder seine Stimme: »Der Weg, dem du folgst, kleine Cel, ist steinig und dunkel. Und nicht einmal ich bin in der Lage vorauszusagen, wo er enden wird. Vielleicht bist du das Zünglein an der Waage. Vielleicht wirst du die Dinge zum Guten wenden. Oder auch zum Schlechten. Wenn du möchtest, kannst du diesem Weg weiter folgen. Und ich werde dir dabei helfen, den nächsten Schritt zu gehen.«

Erneut legte Yul eine Pause ein. Als er dann weitersprach, fühlte sie seine Gegenwart beinahe körperlich. Es schien ihr, als würde er sich zu ihr herabbeugen, als fühlte sie seinen heißen Atem auf ihrem Gesicht.

»Aber du musst diesen Weg nicht gehen«, flüsterte er ihr ins Ohr. »Sei nicht das Werkzeug fremder, machtgieriger Götter. Du bist jung und schön, eine andere Bestimmung in einem langen und unbeschwerten Leben stünde dir bevor. Ich kann dich von der Last deiner Bestimmung befreien und dich auf einen neuen, glücklicheren Weg führen.«

Nicht nur die Situation irritierte Cel. Auch das Angebot dieses seltsamen Gottes erschien ihr wenig glaubwürdig. Und vor allem: Von welchen *zwei* Göttern redete er? Fraglos war da Heleli, aber wer sollte der andere Gott sein? Cel überlegte gerade, ob sie Yul dazu befragen durfte, als ihr dieser zuvorkam.

»Die Götter benutzen euch als Werkzeug in ihren ewigwährenden Kriegen. Du, Cel, wurdest ausgewählt, das Verderben in die Reihen der Feinde zu tragen. Willst du diese Rolle wirklich spielen?«

Einen Moment horchte Cel tatsächlich in sich hinein. Doch sie spürte keinen Zweifel an dem, was ihr Heleli gezeigt hatte. Und was hatte sie noch zu verlieren? Ihr Leben hatte schon mit Nihs Tod geendet. Alles, was ihr Yul zu bieten hatte, wäre das Gefängnis einer schönen Scheinwelt. Und was würde aus Torak, wenn sie ihn jetzt im Stich ließe? Langsam schüttelte sie den Kopf.

»Du hast entschieden.« Cel meinte eine Spur von Missbilligung in Yuls Stimme zu vernehmen. »So werde denn auch ich dir etwas geben, was dir auf deinem zukünftigen Weg einen Dienst leisten wird …«

Yuls kleine schwarze Augen blickten Cel an. Langsam hoben sich seine Lefzen und er fing an, auf eine seltsam animalische Art zu lachen.

»Es mag mächtigere Götter geben als mich«, rief er. »Aber nur ich kann den Willen der Wesen meinen Regeln unterwerfen!«

Von dem befremdlichen Ausbruch erschreckt, wollte Cel zurückweichen, doch da spürte sie seine haarigen Finger wie einen kühlen Wind über ihr Gesicht streichen. Dann fühlte sie noch etwas anderes. Ihre Brustwarzen wurden hart. Während Yul sie interessiert musterte, wuchs ein anfangs wohliges Kribbeln in ihrem Unterleib zu einem fordernden Pulsieren. Fassungslos schnappte sie nach Luft.

Irgendwo ganz weit hinten in Cels Verstand formte sich der Gedanke, dass Yul seinen eben gesprochenen Worten den Beweis folgen lassen wollte. Aber das war in diesem Moment schon nicht mehr wichtig. Lust explodierte in ihr, und das, was ihr fehlte, war Befriedigung. Ihr Körper wurde unruhig, sie überkreuzte die Beine und presste die Oberschenkel zusammen. Sie brauchte einen Mann. Jetzt, sofort. Und es war ihr egal, wer es sein würde. Sie wollte ihn fühlen, auf sich und in sich. Spüren, wie er tief in sie hineinstieß. Dann sah sie Yuls riesigen Schwanz neben sich, hörte, wie das Blut in seinen Adern pulsierte. Etwas sagte ihr, sie müsse ihn nur berühren und sie würde die Befriedigung erfahren, nach der ihr Körper schrie und ihr Geist sich sehnte. Vor Erregung zitternd streckte sie den Arm aus.

Klatsch! Ein heftiger Schlag traf ihre Hand. Im gleichen Moment war der Spuk vorbei, und Cel war wieder sie selbst. »Nicht anfassen«, sagte Kyrla und legte dabei, wie um ihre Worte Lügen zu strafen, ihre schlanken Finger auf Yuls steinerne Eichel. »Wenn du nicht willst, dass sehr bald eine Herde kleiner Kinder um dich herumspringt, dann behalte deine Hände lieber bei dir.«

# KAPITEL

# 18

Die Sonne stand schon hoch am Himmel, als Cel endlich die Kraft fand aufzustehen. Mehrfach war sie kurz aufgewacht, nur um von bleierner Müdigkeit wieder in wirre Träume gezogen zu werden. Ohne Zweifel war das Bier an ihrem Zustand schuld. Auf ihrem gestrigen Nachhauseweg hatten Kyrla und Cel bei der kleinen Brauerei neben dem Hurenhaus einen großen Krug Süßbier geholt. Anscheinend, und hier war Cels Erinnerung lückenhaft, hatten sie das Behältnis im weiteren Verlauf des Abends gemeinsam geleert.

Jetzt verfluchte sie ihre Achtlosigkeit. Weiterhin fehlte ihr jede Idee, wie sie Torak aus dem Gefängnis herausholen könnte. Ihr blieben nur zwei Tage, und vom ersten Tag hatte sie schon die Hälfte verschlafen. Schnell ging sie in das große Zimmer des Hauses. Dort schien Kyrla schon auf sie zu warten. Sie reichte Cel einen Teller mit Graubrot und zwei Salzgurken, dann wandte sie sich zum Aufbruch.

In der Tür blieb sie noch einmal stehen. »Du solltest heute ein schönes Bad nehmen.«

Cel sah irritiert von ihrem Brot auf. »Was? Wieso?«, dann begriff sie. »Du meinst, ich bin …, also ich müsste …«, beschämt blickte sie an sich herab.

»Ja, das auch«, sagte Kyrla mit einem Lächeln. »Aber darum geht es nicht. Ich sehe, dass ein Besuch im Schwitzbad dir dabei helfen wird, den nächsten Schritt auf deinem Weg zu gehen.« Dann fügte sie hinzu: »Das Bad ist gleich dort drüben, hinter dem Hurenhaus. Und du solltest sofort aufbrechen.« Ohne Cels Antwort abzuwarten, verließ sie das Haus.

Auf einem Stück Graubrot kauend dachte Cel über ihre Optionen nach. Ein Besuch im *Schwitzbad hinter dem Hurenhaus* schien ihr nicht besonders erstrebenswert. Zumal die Hitze sicherlich nicht das sein würde, was ihr Kopf im Moment brauchte. Andererseits hatte sie keinen besseren Plan. Und vielleicht war an Kyrlas Vorahnung ja etwas dran. Schnell stopfte sie sich den Rest des Brotes in den Mund, nahm eine Salzgurke in die Hand und trat auf die Straße hinaus.

Das Badehaus war nicht ganz so abschreckend, wie Cel es sich ausgemalt hatte. Das Gebäude war alt, aber in gutem Zustand, und eine ältere Frau begrüßte Cel mit einem freundlichen Lächeln und der Frage: »Wannenbad oder Schwitzbad?«

Cels Unsicherheit missverstehend erklärte sie hilfsbereit: »Wannenbad vier Kupfer, Schwitzbad nur zwei.«

Cel wählte das Schwitzbad und ging, einer Geste der Frau folgend, durch eine Tür, aus der ihr feuchtwarmer Nebel entgegenschlug. Das Licht zweier Öllampen färbte den aus einem Spalt in der Wand quellenden Dampf orange, ansonsten war der Raum bis auf ein paar Hocker leer. Schon bildeten sich auf Cels Haut die ersten Schweißperlen. Während sie überlegte, was jetzt von ihr erwartet wurde, schwang ein Vorhang zur Seite und ein junges Mädchen schleppte zwei schwere Kübel in den Raum. »Hallo, ich bin

Alita, ich werde dich waschen«, sagte sie mit einem ungezwungenen Lächeln.

Was immer Cel erwartet hatte, das war es nicht gewesen. Vor ihr stand ein vielleicht 14 Jahre altes Mädchen, nackt bis auf ein Hüfttuch, und wollte sie waschen. Cel überlegte, ob sie lieber den Rückzug antreten sollte.

Alita schien ihr Zögern zu bemerken: »Du warst wohl noch nicht bei uns? Das macht nichts, ich erkläre dir alles. Du musst dich ausziehen, bitte.«

Zögernd entledigte Cel sich ihrer Kleidung und Schuhe und übergab beides an Alita, die damit hinter dem Vorhang verschwand. Cel blieb allein in dem Raum zurück und fühlte sich noch nackter, als sie ohnehin war. Gleich darauf kehrte das Mädchen mit einem weiteren Kübel Wasser zurück.

»Du kannst dich auf den Hocker da setzen«, meinte sie, und Cel gehorchte. »Warst du noch nie in einem Badehaus wie diesem?«, fragte Alita, während sie warmes Wasser über Cels Körper schöpfte. Cel verneinte und sah im gleichen Moment ein Aufleuchten in Alitas Augen. »Dann bist du bei mir genau richtig. Ich kann dir alles über unser Badehaus und unsere Badekultur erzählen. Ich bin nämlich die Tochter des Baders.« Von da an war ihr Redefluss kaum mehr zu bremsen.

Vielleicht lag es an Alitas Gesprächigkeit oder an deren unbekümmertem Umgang mit ihrer beider Nacktheit, aber Cel fing langsam an, sich zu entspannen. Sie genoss, wie das heiße Wasser über ihren Körper lief, und bedauerte, dass der Eimer schon bald leer geschöpft war. Schwungvoll goss Alita den restlichen Inhalt über Cels Kopf und griff zum nächsten Kübel. Was Cel für eine träge weiße Flüssigkeit hielt, entpuppte sich als ein feiner, nach Rosmarin duftender Schaum. Alita tauchte ein Tuch hinein und begann, Cels Körper damit abzureiben. Dabei ging sie sanft und systematisch vor und arbeitete sich vom Kopf langsam abwärts. Von sich selbst überrascht, gelang es Cel, diese ungewohnte Intimität zu genießen.

Als Alita schließlich in ihrem Bericht über die Badekultur beim Aufschneiden von Furunkeln angekommen war, hatte sich auch der dritte Kübel geleert und die Waschung war beendet.

Alita geleitete Cel in den angrenzenden Gebäudeteil, den sie als das eigentliche Schwitzbad erkannte. Ein gewaltiger Ofen stand im Zentrum des Bades. Rechts und links von ihm verlaufende Wände aus Holz und Tüchern teilten den Raum mittig in zwei Hälften. Auf Cels Seite war der Ofen von ansteigenden Bänken umringt, auf der anderen Seite konnte sie große Badezuber erkennen. Die durch ein kostbares Buntglasfenster fallende Sonne malte bunte Lichtstreifen in den Dunst.

Zu Cels Erleichterung befanden sich nur eine Handvoll Personen in dem Bad. Während die Badeknechte und -mägde das Cel schon bekannte Hüfttuch trugen, waren – wie beruhigend – alle Gäste genauso nackt wie sie.

Sie suchte sich einen Sitzplatz in einer der oberen Reihen, wo sie das Geschehen gut im Blick hatte. Doch schon bald bemerkte sie ihren Fehler und setzte sich auf einen tiefer gelegenen, nicht ganz so heißen Platz. Während ihr der Schweiß über den Körper lief, beobachtete sie träge die Badergesellen bei ihrer anstrengenden Arbeit am Ofen.

Nach einiger Zeit machten zwei der Mägde zwischen den Badegästen die Runde. Die eine schlug mit Eichenzweigen auf die schwitzenden Menschen ein, die andere begoss sie anschließend mit Wasser. Cel ertrug die Schläge stoisch, aber bei dem Wasserguss konnte sie ein erschrecktes Quietschen nicht verhindern; das Wasser war eiskalt.

Eine Gruppe von Frauen kam herein und unterbrach Cel bei der Betrachtung der schwitzenden Badeknechte. Offenbar gehörten sie zu den Stammgästen, denn sie wurden von den Knechten überschwänglich begrüßt. Fröhliches Gelächter und herzliche Umarmungen folgten, dann ließen sich die Frauen in der Reihe hinter Cel nieder. Cel stellte fest, dass sie wohl vorrangig zum Austausch von Klatsch und Tratsch gekommen waren; mit der Ruhe war es jedenfalls vorbei.

Kurz darauf erhob sich ein korpulenter Mann mittleren Alters von seinem Platz, ging zu einer der Bademägde und flüsterte ihr etwas ins Ohr. Diese nickte, wies in Richtung des Bereichs mit Wannenbädern und verließ eilig den Raum. Als der Mann gerade hinter dem Vorhang verschwunden war, kam die Magd, eine junge Frau an der Hand mit sich ziehend, in den Schwitzraum zurück. Eine schnelle Handbewegung wies ihr den Weg. Schon aus diesem Grund tat die Frau, die jetzt mit ängstlichem Blick auf das Wannenbad zuging, Cel leid. Sie war sehr jung, das kindliche Gesicht strafte die runden Brüste Lügen. Doch was Cel einen eiskalten Stich versetzte, war der Eisenring, den sie um ihren schlanken Hals trug. Sie war eine Sklavin. Unter nur geringfügig anderen Umständen hätte Cel hier an ihrer Stelle sein können. Trotz der Hitze überlief sie ein Frösteln, als sie sah, wie das Mädchen vor dem Vorhang einen Moment Kraft sammelte, ehe sie dahinter verschwand.

Hatte Kyrla sie nur hierhergeschickt, um ihr zu zeigen, was ihre eigentliche Rolle in dieser Gesellschaft hätte sein können? Oder um sie vor dem zu warnen, was ihr bevorstehen würde, wenn ihr unfertiger Plan fehlschlüge? Sollte die Einsicht sie dazu bringen, doch noch Yuls Weg zu folgen? Cel wusste es nicht. Und in diesem Bad wollte sie auch nicht länger bleiben. Aber als sie aufstand, glaubte sie, Toraks Namen zu hören. Sie streckte sich linkisch und setzte sich wieder auf ihren Platz, um das Gespräch der drei Frauen hinter ihr weiter zu verfolgen.

»Seltsamer Name. Muss wohl ein Hinterwäldler sein.«

»Aber er ist ein junger Kerl und soll ganz hübsch aussehen.«

»Helfen wird ihm das auch nicht mehr. Sonntagfrüh kann er sich von seinem Kopf verabschieden.«

»Kopf ab? Wirklich? Das letzte Mal, wo sie einen geköpft haben, hat Hergur drei Schläge dazu gebraucht. Es war schrecklich mitanzusehen!« Sie lachten.

»Gehen wir zusammen hin? Wenn eine Hinrichtung ist, kommen sowieso keine Freier.«

Cel hätte gerne mehr gehört, doch die Mägde mit den Eichenzweigen hatten die kleine Gruppe erreicht, und das Gespräch fand ein abruptes Ende. Dafür hörte Cel jetzt Klatschen und wohliges Stöhnen. Danach war sie an der Reihe. Cel versuchte, die Behandlung abzulehnen, doch sie erhielt trotzdem einige Schläge und einen Wasserguss. Als sie schließlich wieder dem Tratsch lauschen konnte, waren die drei zu Cels Erleichterung immer noch bei der anstehenden Hinrichtung.

»Und wenn er nach einer Frau für die letzte Nacht verlangt? Würdet ihr hingehen?«, fragte eine der drei in leiserem Ton.

»Nein, das ist mir viel zu traurig. Nachher sitzt der Kerl nur die ganze Zeit da und heult.«

»Also, ich hab das schon mal gemacht. Und gar nicht mal nur fürs Geld. Sie zahlen ja sowieso kaum was. Und … na ja, eigentlich war es ganz schön.« Cel hörte eine fast intime Ehrlichkeit in ihren Worten. Doch schnell hatte die Frau die Maske der Professionalität wieder aufgesetzt: »Und wenn er wirklich rumheult, kannst du ihm ja den Schwanz lutschen. Das funktioniert doch immer.« Sie lachten.

»Aber warum machen die das eigentlich? Ich meine, es sind doch Verbrecher. Und jetzt werden sie auch noch belohnt?«

»Das ist so eine Tradition. Genau wie mit der Henkersmahlzeit. Wenn er sie annimmt, dann ist das ein Geschäft. Er bekommt was zu essen und verzeiht dafür seinen Richtern. Und Richter und Henker kriegen keinen Ärger mit ihren Göttern.«

Cel hatte genug gehört. In ihr reifte ein verzweifelter Plan.

# KAPITEL 19

Den Weg zu Toraks Gefängnis hatte Cel fast wie im Schlaf zurückgelegt. Zu sehr waren ihre Gedanken um den Rettungsplan gekreist. Jetzt, auf dem Marktplatz angekommen, sah sie bereits ein, dass ihr Plan deutlich mehr Schwächen als Stärken aufwies. Streng genommen war es auch gar kein Rettungsplan. Wenn alles wie beabsichtigt verliefe, würde sie in das Gefängnis und dort bis zu Torak gelangen. Wie die beiden dann wieder herauskämen, stand auf einem anderen Blatt.

Doch Cel hatte sich entschieden, die Herausforderungen der Reihe nach anzugehen. Zuerst musste sie Torak in den Plan miteinbeziehen. Und genau das erwies sich als ihr erstes Problem: Da, wo sich nur einen Tag vorher die freie Fläche vor dem Haus des Statthalters befunden hatte, stand jetzt ein Theater. Eine reisende Schauspieltruppe hatte über Nacht ganze Arbeit geleistet.

Die Vorstellung war in vollem Gange, und die Menschen johlten vor Begeisterung. Während Cel sich mühsam durch die Menge in Richtung Bühne und das dahinter liegende Fenster zu Toraks Kellerverlies vorarbeitete, konnte sie nicht umhin, einen Teil der Handlung des Theaterspiels mitzuverfolgen. Halb nackte Männer, teils mit Wolfsmasken und riesigen umgeschnallten Holzpenissen jagten Frauen hinterher, die mal vor ihnen weg- und mal willig zu ihnen hinliefen. Dabei wurden Röcke angehoben und wilde Kopulationen nachgestellt. Die frivole Aufführung traf genau den Geschmack des Publikums.

Schließlich stand Cel am Rand der Bühne. Sie konnte zwar zu dem Fenster hinabblicken, hinter dem sie Torak vermutete, doch eine Konstruktion aus Holzbalken versperrte ihr den Weg. Einen Moment überlegte sie, ob sie zwischen den Balken hindurchkriechen sollte. Dann verwarf sie die Idee wieder. Selbst wenn es glückte, würde sie auf jeden Fall Aufsehen erregen. Cel sammelte eine Handvoll Steine vom Boden auf und warf sie in Richtung Fenster. Es dauerte nur ein paar Sekunden, bis Toraks Gesicht im Halbdunkel hinter dem Gitter erschien. Er blickte sich um, dann trafen sich ihre Blicke. Im gleichen Moment erkannte Cel die Aussichtslosigkeit ihres Unterfangens. Torak war mehrere Armeslängen entfernt. Sie konnte ihn zwar sehen, aber nicht mit ihm sprechen. Und rufen, um den Marktlärm zu übertönen, war ebenfalls keine Option. Cel blickte zu Torak und zuckte mit den Schultern.

Hastig überlegte sie. Ein Versuch, die Nachricht mit Zeichen oder pantomimisch zu übermitteln, war zum Scheitern verurteilt. Doch vielleicht konnte sie ihm etwas aufschreiben. Sie bräuchte Pergament, Tinte und eine Schreibfeder. Oder gleich einen Schreiber. Aber konnte Torak überhaupt lesen? Sie hob eine Hand, tauchte mit der anderen eine nicht vorhandene Feder in ein imaginäres Tintenfass und malte Kringel auf ihre Handfläche. Dann zeigte sie auf Torak und legte fragend den Kopf schief.

Torak nickte und grinste sie an. Cel verzichtete darauf, ihm zu zeigen, dass er auf sie warten solle, das musste er sich schon selber zusammenreimen. Sie drehte sich um und wollte sich durch die Zuschauer einen Weg zum Markt bahnen, als ihr auffiel, dass ihr Tun nicht unbemerkt geblieben war. Ein Mann stand neben ihr und blickte nicht zur Bühne, sondern beobachtete sie. Cel schenkte ihm ein freches Lächeln und hoffte, dass er nicht hinter ihre Fassade sehen konnte. Dann drängte sie sich an ihm vorbei.

Als Cel wieder beim Theater ankam, war die Vorstellung beendet, und auf der Bühne warfen sich zwei Gaukler brennende Fackeln zu. Sie hatte viel Zeit damit verloren, einen Schreiber zu suchen und ihn davon zu überzeugen, dass sie die Botschaft selbst aufschreiben wollte. Schließlich hatte er ihr ein kleines, schlecht gegerbtes Stück Pergament ausgehändigt, und sie hatte ihre Nachricht auf die Haut gekratzt:

Verlang nach einer Hure für die letzte Nacht!
Ich werde dich herausholen!
C.

Die Menschenmenge hatte sich deutlich gelichtet, und Cel kam leicht bis zur Absperrung durch. Sie blickte in das dunkle Loch und sah Toraks Kopf dahinter. Seine Augen waren geschlossen. Cel sammelte einen Stein vom Boden auf und wickelte ihn in das Pergament. Dann warf sie ihn Richtung Fenster.

Vor lauter Angst, zu kurz zu werfen, hatte sie zu viel Kraft in den Wurf gelegt. Der Stein traf Torak am Kopf und ließ ihn aus dem Halbschlaf aufschrecken. Er bückte sich, hob den Stein auf und besah sich die Nachricht. Dann blickte er wieder zu Cel auf. Erst sah er sie wie ein Schaf an, doch schließlich zuckte er mit den Schultern und nickte.

# KAPITEL

# 20

Fast zwei Tage lang war die Zeit mit gnadenloser Langsamkeit an Torak vorbeigekrochen. Seine eigenen Bemühungen zur Entwicklung eines Fluchtplans waren sämtlich gescheitert, aber Cels Botschaft hatte ihn dringend benötigte Hoffnung schöpfen lassen.

Zum ersten Mal, seit die Büttel ihn aus Ys Aethel entführt hatten, glaubte er an die Möglichkeit einer Rettung. Er konnte sich zwar nicht vorstellen, wie Cel das Unmögliche gelingen sollte, aber in diesem Moment war sein Vertrauen in sie grenzenlos. Sein entschieden vorgetragenes Begehren nach einer Hure jedenfalls hatten die Wachen zu Toraks Verblüffung wie etwas Selbstverständliches zur Kenntnis genommen.

Jetzt saß er unterhalb eines der Kerkerfenster am Boden und verspürte eine Zuversicht, die auch die abschätzigen Blicke des Lumpenmannes nicht zunichtemachen konnte. Doch während er zusah, wie sich die Wände des Kerkers im Licht der untergehenden Sonne langsam rot färbten, spürte er, wie etwas kaum wahrnehmbar an seinem Geist zupfte. Es war weder Gedanke noch Gefühl, sondern vielmehr eine sanfte Strömung, die seinen Verstand mit sich tragen würde, wenn er es zuließe. Instinktiv wusste Torak, dass er die Wahl hatte: Er konnte sich gegen die Strömung stemmen und nichts würde geschehen. Oder er konnte sich mit ihr treiben lassen, um andernorts wieder an Land gespült zu werden. Es war ein Gefühl wie beim Einschlafen, nur dass Toraks Verstand hellwach war. Er gab nach, und während sein Geist willig dem Sog folgte, begann sich seine Wahrnehmung zu verändern. Der Kerker um ihn herum blieb zwar weiterhin ein Kerker, doch die Farben verblassten und Formen verschwammen vor seinen Augen. Fast war es, als bestünde die Welt nur noch aus Nebel. Dieser Nebel füllte den Raum, ersetzte die Wände durch wabernde Flächen und erstickte jedes Geräusch. Gleichzeitig wurde Toraks Körper auf beängstigende Weise taub. Zuerst verlor er das Gefühl in Händen und Füßen, dann zog sich seine Empfindungsfähigkeit tief in ihm zusammen und das Einzige, was er noch spürte, war die schneidende Kälte.

Anfangs hatte er die Wandlung noch begrüßt. Doch längst hatte Panik den Eindruck wohliger Taubheit ersetzt. Torak wehrte sich dagegen, versuchte, die Veränderung aufzuhalten und wieder in die Wirklichkeit zurückzukehren. Aber die Welt löste sich in immer schnellerem Tempo auf. Und dann war es plötzlich vorbei. Der Sog gab ihn frei und eine fremde Wirklichkeit umfing ihn. Er wollte aufspringen und vor dieser farblosen, kalten Welt fliehen, doch da war kein Körper mehr, der seinen Befehlen gehorchen konnte. Hektisch blickte er auf den Boden und sah das, was bis eben sein Leib gewesen war, als grauen Schemen unter sich. Er verfolgte, wie sein Oberkörper langsam zur Seite kippte und sein Kopf hart, aber ohne jedes Geräusch, auf dem Steinboden aufschlug.

Schockiert wollte er zurückweichen. Und tatsächlich bewegte sich das gestaltlose Etwas, das er jetzt war, von seinem Körper fort. Er trieb in die Mitte des Kerkers, wobei die Eiseskälte um ihn stetig zunahm, sich in seinen Geist fraß und Wellen brennender Schmerzen durch seinen Verstand jagte. Und als ob dies noch nicht genug des Grauens gewesen wäre, spürte er rechts neben sich eine Bewegung. Etwas Großes kam auf ihn zu, er erkannte die fahle Gestalt des Lumpenmannes. Doch dieser schien ihn gar nicht wahrzunehmen. Seine schlurfenden Schritte führten ihn direkt an Torak vorbei und auf seinen reglos daliegenden Körper zu. Bei diesem angekommen, kniete der Alte nieder und legte seine Hände um dessen Hals. Torak sah, wie sich der Mund des Mannes bewegte. Er schien etwas zu rufen, doch kein Laut war zu hören. Torak wollte eingreifen und ihn von seinem Körper wegzerren. Mit Nebelhänden griff er nach dem Arm des Alten. Und zum ersten Mal spürte er wieder etwas. Er riss an dem Arm und zog ihn mehr mit Willensanstrengung als mit Kraft von seinem Körper fort.

Ein scharfes, reißendes Geräusch durchschnitt die Stille, und der Widerstand, den der Lumpenmann eben noch geboten hatte, erlosch. Schwer fiel sein lebloser Körper zu Boden. Was blieb, war ein Schatten, ein dunkler Umriss im Nebel. Torak sah, wie der Schatten verwirrt den Kopf drehte, dann richteten sich die Augen auf ihn. »Was?«, konnte er noch sagen, dann verwehte der Schatten zu nichts.

Torak verstand nicht, was sich soeben abgespielt hatte. Er wusste nur, dass er unbedingt diese kalte fremde Nebelwelt verlassen wollte. Fort von dem Gespenst des Lumpenmannes, fort von der unerbittlichen Kälte. Seine Arme dehnten sich aus, wurden länger und länger, als er verzweifelt nach seinem am Boden liegenden Körper griff. Doch sein Körper nahm ihn willig in sich auf, zog den Schatten geradezu in sich hinein.

Unkontrolliert zitternd hob Torak den Kopf. Er hatte es geschafft, in die Welt der Menschen zurückzukehren. Doch auch hier wartete das Entsetzen auf ihn, denn er sah direkt in die blicklosen Augen der nur eine Armeslänge von ihm entfernt liegenden Leiche des Lumpenmannes.

# KAPITEL

# 21

Cel wusste nicht, ob sie überhaupt geschlafen hatte. Die Nacht hatte kein Ende genommen und sie war teils hellwach und dann wieder in einem umnebelten Dämmerzustand ihren Plan ein ums andere Mal durchgegangen. Als sich schließlich ihre Gedanken immer schneller im Kreis drehten, durchlebte sie alle erdenklichen Arten des Scheiterns, unfähig, den Teufelskreis zu durchbrechen.

Als der erste Hauch von Morgenrot in ihr Zimmer schien, war sie aufgestanden und hatte durch das Fenster in den dunklen Hof geblickt. Draußen war alles still und selbst der sonst unermüdlich krähende Hahn schlief noch. Cel wusste, dass es das Warten war, das sie so zermürbte. Statt handeln zu können, war sie dazu verdammt, der Sonne beim Aufgehen zuzusehen.

Am Vorabend hatte sie Kyrla ins Vertrauen gezogen. Eine große Last war von Cels Schultern gefallen, als diese zugesagt hatte, ihr zu helfen. Aber mit einem Blick in die Zukunft wollte die Seherin noch bis zum Morgen warten. Erst in der Nacht war Cel der Gedanke gekommen, dass Kyrla mit ihrer Hilfsbereitschaft ein großes Risiko einging. Jemand könnte ihre Spur zurückverfolgen und Kyrla als Mittäterin gefangen nehmen. Oder Cel wurde gefasst und gäbe unter der Folter Kyrlas Namen preis. Niemand konnte dem Schmerz ewig standhalten. Cel hatte eingesehen, dass sie, um Kyrla zu schützen, nicht lebend in die Hände der Wachen fallen durfte.

Als die Sonne eine Handbreit über dem Horizont stand, hielt Cel das Warten nicht mehr aus und stürmte in die Wohnstube. Zu ihrer Überraschung saß Kyrla im Schneidersitz in der Mitte des Raumes. Ihr augenloses Gesicht hatte sie einer kniehohen Holzstatue zugewandt, in der Cel eine Darstellung Yuls erkannte. Kyrlas Brust hob und senkte sich in einem langsamen Rhythmus.

Leise setzte sie sich auf den Teppich, bereit, erneut zu warten. Doch schon nach ein paar Minuten atmete Kyrla tief durch und streckte sich. Dann schenkte sie Cel ein gezwungenes Lächeln. »Es gibt gute und weniger gute Nachrichten.«

Mühsam stand sie auf und Cel begriff, dass Kyrla schon viele Stunden in dieser Stellung verbracht hatte. Schließlich sprach Kyrla weiter: »Deine Wege durch den Nebel der Zukunft sind sehr verzweigt. Auch mit Yuls Hilfe ist es schwer, den richtigen Pfad zu erkennen.«

Cels Mut sank. Sie hatte all ihre Hoffnung in Kyrlas Fähigkeiten gelegt. Doch sie spürte, dass Kyrla ihr noch mehr zu sagen hatte.

»Aber da ist noch etwas anderes. In einem Moment sehe ich noch deine Zukunft und im nächsten ist alles weg. Es ist, als wolle mir eine kalte Präsenz mitteilen: bis hierher und nicht weiter. Und sie ist stärker als ich.«

»Aber wer könnte dich daran hindern, in meine Zukunft zu blicken?«, fragte Cel verzweifelt.

Die Seherin lächelte traurig. »Es geht von dir aus.«

Cel schluckte. »Aber ich habe doch gar nichts …«

»Schon gut«, versuchte Kyrla sie zu beruhigen. »Ich weiß, dass du nichts dafür kannst. Und sieh es doch einmal so: Manchmal ist es gar nicht so gut, zu viel über seine Zukunft zu wissen.«

Cel lächelte säuerlich. Das war es nicht, was sie aus dem Mund einer Seherin hören wollte.

»Doch wie gesagt, ich habe auch gute Nachrichten«, fuhr Kyrla mit einem Lächeln fort. »In wenigen Stunden wird ein Bote des Statthalters hierher zum Hurenhaus kommen. Er wird verlangen, dass eine der Frauen eine Stunde mit dem Delinquenten verbringt.« Dann fügte sie zufrieden hinzu: »Das zumindest war so klar zu sehen, dass eigentlich kein Zweifel besteht.«

Cel atmete auf. Wie viel an diesem Teil ihres Plans hätte scheitern können, hatte sie sich die Nacht über ausgemalt. Jetzt war die Ungewissheit vorbei, und in ein paar Stunden läge das Heft des Handelns in ihrer Hand. Die Angst blieb, doch die Hilflosigkeit hatte ein Ende.

Der Vormittag schlich vorbei, und Kyrla beschäftigte Cel mit Tätigkeiten im Haushalt. Zum Mittagessen gab es Brot mit Butter und Käse. Cel musste sich zwingen, etwas zu essen, so sehr hatte die Unruhe von ihr Besitz ergriffen. Als die viel zu lange Essenspause vorüber war, stand Kyrla auf und sagte zu Cel: »Es ist Zeit. Ich gehe jetzt rüber und rede ein paar Worte mit dem Frauenwirt. Während ich weg bin, kannst du ja den Hühnerstall ausmisten.« In der Tür drehte sie sich noch einmal zu Cel um. »Und mach dir keine Sorgen.«

In dem kleinen Hof hinter dem Haus angekommen, musste Cel feststellen, dass der Stall eine Reinigung mehr als nötig hatte. Sie scheuchte die Hennen hinaus und begann mit der Arbeit.

Eine gute Stunde später war der Verschlag sauber und Cel dreckig. Sie kehrte ins Haus zurück und sah dort zu ihrer Überraschung Kyrla am Tisch sitzen. Diese schnüffelte ostentativ, konnte sich dann aber ein breites Grinsen nicht verkneifen. »Es ist alles geregelt«, sagte sie. »In zwei Stunden kannst du dich auf den Weg machen. Du wirst anstelle von Satia gehen. Als Gegenleistung hat sie ein paar Informationen von mir bekommen. Und den bereits für ihre Dienste bezahlten Lohn von drei Kupfer hat sie auch behalten.«

Cel wusch sich den Schmutz vom Hühnerstall ab, dann verbrachte sie die nächsten zwei Stunden mit der Vorbereitung auf ihren Auftritt als Hure. Sie holte Bluse und Rock hervor, die sie am Vortag für diesen Zweck gekauft hatte. Die Bluse war fast weiß und saß so eng, dass sich sogar Cels kleine Brüste gut sichtbar darunter abzeichneten. Verschlossen wurde sie mit einer Reihe hölzerner Knöpfe, die es Cel ermöglichten, etwas mehr von ihrem Körper zu zeigen, als üblicherweise dem Anstand entsprach.

Während sie die Bluse, so wie sie war, würde anziehen können, benötigte der Rock etwas Überarbeitung. Cel suchte sich in Kyrlas Küche ein Messer, trennte die vordere Längsnaht bis fast zum Bund auf und zog die kleinen Fäden heraus. Schließlich versteckte sie ihre letzte Goldmünze im Saum des Kleidungsstücks.

Als sie mit etwas Kohle ihre Augenlider dunkel färbte, wurde sie schmerzhaft an andere, bessere Zeiten erinnert. Jetzt bloß keine Tränen, dachte sie und kehrte in die Wohnstube zurück. Dort lächelte sie Kyrla schüchtern an, doch das erhoffte Lob zu ihrer Aufmachung blieb aus. Cel ärgerte sich innerlich über sich selbst. Was hatte sie auch von einer blinden Frau erwartet.

Nur wenige Minuten später war Cel auf dem Weg zum Haus des Statthalters. Kyrla hatte für einen schnellen Abschied gesorgt, sie umarmt und dann vor die Tür geschoben. Auch ohne hellseherische Fähigkeiten war Cel klar, dass sie die Freundin nicht wiedersehen würde.

Sie hatte nicht damit gerechnet, dass sie den Weg durch die Stadt als so peinlich empfinden würde. Dabei waren es gar nicht mal die ihr folgenden Blicke der Menschen, sondern das Gefühl von ungeschützter Nacktheit an einem Ort, an dem alle anderen bekleidet waren. Wenn ihr Rock sich für einen kurzen Moment öffnete und den Blick auf ihren Unterleib freigab, wollte sie den Stoff am liebsten mit den Händen packen und zusammenhalten. Doch sie zwang sich, ruhig weiterzugehen und so zu tun, als sei dieser Auftritt für sie völlig normal.

Zweimal wurde Cel von Männern angesprochen, konnte diese aber schnell abwimmeln. Zumindest hatte sie nun die Gewissheit, dass sie von ihrer Umwelt als genau das wahrgenommen wurde, was sie zu sein vorgab. Von diesem Gedanken gestärkt überquerte sie den Marktplatz und stand kurz darauf vor dem Anwesen des Statthalters. Und zögerte. Ihre nächsten Schritte würden über ihr Schicksal entscheiden. Noch könnte sie umkehren. Aber wenn sie erst einmal das vor ihr aufragende Haus erreicht hätte, würde sie eine gehörige Portion Glück benötigen, um es auch wieder lebend zu verlassen. Cel öffnete zwei weitere Knöpfe an ihrer Bluse, atmete tief durch und ging auf den Soldaten am Eingang zu.

»Na, Kleiner«, sagte Cel und schenkte der Wache ein anzügliches Lächeln. Sie nahm die Schultern zurück und stellte einen Fuß vor, sodass sich der Schlitz ihres Rocks öffnete. »Wie wäre es mit uns beiden?«

Aus der Nähe sah sie, dass es sich bei dem Soldaten nicht um einen Mann, sondern eher um einen Jungen handelte. So oft muss er sich wohl noch nicht rasieren, dachte sie beim Anblick seines entsetzten Gesichts. Von der Situation überfordert trat er einen Schritt zurück und stand jetzt mit dem Rücken an der Tür. Im Gegenzug ging Cel zwei Schritte auf ihn zu, sodass sich ihre Körper fast berührten.

»Hör mal, Kleiner«, flüsterte sie ihm ins Ohr. »Ich bin gebeten worden, mich ein wenig um einen eurer Gefangenen dort unten zu kümmern. Wenn du verstehst, was ich meine. Wärest du so nett und würdest mich zu ihm bringen?«

Als der Junge begriff, dass Cel es nicht wirklich auf ihn abgesehen hatte, spiegelte sich die Erleichterung in seinem Gesicht. Er schob sich an ihr vorbei und rief in das Haus: »Herr Leutnant, da ist eine … eine … äh … eine Dame für Euch.«

Kurz darauf wurde die Tür aufgerissen und ein Mann trat aus dem Haus. Obwohl er keine Uniform trug, erkannte Cel sofort den Soldaten in ihm, der schon einige Schlachten geschlagen und überlebt hatte. Eine lange, schlecht verheilte Narbe verunstaltete sein ansonsten ebenmäßiges Gesicht. Abschätzig blickte er Cel an, dann befahl er: »Hereinkommen. Beide!«

Cel trat hinter dem jungen Soldaten in eine Eingangshalle, die wohl früher der Stolz einer wohlhabenden Familie gewesen war. Teure Möbel und Teppiche schmückten den Raum, doch vieles wirkte abgewohnt und reparaturbedürftig.

»Wer bist du? Und wo ist Satia?«, fragte der Leutnant.

Cel bemühte sich, wieder in ihre Rolle zu schlüpfen. »Ich bin Sil«, antwortete sie und war entsetzt, dass sie in ihrer Aufregung den Namen ihrer kleinen Schwester missbraucht hatte. »Satia kann nicht kommen, darum bin ich hier. Und was sie kann, das kann ich auch!«

Cel sah den Zweifel im Gesicht des Mannes. »Und warum genau kann Satia nicht kommen?«

»Wisst ihr …«, sagte Cel und blickte erst den Leutnant, dann den Jungen betont treuherzig an. »Also bei uns Frauen ist das so: Einmal im Monat …«

»Schon gut«, wiegelte der Leutnant ab. Ein gehässiges Lächeln erschien auf seinem Gesicht. Zu dem Jungen gewandt fragte er: »Hast du sie schon durchsucht?«

»Durchsucht?«, der Junge war irritiert. Dann begriff er und begann zu grinsen. Er stellte sich hinter Cel und betatschte erst ihren Rücken, dann umfasste er sie mit beiden Händen und ergriff ihre Brüste. Das kleine Miststück, dachte Cel und sog scharf die Luft ein. Sie hielt still, während sich seine Hände nach unten tasteten. Schließlich strich er über ihren Rock, zwischen ihre Beine zu fassen, traute er sich aber nicht.

Der Leutnant hatte den ganzen Vorgang interessiert verfolgt. Jetzt nickte er zufrieden. »Komm mit, ich werde dich hinbringen.«

Cel folgte ihm eine steile Treppe hinab und durch einen Gang. Vor der Tür, hinter der sie Toraks Zelle vermutete, saßen zwei Wachen auf dem Boden. Als sie den Leutnant erkannten, sprangen sie auf. Doch dieser nahm von den

Männern keine Notiz und ging grußlos an ihnen vorbei. Sie bogen um zwei Ecken und erreichten eine Treppe, die in die Dunkelheit führte. Während der Leutnant eine Öllampe anzündete, überlegte Cel fieberhaft, wie sie ihn auf seinen Irrtum aufmerksam machen konnte. Schließlich sagte sie: »Das muss aber ein ganz besonders böser Bube sein, wenn ihr ihn so weit unten weggesperrt habt.«

»Jaja, das ist wohl so«, antwortete der Leutnant. Cel begriff, dass hier etwas gewaltig schieflief.

Sie folgte dem Mann die Treppe hinunter und dann ein Stück durch den von der Lampe nur spärlich erleuchteten Gang. Vor einer offenen Tür hielt er an und wies mit dem Arm hinein. »Da wären wir.«

Cel ging voraus in die Dunkelheit, dann folgte der Leutnant. Hinter sich zog er die Tür ins Schloss, drehte den Schlüssel um und steckte ihn ein. Das Öllicht offenbarte einen kleinen Raum mit einem Tisch und Regalen an den Wänden. Vor langer Zeit zerbrochene Tongefäße zeigten an, dass es sich irgendwann einmal um einen Lagerraum gehandelt hatte.

Der Leutnant deutete auf den Tisch. »Beug dich darüber!«

Cel erfasste Panik. Ihr Mut war längst aufgezehrt und sie wäre am liebsten weggerannt, wenn sie es nur gekonnt hätte. Stattdessen wich sie mit weichen Knien in eine Ecke des Raumes zurück.

»Nun stell dich nicht so an!«, sagte der Leutnant und kam langsam auf sie zu. »Du bist doch bezahlt worden. Es kann dir egal sein, mit wem du es machst.« Er begann, das Schnürband seiner Hose zu öffnen.

Cel wusste, dass sie jetzt handeln musste. Sie könnte ihn anflehen oder sich wehren. Aber sie tat es nicht. Stocksteif vor Angst stand sie in der Ecke und sah zu, wie der Soldat seine Hose nach unten schob. Mit steifem Schwanz kam er auf sie zu, ergriff ihre Schultern und drückte sie gegen die Wand. »Nun hab dich nicht so. Man könnte meinen, ich bin der erste Mann, mit dem du es treibst.«

Endlich kam wieder Leben in Cel. Mit aller Kraft stieß sie den Leutnant von sich, doch ihre Gegenwehr schien ihn nur anzuspornen. Ohne große Kraftanstrengung überwand er ihren Widerstand und presste seinen Körper an ihren. Als sie spürte, wie sein Schwanz gegen ihren Bauch rieb, schlug sie ihm ins Gesicht. Er reagierte so schnell, dass sie den Schlag gar nicht kommen sah. Ihr Kopf wurde herumgerissen, und kurz darauf schmeckte sie Blut. In schneller Folge trafen zwei weitere Hiebe ihr Gesicht, und alles um sie herum begann sich zu drehen. Cels Arme griffen ins Leere, als der Mann ihre Bluse zu fassen bekam und sie aufriss. Kleine Knöpfe rollten über den Boden der Kammer.

Der Leutnant sah, dass er gewonnen hatte, ergriff ihren Arm und zog sie zum Tisch. Eine Hand packte sie im Nacken und presste ihren Oberkörper auf die Tischplatte. Seine freie Hand erfasste ihr Handgelenk und zog ihren rechten Arm auf den Rücken, dann ließ er ihren Hals los und bog auch den anderen Arm nach hinten. Mit einer seiner Pranken umklammerte er Cels Arme wie ein Schraubstock.

Einen Moment verharrten sie in dieser Position, Cel hörte seinen Atem schnell und stoßweise. Er bückte sich, ergriff den Saum ihres Rocks und entblößte ihren Hintern. Fast schon sanft strich er über ihre Pobacken, dann trat er eng hinter sie.

In diesem Moment erwachte der Dämon. Lange hatte er geschlafen, doch jetzt würde er Helelis Auftrag ausführen, wie er ihn seit Jahrtausenden zuverlässig erfüllt hatte. Er übernahm die Kontrolle über Cels Körper.

Sie spürte, wie ihr Körper schlagartig taub wurde, dann drang ein unmenschliches Grollen aus ihrer Kehle, das in ein irres Lachen überging. Als der Leutnant sie losließ und von ihr zurückwich, richtete sich ihr Oberkörper gegen ihren Willen auf. Sie bleckte die Zähne und stürzte sich auf ihren mit heruntergelassener Hose zurückweichenden Gegner.

Der Dämon ließ sie ohne auf ihren eigenen Schutz zu achten schlagen, kratzen, treten und beißen, doch schnell hatte der Soldat verstanden, dass aus dem Spiel tödlicher Ernst geworden war. Dem Dämon gelang es noch, Cels Zähne tief in den Bizeps des Mannes zu versenken, dann gab die körperliche Überlegenheit des Leutnants den Ausschlag. Er bekam ihren Arm zu fassen und schleuderte sie wie einen nassen Lappen in ein Regal, das unter der Wucht ihres Anpralls zerbrach.

Einen Moment war Cel erstaunt, dass sie trotz des harten Sturzes keinen Schmerz spürte. Dann stand der Leutnant mit wutverzerrter Grimasse über ihr und griff nach ihren Armen. Er stockte mitten in der Bewegung, Erstaunen machte sich auf seinem Gesicht breit. Mit einem Ruck richtete er sich auf, begann zu zucken, stürzte und schlug hart auf dem Sandstein auf. In panischer Angst seine Beine betastend, blickte er zu Cel. »Was tust du, Hexe?«, schrie er und wand sich auf dem Boden. Jetzt erkannte auch Cel, was mit ihm geschah. An seinen Beinen wuchsen mit Flüssigkeit gefüllte Blasen, wurden prall und platzten. Ein gelbliches Sekret quoll hervor. Die Blasen schälten sich ab und rohes Fleisch kam darunter zum Vorschein. Der Leutnant begann, unartikuliert zu schreien, während die Beulen sich unaufhaltsam über ihn ausbreiteten und sein Gesicht erreichten. In einer letzten Kraftanstrengung bäumte er sich auf, um vor Cel zu fliehen, doch seine Beine versagten ihm den Dienst. Das eben noch blutrote Fleisch verfärbte sich braun, die Schreie gingen in ein Röcheln über, dann endeten sie abrupt. Der Leutnant war tot.

Fassungslos starrte sie auf die wie verwest wirkende Leiche des Leutnants. Sie würgte und erbrach die Reste ihres Mittagessens. Schließlich befreite sie sich aus dem zerbrochenen Regal. Ihre Knie zitterten und sie musste sich an der Wand festhalten. Erst dann nahm sie das Blut wahr, das von ihrer Hand tropfte. Sie schien sich geschnitten zu haben, doch sie spürte keinen Schmerz. Erst als sie den Arm näher untersuchte, sah sie, dass die feinen Narben von Helelis Mal aufgeplatzt waren. Wie in Trance beobachtete sie, wie Blut aus den rosafarbenen Wunden hervorperlte.

Ein Flackern der Öllampe erinnerte sie an ihre Situation. Sie musste sofort da raus. Zitternd kniete sie sich neben die Leiche des Leutnants und durchsuchte seine mit klebriger Flüssigkeit getränkten Hosentaschen. Dann fand sie den Schlüssel.

Fast erwartete Cel, mehrere schwer bewaffnete Wachen auf der anderen Seite der Kammertür anzutreffen, doch der Flur lag still und dunkel da. Leise zog sie die Tür hinter sich ins Schloss und folgte dem Gang in Richtung der Treppe. Dort löschte sie die Öllampe, schlich die Stufen hoch und erreichte die Einmündung in den Flur, in dem sie Toraks Zelle vermutete. Cel hörte hektisches Geflüster, die beiden

Wachen waren also noch da. Verzweiflung breitete sich in ihr aus. Ihr Ziel lag so nah und war doch unerreichbar. Einen der Männer würde sie vielleicht überrumpeln können, aber gegen beide zugleich zu kämpfen, war unmöglich. Sie lehnte den Kopf an die Wand und hoffte auf ein Wunder.

Doch das Wunder blieb aus. Stattdessen verstand sie den einen oder anderen Wortfetzen aus dem leise ausgetragenen Streit zwischen den Soldaten. Die Männer schienen die Schreie des Leutnants sehr wohl gehört zu haben und stritten sich jetzt, ob sie ihrem Vorgesetzten folgen, Alarm schlagen oder weiter dem Befehl gehorchen und die Tür bewachen sollten. Keine der drei Optionen erschien Cel wünschenswert. Dann hörte sie, wie ein schwerer Körper hart auf dem Boden aufschlug. Cel riskierte einen Blick um die Ecke in den halbdunklen Flur. Eine der beiden Wachen lag mit dem Gesicht nach unten auf dem Steinboden, der andere Mann kniete neben ihm und schüttelte angsterfüllt den leblosen Körper. Dann kippte sein Oberkörper nach vorne und stürzte auf den Kopf seines Kameraden. Leise hörte Cel den Lärm des Marktes, aber über dem Gang lag Totenstille.

Cel war nicht gekommen. So lange hatte Toraks Geist bei den beiden Wachen im Flur auf sie gewartet, während sich die gnadenlose Kälte der Nebelwelt in ihn hineinfraß. Sein rettender Körper hatte nur wenige Armeslängen von ihm entfernt hinter der Tür gelegen, doch Torak wusste, dass er keine Wahl hatte. Wenn er aus dem Gefängnis entkommen wollte, musste er durchhalten, bis Cel bei ihm war. Doch jetzt aber lief die Zeit ab, und seine Sinne ließen ihn im Stich. Erst hatte er nur das Gefühl, dass sich ein Schatten über den Gang legte und das Licht dämpfte. Dann zogen sich Decke und Wände um ihn zusammen, und er befand sich im Zentrum einer langsam schrumpfenden Kugel aus Dunkelheit. Wenn er jetzt nicht handelte, wäre alles vorbei. Er griff nach einer der Wachen und zog. Fast ohne Widerstand löste sich das Leben aus dem Leib des Mannes und sein toter Körper schlug hart auf dem Steinboden auf. Seit Tagen hatte sich Torak vor diesem Moment gefürchtet, doch in seiner vergehenden Welt gab es keinen Platz mehr für Empfindungen. Während sich die Schwärze weiter um ihn zusammenzog, starb der zweite Wächter auf die gleiche Weise.

Verständnislos starrte Cel auf die Wachen. Zwar war der Weg zu Torak jetzt frei, doch auch wenn das für sie einen Glücksfall darstellte, fühlte es sich beim besten Willen nicht so an. Vorsichtig trat sie zu den Soldaten, bückte sich und versuchte, den Puls des oben liegenden Mannes zu fühlen. Kurz schoss ihr das Bild von blitzschnell nach ihr greifenden Händen durch den Kopf, doch nichts geschah. Sie berührte den schlecht rasierten Hals, spürte die Wärme seines Körpers, jedoch keinen Herzschlag. Sie richtete sich wieder auf und ging zu der Tür, hinter der sie Torak vermutete. Statt des erwarteten Schlosses hatte die Tür eine einfache Klinke. Cel drückte sie leise hinunter und schob die Tür auf.

Vor ihr lag ein großer Gewölbekeller. Aus zwei vergitterten Fenstern schien das Sonnenlicht des anbrechenden Abends auf einen leblosen Körper. Mit drei schnellen Schritten hatte sie ihn erreicht. Torak starrte sie mit weit aufgerissenen Augen aus einem blassgrau verfärbten Gesicht an, schien sie jedoch nicht zu erkennen.

# KAPITEL

# 22

Ein Schlag traf Toraks Gesicht, mühsam öffnete er die Augen. Die Wachen waren verschwunden, und eine Frau mit roter Haut und gelb leuchtenden Augen beugte sich über ihn. Zuerst erkannte er Cel, dann sah er auch ihre Verzweiflung. Sie sagte etwas zu ihm, was er nicht verstand, und zerrte an seinem Arm. »Cel?«, rief er verwundert.

Torak sah ein kurzes Lächeln, das sofort wieder von einem besorgten Ausdruck verdrängt wurde. »Tok, schnell, steh auf. Wir müssen hier weg!«

Mit einer fast übermenschlichen Anstrengung drehte er sich erst auf die Knie, um sich dann vom Boden hochzustemmen. Als der Raum um ihn herum begann, sich zu drehen, schob sich Cel unter seinen Arm und hielt ihn aufrecht. Gemeinsam wankten sie zur Tür.

Davor lagen die Leichen der Wächter. Torak sah wächserne Haut und verdrehte Körper. Sein Werk. Er wollte schnell weiter, doch Cel zögerte und blickte erst nach rechts, dann nach links in Richtung Treppe und Ausgang. Aber die Entscheidung über den richtigen Weg wurde ihr abgenommen, denn ein mit Körben beladener Junge kam gerade die Treppe herunter. Einen Moment starrten sie sich an, dann ließ der Junge die Körbe fallen und rannte wieder nach oben. Cel zog an Toraks Arm, und gemeinsam liefen sie den Gang in die entgegengesetzte Richtung entlang. Sie führte ihn um zwei Ecken, und kurz darauf standen sie vor einer Treppe, an die er sich vage erinnern konnte. Torak sah, wie Cel eine Öllampe vom Boden aufhob. Er dachte, sie würde versuchen, die Lampe zu entzünden. Doch stattdessen schien sie zu überlegen, dann warf sie die Lampe die Stufen hinunter und zerrte Torak nach unten in die Dunkelheit.

Sie waren die Treppe noch nicht halb hinuntergestiegen, da hörten sie hinter sich die ersten Schreie. Schwere Stiefel rannten über den Steinboden, dann ertönten klare Kommandos: »Ihr nach links! Der Rest nach unten! Eine Goldmünze für den, der ihn ergreift!«

Torak erkannte die Stimme, es war Klaric. Schnell stolperte er die letzten Stufen hinunter. Dann stand er in völliger Dunkelheit. »Hier lang«, flüsterte Cel und zog ihn mit sich. Während er nur absolute Schwärze wahrnahm, schien Cel sich halbwegs orientieren zu können, denn sie zog ihn zielstrebig den Gang entlang. Doch bald darauf wurde auch sie langsamer.

Hinter ihnen stampften mehrere Männer die Treppe hinab. Unten angekommen, stoppte die Gruppe abrupt. »Licht, ihr Hornochsen. Wir brauchen Licht!«, rief Klaric. Erst geschah nichts, dann stöhnte ein Mann auf. »Du holst die Fackeln! Und wenn du nicht in einer Minute wieder hier bist, schneide ich dir die Eier ab. Der Rest folgt mir.«

Die Schritte kamen näher. Bei der nächsten Ecke trat Toraks Fuß ins Leere. Nur mit Mühe konnte er einen Aufschrei unterdrücken, dann hatte er wieder festen Boden unter den Füßen. Sie standen auf einer weiteren Treppe, die in die Tiefe führte.

»Sie sind an der Treppe!«, hörte er einen Ruf hinter sich. Anscheinend war Toraks Beinahesturz nicht unbemerkt geblieben. Ohne auf die Geräusche zu achten, hasteten sie die Stufen hinunter. Unten zog Cel ihn hinter einen Vorsprung. »Warte hier«, flüsterte sie, dann stand er allein in absoluter Finsternis. Oben näherten sich die Schritte der Treppe, ein lautes Poltern ertönte, und einer der Männer schlug neben ihm hart am Boden auf. Torak spürte einen Ruck an seiner Schulter und konnte gerade noch verhindern, wild um sich zu schlagen. Cel war zurück.

»Treppe«, flüsterte sie. »Dann noch eine.« Sie zupfte an seinem Hemd, und er folgte ihr, mit den Füßen vorsichtig nach der ersten Stufe tastend. Gerade als er sie erreichte, fing die Dunkelheit um ihn herum an zu flimmern. Zuerst dachte er, dass seine Augen ihm einen Streich spielten, doch als er sich umsah, zuckte an der Wand der Widerschein von Fackeln. Schnell lief er die Treppe hinunter, wurde von Cel um eine Ecke gedrängt, dann folgten die nächsten Stufen. Trotz der Hast spürte Torak, wie sich seine Umgebung veränderte. Die Wände wurden rauer, die Treppenstufen unregelmäßig und die feuchtwarme Luft roch stumpf und erdig.

Die Treppe mündete in einen weiteren Gang. Während Torak sich vorwärts tastete, stießen seine Füße gegen Steinbrocken, dann rannte er in etwas, was er für einen Stuhl hielt. An Abzweigungen ging er geradeaus weiter, bis er die Wand wieder spürte. Wo Cel sich befand, wusste er nicht mehr, aber er verließ sich darauf, dass sie ihm ein Signal geben würde, wenn er abbiegen sollte. Nach ihr zu rufen, wagte er nicht.

Plötzlich ertönte vor ihm ein metallisches Klappern. Dem folgte ein scharfer Ausruf von Cel, den er nicht verstand. Kurz darauf berührte seine Hand etwas Kaltes. Ein Gitter versperrte ihnen den Weg. »Wir müssen zurück«, sagte Cel niedergeschlagen. Beide drehten sich um und sahen einen Lichtschein am Ende des Korridors. Sie saßen in der Falle.

Fieberhaft wog Torak ihre Optionen ab. Dann kam ihm eine verzweifelte Idee. »Lauf zurück und versteck dich in einem der Gänge«, flüsterte er in die Richtung, in der er Cel vermutete. »Ich werde sie ablenken«. Doch sie reagierte nicht. Er wartete kurz, dann sagte er etwas lauter: »Cel, bitte, lauf!«

In diesem Moment erreichte sein Verfolger den Fuß der Treppe und das Licht seiner Fackel fiel in den Gang. Torak blickte sich um; er war allein. Schnell drehte er sich um und rüttelte unter Aufbietung aller Kräfte an dem schweren Gitter. Während es um ihn herum heller wurde, rief er mit panischer Stimme Cels Namen in den Gang hinter den Eisenstäben. Dann setzte er noch einen drauf und schrie in die Dunkelheit vor sich: »Cel, hilf mir, ich kann das Gitter nicht öffnen!« Mehr konnte er nicht für sie tun. Er wandte sich zu der Wache um.

Der Mann hatte schon den halben Gang durchquert. Er ging leicht gebückt und hielt mit der einen Hand die Fackel über den Kopf, mit der anderen richtete er einen kurzen Dolch auf Torak. Im flackernden Licht sah er, wie sich der Mund seines Angreifers zu einem breiten Grinsen verzog. »Hat dein Schätzchen dich im Stich gelassen?«, fragte der Soldat. »Mach dir nichts draus, die Frauen sind nun mal so. Sie können nicht anders.« Langsam kam er näher, während

Torak zurückwich, bis er mit dem Rücken das Gitter berührte.

Nur wenige Schritte vor Torak blieb der Mann stehen. »Hör mal, Junge. Das hier muss nicht blutig enden. Du ergibst dich einfach, und niemand wird dir ein Haar krümmen. Ist das ein guter Vorschlag?«

Verwundert registrierte Torak, dass etwas tief in seinem Verstand dem Soldaten glauben wollte. Er könnte einfach aufgeben und sich wieder in seine Zelle bringen lassen. Die Flucht wäre vorbei, sie hatte ohnehin nie eine Aussicht auf Erfolg gehabt. Doch was käme dann? Morgen würden sie ihn wie ein Lamm zur Schlachtbank führen. Nein, wenn er seine Optionen abwog, würde er lieber gleich hier sterben. Entschlossen trat er einen Schritt auf den Mann zu. Im selben Moment löste sich ein Schatten von der Wand und glitt lautlos hinter den Soldaten. In einer fließenden Bewegung legte Cel ihren Arm um seinen Hals und riss ihn zu sich. Um sein Gleichgewicht zu halten, setzte der Mann einen Fuß nach hinten, stolperte dabei aber über Cels Beine. Beide stürzten, während Torak auf sie zusprang. Im Fallen verlor der Soldat die Fackel, doch noch bevor er auf dem Boden aufschlug, hieb er mit dem Dolch nach dem Angreifer in seinem Rücken. Dann landete er hart auf Cel, und fast im gleichen Moment war Torak auf ihm und umklammerte den Arm mit der Klinge. Doch der Mann kämpfte. Sein freier Arm schlug auf Torak ein, traf erst sein Ohr und kurz darauf den Kiefer. Torak spürte ein Knacken, krallte sich aber weiter in den Arm. Weitere Schläge folgten, doch nun machte sich die zunehmende Luftnot des Soldaten bemerkbar. Erst kamen die Hiebe ungezielter, dann fiel sein Arm schwer neben Torak zu Boden und der Körper wurde schlaff. Heftig atmend wartete Torak einen Moment, bevor er von dem Mann abließ. Dessen Gesicht war zu einer Grimasse verzerrt, die Zunge war herausgestreckt, die Augen quollen aus ihren Höhlen. Um seinen Hals lag immer noch Cels Arm, sie presste und zitterte vor Anstrengung. Vorsichtig berührte Torak ihre Schulter. »Cel, es ist vorbei. Du kannst loslassen.«

Es dauerte einen Moment, dann entspannte sich ihr Arm, und Torak schob den Mann von Cel herunter. Sie richtete sich halb auf und betastete ihre Hüfte. Auf ihrer roten Haut hatte Torak das Blut erst nicht gesehen, aber jetzt bildete sich auf dem Stoff der offenen Bluse ein großer dunkler Fleck.

Torak streckte seinen Arm nach der Fackel aus und zog sie näher heran. In ihrem flackernden Licht zeigte sich ein roter Schnitt auf Cels Haut. Er war lang, aber anscheinend nicht tief. Cel setzte sich auf. »Es ist nichts«, sagte sie. »Wir müssen weiter!«

Als sie wieder im Gang standen, fragte Cel: »Wohin jetzt?« Torak, der den Dolch der Wache in einen Stoffstreifen wickelte, zuckte mit den Schultern. Auch wenn sie im Augenblick eine Atempause hatten, würden sie wohl nicht lange unbehelligt bleiben. Sicherlich war Klaric schon dabei, eine systematische Suche zu organisieren. Früher oder später würde man sie finden. Toraks Blick wanderte zum Gitter. Es stand einen Spalt offen.

Er untersuchte den Durchgang. Das schwere Vorhängeschloss hatte sich geöffnet und damit die Tür freigegeben. Das muss passiert sein, als ich am Gitter gerüttelt habe, dachte er.

Als er in den schmalen Gang trat, nahm die Finsternis erneut zu. Torak blickte zurück. Die auf dem Boden liegende Fackel war nahezu abgebrannt, letzte Flämmchen tanzten über den hölzernen Stiel. Während er die ersten Schritte in den Gang hineinging, lief Cel zu der Fackel und warf sie neben die Leiche des Soldaten. Augenblicklich wurde es schwarz um sie. Torak spürte, wie Cel sich am Gitter vorbei in den Gang schob, und wollte sich schon in den Tunnel hineintasten, da hielt sie ihn am Hemd fest. »Warte, lass uns erst das Gitter wieder schließen.«

Torak ärgerte sich. Auf die Idee hätte er selber kommen können. Er zog das Gitter zu, aber es blieb nicht in seiner Position, sondern schwang gleich wieder ein Stück weit auf. Erst als er das Vorhängeschloss aushängte, die Tür schloss und dann mit dem hörbar einrastenden Schloss verriegelte, blieb das Gitter in seiner Position. Torak war alarmiert. Nicht nur, dass er ihnen so den Rückweg abgeschnitten hatte, er wusste jetzt auch, dass das Tor sich nicht von alleine hatte öffnen dürfen.

Der Gang führte schnurgerade in den Fels. Torak tastete sich an der Wand entlang, fühlte rauen Stein und meinte mitunter, die feinen Riefen der Werkzeuge zu ertasten, mit denen der Stollen einstmals ins Gestein getrieben worden war. Abzweigungen und Türen fehlten, und nach einiger Zeit fragte er sich, ob der Tunnel überhaupt irgendwann ein Ziel erreichte. Vielleicht führte er sie nur immer tiefer in die Dunkelheit. Oder er würde plötzlich enden und sie wären gezwungen, zu dem Keller zurückzukehren, wo eine Horde lachender Soldaten sie bereits erwartete.

Er versuchte, diese Gedanken abzuschütteln, doch je weiter sie vordrangen, desto bedrückender wurden seine

Visionen. Wusste er denn mit Sicherheit, dass der Tunnel immer nur geradeaus führte? Schon mehrfach hatte seine Hand kurz den Kontakt zur Wand verloren und er hatte seinen Weg neu ausrichten müssen. Möglicherweise war der Gang gekrümmt und sie liefen in Wirklichkeit im Kreis?

Er hörte weiterhin Cel vor sich, das zumindest war beruhigend. Oder es wäre beruhigend gewesen, wenn er mit Sicherheit gewusst hätte, dass das, was vor ihm lief, auch wirklich Cel war … In diesem Moment griff seine Hand ins Leere. Er ging einen Schritt in die Richtung, in der die Wand liegen musste, doch da war nichts. »Ein Raum«, sagte Cel. »Oder vielleicht eine Halle.« Torak atmete auf.

Die Hände vorgestreckt ging er geradeaus in das vor ihm liegende Dunkel. Dann stieß er gegen eine Wand, wollte ihr folgen, doch schon nach wenigen Schritten endete sie. Torak bog wieder in die Richtung ab, in die er ursprünglich gegangen war, nur um kurz darauf an eine weitere Steinfläche zu stoßen.

»Es ist eine Art Irrgarten«, hörte er Cel sagen. Ihre Stimme klang leise und dumpf. Anscheinend hatte sie sich schon ein gutes Stück von ihm entfernt. Schnell versuchte Torak, die Lücke zu schließen, prallte aber gegen eine Wand. Panik stieg in ihm auf. Wenn er Cel jetzt verlor …

»Cel, warte auf mich«, rief er und tastete sich weiter.

Unvermittelt berührte seine Hand etwas Weiches und er spürte, wie Cel vor ihm zurückzuckte. »Wir dürfen uns hier nicht verlieren«, sagte Torak. Dann nahm er allen Mut zusammen: »Gib mir deine Hand!« Dabei streckte er vorsichtig den Arm in die Richtung aus, in der er Cel vermutete. Als nichts geschah, wollte er den Arm schon wieder sinken lassen, doch dann fühlte er eine Berührung. Schnell ergriff er Cels Hand und spürte ihre schlanken Finger in den seinen. Er hoffte, dass sich seine schwitzigen Finger für Cel nicht unangenehm anfühlten.

Als sie sich gemeinsam weiter vorantasteten, kehrte Toraks Zuversicht zurück. Er fokussierte sich darauf, für Cel nicht zur Last zu werden, während sie zielstrebig einen Weg durch die Schwärze des Labyrinths suchte. Von Zeit zu Zeit verliefen sie sich in Sackgassen. Dann kehrte Cel um und wählte, einer imaginären Karte folgend, einen anderen Weg.

Plötzlich ließ sie seine Hand los. »Da hinten ist Licht!«, rief sie.

Torak blickte sich um. Nein, da war kein Licht. Zumindest sah er nicht mehr als das, was seine Augen ihm schon die ganze Zeit gezeigt hatten. Vorsichtig folgte er Cel, dann erkannte auch er etwas. Weit in der Ferne pulsierte sanft ein grünes Leuchten.

Nun, da sie wieder einen Orientierungspunkt hatten, kamen sie zügig voran. Torak war es fast, als würde das Licht ihnen entgegenkommen. Es wurde heller, das Pulsieren wich einem steten Schein, dieser breitete sich aus, bis eine grün strahlende Fläche den jetzt klar erkennbaren Tunnel beleuchtete. Kurz darauf hatten sie die Lichtquelle erreicht. Ein trüber, von fein verzweigtem weißen Geflecht durchzogener Schleim bedeckte die Decke. Vorsichtig berührte Torak die leuchtende Masse mit dem Finger. Sie fühlte sich nass und kalt an. Als er den Finger zurückzog, blieb ein wenig von dem Sekret daran haften, leuchtete noch einen Moment weiter und erlosch flackernd. Torak wischte seinen Finger an der Tunnelwand ab.

»Leuchtrotz?«, fragte er Cel. Sie zuckte die Schultern und ging tiefer in den Gang hinein. »Cel, warte«, rief Torak ihr nach. »Du willst da doch nicht wirklich reingehen. Es leuchtet, es stinkt und die Luft wird immer wärmer!«

Ohne stehen zu bleiben, sah Cel zu ihm zurück. »Und? Hast du einen besseren Vorschlag?«

Nein, den hatte er nicht. Aber darum war es ihm auch nicht gegangen. Dieser Gang, aus dem ihnen feuchtwarme Luft entgegenschlug, machte ihm Angst. Torak schien es, als würde er in den weit aufgesperrten Rachen eines Raubtieres hineinlaufen. Aber da Cel kein Interesse zeigte, diese Angelegenheit mit ihm zu besprechen, würde er ihr wohl oder übel folgen müssen.

»Willkommen, willkommen!«, rief eine Stimme hinter ihnen. Cel und Torak fuhren herum. Am Eingang des Tunnels stand, schwer auf einen Stab gestützt, ein nackter Mann. »Bitte, habt keine Angst. Ich bin Bren, erster Jäger vom Clan der Orr. Ihr seid im Begriff, unser Reich zu betreten.«

Torak hatte den erbeuteten Dolch ausgewickelt, vermied es jedoch, die Waffe auf den Mann zu richten. Augenscheinlich stellte dieser keine Gefahr dar. Vorsichtig ging er ein paar Schritte auf Bren zu und nahm ihn näher in Augenschein.

Der Mann war klein. Torak schätzte, dass er selbst in seinen besten Zeiten eine Handbreit kleiner als Cel gewesen war. Sein Schädel glänzte im grünen Licht, und auch sonst war er völlig haarlos. Die Haut war vom Alter faltig und von rosagrauer Farbe, wie Torak es früher bei Erdferkeln gesehen hatte. Doch sein hervorstechendstes Merkmal waren die Augen. Große Augäpfel traten aus ihren Höhlen hervor, und Torak musste augenblicklich an den eben getöteten Soldaten denken.

Torak war sich nicht sicher, ob er es überhaupt mit einem Menschen zu tun hatte. Gleichwohl erwiderte er die Begrüßung: Er wies mit der Hand hinter sich. »Das ist Cel, und ich bin Torak.«

»Ich weiß, ich weiß«, meinte Bren nickend. »Ich bin euch schon eine Weile gefolgt. Musste doch wissen, mit wem wir es zu tun haben.«

Torak sah Cel an, aber sie zuckte nur mit den Schultern. Der alte Mann schien sich ähnlich geräuschlos bewegen zu können wie sie.

»Macht euch keine Sorgen«, sagte Bren. »Die Feinde unserer Feinde sind unsere Freunde. Gewiss seid ihr zur Nacht unsere Gäste. Und morgen bringen wir euch dann an die Oberfläche.«

»Und wer genau sind eure Feinde?«, fragte Torak vorsichtig.

»Die da!« Er deutete nach oben. »Die Städter. Unsere Ahnen haben einst diese Stadt erbaut. Aber die Menschen nahmen uns Stück für Stück unseren Besitz und unsere Würde. Lange lebte unser Volk als Handlanger der Menschen. Doch dann fanden wir den Pilz. Und der Pilz hat uns aufgenommen und uns ein neues Leben geschenkt. Er ist unsere Mutter!«

Der Mann war verrückt, so viel stand außer Frage. Vielleicht hatte das Alter ihm zugesetzt. Oder die Dunkelheit. Oder, und jetzt war Torak sich ziemlich sicher, der Blauwurz. Er hatte Menschen gesehen, die sich innerhalb von wenigen Monaten den Verstand weggesoffen hatten. Torak beschränkte sich darauf, verstehend zu nicken.

»Doch kommt jetzt mit mir, Freunde. Heute Abend gibt es zu euren Ehren ein Festmahl.« Damit ging er in den leuchtenden Tunnel hinein. Cel und Torak blickten sich unschlüssig an, dann folgten sie ihm. Wiederholt verzweigte sich der Weg. Waren die Tunnel bisher klaren Mustern aus Ebenen und rechten Winkeln gefolgt, erinnerten sie jetzt an Wühlmausgänge. Allen gemein war jedoch das grüne Leuchten.

»Was ist das für ein Licht?«, fragte Torak.

»Der Pilz. Er spendet uns alles, was wir zum Leben brauchen. Auch Licht.«

Kurz darauf hörte Torak Kinderlachen und das Plätschern von Wasser. Dann kamen zwei nackte Jungen aus einem Seitengang gerannt. Als sie die drei erreichten, blieben sie wie angewurzelt stehen. Dem einen klappte der Unterkiefer herunter, dann zeigte er mit ausgestrecktem Arm auf Cel. »Sie ist ganz schwarz«, sagte er zu niemand bestimmten.

Bren lächelte und gab ihm einen kleinen Klaps auf den Arm. »Ihag und Otho, lauft schnell zum Wohnkessel und sagt Bescheid, dass Bren zwei Besucher mitbringt!« Torak sah den Stolz in den Gesichtern der beiden Jungen, mit so einem wichtigen Auftrag bedacht zu werden. In Windeseile waren sie verschwunden.

»Ihr könnt euch hier säubern«, sagte Bren und wies in den Gang, aus dem die Jungen gekommen waren. Als Cel und Torak ihn verständnislos anblickten, fügte er hinzu: »Der Pilz schätzt die Reinlichkeit. Geht nur rein, ich werde hier auf euch warten.«

Torak betrat den Gang zuerst, dann folgte Cel. Hinter einer Biegung sahen sie den Ursprung des Plätscherns. Aus einem Riss quer über die Tunneldecke quoll ein Vorhang aus Wasser. Torak hielt die Hand hinein und stellte fest, dass es weder warm noch kalt war. Er fing etwas Wasser auf, um damit sein Gesicht zu waschen, da trat Cel neben ihm in den Regen. Sie war nackt.

Peinlich berührt trat Torak einen Schritt zurück. Cel schien eine andere Auffassung von Sauberkeit zu haben. Zögernd begann auch er, sein Hemd aufzuknöpfen, und beobachtete dabei Cel, die ihm den Rücken zuwandte. Er musste dem Jungen recht geben: Hier unten in dem grünen Licht erschien Cels rote Haut tatsächlich fast schwarz. Doch noch mehr fiel ihm auf. Sein Blick folgte den Wassertropfen, die aus den kurzen Haaren über ihre Schultern perlten, um dann den Rücken hinabzulaufen. Drei lange Narben kreuzten sich dort, doch das Wasser lief darüber hinweg, ihre schmale Taille entlang und ließ ihre runden Pobacken feucht glänzen. Torak fühlte, wie sein Schwanz hart zu werden begann.

Als er kurz darauf Rücken an Rücken mit Cel unter dem kleinen Wasserfall stand und sich ihre Körper das ein oder andere Mal berührten, hatte er bereits alle Schritte des Bierbrauens im Geist rekapituliert. Etwas später war er bei der Zubereitung von Hühnersuppe angelangt, als Cel sich endlich wieder anzog.

Wieder bei Bren angekommen, breitete sich ein Lächeln auf dem Gesicht des Alten aus. »Ihr seid bereit. Bitte folgt mir in unseren Wohnkessel.« Erneut gingen sie hinter ihm her und erreichten bald eine runde, gut zwanzig Schritt breite Höhle. Torak sah Männer, Frauen und Kinder, alle nackt und alle mit derselben ungesunden Hautfarbe wie Bren.

In der Mitte der Halle stand unübersehbar der Pilz. Er schien dem Boden zu entwachsen, überbrückte in Form einer massigen Säule die Distanz zur Decke und breitete sich dort in alle Richtungen aus, bis er schließlich in den grün leuchtenden Schleim überging. Nur mit Mühe konnte Torak bei seinem Anblick ein Würgen unterdrücken. Graubraune schleimige Wülste waren vereinzelt mit faustgroßen weißen Blasen bedeckt, während eine gallertartige Masse zwischen den Falten hervorzuquellen schien. Einige der Blasen waren geplatzt und sonderten eine gelbliche Flüssigkeit ab, die Torak unangenehm an Eiter erinnerte. Verglichen mit dem Anblick empfand er den schweren, modrigen Geruch fast als angenehm.

Bren führte sie durch den Raum zu einer kleinen, um ein Feuer sitzenden Gruppe. Dabei entging Torak nicht, dass die Höhlenbewohner vor ihnen zurückwichen und vermieden, sie anzublicken. An der Feuerstelle räumten zwei Frauen ihre Plätze, während die Männer sitzen blieben und den Neuankömmlingen wohlwollend zunickten. »Setzt euch doch bitte zu uns«, sagte Bren.

Kaum saßen sie auf dem harten Boden, kamen die Frauen zurück und verteilten Essen. Torak nahm seinen Teller mit einem freundlichen Lächeln entgegen, musste ihn aber sofort mit der zweiten Hand stützen. Verwundert stellte er fest, dass der vermeintliche Teller aus einem lederartigen Material bestand. Darauf lag ein kreisförmiges Stück Fleisch. Er folgte dem Vorbild der anderen Männer, ergriff das Fleisch mit der Hand und biss vorsichtig ab.

»Schmeckt es?«, fragte Bren. Torak musste sich eingestehen, dass das, was immer er da auch aß, ihm tatsächlich schmeckte. Die Konsistenz erinnerte eher an einen halb durchgebratenen Apfel, doch der Geschmack war eindeutig der von Schweinefleisch. Erfreut biss er ein großes Stück ab und nickte Bren anerkennend zu. Als dieser zufrieden antwortete: »Er sorgt für seine Kinder«, war Torak nicht überrascht.

Das weitere Essen verlief schweigend. Als sie fertig waren, sammelten die Frauen die Teller wieder ein. Bren sagte: »Es ist schon spät am Abend. Aber bevor wir schlafen gehen, ist noch Zeit für ein Nebelwasser.« Die Männer bekundeten ihre Zustimmung mit Nicken und leisen Grunzlauten. Sofort lief eine der Frauen los und kam bald mit einer Schale zurück. Bren nahm sie ihr vorsichtig aus den Händen und reichte sie mit einer Verbeugung an Torak weiter.

Zweifelnd blickte dieser die Schale an. Sie war kunstvoll aus Silber gefertigt und schien bei Weitem der kostbarste Gegenstand in den Höhlen der Pilzmenschen zu sein. In ihr schwappte eine milchigtrübe Flüssigkeit. Torak nahm das Risiko, einen Affront zu begehen, in Kauf und schnupperte an dem Getränk. Es war geruchlos. Sein Instinkt warnte ihn, und er sah hilflos zu Cel. Doch bevor diese reagieren konnte, sagte Bren: »Ich verstehe«, und nahm Torak die Schale wieder aus der Hand. Leise murmelte er einige Worte, hob die Schale dann grüßend in Richtung des Pilzes und trank einen tiefen Schluck. Dann reichte er das Gefäß an den Mann zu seiner Rechten weiter. So lief die Schale einmal im Kreis, und alle Männer vollführten das gleiche Ritual. Mit der Zeit glaubte Torak auch zu verstehen, was die Männer beim Anblick der Flüssigkeit murmelten. Es klang wie: »Auf das letzte Opfer.«

Als die Schale schließlich erneut zu Torak gelangte, hatte sie sich zu zwei Dritteln geleert. Auch er grüßte den Pilz, hob sie an den Mund und nippte an der Flüssigkeit. Dann gab er sie an Cel weiter, die es ihm gleichtat. Wie Torak schon vermutet hatte, enthielt das Getränk keinen Alkohol. Es schmeckte fast wie Wasser, hinterließ aber einen bitteren Nachgeschmack im Mund. Ansonsten spürte er nichts.

Torak verfolgte, wie im Wohnkessel langsam Ruhe einkehrte. Die Mütter fingen ihre Kinder ein und verließen dann durch verschiedene Gänge die Höhle. Anscheinend verhielten sich die Kinder hier auch nicht anders als in der Welt über dem Erdboden, denn nicht alle wollten jetzt schon in ihre Betten, zumal die seltsamen Fremden eine nicht alltägliche Abwechslung boten. Ein Mädchen lief zu Cel und stupste sie von hinten an. Als Cel sich zu ihr umdrehte, reichte sie ihr zaghaft eine ramponierte Puppe. Cel nahm sie und strich ihr imaginäre Haare aus dem Gesicht, um sie dann in ihren Armen hin und her zu wiegen. Die Kleine strahlte über beide Ohren. Doch schon war die Mutter da und sammelte Kind samt Puppe wieder ein.

Torak blickte den beiden hinterher. Die Mutter hatte das Mädchen auf den Arm genommen und flüsterte ihm einige Worte ins Ohr. Das Lächeln des Kindes erstarb, doch seine großen Augen blieben weiter auf Cel gerichtet, bis es in einem der Gänge verschwand. Kein gutes Zeichen, dachte Torak.

Zwischen den Männern in ihrer Runde hatte sich ein Gespräch entwickelt, doch da es sich um den Bau neuer Pilzkammern in der dritten Ebene drehte, schweiften Toraks Gedanken schnell wieder ab. Ein seltsames Volk waren die Orr. Vom Rest der Welt vergessen hausten sie unter der

Erde. Und ein monströser Pilz versorgte sie mit allem, was sie zum Leben brauchten. Führten sie ein gutes Leben? Torak konnte es nicht sagen. Und was war ihre Rolle in dieser ungewöhnlichen Gemeinschaft? Waren sie die Nutznießer dieser Beziehung oder hielt sich der Pilz die Menschen, ähnlich wie ein Schäfer eine Herde Schafe hielt? Trotz des Feuers und der schwülen Wärme lief eine Gänsehaut über Toraks Körper.

Er riss seine Gedanken vom Pilz los und richtete sie auf etwas Erfreulicheres. Drei Frauen waren damit beschäftigt, Töpfe und Geschirr zu reinigen. Von der Haut, den fehlenden Haaren und den hervorquellenden Augen einmal abgesehen, waren es doch drei nackte Frauen. Die mittlere von ihnen stand vornübergebeugt, und Torak beobachtete verstohlen, wie ihre üppigen Brüste im Takt ihrer Bewegung hin und her schwangen, hin und her, hin und her. Er konnte den Blick nicht mehr abwenden, und dann begann auch sein Körper, sich im Takt der Brüste zu bewegen. Und schon fühlte er sie, weich und warm, die Haut wie Samt, mit Nippeln, die bei seiner Berührung hart wurden. Mit beiden Händen fasste er zu, knetete sie erst sanft, dann fester, während die Frau wohlig aufstöhnte. Er wollte sie an sich ziehen und sein Gesicht zwischen ihren prächtigen Titten vergraben, doch er griff ins Leere. Verwirrt sah Torak sich um. Zehn Schritte entfernt stand noch immer die Frau und spülte ihre Töpfe. Dafür fing jetzt die Pilzsäule an, sich zu regen. In sanften Schwingungen bewegte sich ihre Mitte, während sich die weißen Blasen mit grellem Licht füllten.

Nein! Das konnte nicht real sein. Torak nahm allen Willen zusammen, und die Säule hörte auf, sich zu bewegen.

Was hatten die Pilzmenschen ihm da für ein Zeug gegeben? Blauwurz war nichts dagegen.

Auch bei seinen Gastgebern schien die Wirkung des Nebelwassers eingesetzt zu haben. Einige der Männer schwankten abwesend, andere jedoch führten das Gespräch fort. Das bestärkte Torak in der Annahme, dass sich die Reaktion auf die Droge willentlich beeinflussen ließ. Cel schien das allerdings nicht gelungen zu sein. Mit offenem Mund blickte sie die Höhlenwand an. Besorgt stieß er sie an. Langsam drehte sich ihr Kopf, dann schenkte sie ihm ein warmes Lächeln. »Ja?«

»Schon gut«, antwortete Torak. Es war das erste Mal, dass er Cel lächeln sah. Und es gefiel ihm verdammt gut. Damit war allerdings auch bewiesen, dass Cel völlig unter dem Einfluss des Nebelwassers stand. Er wandte sich wieder den Männern zu, deren Gesprächsthema weiterhin der Pilz war. Einige Minuten versuchte er, dem Gespräch zu folgen, dann musste er erneut eine Nebelwasservision niederkämpfen, in der sich die Männer um ihn herum in Elfen verwandeln wollten. Als Torak wieder Herr seiner Sinne war, suchte er sein Heil im Gespräch: »Bren, du sagtest, du bist der erste Jäger. Aber ich sehe bei euch keine Waffen und ihr scheint auch kein Fleisch zu essen. Was ist dann deine Aufgabe?«

Bren richtete die großen Augen auf ihn, zögerte aber mit einer Antwort. Schließlich sagte er: »Jäger ist eine Art Ehrentitel, den der jeweils Älteste unseres Clans trägt.« Damit schien er es bewenden lassen zu wollen, doch nach einer Pause setzte er hinzu: »Der Jäger ist dem Clan auf besondere Weise verpflichtet. Er stellt das Wohlergehen des Pilzes über sein eigenes Leben.«

Torak entging nicht, dass Bren seine Frage eher ausweichend beantwortet hatte. Einen Moment überlegte er, ob er nachfragen durfte oder ob es sich bei der Aufgabe des Jägers um etwas handelte, worüber die Orr mit Fremden nicht sprachen. Noch bevor er zu einer Entscheidung kam, richtete zum ersten Mal einer der anderen Männer das Wort an ihn: »Sag uns, Torak, wie lebt es sich da draußen unter der hellen Sonne?«

Eine gute Stunde später verkündete Bren, dass es an der Zeit sei, Schlafen zu gehen. Der Vorschlag war Torak mehr als willkommen. Auch Cel schien Schlaf nötig zu haben. Mehrfach hatte er beobachtet, dass ihr die Augen zufielen und ihr Körper bedenklich schwankte. Dann riss sie die Augen wieder auf, nur um gleich darauf erneut diesen abwesenden Blick zu bekommen.

Die Männer standen auf, und Torak half der desorientiert wirkenden Cel.

»Kommt mit mir, ich zeige euch eure Schlafstellen«, sagte Bren, und die beiden folgten ihm in einen der Gänge. Nach wenigen Schritten erreichten sie eine Gruppe seitlich in die Wand getriebener Löcher. Einige Öffnungen waren kaum größer als der Deckel eines Bierfasses und reichten nur vier oder fünf Armeslängen in den Stein.

Bren deutete auf eines der größeren Löcher. »Hier werdet ihr schlafen. Und morgen früh bringe ich euch an die Oberfläche. Ich wünsche euch eine erholsame Nacht.«

Torak war von ihrem Schlafplatz wenig begeistert. Ein Loch so hoch, dass er nur auf allen Vieren hineinkriechen konnte. Und darin nur harter Stein. Aber was blieb ihm übrig. Und er hatte in letzter Zeit schon schlechter gelegen. Er kroch in das dunkle Loch und versuchte, eine einigermaßen bequeme Position zu finden. Kurz darauf folgte Cel. Er sah, dass sie ihre Bluse ausgezogen hatte. Natürlich war es verdammt warm. Und die blutbefleckte Bluse, an der alle Knöpfe fehlten, hatte mehr enthüllt als verborgen. Trotzdem war Torak peinlich berührt.

Cel blickte ihn von oben an. Dann folgte dieses irritierende Lächeln. »Du hast so schöne grüne Augen«, flüsterte sie.

Für einen verstörenden Moment dachte Torak, sie wolle ihn küssen, doch sie kuschelte sich nur an seine Seite. Kurz darauf zeigten ruhige Atemzüge an, dass sie eingeschlafen war.

Er wusste nicht, was er denken sollte. Aber in einem war er sich absolut sicher: Seine Augen waren blau, nicht grün.

# KAPITEL

# 23

»Tok, bitte, wach auf!«

Torak hörte die Verzweiflung in Cels Stimme, doch nur langsam gab der Schlaf ihn frei. Dann war er plötzlich hellwach und riss alarmiert die Augen auf. Um ihn herrschte Dunkelheit. Das Licht, das am Abend noch die Schlafröhre erleuchtet hatte, war verloschen.

»Hilf mir, Tok. Ich … kann mich … nicht mehr bewegen!« Die Worte kamen schleppend aus Cels Mund. Torak versuchte, sich zu ihr umzudrehen, aber etwas hielt ihn am Boden fest. Hektisch tastete er um sich, doch alles fühlte sich dumpf und konturlos an. Mühsam kämpfte er die in ihm aufkeimende Panik nieder. Jetzt bloß nicht durchdrehen. Er musste herausfinden, womit sie es zu tun hatten. Behutsam bewegte er die rechte Hand. Sie fühlte sich taub an, aber sie gehorchte seinem Willen. Auch sein Arm ließ sich ein Stück bewegen, dann versperrte ein elastisches Geflecht ihm den Weg. Er drückte mit aller Kraft dagegen; erst widersetzte es sich, doch schließlich gab es mit einem reißenden Geräusch nach.

Torak schien es, als hätten tausende Spinnen zähe Netze in ihrer Schlafhöhle gesponnen. Er befreite den zweiten Arm und begann, das Gespinst von seinem Körper zu zerren, als von oben ein dicker Tropfen auf sein Gesicht klatschte und in Klumpen daran hinablief. Dort, wo der

Schleim die Haut berührte, spürte er erst ein Brennen, dann erstarb jegliches Gefühl. Hektisch versuchte er, die klebrige Masse mit den Fingern abzuwischen, merkte jedoch, dass er sie nur noch mehr im Gesicht verteilte.

Während der Regen aus Schleimtropfen anhielt, fuhr Torak fieberhaft mit den Händen über seinen Körper und durchtrennte Fäden, die seine tauben Finger kaum fühlen konnten. Schließlich war er frei.

»Cel?«, fragte er besorgt in die Dunkelheit, erhielt aber keine Antwort. Er musste sie aus diesem steinernen Sarg herausbringen, bevor der Pilz sie umbrachte. In fieberhafter Eile strichen seine Hände über ihren Körper und durchtrennten das stetig dichter werdende Fadengewirr. Dann kroch er rückwärts zum Eingang der Kammer, stieß jedoch auf eine feste Wand. Mühsam drehte er sich in der engen Höhle um und betastete das Hindernis. Eine ledrige Fläche verschloss den Ausgang. Torak drückte dagegen, dann schlug er mit den Fäusten auf die Barriere ein. Elastisch, wie sie war, gab sie nach, zerriss aber nicht.

Mit gefühllosen Fingern kramte Torak seinen Dolch aus dem Hosenbund und rammte ihn in die zähe Haut. Dabei rutschten seine glitschigen Hände vom Griff ab und glitten über die scharfe Klinge. Der erwartete Schmerz blieb aus. Er packte das schleimige Heft erneut und schob die Schneide vor und zurück durch das Material. Ein grüner Lichtschein belohnte ihn für seine Arbeit. Bald darauf hatte er zwei kreuzförmige Schnitte angebracht. Er zwängte sich durch die Öffnung und fiel hart auf den Tunnelboden. Blutige Handabdrücke hinterlassend, stemmte er sich hoch, streckte seine Arme durch das Loch und tastete nach Cels Beinen.

Ein Schlag traf ihn im Nacken und schleuderte seinen Kopf gegen die Wand. Torak ließ sich auf den Boden fallen, ergriff den Dolch und rollte sich zur Seite, um dem nächsten Hieb auszuweichen. Als er aufblickte, sah er drei mit Stöcken bewaffnete Männer. Einer blockierte den Weg zum Wohnkessel, die beiden anderen versperrten den tiefer in den Fels führenden Gang.

Mit seiner Klinge wäre er den Angreifern im Kampf überlegen, doch schon ertönten aus dem Tunnel Alarmrufe. Selbst wenn die Pilzmenschen nur primitive Waffen besäßen, würden es bald zu viele werden. Torak musste handeln, bevor weitere Gegner hinzukamen.

Er sprang auf und rannte auf den Mann zu, der den Gang zum Wohnkessel versperrte. Dieser ließ seinen Stock auf seine Schulter niederkrachen, doch Toraks Schwung presste ihn an die Wand. Pfeifend entwich die Luft aus den Lungen des Mannes. Im selben Moment trieb Torak ihm den Dolch in den ungeschützten Bauch, riss ihn wieder heraus und rannte, ohne noch einmal zurückzublicken, weiter.

Nach wenigen Schritten hatte er den Wohnkessel erreicht und schoss direkt auf den Pilz zu. Aus den Augenwinkeln sah er, wie aus allen Richtungen Pilzmenschen in die Höhle strömten. Mit dem Mut der Verzweiflung trieb er den blutigen Dolch tief in den Pilz. Doch was er sich davon auch versprochen hatte, es geschah nicht. Er riss die Klinge aus dem zähen Fleisch, nur um sie weiter innen wieder hineinzuschlagen. Mit schneidenden Bewegungen trieb er den Dolch durch den ledrigen Wulst. Ein orangefarbenes Sekret quoll aus der Wunde, dann wurde es schlagartig dunkel.

»Halt ein, bitte, halt ein! Du wirst uns alle töten!«

Torak wollte nicht aufhören. Er wollte sich immer tiefer in diesen grausamen Pilz schneiden, der versucht hatte, sie bei lebendigem Leibe zu verdauen. Doch nach zwei weiteren Schnitten siegte seine Vernunft. Er sah sich in der Höhle um. Durch den Schleim, der eben noch grün geleuchtet hatte, liefen jetzt grelle Lichtblitze. In dem flackernden Licht sah er die Pilzmenschen. Gelähmt vor Entsetzen standen sie mit gesenkten Waffen da, jeder Kampfesmut war verflogen. Schließlich trat Bren mit erhobenen Händen einen Schritt auf ihn zu. »Torak, ich flehe dich an. Der Pilz ist unsere Mutter. Wenn du ihn tötest, tötest du auch uns.«

Die Option, mit wenigen Schnitten das Leben aller Pilzmenschen auszulöschen, erschien Torak verlockend. Doch dann rief er: »Ich will, dass ihr Cel da rausholt! Jetzt!«

»Vielleicht ist noch Zeit …«, antwortete Bren und flüsterte den Umstehenden etwas zu. Zwei Frauen liefen in Richtung der Schlafkammer.

»Torak, ich bitte dich, geh vom Pilz weg«, flehte Bren. »Er ist verletzt, wir müssen ihn versorgen.«

Torak zweifelte nicht daran, dass Bren ernsthaften Grund zur Besorgnis hatte. Dennoch antwortete er: »Erst will ich sehen, dass Cel lebt.«

Es dauerte nicht lange, bis die beiden Frauen mit ihr zurückkamen. Leblos hing Cel zwischen ihnen. Sie legten sie auf dem Steinboden ab und wuschen Schleim und Pilzfäden von ihrem Körper. Nach wenigen Minuten fing Cel an, sich zitternd zu bewegen. Erst jetzt trat Torak zwei Schritte von der Pilzsäule zurück, und sofort eilte einer der Männer hin und begann, eine braune Paste in die Schnitte zu reiben.

Torak war klar, dass sie sich in einer Pattsituation befanden. »Was wird jetzt?«, fragte er Bren.

»Ich bringe euch an die Oberfläche. Du hast mein Wort.«

»Schwöre es«, forderte Torak. »Schwöre es bei ihm!« Er wies auf den Pilz.

Bren hob die Faust. »Ich schwöre es, beim Leben unserer Mutter.«

Torak ließ den Dolch sinken. Nun würde er seinem Feind vertrauen müssen.

Eine Frau stellte einen Eimer mit Wasser vor Torak ab. »Du musst es abwaschen«, sagte sie, ohne ihn anzublicken. Er kniete nieder, legte den Dolch griffbereit zur Seite und schöpfte Wasser über seinen Körper. Als er sich den klebrigen Schleim von der Haut wusch, entdeckte er dunkelrote, handtellergroße Male. Ein weißer Punkt in ihrer Mitte zeigte an, wo der Pilz in ihn hineingewachsen war. Langsam kehrte das Gefühl in seinen Körper zurück. Und mit ihm kam der Schmerz. Die roten Flecken begannen zu brennen und die Schnitte in seinen Handflächen pulsierten. Erst jetzt bemerkte Torak die Verletzungen. Beim Waschen hatte sich der Schorf von der Haut gelöst, frisches Blut tropfte von seinen Händen auf den Boden.

Wie erschöpft er war, begriff er erst, als die Frau, die ihm das Wasser gebracht hatte, nach seiner Hand griff. Dass sie sich neben ihn gekniet hatte, war ihm entgangen. Als er seinen Arm nicht zurückzog, sagte sie: »Das wird jetzt wehtun.« Sie presste einen braunen Brei auf den Schnitt. Torak nahm an, dass es die gleiche Paste sei, mit der man auch den Pilz behandelt hatte. Sie fühlte sich angenehm kühl an, dann wurde der Schnitt immer heißer, bis er glaubte, glühendes Eisen auf seiner Haut zu spüren. Er wollte die Hand abwischen, doch die Frau hielt dagegen. »Durchhalten«, sagte sie nur. Torak biss die Zähne zusammen und tatsächlich flaute der Schmerz langsam ab. »Jetzt die andere«, sagte die Frau. Schicksalsergeben reichte er ihr die linke Hand.

Nach der Behandlung beschloss er, seinen Posten in direkter Nähe des Pilzes aufzugeben und nach Cel zu sehen. Mit dem Dolch in der Hand durchquerte er die Halle. Cel saß mit dem Rücken an die Wand gelehnt am Boden, ihre Augen waren geschlossen. Als er zu ihr trat, hob sie den Kopf und sah ihn an.

»Wie geht es dir?«, fragte Torak.

»Gut«, sagte sie knapp und schloss die Augen wieder. Einen Moment später fügte sie hinzu: »Meine Haut brennt wie Feuer.«

Er kniete sich neben sie. Auch ihre Haut war von den weißen Punkten geradezu übersät, der Pilz hatte sich länger und tiefer in sie hineingebohrt. Wenn Torak seine eigenen Schmerzen zugrunde legte, musste ihr Leiden unerträglich sein. »Kannst du gehen?«, fragte er.

»Ich muss, also kann ich«, flüsterte Cel.

Torak setzte sich neben sie. Gemeinsam warteten sie ab, während die Orr den Pilz umsorgten oder aufgeregt zwischen dem Gang mit den Schlafkammern und der Halle hin- und herliefen. Irgendwann fiel Torak auf, dass sich das Flackern des Lichts beruhigt hatte. Der Schleim leuchtete wieder konstant, jedoch nicht mehr so hell wie vor seinem Angriff auf den Pilz.

Bren kam aus dem Gang mit den Schlafkammern und trat zu Cel und Torak. »Ulem ist gestorben«, sagte er.

Erst begriff Torak nicht, dann traf ihn die Nachricht wie ein Schlag. Er hatte den jungen Mann, dem er den Dolch in den Bauch gerammt hatte, völlig vergessen. Fassungslos blickte er Bren an und sah auf seinem Gesicht Trauer, aber keinen Hass.

Nach einer Weile meinte Bren niedergeschlagen: »Wenn der Pilz blüht, braucht er Nahrung. Ihm ist es egal, wen er nimmt. Nun wird Ulem an eurer Stelle das letzte Opfer bringen.« Mit hängenden Schultern sah er den Pilz an, dann riss er sich zusammen: »Ich bringe euch jetzt an die Oberfläche.«

# KAPITEL

# 24

Der Weg hinaus aus den Höhlen und Tunneln der Orr erschien Torak endlos. Schweigend folgten sie Bren durch schmale Gänge, kletterten über nur notdürftig freigeräumte Einsturzstellen und wateten durch hüfthohes Wasser. Sein Blick ging immer öfter zurück zu Cel, die am Ende ihrer Kraft schien, aber seine Hilfsangebote eisern ablehnte.

Torak roch den nahenden Ausgang, lange bevor sie ihn erreichten. Die Luft blieb feucht, doch ein frischer Duft nach Regen und Waldboden verdrängte die dumpfe Ausdünstung des Pilzes. Torak genoss jeden Atemzug. Zwei Biegungen weiter sahen sie helles Tageslicht. Bren brachte sie bis an die Grenze zwischen Sonne und Schatten, dann sagte er: »Der Weg liegt dort hinten bei den Bäumen. Wenn ihr nach links geht, kehrt ihr nach Sturmwald zurück. Geht ihr nach rechts, gelangt ihr nach Seestadt oder Tiefstein.«

Torak beschattete seine Augen mit der Hand und blickte in die gleißende Helligkeit hinaus. Dicke Tropfen auf saftig grünem Laub zeugten von ergiebigen Regenfällen, doch die Sonne schien durch die Baumkronen und ihre Strahlen malten helle Streifen in die feuchte Waldluft. Einen Moment genoss Torak den Anblick, dann drehte er sich zu Bren um. Aber der Orr war verschwunden, und Torak blickte in ein schwarzes Tunnelloch.

»Lass uns noch ein Stück gehen. Weg vom Tunnel. Dann können wir rasten«, schlug Torak vor. Als Cel nickte, trat er voraus in den Wald und bog das Gebüsch auseinander, dass den Eingang zur Höhle verbarg. Cel schlüpfte hindurch, und gemeinsam gingen sie in die Richtung, in der Bren zufolge der Weg liegen sollte, doch schon nach wenigen Schritten versperrte ihnen ein umgestürzter Baumriese den Weg. Torak half Cel mit einer Räuberleiter über den Stamm und kletterte selbst hinterher. Als er auf der anderen Seite ankam, sah er Cel inmitten von kleinen, weiß blühenden Pflanzen auf dem Boden sitzen. »Warte hier einen Moment, ich sehe mich erst mal um«, sagte er. Eigentlich hatte er mit ihrem Widerstand gerechnet, doch sie nickte nur.

Während er sich in Richtung des Weges vorankämpfte, war sein Blick genauso oft zurück wie nach vorne gerichtet. Auf keinen Fall durfte er sich so verlaufen, dass er nicht mehr zurück zu Cel fände. Doch zu seiner Erleichterung trat er schon nach wenigen Schritten aus einem Gebüsch und stand endlich auf dem Weg. Er erkannte Hufabdrücke und Karrenspuren im feuchten Gras. In der Ferne sah er einen von Ochsen gezogenen Wagen auf sich zukommen. Schnell trat er in das Grün des Waldes zurück. Ihr Weg war noch weit und sie würden zumindest etwas zu essen benötigen. Dieser Karren könnte ihre Rettung sein. Aber was hatte er den Menschen auf dem Wagen anzubieten? Da war natürlich sein Dolch. Doch es widerstrebte ihm, sich von ihrer einzigen Waffe zu trennen. Auch den Gedanken, sich das, was sie benötigten, mit Gewalt zu nehmen, verwarf er schnell wieder. Doch vielleicht könnte Cel helfen. Er lief zurück und fand Cel dort, wo er sie verlassen hatte. Mit angezogenen Beinen und darum geschlungenen Armen saß sie inmitten der kleinen Blumen. Unter der Erde war es ihm kaum aufgefallen, hier im Tageslicht aber wirkte sie ohne ihre Bluse nackt und verletzlich.

»Cel, hast du noch von dem Gold? Das von …«, er wollte ihre Namen nicht aussprechen, »von den Sklavenhändlern.«

Cel hob ihren Rock an, ohne besonders darauf zu achten, was Torak darunter zu sehen bekam. Sie nestelte am Saum herum und hielt Torak eine Goldmünze hin. »Das ist die letzte«, sagte sie.

Kurz darauf trat Torak dem Ochsenkarren beschwingten Schrittes entgegen. Er hatte an der Stelle, wo er aus dem Wald herausgekommen war, zwei Äste als Markierung hinterlassen und bemühte sich jetzt, wie ein einsamer und zugegebenermaßen schlecht ausgerüsteter Reisender auf dem Weg nach Sturmwald zu wirken. Als er den Wagen erreichte, rief er: »Hallo, guter Mann, könnt ihr mir sagen, wie weit es noch nach Sturmwald ist?«

Der Mann zügelte seine Ochsen und blickte ihn skeptisch an. Doch dann entspannte er sich, offenbar sah er in Torak keine Gefahr. »Ich komme gerade von dort. Zu Fuß braucht ihr vielleicht drei Stunden. Aber in der Stadt herrscht Chaos. Der Jahrmarkt wurde abgesagt, und die Soldaten durchsuchen jedes Haus und jeden Wagen. Es heißt, dass zwei gefährliche Verbrecher aus dem Gefängnis geflohen sind.«

»Oh«, entfuhr es Torak unabsichtlich.

Der Mann wertete das als Zeichen für Toraks Mitgefühl ihm gegenüber und redete weiter: »Ich war extra für den Markt nach Sturmwald gereist. Und ich hatte gerade meinen Stand aufgebaut, da war alles schon wieder vorbei. Ich bin vier Tage hingefahren und fahre jetzt wieder vier Tage zurück. Und keiner entschädigt mich für meinen Verlust.«

»Seht ihr«, meinte Torak. »Meiner Frau und mir ist es auch nicht besser ergangen. Bären haben unser Lager überfallen, und wir konnten nur retten, was wir am Leib tragen. Was im Fall meiner guten Sadra nicht viel war.« Er grinste verschwörerisch und wies mit dem Arm flüchtig in Richtung Wald. »Aber vielleicht ist es ja ein glücklicher Zufall, dass wir uns hier treffen.«

Als Torak bald darauf in den Wald zurückkehrte, waren ihm von seinem Goldstück nur eine Silbermünze und ein paar Kupfer geblieben. Dafür hatte er neue Kleidung für sich und Cel sowie Proviant für die nächsten sieben Tage erstanden.

Am folgenden Morgen wurde Torak von lautem Vogelgezwitscher geweckt. Er schlug die Augen auf und erblickte Cel, die aus Richtung des Weges in ihr improvisiertes Lager zurückkehrte. Allein die Tatsache, dass sie wieder in Bewegung war, wertete er als gutes Zeichen. »Ich habe mich mal ein wenig in der Umgebung umgesehen«, meinte sie.

»Und wie geht es dir?«, fragte Torak.

»Besser, viel besser. Die Schmerzen haben über Nacht nachgelassen. Und jetzt sind sie fast völlig verschwunden.« Sie warf ihm einen Blick zu, den er nicht deuten konnte, und brach sich ein Stück von dem Hirsebrot ab, das Torak am Vortag bei dem fahrenden Händler erstanden hatte. Sich abwesend am Bein kratzend, setzte sie sich zu ihm und reichte ihm das Brot. Als er zugreifen wollte, zog sie es schnell wieder zurück. Torak war erst irritiert, dann sah er die Ursache: Frisches Blut klebte an seinen Fingern. Als er

Cel verwundert anblickte, zeigte diese auf seinen Arm. Ein dünner Streifen Blut lief daran hinunter. Genau, der Arm hatte gejuckt, und er musste sich unbewusst gekratzt haben. Und als der Erfolg ausgeblieben war, hatte er stärker gekratzt. Auch jetzt noch hielt der Juckreiz an, doch er blieb nicht auf seinen Arm beschränkt. Weitere Hautstellen meldeten sich und wollten dringend gekratzt werden. Und dabei war es egal, ob er sich die Haut in Streifen vom Körper schälte – Hauptsache, dem infernalischen Jucken würde zeitweise Einhalt geboten.

Verwirrt hatte er zu Cel geblickt, die sich, eine Hand unter der neuen Bluse, intensiv den Bauch rieb. »Es sind die Stiche vom Pilz«, hatte sie gemeint. »Ich werde gleich wahnsinnig.«

Keine halbe Stunde später war die Lösung für ihr Problem gefunden: Munter umspielte das kühle Wasser eines kleinen Baches Toraks Körper. Die Erleichterung über den fast sofort verschwundenen Juckreiz war so groß, dass sie sogar das befremdliche Gefühl, nackt neben einer ebenso nackten Frau zu sitzen, erfolgreich unterdrückte. Zaghaft sah Torak Cel an. Sie hatte den Kopf in den Nacken gelegt und beobachtete die im Blätterdach spielenden Sonnenstrahlen. Ihr Gesicht war entspannt und sie schien seinen Blick nicht zu bemerken. Er richtete seine Augen auf ihren vom Wasser halb verborgenen Körper. Auf ihren nur wenig eintauchenden Schultern erkannte er kleine Beulen, wo sich der Pilz in ihre Haut gebohrt hatte. Nach unten hin setzten sich die Beulen fort, auch ihre flachen Brüste waren betroffen. Einen Moment noch starrte er auf ihre steifen Brustwarzen, dann richtete er den Blick in die Bäume.

Während Torak das Spiel aus Licht und Schatten über sich beobachtete, spürte er, wie sich eine ungewohnte Leichtigkeit seiner bemächtigte. Doch erst als er der Quelle des Gefühls nachspürte, erkannte er es: Zum ersten Mal, seit er die Große Wegkreuzung verlassen hatte, war er wieder Herr über sein Handeln. Er war frei und niemand schrieb ihm vor, was er als Nächstes zu tun hatte. Sofern er nicht den Fehler beginge, nach Sturmwald zurückzukehren, stünde ihm ganz Vilares offen.

Doch da waren auch die seltsamen Erfahrungen aus dem Kerker. Die Welt aus Nebel, die Frau vom Feenholzbaum und ihr Auftrag, die Schwestern vom Schattenquell zu finden. Aber war das wichtig? Und hatte es sich überhaupt wirklich ereignet? Dass seine Besuche in der Nebelwelt real waren, ließ sich wohl nicht bestreiten. Zu echt und zu tot waren die beiden Wachen gewesen, die vor der Tür zu seinem Kerker gelegen hatten. Doch die Frau? Wenn sie nur ein Traum gewesen wäre, dann gäbe es jetzt auch keinen eiligen Auftrag. Und selbst wenn es anders war, welche Verpflichtung hätte er, ihren Worten Folge zu leisten?

Er würde nach Seestadt gehen, beschloss er, in die große Hafenstadt, weit genug entfernt von Sturmwald, Schattenquell und der Großen Wegkreuzung. Und leider auch weit entfernt von Cel. Dass sich ihre Wege nun trennen mussten, versetzte ihm einen Stich. Vielleicht würde sie ja mit ihm … Nein, diesen Tagträumen durfte er sich nicht hingeben. Dafür kannte er Cel zu gut.

»Und? Was wird jetzt?«, fragte Cel, als wenn sie Toraks Gedanken gelesen hätte.

Als dieser zögerte, folgte die nächste Frage: »Die Götter, Torak, haben sie je zu dir gesprochen?«

Verwundert blickte er Cel an. »Nein. Aber warum sollten sie auch? Ich meine, ich bin hier und sie sind, na ja, irgendwo. Ich glaube nicht, dass sie sich um meine Angelegenheiten scheren.«

»Zu mir schon«, entgegnete Cel, Toraks Antwort ignorierend. »Zwei Mal.«

Toraks Interesse war geweckt. »Erzähl!«, sagte er.

»Das erste Mal war bei den Elfen …«

Erst stockend, dann immer flüssiger berichtete Cel ihm von Heleli, von Orwens Tod und dem Kampf gegen den Syrth. Dann folgten ihre Erlebnisse in Sturmwald, wobei sie einige Details ihres Aufeinandertreffens mit Yul sowie den Angriff des Leutnants in den Kellern der Residenz des Statthalters aussparte.

Torak erlebte, wie die Erinnerungen aus Cel heraussprudelten und wie sie beim Bericht von Orwens Tod mit den Tränen kämpfte. Zu gerne hätte er sie in den Arm genommen und ihr Trost gespendet, aber er traute sich nicht, näher an die nackte magere Frau heranzurücken.

Lange bevor sie geendet hatte, wusste Torak schon, dass er seine Idee einer Zukunft in Seestadt vorerst begraben konnte. Und dann war es schließlich auch an ihm, von seinen Erlebnissen im Kerker zu berichten.

Die Sonne stand schon im Zenit, als sie den Bach verließen. Vieles war gesagt und ein Plan war gefasst worden. Dennoch ging Torak nur ungern aus dem Wasser. Er hatte die Zweisamkeit und das eigentümliche Gespräch mit Cel genossen. Irgendwann hatte sich sogar die Nacktheit normal angefühlt, sodass er Cel anblicken konnte, ohne gleich den Gesprächsfaden zu verlieren. Am Ufer stehend blickte Torak an sich hinab und drehte Cel dann lieber den Rücken zu. Das Wasser war zum Schluss doch ziemlich kalt gewesen.

»Und du kennst den Weg zu diesen Schwestern?«, fragte Cel skeptisch, während sie ihren Rock über die nassen Beine streifte.

»Ja, die Frau hat Schattenquell gesagt. Das liegt etwa auf halber Strecke nach Tiefstein.« Fast entschuldigend fügte er hinzu: »Als Kind habe ich mir gerne Landkarten angesehen und mir vorgestellt, wie die fernen Städte wohl aussehen mögen.«

Cels und Toraks weitere Reise verlief ereignislos. Sie folgten dem Weg nach Osten und nahmen an der Grenze zum Alten Wald die Abzweigung in Richtung Tiefstein. Sie gingen bei Tag und rasteten in der Nacht. Wann immer sie vor oder hinter sich die Silhouetten von Reitern erkannten, versteckten sie sich im Wald, ließen die Fremden passieren und betraten den Weg erst wieder, wenn diese außer Sicht waren. Mehrfach beobachteten sie aus dem Unterholz, wie aus Sturmwald kommende Soldaten im Galopp vorbeipreschten. Am dritten Tag sahen sie eine Gruppe, in der Torak die Büttel wiederzuerkennen glaubte, die ihn in Ys Aethel eingefangen hatten. Mehr Sorgen als die Soldaten bereiteten ihm jedoch die Syrth, die gnadenlos ihre Pferde antreibend nach Sturmwald galoppierten. Als sie am Abend des siebten Reisetages Schattenquell erreichten, hatte er vier Gruppen von Syrth mit insgesamt elf Reitern gezählt.

Wie auch immer sich Torak Schattenquell damals beim Betrachten der Karten vorgestellt hatte, die Realität konnte mit der Erwartung nicht mithalten. Der Wald war üppig grünen Feldern und Weideflächen gewichen, vereinzelte Bauernhöfe lagen verstreut zwischen sanften Hügeln. Von einer Stadt oder zumindest einer kleineren Ortschaft fehlte jede Spur. Lediglich ein Wegstein bekundete Cel und Torak, dass sie ihr Ziel erreicht hatten.

Nachdem sie zumindest eine stattliche Anzahl an einzelnen Höfen passiert hatten, sah Torak keine Alternative mehr, als sich nach dem Weg zu erkundigen. Er ging, vorbei an einer kleinen Koppel mit Schweinen, zu einem der Bauernhäuser des Anwesens. Noch bevor er zu dem großen Tor gelangte, schlug ein Hund an und kam ihm in geduckter Haltung und mit angelegten Ohren entgegen. Doch der Bauer schien den Hund gehört zu haben und blickte aus einem der Ställe. Bevor Torak seine Frage stellen konnte, wies der Mann nach Westen und rief: »Zur Schwesternschaft? Dort entlang. Vielleicht zehn Wegminuten zu Fuß.«

Torak dankte ihm, und die beiden setzten ihren Weg in die angegebene Richtung fort. Bald stießen sie auf einen Trampelpfad, der sie zu einem großen, von einer übermannshohen Steinmauer umgebenen Gehöft führte. Ein geschlossenes Holztor markierte den Eingang, vor dem einige Menschen warteten. Im Näherkommen erkannten sie, dass die Abläufe vor dem Tor einem geregelten Schema folgten: Einer der Wartenden trat vor und sprach einige Zeit durch eine kleine Klappe. Dann wurde eine größere Klappe geöffnet, der Besucher reichte etwas hindurch und beide Öffnungen schlossen sich wieder. Damit schien die Transaktion beendet, denn die Besucher traten ihren Rückweg in Richtung Dorf an.

»Es ist eine Art Handel«, meinte Cel.

»Schon klar«, sagte Torak. »Aber was ist die Gegenleistung?«

Letztlich blieb den beiden nichts anderes übrig, als sich zu den Wartenden zu gesellen und auszuharren, bis sie an der Reihe waren. Die kleine Klappe öffnete sich erneut, und Torak trat vor. Um durch die Luke sehen zu können, musste er sich bücken, konnte aber kaum etwas erkennen, da ein dünner Vorhang auf der Innenseite die Sicht behinderte.

»Seid gegrüßt«, sprach er in die Klappe, hinter der er eine kleine alte Frau zu entdecken glaubte.

»Verschwende nicht meine Zeit. Was hast du zu geben?«, kam die unwirsche Antwort zurück.

Schon unter normalen Umständen hätte Torak nicht gewusst, wie er sein Anliegen formulieren sollte. Zumal ihm die Art der Unterstützung, die ihm die Schwestern angedeihen lassen konnten, völlig unklar war. Aus dem Konzept gebracht, stammelte er: »Es tut mir leid, ich habe nichts.«

»Dann kann ich dir nicht helfen«, kam die Antwort von innen. Schon schickte sich die Frau an, die Klappe zu schließen.

»Lass mich mal«, sagte Cel und schob Torak zur Seite. »Es ist wichtig«, sagte sie zur Klappe gewandt. »Wir müssen unbedingt die … äh … oberste Schwester sprechen. Es geht um Leben und Tod.«

Die Alte ließ sich etwas Zeit, um schließlich honigsüß zu antworten: »Wenn das so ist, dann habt bitte einen Moment Geduld.« Mit einem Knall schloss sie die Klappe. Sie hörten, wie von innen ein Riegel vorgeschoben wurde.

Cel und Torak blickten sich verdutzt an. Nach einiger Zeit setzten sie sich auf eine niedrige Mauer gegenüber dem Tor und warteten, während um sie die Schatten länger wurden. Als das letzte Licht der untergehenden Sonne das Tor rot erstrahlen ließ, meinte Torak frustriert: »Sie hat gesagt, dass wir warten sollen. Sie hat aber nicht gesagt, dass sie uns jemanden holen würde.«

Cel nickte. »Und jetzt? Wir könnten über die Mauer klettern.«

»Hab ich auch schon gedacht. Wirklich hoch ist sie nicht. Und dort hinten stehen Bäume, die uns als Leiter dienen können.« Er überlegte einen Moment. »Es ist fast zu leicht. Soll die Mauer uns draußen halten oder eher verhindern, dass etwas nach außen gelangt?«

Cel zuckte mit den Schultern. »Wahrscheinlich würden wir keinen besonders guten Eindruck hinterlassen, wenn wir einfach von der Mauer in ihr Was-auch-immer hüpften. Auf eine weitere Nacht im Wald kommt es jetzt auch nicht mehr an. Und morgen versuchen wir es noch mal.«

Sie suchten sich in einem nahe gelegenen Wäldchen einen Schlafplatz. Doch auch wenn Torak von dem langen Marsch erschöpft war, wollte sich der Schlaf nicht einstellen. Während er im Moos lag und Cels ruhigen Atemzügen lauschte, überlegte er, wie er diese seltsamen Schwestern überzeugen könnte, ihm zu helfen. Bisher hatten sie ihn faktisch ignoriert. Aber wenn er ihre Aufmerksamkeit erregen, ihnen zeigen könnte, dass er anders als die üblichen Menschen war, vielleicht würde sich dann das Blatt wenden. Mit dem Plan für den nächsten Tag kam schließlich auch die Müdigkeit. Doch Torak war noch nicht richtig eingeschlafen, da weckte ihn ein Geräusch. Es hatte so leise begonnen, dass er es anfangs gar nicht bemerkt hatte. Jetzt aber hörte er ein sich stetig steigerndes, sägendes Brummen, das ohne Zweifel auf ihn zukam. Er setzte sich auf und stierte in den dunklen Wald. Plötzlich war die Geräuschquelle ganz nah, zog knapp oberhalb der Baumspitzen über ihn hinweg und verschwand langsam leiser werdend in der Ferne. Noch einen Moment horchte Torak in die Nacht, dann legte er sich wieder hin, nur um einige Minuten später erneut von einem Brummen in gleicher Richtung überflogen zu werden. Beim dritten Mal setzte er sich gar nicht mehr auf, sondern verfolgte mit geschlossenen Augen den Flug. Diesmal flog das Objekt langsamer. Kurz nachdem es ihn passiert hatte, wurde das Geräusch lauter, dann endete es abrupt. Torak nahm an, dass das Flugobjekt innerhalb der Mauern der Schwesternschaft gelandet war.

Am nächsten Morgen erreichten Torak und Cel als erste das große Holztor. Kaum waren sie angekommen, öffnete sich auch schon die Klappe. »Friede auf euren Wegen«, probierte Torak es erneut.

»Oh, ihr seid es«, kam die Antwort von drinnen. »Man hat mir von euch erzählt.«

Das war kein warmes Willkommen, aber zumindest gehörte die Stimme einer anderen Frau. Torak schätzte sie auf vielleicht 15 Jahre, möglicherweise auch jünger. »Es ist wirklich wichtig, wir brauchen eure Hilfe. Die Frau vom Feenholzbaum hat gesagt, ihr würdet mir helfen.«

»Es tut mir leid«, entgegnete das Mädchen. »Aber wir müssen uns an die Regeln halten. Ihr sagt mir, worum ihr Adina bitten wollt, ich schreibe es auf, und ihr entrichtet euren Obolus. Anders geht es nicht.«

»Diese Adina«, fragte er, »kannst du sie herholen?«

An dem lauten Nach-Luft-schnappen des Mädchens erkannte Torak, dass er etwas Falsches gesagt hatte.

»Ihr könnt nicht mit der Göttin sprechen. Das können nur wir Schwestern«, versuchte sie dem unwissenden Besucher zu erklären.

Torak sah von einer weiteren Diskussion mit der jungen Frau ab. Tatsächlich glaubte er, dass sie ihm gerne geholfen hätte, aber Regeln, die keinen Spielraum zuließen, schienen sie daran zu hindern. Etwas Gutes hatte ihr Gespräch allerdings gehabt. Er kannte jetzt den Namen der Frau vom Feenholzbaum: Sie hieß Adina.

Torak setzte sich mit dem Rücken zur Wand neben das Tor und winkte Cel, bei ihm Platz zu nehmen. »Ich möchte etwas probieren. Ich werde mit meinem Geist durch diese Mauer gehen und versuchen, sie von dort aus auf uns aufmerksam zu machen.«

»Du hast einen Sonnenstich«, meinte Cel trocken.

»Nein, glaub mir, es könnte klappen. Das ist nicht viel anders, als ich es im Verlies schon mehrfach geübt habe.«

»Das heißt, dein Körper bleibt hier und stirbt beinahe, während dein Geist durch diese Mauer wandert? Und was willst du dann tun? Dasselbe wie mit den Wachen?«

Torak war sich nicht sicher, ob Cel die Frage ernst gemeint hatte. Dass sie ihn so wenig zu kennen schien, versetzte ihm einen schmerzhaften Stich. Trotzig antwortete er: »Ich werde schon einen Weg finden.«

Als Cel schwieg, versuchte er, sich zu entspannen, und wartete auf das Gefühl, mit dem sich der Übergang in die Nebelwelt anzukündigen pflegte. Doch nichts geschah. Stattdessen spürte er, dass er immer ungeduldiger wurde und erfolglos den Zustand innerer Ruhe erzwingen wollte. Schließlich stand er wieder auf und begann, vor dem Tor auf und ab zu laufen, während Cel ihm mit Blicken folgte. Einen Moment lang war er bereit, ihr die Schuld an seinem Versagen zuzuschieben, doch die Einsicht, dass nur er den Schlüssel zum Erfolg in der Hand hielt, kam gerade noch rechtzeitig.

Ein paar Minuten setzte er seinen Marsch vor dem Tor noch fort, dann kehrte er zu Cel zurück. Sie blickte von unten zu ihm auf, und vielleicht war es dieser überraschend warme Blick aus ihren gelben Augen, der ihn dazu bewog, sich etwas näher zu ihr zu setzen, als er ursprünglich beabsichtigt hatte. Erneut schloss er die Augen und dachte an ihr gemeinsames Bad im Bach zurück. An das kühle Wasser, das Spiel der Sonnenstrahlen zwischen den Blättern und an Cels Nähe. Als er seine Umgebung für einen Moment vergaß, griff die Schattenwelt mit ungewohnter Heftigkeit nach ihm, riss seinen Geist vom Körper los und warf ihn in ihre kalten, stillen Nebel. Erschreckt blickte Torak sich um und sah verschwommen, wie Cel versuchte, seinen Leib am Umkippen zu hindern. Gerne hätte er noch einen Moment zugesehen. Schon jetzt griff die Kälte nach ihm, doch noch wollte er nicht wieder in seinen Körper zurückkehren.

Die Mauer war wie erwartet kein Hindernis für ihn. Dahinter konnte er schemenhaft niedrige Gebäude erkennen. Er hielt auf das Mädchen zu, als vor seinen Füßen eine Katze aus dem Dunst auftauchte. Sie blickte ihn an, schlug einen Bogen um ihn und setzte dann unbeeindruckt ihren Weg an der Mauer entlang fort. Torak verschob eine genauere Betrachtung dieser Begegnung auf später und begab sich zu dem Mädchen, das gerade durch die Klappe im Tor zu sprechen schien. Aus der Nähe konnte er erkennen, dass er sich bei ihrem Alter nicht verschätzt hatte. Er überlegte, ob er sie mit seinen Nebelhänden berühren sollte, entschied sich jedoch dagegen. Ein toter Lumpenmann und zwei tote Wachen waren mehr als genug. Torak sprach sie an, doch die junge Frau reagierte nicht.

Was sollte er tun? Die Kälte schnitt bereits wie mit Messern durch seinen Körper. Er sah sich nach anderen Schwestern um, konnte im grauen Dunst aber niemanden wahrnehmen. Seine Zeit lief ab, und er wollte sich schon auf den Rückweg begeben, da sah er, wie sich Nebelfetzen am Boden ruckweise hin und her bewegten. Auch wenn Torak keine Umrisse erkennen konnte, kannte er doch dieses Verhalten. Um ihn herum liefen Hühner über den sandigen Boden. Er griff nach einem der grauen Schatten, und dieser löste sich in nichts auf. Torak versuchte es noch zwei weitere Male mit dem gleichen Ergebnis, dann beschloss er, zu seinem Körper zurückzukehren.

Vor Kälte zitternd öffnete Torak die Augen und blickte sich um. Die frischen Farben des Sommertages trafen ihn wie ein Schlag. Cels besorgtes Gesicht schob sich in sein Blickfeld. Sie saß dicht bei ihm und hatte einen Arm um seine Schultern gelegt, um ihn am Umkippen zu hindern. »Alles in Ordnung«, brachte er mit klappernden Zähnen hervor.

Zumindest Toraks Eile hatte sich ausgezahlt. Nach nur wenigen Minuten konnte er sich wieder bewegen und einigermaßen klar denken. »Ist da etwas passiert?«, fragte er und nickte in Richtung des Holztores.

»Nicht viel«, meinte Cel. »Sie ist eben von der Klappe verschwunden und hat etwas gerufen. Kurz darauf hat sie die Klappe geschlossen. Mehr war nicht.«

Torak nahm an, dass sein Besuch nicht unbemerkt geblieben war. Mühsam stand er auf und trat einige Schritte von der Mauer weg in den Sonnenschein. Gerade als er spürte, wie die Sonne sich anschickte, die Kälte aus seinem Körper zu vertreiben, wurde hinter ihm das Tor geöffnet. Drei Frauen gingen hindurch, zwei Ältere und das Mädchen, das den Dienst an der Klappe versehen hatte. Sie wies mit dem Finger auf Cel: »Sie war es!«

Die beiden älteren Frauen beäugten die Fremden argwöhnisch. Eine von ihnen zeigte erst auf Cel, dann auf Torak. »Du und du. Ihr kommt mit!«

Sie folgten den drei Schwestern durch das Tor. Direkt dahinter sahen sie sich einem guten Dutzend wie Bäuerinnen gekleideter Frauen gegenüber, die sie feindselig anstarrten. »Wir scheinen hier nicht besonders willkommen zu sein«, flüsterte Torak Cel zu. Während sich das Tor hinter ihnen schloss, hatte er die Zeit, sich die Frauen genauer anzusehen. Diejenige, die drei tote Hühner an den Füßen festhielt, blickte eindeutig streitlustig, die anderen wirkten eher peinlich berührt oder gar aufgeregt. Einige tuschelten nervös miteinander.

»Gafft nicht so!«, rief die Frau, die Torak und Cel hereinbeordert hatte. »Habt ihr nichts zu tun? Er ist nicht zu eurer Unterhaltung hier.« Nur langsam zerstreuten sich die Schwestern wieder. Zu Torak und Cel gewandt, fügte sie hinzu: »Wir gehen in den Tempel, dort werden wir reden.«

Sie folgten den Frauen zwischen niedrigen Häusern und Stallungen hindurch zu einem großen, fensterlosen Gebäude. Als Torak unter dem Torbogen hindurchtrat, stellte er erstaunt fest, dass es im Tempel genauso hell war wie draußen. Erst dann erfasste er die Architektur. Was von außen wie ein Gebäude gewirkt hatte, war in Wirklichkeit ein von einer hohen Mauer umschlossener Garten. An den Seiten entlang lief ein schattiger Säulengang, der die sonnenbeschienene Anlage umfasste. In seiner Mitte stand ein einzelner Baum von erhabener Schönheit. Ein glatter, schwarzer Stamm trug eine ebenmäßig geformte Krone aus großen, hellgrünen Blättern. »Ein Feenholzbaum«, entfuhr es Torak.

»Ein was?«, schnappte eine der Frauen. Doch schnell hatte sie sich wieder unter Kontrolle. »Ein Feenbaum!«, sagte sie scharf und fügte dann belehrend hinzu: »Fe-enbaum!«

»Schon gut«, meinte Torak, »ich hab's verstanden.«

Die andere Frau wies auf zwei gegenüberliegende Steinbänke am Rande des Gartens. »Hier können wir reden. Nehmt Platz.«

Als sie saßen, begann die Jüngere: »Nun, ich glaube, wir sollten uns erst einmal vorstellen. Das ist Hede«, sie zeigte auf die kleine alte Frau, die Torak und Cel finster anblickte, »sie ist für die Ausbildung der Jungschwestern zuständig.« Hede nickte Torak und Cel knapp zu. »Und ich bin Anate, die Oberin dieser Schwesternschaft. Und ihr seid?«

»Cel«, sagte Cel kurz.

Torak überlegte, was er von sich erzählen sollte, musste jedoch feststellen, dass es insbesondere nach den Erlebnissen der letzten Wochen nur wenig gab, das er für eine Vorstellung als geeignet ansah. »Torak«, antwortete er wenig auskunftsfreudig.

»Nun gut«, meinte Anate. Dann richtete sie ihren Blick auf Cel. »Du bist hier eingedrungen und hast drei unserer Hühner getötet. Sag mir, Mädchen, wer hat dich das gelehrt?«

Verdutzt blickte Cel die beiden Frauen an. »Aber ich war das doch gar nicht. Er war es.« Sie zeigte auf Torak.

»Red keinen Unsinn, Mädchen. Männer können nicht in die Zwischenwelt gelangen.« Dann setzte sie in freundlicherem Ton fort: »Hab keine Angst, du hast nichts von uns zu befürchten.«

Torak wollte Anate gerade unterbrechen, da trat eine junge Frau mit einem Tablett und vier Schalen eines dampfenden Getränks zu ihnen. Pfefferminztee, erkannte er sofort. Sie verteilte die Tassen und hatte sich schon halb zum Gehen gewandt, da traf Torak wieder einer dieser seltsamen Blicke. Große braune Augen musterten ihn kurz, dann wandte die Frau sich ab und verließ den Garten.

Er verkniff sich, über diesen sonderbaren Moment nachzudenken. Jetzt war es wichtiger, den beiden Schwestern zu erklären, was sich wirklich ereignet hatte. »Ich bin es gewesen«, platzte er heraus. »Ich bin in diese Nebelwelt gegangen und habe versucht, das Mädchen am Tor auf mich aufmerksam zu machen, aber sie hat mich nicht gehört. Dann wollte ich nach den Hühnern greifen. Was dabei rausgekommen ist, wisst ihr.«

»So so!«, ergriff Hede das Wort. »Nehmen wir einmal an, du bist tatsächlich in der Zwischenwelt gewesen. Wie hat es sich angefühlt und was hast du gehört?«

»Es war kalt, und es wurde immer kälter«, entgegnete Torak. »Ansonsten fühlt man nicht viel, so ohne Körper. Und gehört habe ich nichts. Oder zumindest fast nichts.

Geräusche aus der Welt der Menschen gelangen nicht dorthin.«

Die Schwestern tauschten einen kurzen Blick aus, dann sprach Hede weiter: »Deine Antwort ist einigermaßen richtig. Mal davon abgesehen, dass es unmöglich ist: Warum bist du zu uns gekommen?«

Torak überlegte, wusste den beiden Frauen aber keine kurze Erklärung für sein Kommen zu liefern. Schließlich sagte er: »Das ist eine längere Geschichte.«

»Nur zu«, erwiderte die Oberin. »Wir sind ganz Ohr.«

Einen Moment war Torak versucht, den Ort seiner Erlebnisse zu verschweigen, doch dann schilderte er, wie er aus seiner Zelle eher zufällig in den Wald mit dem Feenbaum gelangt war. Er berichtete von dem Gespräch mit Adina und von seinen späteren Versuchen, wieder zu ihr zu gelangen, die jedoch allesamt in der grauen Nebelwelt seines Kerkers geendet hatten. Auch den Tod des Lumpenmannes verschwieg er nicht. Allerdings ließ er seinen Bericht vor dem Ausbruch aus dem Verlies enden.

Die beiden Frauen hörten mit wachsender Anspannung zu und unterbrachen Torak nur gelegentlich mit Fragen oder dem Wunsch, bestimmte Erlebnisse genauer zu schildern. Als er geendet hatte, schwiegen die beiden Schwestern noch einen Moment. Dann meinte Hede: »An sich ist es schlüssig.«

»Aber das würde heißen …«, entgegnete die Oberin und sah Torak kopfschüttelnd an.

»Ja, genau das«, sagte Hede. »Komm, lass uns reden, Anate. Und ihr beide«, sie blickte auf Torak und Cel, »wartet hier.«

»Sehr seltsam«, meinte Cel, als die Schwestern gegangen waren.

»Ja, stimmt, aber anscheinend haben sie mir geglaubt. Das ist doch schon mal etwas«, sagte Torak und stand auf, um sich die Füße zu vertreten. Auch Cel erhob sich und ging zum Feenbaum, während Torak aus dem Tempel hinaus auf das Gelände der Schwesternschaft blickte, die ihn eher an einen Bauernhof erinnerte.

»Ihhh«, kam ein spitzer Aufschrei von Cel. Torak, der nie gedacht hätte, so einen mädchenhaften Schrei aus ihrem Mund zu hören, drehte sich amüsiert um. Im selben Moment schoss etwas aus dem Feenbaum mit einem schnarrenden Geräusch auf Cel zu und landete in ihrem Gesicht. Jetzt schrie sie wirklich. Torak rannte los, während Cel wie rasend auf das einschlug, was sich an ihr Gesicht klammerte. Als er sie erreichte, hörte er ein scharfes Knacken. Etwas fiel vor Cel in den Sand. Cel ergriff Toraks Arm. »Tok, bitte, mach es weg«, stammelte sie.

Vorsichtig wischte Torak mit dem Finger gelben Schleim aus Cels Gesicht. Nach einem kurzen Blick auf den Boden sagte er beruhigend zu ihr: »Es ist tot. Es kann dir nichts mehr tun.« Tränen liefen ihr über das Gesicht und mischten sich mit dem aus vielen Schnitten quellenden Blut.

»Wir müssen die Wunden säubern«, hörte er Hedes Stimme hinter sich. Torak blickte sich um. Er hatte nicht bemerkt, dass die Frauen in den Tempel zurückgekehrt waren. Hede nahm Cel wie ein kleines Kind an der Hand. »Komm mit mir. Wir werden uns um dich kümmern.«

Am liebsten wäre Torak mit Cel gegangen, doch Anate hielt ihn auf. »Wir sollten uns erst mal das hier ansehen«, sagte sie und zeigte auf den Boden. »Und dann müssen wir reden.«

Zuerst dachte Torak an einen Käfer, als er das Tier vorsichtig mit einem Stock herumdrehte. Es besaß einen ovalen Panzer und vier stattliche weiße Flügel. Damit waren allerdings die Ähnlichkeiten mit Käfern erschöpft. Der graue Körper alleine war so groß wie eine Frauenhand. Unter ihm ragte eine Vielzahl absurd langer, mit Widerhaken besetzter Beine hervor. Sechs schwarze Augen saßen auf dem mit krummen Beißzangen bewehrten Kopf.

»Das ist so ziemlich das Widerlichste, was ich in meinem Leben gesehen habe«, meinte Anate mehr zu sich als zu Torak. »Hast du so etwas schon mal gesehen?«

Er schüttelte den Kopf. »Nein. Aber ich glaube, ich habe es gestern Abend gehört. Es waren drei. Und einer muss hier in der Nähe gelandet sein.«

»Kein gutes Zeichen«, meinte Anate besorgt. »Aber jetzt müssen wir über etwas anderes sprechen. Torak, was weißt du über Feen?«

Torak und Cel saßen auf einer Holzbank vor dem Tempel und sahen der Sonne beim Untergehen zu. »Tut es noch weh?«, fragte er und blickte in ihr von Kratzern übersätes Gesicht.

»Nein«, sagte Cel und wandte den Kopf ab. »Die Schmerzen habe ich anfangs gar nicht gespürt. Es war mehr der Schreck. Es hatte sich in meine Haut gekrallt und ging nicht mehr ab. Ich war so hilflos.«

Torak spürte, dass ihr das Entsetzen über den Angriff des Käfers immer noch in den Gliedern saß. Gerne hätte er sie getröstet, aber er wusste nicht wie. Schließlich entschied er sich, das Thema zu wechseln.

»Anate meint, ich sei ein Fee!«, platzte es aus ihm heraus.

Cel blickte ihn verständnislos an. »Eine Fee?«, sagte sie mit spöttischem Unterton.

»Nein, ein Fee«, korrigierte Torak. »Es gibt auch männliche Feen.« Er sah, dass ihr Unverständnis eher noch zunahm. »Lass es mich anders erklären. Die Schwestern hier sind Dienerinnen der Göttin Adina. Sie ist die Urmutter der Feen. Aber heute sind die Feen eigentlich ausgestorben, und Adina ist in Vergessenheit geraten.«

»Das heißt, wenn du ein Fee wärest, dann wäre Adina so etwas wie deine göttliche Ururgroßmutter?«, entgegnete Cel zweifelnd.

»Ja, so muss es wohl sein. Anate meint, die Feen hätten dieses Land über viele Jahrhunderte regiert. Doch sie hatten mächtige Feinde. Mit der Zeit wurden die Feen immer weniger, bis sie schließlich verschwunden waren. Es sind wohl nie sehr viele gewesen.«

Cel schien nicht überzeugt. »Und du siehst auch genau so aus, wie ich mir eine Fee vorgestellt hätte.«

Torak ignorierte ihren Spott. »Anscheinend unterscheiden sie sich äußerlich kaum von den Menschen. Es sind eher ihre Fähigkeiten. Viele beherrschen die eine oder andere Art von Magie. Und andere können mit den Bäumen sprechen.« Dass Feen zudem groß und gut aussehend waren, unterschlug er vorsichtshalber.

»Du und die Schwestern, ihr glaubt das tatsächlich?«

»Es ist mehr eine Vermutung. Morgen wollen sie Adina befragen, dann haben wir wohl Gewissheit. Und wenn ich tatsächlich ein Fee bin, können sie gemeinsam mit mir herausfinden, welche Kräfte ich habe und wie ich sie besser beherrschen kann. Und sie wollen mir beibringen, wie ich ohne ihre Hilfe mit Adina in Verbindung treten kann.«

Zwei Schwestern kamen und trieben eine kleine Ziegenherde an ihnen vorbei. Während die Tiere jedes nur erdenkliche Grün auf ihrem Weg abrupften, blickten die Frauen wiederholt zu Torak hinüber. Dann fingen die gar nicht mehr so jungen Schwestern mädchenhaft an zu kichern.

»Was ist nur mit denen los?«, fragte Cel, als die beiden an ihnen vorbei waren.

Es ist Cel also auch schon aufgefallen, dachte Torak. Dann erklärte er: »Es gibt sozusagen einen Preis, den die Frauen zahlen müssen, um in der Schwesternschaft bleiben zu können.« Es war ihm ein wenig peinlich, dieses erst kürzlich erworbene Wissen an Cel weiterzugeben, doch schließlich flüsterte er: »Nur Frauen können mit der Göttin sprechen. Und sie müssen unberührt sein.«

Cel überlegte einen Moment, dann fragte sie verblüfft: »Du meinst, sie sind alle Jungfrauen?«

Torak nickte. »Sieh dich doch mal hier um. Es gibt hier nicht nur keine Männer, sie tun auch alles, damit die Frauen nicht auf falsche Gedanken kommen. Denk doch nur an die Mauer. Wahrscheinlich bin ich seit Jahrzehnten der erste Mann, der hier hereingekommen ist.«

»Ja, scheint so«, sagte Cel. »Sie sind um ihre Keuschheit besorgt. Ich kenne das.«

Erneut wurde Torak deutlich, wie wenig er über Cel wusste. Während er noch überlegte, was sich hinter ihrer unbedachten Bemerkung verbarg, fragte Cel: »Wenn nur

Frauen mit dieser Adina sprechen können, was ist dann mit dir? Du bist doch auch schon bei ihr gewesen.«

»Für Feen scheint diese Regel in mehrfacher Hinsicht nicht zu gelten.« Torak konnte sich ein breites Grinsen nicht verkneifen.

Die Sonne war gerade untergegangen, da traten Anate und Hede wieder zu ihnen. »Es ist bald Zeit für die Nachtruhe«, sagte die Oberin. An Cel gewandt fuhr sie fort: »Du kannst bei unseren Jungschwestern übernachten. Hede wird dich hinbringen.« Ohne eine Antwort von Cel abzuwarten, fasste sie Torak am Ärmel und zog ihn mit sich. »Und für dich haben wir auch einen schönen Schlafplatz. Etwas abgelegen vielleicht, aber du verstehst sicherlich die Notwendigkeit.«

Torak folgte Hede am Tempel vorbei und zwischen Häusern und Stallungen hindurch bis ans Ende des bebauten Bereichs innerhalb der Mauer. Er dachte schon, er sollte auf einem der Felder übernachten, doch die Älteste hielt am letzten Gebäude an und wies auf den Eingang. »Es ist nur ein Stall, aber es wird genügen.«

Torak bedankte sich und wollte schon hineingehen, da ergriff sie erneut seinen Arm. »Es ist für uns in vielerlei Hinsicht ein großes Risiko, dich hier bei uns zu beherbergen. Aber wir sind uns einig, dass es ein noch größeres Risiko wäre, dich aus dem Schutz unserer Schwesternschaft zu verweisen. Doch du weißt, wie es um uns Schwestern steht, Torak.« Sie bildete aus Daumen und Zeigefinger der einen Hand einen Kreis und führte dann den Zeigefinger der anderen Hand mehrfach hinein und wieder hinaus. Torak war über die obszöne Geste verwundert, doch Anate sprach weiter: »Wenn du es mit einer von uns tust, muss sie die Schwesternschaft verlassen. Das wäre ein sehr hoher Preis für ein kurzes Vergnügen.« Sie blickte ihn an. »Ich zähle auf dich.«

Peinlich berührt trat Torak in den Stall. Im Dunkeln sah er etwas Großes, das nach kurzem Zögern langsam auf ihn zukam. Ein Esel, erkannte er. Er ließ das Tier an seiner Hand schnuppern, dann reckte es seinen Hals über das Gatter und ließ sich ausgiebig von ihm kraulen. Noch zwei weitere Esel kamen hinzu, beobachteten Torak aber lieber aus sicherem Abstand.

Nachdem er dem Tier ausreichend Beachtung geschenkt hatte, begab sich Torak auf die Suche nach einem Schlafplatz. Er fand eine Leiter und kletterte hinauf. Seine Hoffnung wurde nicht enttäuscht. Er befand sich auf einem niedrigen Heuboden. Zufrieden ließ er sich ins weiche Heu fallen und atmete den würzigen Duft ein. Wie oft hatte er zu Hause so übernachtet, unter sich die Pferde, während über ihm der Regen auf das Schindeldach prasselte. Damals, in einem anderen Leben.

Torak war schon am Einschlafen, da hörte er wieder das kratzende Brummen eines Käfers. Er kam aus Richtung Süden, flog nah an dem Stall vorbei und landete nach einigen engen Runden gar nicht weit entfernt. Kaum war das Geräusch verklungen, folgten weitere Käfer. Anfangs versuchte Torak noch mitzuzählen, doch dann kamen mehrere zu gleicher Zeit. Keiner von ihnen flog an der Schwesternschaft vorbei.

Kaum war wieder Ruhe eingekehrt, hörte Torak, wie die Stalltür geöffnet wurde. Leise Schritte folgten, einer der Esel schnaufte lang und tief. Torak entspannte sich. Wenn die Esel den nächtlichen Besucher kannten, dürfte kein unmittelbares Risiko für ihn bestehen. Ein paar Minuten blieb alles ruhig, dann hörte er das Knarzen der Leiter zum Heuboden. Torak setzte sich auf. Was hätte er jetzt für ein wenig Licht gegeben.

Als etwas durch die Dunkelheit auf ihn zugekrochen kam, erfasste Torak für einen Moment Furcht. Was, wenn es sich um einen dieser abstoßenden Käfer handelte, nur um ein Vielfaches größer? Vielleicht so groß wie eine Ziege. Nein, das konnte nicht sein. Torak schalt sich einen Feigling. Dann spürte er eine tastende Hand auf seinem Bein.

»Nicht reden«, flüsterte eine Frauenstimme. »Und nicht anfassen, bitte.«

Torak war viel zu perplex, um zu antworten. Er spürte, dass die Frau sich neben ihm ins Heu legte. Sie rückte eng an ihn heran, um dann bewegungslos zu verharren.

Da hat sich also eine der Schwestern fortgeschlichen, dachte er. Zu gerne hätte er gewusst, wer neben ihm lag. Vielleicht hatte er sie schon in der Schwesternschaft gesehen? Die Stimme kam ihm allerdings nicht bekannt vor.

Die Frau lag so dicht bei ihm, dass er ihren schnellen Herzschlag spüren konnte. Auch ihren Geruch nahm er als sanften Unterton in der von Gras und Kräuternoten gesättigten Luft wahr. Während er sich langsam wieder entspannte, fragte er sich, was der Grund ihres Besuches war. War sie gekommen, um mal eine Nacht neben einem Mann zu verbringen? So oft bekamen die Frauen hier ja keine Männer zu sehen, da selbst die Klappe am Eingangstor mit einem Tuch verhängt war. Oder wollte sie mehr von ihm? Nein, danach sah es nicht aus. Dass sie nur still neben ihm lag, hatte aus Toraks Sicht zweifellos sein Gutes. Er hätte nicht schuld sein wollen, wenn sie aus der Schwesternschaft ausgeschlossen würde.

Eine Zeit lang horchte Torak noch auf den Atem der Frau und die Musik der Grillen, schließlich schlief er ein. Doch die Erlebnisse des Tages verfolgten ihn auch im Traum. Er wanderte allein durch einen Wald von Feenbäumen, die so dicht standen, dass kein Sonnenstrahl den Boden erreichte. Die schwarzen Stämme gingen nahtlos in die ebenso schwarze Erde über. In der Ferne sah er eine sonnenbeschienene Lichtung und wollte dorthin laufen, doch das sumpfige Erdreich hielt seine Füße fest. Während er sich durch den Morast kämpfte, krochen graue Käfer aus den Bäumen. Erst waren es nur Einzelne, dann kamen immer mehr, bis der Boden von ihren Leibern übersät war. Er ergriff sein Schwert und schlug nach ihnen. Tatsächlich wichen sie zurück, allerdings nur, um sich ein neues Ziel zu suchen: Vor ihm auf der Lichtung stand Adina in einem Fleck aus Sonnenlicht. Die Käfer breiteten ihre Flügel aus und schossen mit ohrenbetäubendem Schnarren auf sie zu. Torak wollte ihr zur Hilfe kommen, doch zwei Arme schlossen sich um ihn und hielten ihn fest. Neben ihm stand Cel. Sie zog ihn an ihren nackten Körper, dann hob sie ihren Kopf und blies ihm sanft ins Ohr.

Torak wachte auf. Was für ein absurder Traum! Im Stall war es immer noch dunkel, und er spürte das Heu unter sich, doch der Traum schien nicht zu enden. Schnelle warme Atemstöße wehten über sein Gesicht. Schließlich begriff er. Die Frau war noch da. Sie lag jetzt halb auf ihm und rieb, den Körper in Wellen bewegend, ihren Unterleib gegen seine Hüfte. Die Atemzüge gingen in Stöhnen über, dann schob sie eine Hand zwischen ihre Beine. Die andere

Hand glitt an seinem Bauch entlang und drängte sich unter seinen Hosenbund. Mit festem Griff umfasste sie Toraks harten Schwanz, versagte ihm aber jede Bewegung, während die Hand zwischen ihren Beinen unermüdlich ihre Arbeit verrichtete. Ihr Unterleib begann heftig zu zucken, das Stöhnen wurde lauter. In höchster Erregung schlug sie ihre Zähne durch Toraks Hemd in seine Schulter und unterdrückte damit einen spitzen Schrei, als ihre Hüfte sich zitternd an ihn presste. Zuckend verharrte sie neben ihm, dann spürte er, wie sich ihr Körper entspannte. Ihr Atem wurde langsamer und sie löste ihren Mund von seiner Haut. Sie schob sein Hemd zur Seite, und er fühlte, wie ihre warme Zunge über die Bissstelle leckte. Zögernd öffnete sie den Griff um seinen Schwanz, an den sie sich wie eine Ertrinkende geklammert hatte. Die Hand glitt aus seiner Hose, die Frau löste sich von ihm und kroch rückwärts zur Leiter. Kurz darauf schloss sich die Stalltür hinter ihr.

Torak blickte in die Dunkelheit. Sein Glied war immer noch hart wie Stein, in seiner Schulter pochte der Schmerz. Ein breites Grinsen stahl sich auf sein Gesicht.

# KAPITEL

# 25

Die Schwestern schienen über Nacht wie ausgewechselt. Waren sie Torak am Vortag noch wie Bäuerinnen vorgekommen, erschienen sie ihm jetzt als das, was sie waren: Dienerinnen einer Göttin. Alle waren in weiß gekleidet, die meisten trugen Kleider, die anderen Bluse und Rock. Die Haare hatten sie geflochten oder hochgesteckt. Auch ihre Gesichter hatten sich verändert. Nicht nur, dass sie heute sauber waren; selbst die jungen Frauen strahlten jetzt eine unantastbare Würde aus. Torak fühlte sich reichlich fehl am Platz, als er nach den Schwestern den Tempel betrat.

Als er ihnen zum Feenbaum folgen wollte, trat Anate auf ihn zu. »Torak, lass uns bitte kurz reden.« Bestürzung durchfuhr ihn. Hatte sie von seiner Besucherin erfahren?

Anate zog ihn in eine ruhige Ecke des Tempels. Als sie zu ihm aufblickte, sah er ihre Besorgnis. »Wir haben weitere Käfer gefunden«, flüsterte sie. »Diesmal waren es viele. Sie waren alle tot und lagen unter dem Baum. Wir haben sie eingesammelt und verbrannt. Und wir haben den Baum nach weiteren Käfern abgesucht, aber nichts gefunden.« Sie blickte in die Mitte des Tempels, wo sich die Schwestern um den Feenbaum versammelten, dann wieder zu Torak. »Wir haben so etwas noch nie erlebt. Es ist ein Omen. Und sicherlich kein gutes. Dennoch haben Hede und ich entschieden, dass wir das Ritual wie geplant durchführen. Wir brauchen Gewissheit. Und wir brauchen sie sofort.« Mehr zu sich selbst als zu Torak fügte sie hinzu: »Ich hoffe sehr, dass es nicht schon zu spät ist.«

»Wissen sie von den Käfern?«, fragte er und blickte hinüber zu den Frauen, die sich in einem Kreis um den Baum herum aufstellten. Auf ihn wirkten sie eher euphorisch als besorgt.

»Nein, nur die Altschwestern wissen Bescheid. Die Käfer sind tot und verbrannt, also stellen sie für uns keine Gefahr mehr dar. Und so kurz vor dem Ritual wäre das Wissen über sie nur eine schädliche Ablenkung.«

Torak nahm an, dass die Oberin das Problem mit den Käfern absichtlich herunterspielte. Schon die Tatsache, dass sie ihn im Gegensatz zu ihren Schwestern ins Vertrauen gezogen hatte, erschien ihm als ein Ausdruck ihrer Befürchtungen. Und da war noch sein Traum aus der letzten Nacht. Die Käfer hatten nicht ihn angegriffen, sondern Adina. Hatte es sich um eine Warnung gehandelt?

»Vielleicht sollten wir das Ritual lieber an einem anderen Tag durchführen?«, fragte Torak vorsichtig.

Anate blickte ihn nachdenklich an, doch dann schüttelte sie den Kopf. »Wir haben uns heute früh beraten. Und wir sehen die Gefahr. Allerdings wissen wir nicht, ob sie von dir ausgeht oder dir nur folgt. Aber wenn du der bist, der du zu sein vorgibst, dann sind wir verpflichtet, dir zu helfen, auch wenn wir uns selber in Gefahr bringen. Wir wussten immer, dass Adina früher oder später eine Gegenleistung für ihren Schutz einfordern würde. Vielleicht ist heute dieser Tag.«

Anate zwang sich ein Lächeln auf die Lippen. »Nun lass uns nicht gleich vom Schlimmsten ausgehen. Geh zum

Baum und such dir einen Platz im Kreis. Das Ritual beginnt gleich.«

Zu Toraks Erleichterung war die Stimmung der um den Feenbaum versammelten Frauen deutlich besser als die Anates. Einige der Schwestern saßen im Schneidersitz rund um den Stamm im Gras, andere standen daneben. Eine lebhafte Unterhaltung war im Gange, doch als Torak hinzutrat, verstummten die Gespräche. Nur eine mit dem Rücken zu ihm sitzende Frau schien sein Kommen nicht bemerkt zu haben und sagte lachend: »Wir können ihn ja auch gleich hier der Feenprobe unterziehen. Ich melde mich freiwillig.« Erst als die Reaktion der anderen Schwestern ausblieb, erkannte sie ihren Fehler und blickte sich zu Torak um.

»Enyane, hüte deine Zunge!«, kam Hedes Stimme schneidend von hinten. Das Gesicht der jungen Frau lief knallrot an. Torak spürte, dass sie vor Scham am liebsten im Boden versunken wäre, und empfand trotz des augenscheinlich schlüpfrigen Scherzes auf seine Kosten einen Hauch Mitleid. Dass die Schwestern auch nur Menschen waren, wusste er spätestens seit der letzten Nacht.

»Du setzt dich hierhin«, sagte Hede jetzt zu ihm und deutete zwischen Enyane und die Frau neben ihr. Sofort rutschten die beiden so weit auseinander, dass Torak sich setzen konnte. Hede selbst nahm auf der anderen Seite des Kreises Platz, sodass der schwarze Stamm des Elfenbaumes sie für ihn verdeckte. »Ihr könnt beginnen«, hörte er ihre Stimme.

Zwei Frauen trugen eine flache Feuerschale in den Kreis und stellten sie neben den Stamm, eine andere legte einen Weidenkorb daneben ins Gras. Torak verfolgte, wie sich aus rot glühender Holzkohle grauer Rauch in die Krone des Baumes kräuselte. Anate trat in den Kreis und kniete sich neben die Schale. Dort verharrte sie, den Blick auf die orangefarbenen Flammen gerichtet. Irgendwo hinter Torak wurde eine hell tönende Glocke angeschlagen, und Anate holte aus dem Korb ein winziges Stück Pergament hervor. Leise las sie den darauf stehenden Text, dann warf sie das Blatt in die Glut. Fettiger schwarzer Rauch stieg auf, erneut wurde die Glocke geschlagen, und Anate griff zum nächsten Pergamentstückchen.

Zu gerne hätte Torak verstanden, was um ihn herum vorging, doch bis auf einzelne Wörter konnte er Anates Flüstern nicht verstehen. Als sich der Vorgang vielleicht 15 Mal wiederholt hatte und sich kein Ende abzeichnete, ließ Toraks Aufmerksamkeit nach und er nahm die Frauen im Kreis näher in Augenschein. Er zählte elf Schwestern, zusammen waren sie also zu zwölft. Überrascht stellte er fest, dass sie sich trotz des zeremoniellen Ablaufs an der Feuerschale wenig förmlich benahmen, einige redeten sogar leise miteinander. Dieses Vorbild vor Augen lehnte sich Torak nach rechts und fragte die neben ihm sitzende Frau: »Was geschieht hier?«

Sie blickte ihn erst verwundert an, dann lächelte sie. »Viel scheinen sie dir nicht erklärt zu haben«, flüsterte sie und lehnte sich zu Torak. »Die Bittsteller kommen zu uns ans Tor. Wir schreiben ihre Bitten auf und leiten sie an die Göttin weiter.«

Torak sah zu, wie das nächste Pergamentstückchen in Flammen aufging. »Und Adina erhält diese Bitten, wenn ihr sie verbrennt?«, fragte er skeptisch.

»Vielleicht, wenn sie es für erforderlich hält«, antwortete die Frau ausweichend und richtete ihren Blick wieder auf die Kohlenschüssel.

Torak ließ seine Augen noch einen Moment auf ihr ruhen, sah die zu einem langen Zopf geflochtenen blonden Haare, die Sommersprossen und die Lachfältchen. Viel hatte die Frau letzte Nacht nicht zu ihm gesagt, doch er war sich sicher, ihre Stimme wiedererkannt zu haben. Für einen Moment hatte er einen Blick hinter die Fassade der unberührten Schwester Adinas werfen dürfen und von den sorgsam verborgenen Sehnsüchten und Begierden erfahren. Er blickte die anderen Frauen im Kreis an. Ob sie alle nur eine Rolle spielten, um die Position, die ihnen das Leben zugewiesen hatte, bestmöglich zu verkörpern?

Ein letztes Mal erklang die Glocke, dann stand Anate auf. Aus einer Tasche ihres Kleides holte sie ein kleines, mit Gold verziertes Messer hervor. Sie zog es aus der Scheide, und Torak sah eine spitz zulaufende Klinge. Wie auf ein Signal hoben die im Kreis sitzenden Frauen ihre Hände nach oben, die offenen Handflächen zeigten zum Baum. Torak zögerte einen Moment, dann ahmte er die Geste nach. Anate trat auf eine der Schwestern zu und führte die Klinge über ihre Handfläche. Blut quoll aus der Wunde, aber die Frau ließ sich den Schmerz nicht anmerken, während Anate auch ihre andere Hand aufschnitt.

So ging es reihum weiter. Kaum waren die Hände von zwei nebeneinandersitzenden Frauen aufgeschnitten, fassten sie sich, Blut auf Blut, an den Händen. So arbeitete Anate sich langsam vorwärts, während sich der Kreis hinter ihr immer weiter schloss.

Auch Torak ließ die Behandlung über sich ergehen. Die Schnitte waren schmerzhaft, aber Anate setzte sie schnell und routiniert. Er nahm an, dass sie sehr genau wusste, wie tief sie schneiden musste, damit reichlich Blut floss, aber keine bleibende Verletzung zurückblieb. Mit blutenden Händen ergriff er erst die ausgestreckte Hand der Rothaarigen rechts von ihm, dann nahm er die Hand des Mädchens zu seiner Linken. Sie sah kurz zu ihm herüber, dann wandte sie den Blick wieder ab, während ihr Gesicht erneut rot anlief. Ihre Hand lag kaum merklich in seiner.

Schließlich hatte Anate ihre Arbeit vollendet. Die letzten zwei Hände fanden sich, und der Kreis war geschlossen. Erneut ertönte die Glocke. Torak hatte erwartet, dass nun irgendetwas mit ihnen geschehen würde, doch abgesehen von einem irritierenden Juckreiz in den aufgeschnittenen Handflächen blieb alles unverändert. Er sah in die Runde: Die Schwestern schienen auf etwas zu warten.

Eine Bewegung zog Toraks Blick auf sich. Wie ein nasses Tuch fiel eines der großen Blätter des Feenbaumes zwischen ihnen in den Kreis. Er sah erst auf das schlaff im Gras liegende Blatt, dann richtete er seinen Blick nach oben – gerade rechtzeitig, um zu sehen, wie sich ein weiteres Blatt aus der Baumkrone löste, dann folgten immer mehr. Noch während sie fielen, begann sich die Welt um Torak herum zu drehen, und der Boden kam ihm mit erschreckender Geschwindigkeit entgegen. Hart schlug sein Gesicht auf das Gras.

Als Torak das Bewusstsein wiedererlangte, befand er sich auf der ihm schon bekannten Wiese am Elfenbaum. Er stemmte sich aus dem feuchten Grün und sah sich um. Ein leichter Wind bewegte die Halme der Gräser, während die roten Strahlen der Morgensonne zwischen dem Blättern des gewaltigen Feenbaumes spielten. Er war allein.

Langsam ging Torak auf den Baum zu. Wo waren die Schwestern, wo die Schatten, und wo war Adina? War das Ritual gescheitert und hatte nur ihn in diese Welt der Toten geschickt? Während er den Stamm des Feenbaumes umrundete, spürte er, wie die vertraute Kälte nach ihm griff. Lange würde er nicht bleiben können.

Aus dem Augenwinkel sah er ein Leuchten und fuhr herum. Eine Säule aus goldenem Licht war auf der Wiese erschienen. Sie verdichtete sich und formte die durchscheinende Silhouette einer Frau, deren Kleid im Wind um ihre Beine wehte. Sie blickte sich um und kam dann auf ihn zu, während sich weitere Lichtsäulen auf der Wiese manifestierten. Auch wenn die Frauen keine feste Form annahmen, meinte Torak, in diesen Wesen aus Licht die Schwestern wiederzuerkennen. Schließlich waren sie also doch gekommen.

Die zuerst erschienene Frau rief etwas, aber erst einige Sekunden später erreichten ihre Worte sein Ohr. »Torak, wo ist Adina?«, hörte er Hedes kratzige Stimme aus weiter Ferne.

Er zuckte mit den Schultern. »Das wüsste ich auch gerne.«

Er hörte das Erdbeben Sekundenbruchteile, bevor es sie erreichte. Die dröhnende Welle ließ Boden und Feenbaum erzittern und Hunderte bunter Vögel erschreckt auffliegen. Ehe er realisierte, was geschah, war das Beben bereits vorbei. Er sah sich bestürzt um, aber außer einigen aufgeregt umherflatternden Vögeln schien die Lichtung wieder genauso friedlich wie zuvor. Dann begannen die Frauen zu schreien.

Waren die Schreie anfangs noch Ausdruck von Entsetzen, wandelten sie sich schnell zu verzweifelten Schmerzensschreien. Torak rannte auf die Schwestern zu und sah, wie sie im Gras zusammenbrachen. Ihre aus Licht und Nebel gebildeten Körper verkrampften sich, zuckten und wanden sich am Boden, während sich die schrillen Schreie in seinen Geist fraßen. Über allem hörte er Hede. »Kehrt zurück!«, rief sie immer wieder, bis ihre Stimme nichts Menschliches mehr in sich trug.

Dann wurde es still auf der Lichtung. Hilflos musste Torak mit ansehen, wie sich einige der aus goldenem Nebel gebildeten Leiber auflösten, während andere sich mit Dunkelheit füllten, bis sie sich als schwarze Schatten wieder aus dem Gras erhoben.

Erst schienen sie auf ihn zuzukommen, doch dann erkannte er, dass sie an ihm vorbei dem Feenbaum zustrebten. Ein Schatten streckte seinen Arm nach ihm aus und strich mit seiner Nebelhand über Toraks Gesicht. Er meinte eine sanfte Berührung zu spüren, dann schlug eine Welle aus Emotionen über ihm zusammen. Angst und Trauer, aber auch Hoffnung und Liebe überwältigten ihn. Doch kaum war der Schatten an Torak vorbei, verschwanden diese Empfindungen und er war wieder allein mit seiner Hilflosigkeit. Niedergeschlagen folgte sein Blick dem Weg der Schatten, da erschien Adina. Gleißende Helligkeit formte den Körper der Göttin, die ihre Arme zu einer weit einladenden Geste geöffnet hatte. Und die Schatten strömten auf sie zu, nur um bei ihr angekommen immer durchscheinender zu werden und schließlich wie Nebelfetzen zu vergehen.

Adina ließ die Arme mit einem Klagelaut sinken, das von ihr ausgehende Licht verblasste. Ihr Blick richtete sich auf Torak. »Komm zu mir«, sagte sie. Steif vor Kälte trat er auf sie zu und ergriff ihre ausgestreckten Hände. Halb erwartete er, sich wie die Schwestern in nichts aufzulösen, doch er fühlte nur, wie ein Hauch von Wärme aus Adinas Händen in ihn hineinfloss, um die unerbittliche Kälte für einen Moment zurückzudrängen. Er blickte in ihr vom Schmerz gezeichnetes Gesicht. Aus der bodenlosen Schwärze ihrer Augen flossen Tränen. »Ich habe versagt«, sagte sie mehr zu sich selbst als zu Torak, der augenblicklich den Wunsch verspürte, diese verzweifelte Frau zu trösten. Doch da er nicht wusste, wie er einer Göttin Trost spenden könnte, blieb er einfach still stehen und hielt ihre Hände.

Es dauerte lange, bis Adina wieder das Wort ergriff. »Ich hätte niemals damit gerechnet, dass sie es wagen würde, mich und die meinen anzugreifen. Doch jetzt ist es geschehen, und ich habe einen hohen Preis gezahlt. Aber die Trauer muss warten, zu kurz ist die Zeit, die uns verbleibt. Nur du Torak hast es noch in der Hand, das Schicksal zu wenden. Doch zuerst musst du verstehen.«

Adina besann sich eine Weile, dann sprach sie weiter: »Vor langer Zeit, als sich die Feen anschickten, ganz Vilares unter ihre Herrschaft zu bringen, kannte meine Macht kaum Grenzen. Ich verlieh ihnen die nötige Kraft und ebnete ihren Weg, damit sie die Welt auf die einzig richtige Art formen konnten. Doch den inneren Zwist zwischen den Feen konnte ich nicht befrieden. Und so folgte auf ihren fulminanten Aufstieg eine schleichende Zerrüttung der einstigen Feengemeinschaft. Sie führten Kriege gegen Feinde von außen, aber öfter noch gegen ihr eigenes Geschlecht. Das Reich zerfiel und die Feen verschwanden von dieser Welt. Damals hätte ich genug Zeit gehabt, mir ein neues Volk zu suchen und es zu wahrer Größe zu führen. Doch ich tat es nicht. Stattdessen folgte ich den Feen in die Welt der Toten und verlor meine Macht über die Sterblichen.«

Dass auch die Götter Schmerz und Verzweiflung durchleben mussten, war Torak bisher nicht in den Sinn gekommen. Doch hier stand Adina leibhaftig vor ihm und sprach mit ihm wie mit einem Gleichgestellten über falsche Entscheidungen, die sie vor Jahrhunderten getroffen hatte. Allerdings hatte er noch keine Antwort auf die Frage erhalten, die ihm auf der Zunge brannte: Was war hier eben geschehen? Durfte er Adina unterbrechen? Oder sollte er darauf vertrauen, dass sie genau wusste, welche Informationen er tatsächlich benötigte? Dann würde sie sich allerdings beeilen müssen, denn die Kälte fraß sich gnadenlos in seinen Körper. Schnell wandte er seinen Geist wieder Adinas Ausführungen zu.

»Doch auch von hier aus habe ich die Welt der Lebenden nicht aus den Augen verloren. Ich sah, wie neue Reiche entstanden und vergingen, wie junge Götter erwachten, und natürlich habe ich das Schicksal der letzten noch verbliebenen Feen verfolgt. Und auch das Wirken von Sydora sah ich.

Nach ihrer Niederlage im Seelenkrieg, der schließlich das Weltalter der Menschen eingeläutet hatte, blieb sie für Jahrtausende verschollen. Und als ich sie wiedersah, schien die Zerstörerin von einst eine andere geworden zu sein. Mit ihren Syrth hatte sie sich ein neues Volk erschaffen, friedlich und körperlich schwach, aber von großer Klugheit. Die Syrth lebten mit den Nachbarvölkern in Frieden und strebten nicht nach Reichtum oder Macht. Und deshalb übersah ich die Gefahr, die von ihnen und Sydora ausging. Zu spät erkannte ich, dass sich ihr Ziel nie geändert hatte. Doch diesmal sollten sich ihre Feinde die Gräber selber schaufeln. Mit unendlicher Geduld betreibt sie den Niedergang der vernunftbegabten Völker, um die Welt gänzlich von ihnen zu befreien. Bis letztlich nur sie selbst übrigbleibt, sie und die durch einen gemeinsamen Verstand mit ihr verbundenen Syrth.«

Adinas Blick kehrte gerade noch rechtzeitig aus weiter Ferne zu Torak zurück. Seine Muskeln hatten aufgehört zu zittern und gehorchten ihm nicht mehr. Adina fing ihn auf und presste den reglosen Körper an sich.

»Ich weiß, deine Zeit bei mir verrinnt«, flüsterte sie in sein Ohr. »Aber nur mit diesem Wissen kannst du die dir zugedachte Aufgabe erfüllen. Darum, mein Sohn, erdulde das Leid. Es wird nicht mehr lange dauern.«

Ein letztes Mal riss sich Torak zusammen. Er wollte hören, was Adina ihm mitzuteilen hatte, auch wenn er sein Leben auf Spiel setzte. Würde sie doch nur endlich offenbaren, was sie von ihm erwartete. Er zwang sich, ihren Worten weiter zu folgen.

»… hat Sydora stets ein Auge für ihre Feinde gehabt. Sie schwächte die Position anderer Götter und trieb die Auslöschung des Feenvolkes voran. Damit wollte sie mir jede Möglichkeit nehmen, ihre Pläne zu vereiteln. Auf althergebrachte Weise lässt sich Sydora nicht mehr aufhalten. Aber noch besteht Hoffnung: Jede Stärke birgt auch eine Schwäche …«

Torak hörte sie nicht mehr. Sein Verstand, eben noch schwer und träge, verweigerte jetzt den Dienst. Es blieb nur der Wunsch nach Schlaf, Vergessen und Tod.

Ein fester Schlag ins Gesicht holte ihn wieder zu Adina zurück. »Torak!« Mühelos hielt sie seinen Leib vor sich in die Luft und schüttelte ihn wie eine Stoffpuppe. »Du hast es in der Hand, das Blatt zu wenden! Gehe in die alte Feenstadt und erbitte von Darlak … das Orium birgt den Sieg … musst die Syrth aufhalten …«

Als Torak die Augen wieder aufschlug, blickte er auf eine nur eine Handbreit von seinem Gesicht entfernte Wand. Eine Zeit lang starrte er auf die roten, grob mit Lehm verfugten Ziegel, während sein träger Verstand ihn Muster und verzerrte Fratzen auf der rauen Oberfläche der Steine erkennen ließ. Dann traf ihn die Erinnerung wie ein Schlag. Das Erdbeben, der Tod der Schwestern und schließlich der Auftrag von Adina, an den er sich nur bruchstückhaft erinnerte. Auch sein eigener Tod war bedrohlich nahe gewesen, aber offensichtlich war er noch am Leben und befand sich wieder in der Welt der Menschen.

Mühsam erhob er sich, rieb sich Sand und Stroh vom Gesicht und schaute sich um. Er stand in einem kleinen Kellerraum, der zur Lagerung von Geräten für die Feldarbeit diente. Durch ein schmales Fenster drang gerade genug Tageslicht herein, dass er die Tür in der gegenüberliegenden Wand erkennen konnte.

Noch während er Kraft sammelte, um den Raum zu durchqueren, drehte sich von außen ein Schlüssel im

Schloss und Cel betrat die Kammer. »Tok, du lebst!«, rief sie erleichtert und umarmte ihn. »Wie geht es dir? Wir hatten schon gefürchtet, dass du auch …« Sie unterbrach sich. »Also, wie geht es dir?«

»Gut«, log Torak, der sich fühlte, als hätte er am Vorabend alleine eine Flasche Blauwurz geleert. »Ich habe einiges von Adina erfahren. Aber sag mir zuerst: Was ist hier passiert und wie komme ich in diesen Keller?«

»Also gut«, sagte Cel und seufzte betrübt. »Während des Rituals durfte ich den Tempel nicht betreten. Du weißt warum. Es hat lange gedauert, doch irgendwann fingen die Schwestern an zu schreien. Ich habe gleich gewusst, dass etwas Schlimmes passiert ist. Erst habe ich noch gezögert, dann konnte ich es nicht mehr ertragen und bin reingerannt. Aber da war schon alles vorbei.« Cel hörte auf zu sprechen und Torak merkte, dass sie mit den Tränen rang. »Der Baum, Tok, er war umgestürzt. Und aus seinem Stamm quollen große durchsichtige Maden. Es müssen Tausende gewesen sein. Erst habe ich noch gedacht, was das für eine Tragödie für die Schwestern ist, doch dann habe ich gesehen, dass einige ganz still im Gras lagen. Sie waren tot, Tok. Sieben sind gestorben.«

Cel rieb sich grob mit dem Ärmel ihrer Bluse über die Augen. »Und du hast ausgesehen wie sie. Blass und kalt. Aber du hast noch geatmet. Schließlich haben Anate und ich dich hier in den Keller gebracht. Damit du in Sicherheit bist.« Sie zögerte einen Moment. »Einige der Schwestern geben dir die Schuld an dem, was passiert ist.«

Er nickte. Auch wenn er nicht Täter, sondern Opfer des Angriffs gewesen war: Er brachte Menschen, die ihm halfen, in Gefahr. Erst war Cel fast gestorben, und nun hatte es die Schwestern schmerzlich getroffen. So durfte es nicht weitergehen.

Erst Anates Erscheinen durchbrach Toraks trübsinnige Gedanken. Ihre sonst korrekt zu einem Knoten gebundenen Haare waren zerzaust und ihr Gesicht blass. Wortlos drückte sie Torak eine Schüssel Eintopf in die Hände. »Sieben von uns sind gestorben. Und ich hoffe, dass ihr Opfer nicht vergeblich gewesen ist. Sag, Torak, was hast du erfahren?«

Torak entging der unausgesprochene Vorwurf nicht. Einen Moment überlegte er, wie viel von dem bei Adina erworbenen Wissen er an die beiden Frauen weitergeben durfte. Doch er entschied, dass sie die volle Wahrheit verdient hatten. So begann er, seine Erlebnisse von dem Zeitpunkt an zu schildern, an dem er die Lichtung mit dem Feenbaum erreicht hatte. Er berichtete alles, woran er sich erinnern konnte, sparte jedoch einige Details vom Tod der Schwestern aus. Als er mit Adinas Auftrag schloss, folgte bedrücktes Schweigen. Schließlich sagte Anate: »Sydora also. Das würde vieles erklären.« Zu Torak gewandt fuhr sie fort: »Und was gedenkst du jetzt zu unternehmen?«

Erst zögerte er, dann sagte er wahrheitsgetreu: »Ich weiß es nicht. Ich hatte noch keine Zeit, darüber nachzudenken. Aber welche Wahl habe ich denn schon? Entweder ich gehe los und suche dieses Orium oder ich tue so, als ob mich das alles nichts angeht, und verstecke mich irgendwo vor den Syrth und ihren Verbündeten. Beides klingt nicht besonders aussichtsreich.«

»Und was rät dein Herz dir?«, fragte Anate.

Tatsächlich horchte Torak einen Moment in sich hinein, doch sein Herz schwieg. Sein Verstand allerdings wusste, dass die Entscheidung längst gefallen war. Er vertraute Adina. Und er glaubte, dass auch Heleli Cel die Wahrheit hatte sehen lassen, als sie ihr den Untergang der Welt gezeigt hatte. Ob er allerdings wirklich der Einzige war, der dieses Schicksal abwenden konnte? Da war er sich nicht sicher. Dennoch würde er zur alten Feenstadt gehen. Was hatte er schon zu verlieren, außer vielleicht seinem Leben? Doch da war noch Cel. Er wollte nicht, dass sie erneut in Gefahr geriet. Allzu viel hatte sie bereits für ihn riskiert. Und auch wenn sie jedes Mal den Kopf aus der Schlinge hatte ziehen können, wer garantierte, dass sich das Blatt nicht wendete? Er würde einen Weg finden müssen, Cel aus dem Spiel zu nehmen.

»Mein Herz rät mir, in die Feenstadt zu gehen und das Ding zu suchen«, antwortete er Anate.

»Gut«, meinte diese. »Ich denke, du hast die richtige Entscheidung getroffen. Eine Schwester wird euch bis zum Alten Wald begleiten, von dort ab seid ihr auf euch allein gestellt. Und ich rate zu einer baldigen Abreise. Nicht nur, weil du den Tod in unsere Gemeinschaft getragen hast. Ich fürchte auch, dass unsere Feinde sich nicht auf ihrem Erfolg ausruhen werden. Schon bald müssen wir mit einem weiteren Vorstoß rechnen.«

»Und was wird aus euch?«, fragte Torak, dem soeben klar wurde, dass die Schwestern das erste Ziel eines erneuten Angriffs durch die Syrth oder ihre Verbündeten sein würden. Und sei es nur, um Informationen zu seinem und Cels Verbleib zu erhalten.

»Heute Abend noch begraben wir unsere Toten. Danach werden wir die Schwesternschaft verlassen und nach einem neuen Ort für unsere Gemeinschaft suchen. Ohne Feenbaum hat dieses Gehöft keinen Wert mehr für uns.«

# KAPITEL

# 26

Eine knappe Stunde mussten Torak und Cel in dem kleinen Keller warten, dann kam Anate mit etwas Proviant und ihrer Führerin zurück, die sich zu Toraks Überraschung als Enyane herausstellte. Die junge Frau hatte die Katastrophe also überlebt.

Enyane drängte auf einen schnellen Aufbruch, um noch vor Sonnenuntergang ein gutes Stück Weg zwischen die kleine Gruppe und das Kloster zu bringen. Die drei verabschiedeten sich an der Kellertür von Anate und erreichten das Tor des Gehöfts, ohne einer weiteren Schwester zu begegnen.

Sie hatten das Kloster schon weit hinter sich gelassen, da trug der Wind die Schläge einer einsamen Glocke zu ihnen. Enyane blickte mit vom Weinen geröteten Augen zurück, hielt aber nicht an. »Hede war wie eine Mutter für mich«, sagte sie leise.

Gegen Mittag des dritten Tages erreichten sie den Weg von Tiefstein nach Seestadt, der die Grenze zum Alten Wald bildete. Enyane hatte eine ausgezeichnete Ortskenntnis bewiesen und sie fernab der ausgetretenen Pfade geführt, sodass sich ihre Begegnungen mit anderen Menschen auf die Sichtung einiger weit entfernter Knechte bei der Feldarbeit beschränkten.

»Von hier aus immer nach Norden«, wies Enyane sie an und zeigte auf eine Spur, die vor vielen hundert Jahren ein befestigter Weg gewesen sein mochte, jetzt jedoch eher an einen Wildwechsel erinnerte. »Dann solltet ihr nach einigen Tagen auf die alte Feenstadt treffen. Zumindest wird es so erzählt.«

»Schon gut, Enyane, wir geben auf uns acht«, sagte Torak, dem ihre Warnungen vor dem Alten Wald noch in den Ohren klangen. Unholde und Geister sollte es dort geben, und niemand würde den Wald als derjenige verlassen, als der er ihn betreten hatte. Damit deckten sich Enyanes Aussagen in etwa mit dem, was er selbst bereits über den Alten Wald gehört hatte. Auch ein Gutteil der Märchen seiner Kindheit spielte dort und berichtete von allem, wovor sich ein kleines Kind am warmen Ofenfeuer angenehm gruseln konnte.

Enyane umarmte erst Cel und dann Torak, drehte sich ohne weitere Verabschiedung um und ging wieder in die Richtung, aus der sie gekommen waren. Sie würde nicht zum Gehöft der Schwesternschaft zurückkehren, sondern die Frauen an einem anderen Ort wiedertreffen. Wo dies genau war, hatte sie nicht gesagt, und Torak und Cel hatten auch nicht nachgefragt.

Einen Moment blickten die beiden Enyane hinterher, bis sie im dichten Grün des Waldes verschwunden war, dann betraten sie den Alten Wald. Dem Pfad folgend kamen sie anfangs gut voran, doch allmählich änderte sich das Terrain, der Boden wurde sumpfiger und Schwärme von Stechmücken fielen über sie her. Schließlich endete ihr Pfad geradewegs in einem morastigen Tümpel.

»Und jetzt?«, fragte Cel, die vorausging. »Linksrum, rechtsrum oder mittendurch?«

Vorsichtig äugte Torak in das bräunliche Wasser. Nur Frösche, aber keine lebenden Leichen und keine Schatten. Etwas entspannter blickte er sich um. »Durch die Brühe bringen mich keine zehn Pferde. Lass uns nach rechts gehen und sehen, ob wir den Pfad wiederfinden.«

Jetzt stapfte Torak durch den zähen Morast voran, doch schnell stellte er fest, dass Tümpel und festes Land kaum voneinander zu unterscheiden waren. Mehrfach endete ihr Weg in knietiefem Wasser und sie mussten einen immer größeren Bogen um den Sumpf schlagen. Dazukam, dass die Vegetation ständig dichter wurde, bis sich die beiden durch Wände aus dornigem Gestrüpp quälten. »Linksrum wäre wohl doch besser gewesen«, rief Torak durch das Froschgequake Cel zu und wischte einen Vorhang aus spinnwebfeinen grünen Fäden aus dem Weg.

Die Berührung hinterließ ein prickelndes Gefühl auf seiner Haut, doch bevor er darüber nachdenken konnte, hörte er Cel rufen: »Da vorne ist der Weg!«

Er schaute sich um, sah aber nichts. »Wo?«

»Wo was?«, fragte Cel verwundert.

»Na, der Weg«, sagte Torak. »Hattest du nicht eben gesagt, du hättest ihn gesehen?«

»Gar nichts habe ich gesagt«, antwortete Cel verstimmt.

Torak schüttelte den Kopf. Er musste sich verhört haben. Sich weiter vorwärtskämpfend griff er in die nächste Wolke der von einem Ast herabhängenden grünen Fäden.

»Küss mich!«, kam Cels schmachtende Stimme von hinten. Er drehte sich um und blickte in ihr verschwitztes, mit Schmutz beschmiertes Gesicht. Sie sah fragend zu ihm auf.

Schnell wandte er den Blick wieder nach vorne. Irgendetwas stimmte hier ganz und gar nicht. Als er einige Schritte später erneut die grünen Pflanzenfäden aus der Luft wischte, wartete er schon auf einen Ausruf von Cel, doch stattdessen flüsterte aus dem Buschwerk neben ihm eine Stimme warm und verheißungsvoll: »Komm zu mir, Torak. Ich verspreche dir, diesmal wird es ganz anders.«

Torak war schon zwei Schritte auf das Gebüsch zugelaufen, als er wieder die Kontrolle über sein Handeln zurückgewann. Dass Nelairi ihn immer noch in ein willenloses Geschöpf verwandeln konnte, hatte er nach allem, was vorgefallen war, nicht mehr erwartet.

Er drehte sich zu Cel um und deutete auf die grünen Fäden. »Fass mal an«, sagte er.

»Warum?« Cel sah ihn misstrauisch an.

»Ich möchte nur etwas ausprobieren.«

Cel zögerte einen Moment, doch schließlich hob sie die Hand und strich über die Pflanze. Erst geschah nichts, dann traf Cels Faust sein Gesicht. »Spinnst du?«, schrie Cel ihn an. Er wich mit erhobenen Händen zurück.

»Ich habe nichts gesagt!«, beteuerte er kleinlaut. »Das ist dieses Gewächs. Es lässt uns Dinge hören, die nicht wirklich sind.«

Cel blickte ihn zweifelnd an, strich dann aber, den Blick fest auf Torak gerichtet, erneut mit ihrer Hand über die Fäden. Langsam verzog sich ihr Gesicht zu einem Grinsen. »Gut, du hast recht, lass uns weitergehen. Es wird bald dunkel. Und pass auf, was du anfasst!«

Mit einer Entschuldigung für den Schlag hatte Torak nicht wirklich gerechnet. Doch nur zu gerne hätte er erfahren, was Cel derartig aufgebracht hatte. Zu Fragen traute er sich allerdings nicht.

Auf seinem weiteren Weg durch den Schlamm umging Torak Nester der Spinnwebpflanze. Sie kamen jetzt wieder zügig voran, mussten sich aber eingestehen, den Tümpel aus den Augen verloren zu haben. Plötzlich zupfte Cel Torak am Ärmel. »Da, Spuren«, flüsterte sie und zeigte neben sich auf den Boden. Er besah sich die mit Wasser vollgelaufenen Fußabdrücke. Große und kleine Abdrücke wechselten sich ab. Sie blickten sich an. »Wir sind im Kreis gelaufen«, sprach Torak das Offensichtliche aus.

Nach kurzer Beratung kamen sie überein, den alten Spuren zum See zurück zu folgen. Zu ihrer Überraschung war die Stelle, wo der Trampelpfad in den Tümpel übergegangen war, nur wenige Schritte entfernt. Diesmal wählten sie den Weg links um das Wasser herum, der sich als deutlich besser begehbar erwies. Kurz vor Sonnenuntergang stießen sie wieder auf den Pfad. Der Boden wurde jetzt fester, dafür lagen wiederholt Baumstämme über dem Weg, die erst mühsam überklettert werden wollten.

Als das letzte Tageslicht schwand, erreichten sie eine Gabelung. Vor ihnen führten drei kaum noch erkennbare Wege tiefer in den Wald. Sie entschieden sich, nicht weiterzugehen, sondern hier das Nachtlager aufzuschlagen.

Nachdem sie etwas gegessen und sich für die Nacht eingerichtet hatten, fragte Torak in die Dunkelheit: »Cel, was machst du, wenn wir hier fertig sind?«

»Fertig – mit was?«

»Na, mit allem hier. Wenn wir in der Feenstadt waren, dieses Ding gefunden und die Syrth damit vertrieben haben. Was hast du dann vor?«

Cel lachte grimmig. »Ach so, dann. Dann werde ich wohl in meine Heimat zurückkehren. Da gibt es noch ein paar Dinge, die geregelt werden müssen.«

Torak versuchte einen Moment, ihre Antwort zu entschlüsseln, gab aber schließlich auf. »Du möchtest doch nach Hause, oder?«, fragte er.

»Warum?«

Torak merkte zu spät, dass er ihren Argwohn geweckt hatte. Er kam zum Punkt. »Ich frage mich, was zwingt dich, hierzubleiben? Du hast mich aus dem Gefängnis befreit. Das war doch dein Auftrag. Der Rest ist meine Aufgabe. Niemand wäre dir böse, wenn du dich morgen früh auf den Weg nach Hause machen würdest. Am allerwenigsten ich.«

Torak hörte, wie Cel scharf die Luft einsog, doch mit einer Antwort ließ sie sich Zeit. Schließlich sagte sie gelassen: »So einfach wirst du mich nicht los, Tok.«

»Ich möchte nicht, dass es dir wie den Schwestern ergeht«, platzte er verzweifelt heraus.

»Ich weiß«, sagte Cel sanft.

Torak konnte nicht schlafen. Anfangs hatte er sich für seinen unbeholfenen Versuch, Cel loszuwerden, gescholten. Doch je länger er in die Dunkelheit starrte, desto schwerer begann sein kaum erfüllbarer Auftrag auf ihm zu lasten: eine verschollene Stadt finden, diese seltsame Waffe, das Orium, besorgen und die Stärke der Syrth zu ihrem Nachteil ausnutzen. Frustriert blickte er in die schwarze Nacht, doch dann sah er einen Silberschein über den Baumwipfeln. Der Mond ging auf und erfüllte bald darauf den Wald mit hellem, silbernem Licht.

Nun konnte er auch Cel wieder sehen. Zwei Armeslängen von ihm entfernt lag sie zusammengerollt auf der Seite, das Gesicht von ihm abgewandt. »Cel?«, fragte er leise, doch er erhielt keine Antwort. Torak zögerte einen Moment, dann stand er auf, öffnete Cels Rucksack und fischte ein kleines Säckchen mit Nüssen daraus hervor. Er beschied, dass dies ausreichen müsse, und steckte es in seine Hosentasche. Dann folgte er dem linken Weg tiefer in den Wald hinein.

Er war noch nicht lange gelaufen, da wichen die Bäume kleinen Lichtungen, und kurz darauf stand er vor einem See, auf dessen Oberfläche sich das Mondlicht spiegelte. Knorrige Bäume ragten über die Wasserfläche und in der Ferne schienen sich kleine Inseln aus dem Wasser zu erheben. Fasziniert blickte Torak einige Zeit auf die unwirkliche Landschaft, dann riss er sich los, um seinen Weg am Seeufer fortzusetzen.

»Hallo, Reisender, wohin des Weges?«

Torak fuhr herum. Hatte er unbemerkt wieder diese seltsame Pflanze berührt? Er blickte sich um, sah aber niemanden.

»Hier bin ich!«

Jetzt erkannte er die Herkunft der Stimme. Eine Frau sah aus dem Wasser zu ihm herauf. Ihr Körper ruhte im See und nur ihr rundes Gesicht mit den seltsam schräg stehenden Augen ragte über die Uferkante. Torak nahm an, dass sie ihn seit seiner Ankunft von dort beobachtet hatte. Vorsichtig ging er zwei Schritte auf sie zu, um dann, in sicherem Abstand, wieder stehen zu bleiben.

»Du kannst ruhig näherkommen, ich beiße nicht!«, rief sie ihm lachend zu, und wie um ihre Worte Lügen zu strafen, blitzte mit ihrem Lächeln eine Reihe spitzer Zähne im Mondlicht auf.

»Wer bist du?«, rutschte Torak heraus. Im selben Moment erkannte er die Unhöflichkeit seiner Frage, doch die Frau schien es ihm nicht übel zu nehmen.

Sie lachte glockenhell, warf kokett ihre nassen, silbernen Haare nach hinten und stemmte ihren Oberkörper ein Stück aus dem See. Wasser perlte silbrig über ihre üppigen weißen Brüste. Ohne jede Scham ließ sie sich einen Moment von Torak bewundern, dann erklärte sie: »Ich heiße Jindi. Und ich bin das, was ihr Feen früher als Seeweib bezeichnet habt. Halb Mensch und halb Fisch.«

Wie um Toraks Frage vollumfänglich zu beantworten, schoss ihr Körper aus dem Wasser und neigte sich nach hinten, um in einem eleganten Bogen wieder in den See einzutauchen. Für einen Moment sah Torak den unterhalb der Hüften beginnenden dunkelgrauen Fischschwanz, der in einer breiten, fast transparent auslaufenden Flosse endete. Dann war sie verschwunden, und er blickte sehnend auf das sich sanft kräuselnde Wasser. Gerade als er dachte, sie mit seiner Ungeschicklichkeit verschreckt zu haben, tauchte ihr Kopf weiter draußen im See wieder auf. Sie drehte sich auf den Rücken und schwamm auf ihn zu, wobei Torak ab und zu die Spitzen ihrer Brüste aus dem Wasser blitzen sah. Dann lag sie unter ihm im See und sah zu ihm hinauf. »Und du? Wer bist du?«

»Ich bin Torak. Ich bin auf der Suche nach der alten Stadt der Feen.«

»Ach, die Feen …« Sie drehte sich auf den Bauch und hob den Kopf über die Kante. »Früher hatten wir ein schönes Mannbarkeitsritual mit ihnen.« Ihr Blick schien einen

Moment abwesend, dann sah sie Torak wieder an. »Es war eine gute Zeit. Doch, um deine Frage zu beantworten: N'Farok liegt knapp einen Tagesmarsch entfernt. Am anderen Seeufer wirst du auf die alte Steinstraße treffen. Wenn du ihr nach Osten folgst, kommst du an dein Ziel. So wird es jedenfalls berichtet.« Sie lachte und ließ ihre stattliche Schwanzflosse auf die Wasseroberfläche klatschen. »Doch bevor du gehst, setz dich einen Moment zu mir. Menschen verirren sich nur selten zu uns. Und mit einem Fee habe ich schon seit ein paar Jahren nicht mehr gesprochen.« Sie klopfte mit einer Hand auf die Uferkante. Während Toraks Verstand die überraschende Nachricht verarbeitete, dass er vielleicht doch nicht der einzige überlebende Fee war, zog er, ohne nachzudenken, seine Schuhe aus und setzte sich mit im Wasser baumelnden Füßen zu Jindi an den See.

Gerade als Torak das Seeweib nach dem anderen Fee fragen wollte, hörte er eine andere Frauenstimme: »Oh, Jindi, du hattest doch nicht etwa vor, mir diesen hübschen Fee vorzuenthalten?«

Hinter den ins Wasser hängenden Zweigen einer alten Weide verschwand der Kopf eines zweiten Seeweibs im silbernen Wasser, um einen Moment später vor Torak wieder aufzutauchen. Sie glitt mit ihrem Leib eng an Jindi vorbei, ergriff seine Knie und drückte ihren Oberkörper bis zur Hüfte aus dem Wasser. »Ich bin Myra«, sagte sie lachend, als ihr Gesicht mit seinem auf gleicher Höhe war. Sie ließ sich Zeit, Torak genauer in Augenschein zu nehmen, und so hatte auch er die Möglichkeit, einen ausgedehnten Blick auf das Seeweib zu werfen. Er sah in ein Gesicht, das dem Jindis verblüffend ähnelte. Ihr herausforderndes Lächeln brachte die nadelspitzen Zähne hervorragend zur Geltung.

Die Pupillen ihrer schrägen Augen waren hellgrün und schienen im Mondlicht sanft zu leuchten, während ihr Gesicht von langen Locken eingerahmt wurde, bei denen Torak nicht sagen konnte, ob sie von silberner oder eher grünlicher Farbe waren. Ein steter Strom Wasser floss aus ihren Haaren, lief über ihre Brüste und tropfte von dort auf seine Hose. Auf Höhe ihrer schlanken Taille begann sich ihre Haut allmählich von hellem Weiß nach Dunkelgrau zu verfärben und ab der Hüfte schließlich ging ihr Körper in einen graubraunen muskulösen Fischschwanz über.

Schnell hob Torak wieder seinen Blick. Auf Myras Lippen spielte ein Lächeln, und er hatte den Verdacht, dass sie absichtlich gewartet hatte, um ihm das ausgiebige Betrachten ihres Körpers zu ermöglichen.

Langsam ließ sie sich zwischen seinen Knien in den See gleiten, bis ihr Kopf unter Wasser verschwand. Er fühlte, wie ihre Hände an seinen Beinen hinabstrichen, dann umfasste etwas seinen großen Zeh. Einen Moment spürte er spitze Zähne, kurz darauf folgte ein warmes Saugen.

Toraks Erregung wuchs ebenso wie seine Verwirrung in schwindelnde Höhen. Was wollten diese schamlosen Fischfrauen von ihm?

Jindi rollte sich träge auf den Rücken. Den Blick auf Torak gerichtet, legte sie die Hände auf ihre Brüste. »Möchtest du sie anfassen«, fragte sie, als wenn dies die normalste Frage der Welt wäre.

Torak nickte.

»Dann komm zu uns ins Wasser. Es ist weder kalt noch tief.«

Myras Hände glitten wieder an seinen Beinen hinauf, schoben sich unter seine Kniekehlen und zogen ganz sanft.

In letzter Sekunde erinnerte Torak sich daran, wenigstens seinen Dolch und das Säckchen mit Nüssen am Ufer abzulegen, dann gab er nach und ließ sich zwischen den Frauen in den See gleiten. Jindi hatte zumindest, was die Temperatur anging, recht gehabt. Allerdings war das Wasser etwas tiefer, als er erwartet hätte. Nur Kopf und Schultern ragten noch über die Oberfläche, als seine Füße den sandigen Boden berührten.

Jindi verschwand unter Wasser, dann strichen ihre Hände seine Beine herauf, rieben kurz durch den Hosenstoff über seinen steifen Schwanz, um schließlich seine Hände zu ergreifen. Sie zog sie an sich und presste seine Handflächen auf ihre erstaunlich warmen Brüste. Ihr lachendes Gesicht erschien über der Wasseroberfläche.

»Gut so?«, fragte sie, seine Handgelenke weiter festhaltend.

Torak nickte. Ja, das war verdammt gut.

Neben ihnen tauchte Myra auf. In ihren Händen hielt sie ein Bündel grüner Algen, aus denen sie mit geschickten Fingern etwas knüpfte. Als sie fertig war, zeigte sie Torak eine armlange geflochtene Schnur mit einigen Knoten und einer Schlinge an jeder Seite. »Du weißt, dass wir Seeweiber spezielle Bedürfnisse haben?«, fragte sie ihn lächelnd.

Torak schüttelte den Kopf. Nein, das wusste er nicht.

»Keine Angst«, sagte Myra. »Du wirst es mögen. Gib mir deine Hände.«

Jindi tauchte langsam vor ihm unter, sodass seine Hände den Kontakt zu ihren Brüsten verloren. Sie hielt immer noch seine Handgelenke, während Myra ihm die breiten Schlingen über die Hände schob. Torak fühlte, wie sich die glitschigen Algen eng um seine Handgelenke zusammenzogen. Zweifel keimten in ihm auf, doch er kam nicht mehr dazu, Widerstand zu leisten. Die Frauen packten ihn und mit einem einzigen Schlag ihrer Schwanzflossen wurde er aus dem Wasser gehoben. Dann fiel er wieder nach unten, doch bevor er den Boden erreichte, ging ein heftiger Ruck durch seinen Körper. Ein Blick nach oben zeigte ihm, dass die Seeweiber das Seil über einen niedrig hängenden Ast geworfen hatten, sodass er jetzt mit dem Oberkörper im Freien und vom Bauch abwärts im Wasser hing. Unwillkürlich versuchte er, sich vom Boden abzustoßen, um das von seinem Gewicht straff gespannte Seil wieder zu lösen, doch seine Füße fanden keinen Grund. Einen Moment zappelte er wie ein Köder am Haken, dann stellte er seine Bemühungen ein und blickte Hilfe suchend zu den Seeweibern.

Diese hatten seine Befreiungsversuche amüsiert verfolgt, doch nun verschwand Myra unter der Wasseroberfläche, um direkt vor Torak wieder aufzutauchen. Ihre grünen Augen blickten ihn einen Moment von unten an, dann öffneten ihre Hände seine Hose. Sie zog ihm das Kleidungsstück vom Leib und warf es achtlos ans Ufer. »Mach's gut, Torak«, rief Jindi ihm noch zu, dann tauchten die beiden Seeweiber unter. Kurz darauf lag der See spiegelglatt im Mondlicht, und nichts erinnerte mehr an die Frauen.

Anfangs glaubte Torak an einen seltsamen Scherz. Bestimmt würden die beiden gleich zu ihm zurückkehren. Doch die Zeit verstrich, und abgesehen vom unermüdlichen Konzert der Frösche schien die Welt um ihn herum den Atem anzuhalten. Schließlich versuchte er erneut, sich zu befreien. Zuerst wollte er durch Wassertreten den nötigen Auftrieb erzeugen, um die Spannung vom Seil zu nehmen. Aber er war viel zu schwer und verursachte durch sein

Gestrampel lediglich Lärm, der in der Stille der Nacht weit getragen wurde. Abrupt brach er seine Bemühungen ab und prüfte, ob er sich an dem Algenseil über seinem Kopf hochziehen konnte, doch die Knoten im Seil hielten seine Hände eng zusammen und die geflochtene Schnur war glitschig. Torak tröstete sich mit der Hoffnung, dass die Algen irgendwann trocknen würden. Spätestens dann wäre Zeit für einen neuen Versuch.

Frustriert gab er den Kampf auf und versuchte, seine Lage einzuschätzen. Da sich sein Körper zu mehr als der Hälfte im Wasser befand, hing er zumindest einigermaßen schmerzfrei an dem Seil. Eine größere Bedrohung schien gegenwärtig von dem auszugehen, was an Getier in dem See leben mochte. Torak dachte erst an Hechte, dann an Blutegel und schließlich an Aale. Schleimige armdicke Aale, die ihm bei lebendigem Leib das Fleisch vom Körper reißen würden. Nein, sagte er sich, diese Gedanken verschlimmerten seine Lage nur. Er atmete tief durch und blickte über den friedlich daliegenden See, als etwas seinen Fuß berührte.

Ein Reflex ließ ihn die Beine anziehen, doch bald spürte er eine erneute Berührung. Er trat um sich, traf auch, es folgte ein schmerzhafter Biss in seine Wade. Er zuckte zusammen, zwang sich aber gegen seinen Instinkt zur Ruhe. Tatsächlich blieben weitere Bisse aus, obwohl er immer wieder gestreift und angestupst wurde. Was da auch im Wasser war, es schien sich langsam aus der Tiefe nach oben zu arbeiten. Bald sah Torak einen silbrigen Schatten vor sich im See. Der armlange Fisch verschwand wieder, dann erschienen immer mehr und umkreisten ihn nah an der Oberfläche. Schließlich streckten einige sogar ihre Köpfe aus dem

Wasser, und Torak sah ihre runden Gesichter, die ihn mit grünen, eng beieinanderstehenden Augen traurig anglotzten.

Immer enger zogen die Fische ihre Bahnen um Toraks Körper und rieben ihre glatte Haut an der seinen. Dann geschah, was sich schon mehrfach als Schreckensvision in seinem Bewusstsein hatte materialisieren wollen, was er sich jedoch nicht zu denken erlaubt hatte: Einer der Glotzfische riss sein Maul auf und schnappte nach seinem Schwanz. Toraks Körper verkrampfte sich verzweifelt, er wappnete sich für den Schmerz, doch dieser blieb aus.

Panisch blickte er an sich hinab ins Wasser und sah, dass der große Fisch mit seinem Penis im Maul an ihm hing. Und wie, um ihn zu verhöhnen, schien der Fisch zu ihm hinaufzublicken. Nur mit größter Willensanstrengung gelang es Torak, hektische Bewegungen zu vermeiden, während vor seinem inneren Auge unterschiedlichste Schreckensszenarien abliefen. Ein kurzes Zubeißen …

Er beschloss, dem Glotzfisch keinen Grund für eine feindliche Reaktion zu liefern. Reglos hing er im Wasser, während der Fisch genauso regungslos an ihm hing. Doch wenige Minuten später wurde in Torak der Drang zu handeln übermächtig und er versuchte, sich mit einem Ruck seiner Hüften von dem Wassertier zu befreien. Dieses setzte jedoch blitzschnell nach, und jetzt steckte Toraks Schwanz bis zum Anschlag in dem großen Fischmaul. Zu seinem größten Entsetzen verweigerte nun sein Körper dem Verstand die Gefolgschaft und sein Glied wurde hart.

Der Glotzfisch quittierte seine Reaktion mit einem kurzen Zucken, und Torak durchfuhr ein schmerzlich lustvolles Gefühl. Einen Moment wartete der Fisch ab, um sich gleich darauf zu winden und erneut zu zucken. Torak durchschossen gleichermaßen Erregung und Entsetzen, dann gesellte sich die Furcht hinzu, Cel könnte aus dem Wald treten und ihn so sehen.

Der Fisch bewegte sich nun in immer kürzeren Abständen, und schließlich gab Torak seinen Widerstand auf, ließ sich von der lustvollen Empfindung überwältigen, um nur einen Augenblick später heftig zuckend in den Fisch zu kommen. Kurz darauf glitt dieser von seinem Schwanz und verschwand in die Tiefe. Als hätten die anderen Fische nur auf dieses Signal gewartet, begannen sie erneut Torak zu umkreisen.

Jindi befreite Torak bei Sonnenaufgang. Mit einem Messer durchschnitt sie seine Algenfessel, worauf er wie eine reife Frucht ins Wasser plumpste.

Als er gerade seine Hose hochzog, trat Cel aus dem Wald. Jindi verschwand mit einem lauten Klatschen ihrer Schwanzflosse in den Tiefen des Sees, während Torak die Schamesröte ins Gesicht stieg. Doch Cel fragte nicht, was vorgefallen war, und Torak hatte nicht das geringste Interesse daran, das soeben von Jindi erhaltene Wissen mit Cel zu teilen. Nach dieser für Torak sehr langen Nacht würden sieben Glotzfische ihre Verwandlung zum Seeweib antreten. Halb Fisch und, in diesem Fall, halb Fee.

# KAPITEL

# 27

Torak und Cel hatten die Steinstraße problemlos gefunden und waren auf ihr fast einen Tag lang nach Osten gegangen. Doch anstatt die Feenstadt zu erreichen, sahen sie neben dem recht gut erhaltenen Weg nur saftig grünen Wald. Torak wollte gerade vorschlagen, das Nachtlager zu errichten, da packte Cel ihn am Arm: »Still, ich höre was!«

Torak blieb stehen und horchte in den Wald. Vögel zwitscherten, Insekten summten und die allgegenwärtigen Frösche quakten um die Wette. Ansonsten unterschied sich die Geräuschkulisse nicht von dem, was er schon seit Tagen gehört hatte. Doch dann bemerkte er es: Ein helles Plätschern war zwischen den Bäumen zu vernehmen, verstummte kurz, um gleich darauf erneut zu erklingen.

Bald standen sie, nur einen Steinwurf vom Weg entfernt, vor der Quelle. Ein fingerdicker Wasserstrahl quoll aus einem Metallrohr und ergoss sich in ein bemoostes Steinbecken. Von dort floss das Wasser über den Rand und verwandelte den umliegenden Waldboden in Morast, in dem sich Tierspuren und Fußabdrücke klar abzeichneten.

»Auf jeden Fall gibt es hier noch weitere Menschen«, flüsterte Cel. »Und Schuhe scheinen sie nicht zu besitzen.«

»Aber warum steht der Brunnen mitten im Wald? Das macht doch gar keinen Sinn«, meinte Torak.

»Vielleicht war er früher für die Reisenden, damit sie sich erfrischen konnten«, riet Cel und probierte einen Schluck des Wassers. Dann schöpfte sie es mit den Händen und wusch sich das Gesicht. »Das Wasser ist gut«, meinte sie. »Frisch, aber nicht eiskalt.« Damit begann sie, ihre Bluse aufzuknöpfen. Einen Moment zu lange starrte Torak sie an, dann drehte er sich um.

»Ich habe heute schon genug gebadet«, sagte er verlegen. »Ich gehe mich hier mal umsehen.« Er ging ein paar Schritte tiefer in den Wald, glitt aus und konnte einen Sturz auf den feuchten Boden gerade noch verhindern. Ein Blick zurück zeigte ihm, dass Moos unter seinem Fuß weggerutscht war. Darunter zeigte sich ein morsches Brett. Ungläubig hob er das Holzstück an, das unter seinen Händen zerfiel. Torak besah sich den Boden in seiner Umgebung genauer.

Als Cel schließlich nach ihm rief, hatte er herausgefunden, dass sie sich inmitten der alten Feenstadt befanden. Nur dass die Häuser bereits vor langer Zeit wieder zu dem Wald geworden waren, aus dem ihr Holz einst stammte. Bis auf morsche Bretter und einzelne Reste steinerner Fundamente war von der Stadt nichts mehr übrig. Frustriert kehrte er zu Cel zurück, um ihr die schlechte Nachricht zu überbringen, doch diese unterbrach ihn sofort: »Wir sind nicht allein«, flüsterte sie und nickte in Richtung des Waldes vor ihnen.

Erst sah Torak nichts, doch dann erkannte er ein Augenpaar im Dickicht, dann noch ein weiteres. Allerdings schien es sich nicht um Menschen zu handeln, die sie aus dem Wald anstarrten, denn er sah nur Augen. Dort wo die Gesichter hätten sein müssen, erblickte er ausschließlich Schwärze.

»Und jetzt?«, flüsterte er leise.

»Weiß nicht«, gab Cel zurück.

Einen Moment wog Torak ihre Optionen ab, dann rief er in den Wald hinein: »He, ihr da! Kommt raus und zeigt euch. Wir sind … äh … wir sind nicht eure Feinde!«

Die Augen verschwanden, Torak meinte ein Rascheln zu hören, sonst geschah nichts.

»Was wolltest du denn bitte damit bezwecken?«, fragte Cel gereizt.

Torak übernahm die erste Nachtwache. Er hatte, mit dem Rücken an einen großen Baum gelehnt und von einem dünnen Vorhang aus Luftwurzeln getarnt, einen guten Blick auf die Quelle. Er meinte sogar, den hinter ihr gelegenen Steinweg noch halbwegs erkennen zu können. Eine Zeit lang beobachtete er Cel beim Schlafen. Ihr Atem ging tief und ruhig und ihr Gesicht war entspannt. Seit ihrem ersten Aufeinandertreffen waren ihre damals kurz geschorenen Haare gewachsen. Dennoch hätte man sie beim flüchtigen Hinsehen immer noch für einen Mann halten können. Wie Cel wohl mit langen Haaren aussähe? Oder vielleicht mit Zöpfen? Torak musste grinsen.

Ob sie ihn nachts auch ab und zu beobachtete? Der Anblick dürfte allerdings nicht allzu erbaulich sein. Zumindest seine Haare waren lang. Zu lang. Und ungepflegt. Und mit seinem verwilderten Bart erinnerte er an einen Straßenräuber. Er entschied, zuallererst einen Barbier aufzusuchen, wenn er aus dieser Angelegenheit lebend herauskäme. Er würde in ein Badehaus gehen, sich waschen und Haare und

Bart stutzen lassen. Torak dachte an einen Badezuber, richtig heißes Wasser, Dampf und natürlich Frauen. Hübsch, üppig und selbstverständlich nackt. Sie könnten ihm den Rücken schrubben …

Hufschlag auf dem Weg weckte ihn. Als er erschreckt aufblickte, sah er den flackernden Schein vieler Fackeln. Wer war so verrückt, nachts durch diesen Wald zu reiten?

Torak weckte Cel und bedeutete ihr, leise zu sein. Während diese sich noch desorientiert umblickte, pirschte er sich vorsichtig näher an den Weg heran. Im Licht der Fackeln sah er acht Reiter, die im Schritt an ihnen vorbeiritten. Auf sie folgte ein Trupp Fußsoldaten, die augenscheinlich am Ende ihrer Kräfte waren.

Einen Moment dachte Torak an eine nächtliche Täuschung, dann packte ihn das Entsetzen. Einige der Reiter waren für Menschen zu groß und saßen in einer zusammengekauerten Haltung im Sattel: Es waren Syrth. Vorsichtig begann er, seinen Abstand zum Weg wieder zu vergrößern, als einer von ihnen in der charakteristischen hohen Tonlage rief: »Schneller. Wir müssen die Stadt heute noch finden. Gerastet wird später.«

Erst als die Gruppe vorbei war, merkte Torak, dass er lange die Luft angehalten hatte. Leise sog er die frische Nachtluft ein und kehrte zu Cel zurück. »Spätestens bei Sonnenaufgang werden die merken, dass sie zu weit geritten sind«, meinte Cel, die offenbar alles gehört hatte. »Wir werden uns auf Gesellschaft einstellen müssen.«

Beim ersten Tageslicht wurde Torak von Cel geweckt, die ihre Hand auf seinen Mund gelegt hatte. Er folgte ihrem Blick in Richtung Brunnen. Zwei schwarze, annähernd menschlich anmutende Silhouetten standen vor dem Becken und schöpften mit ihren Händen Wasser. Doch erst als sich eine der beiden Gestalten schwerfällig zu ihnen umdrehte, erkannte Torak, dass ihm das Licht am Vorabend keinen Streich gespielt hatte. Nicht weit vor ihnen stand eine lebende Leiche. Die Haut des Mannes wirkte wie verbrannt, schwarz und krustig, durchzogen von dunkelrotem Schorf und feinen Rinnsalen aus hellrotem Blut. Sie mussten tot sein, und doch bewegten sie sich. Der Mann zuckte sichtlich zusammen, als er Torak und Cel erblickte. Einen Moment sahen sie in seine Augen, die das einzig Lebendige an diesem zerstörten Körper zu sein schienen. Mit heiserer Stimme rief er ihnen etwas zu, dann verschwanden die beiden Gestalten im Wald.

»Hast du ihn verstanden?«, fragte Torak.

Cel brauchte einen Moment, um zu antworten: »Das war die Sprache der Westlinge. Meine Sprache. Er rief, dass ich fliehen soll.«

»Du sollst fliehen? Oder wir?«, wollte Torak wissen.

»Ich, nur ich. Mädchen hat er mich genannt.«

Torak spürte, dass diese lebende Leiche besser zu Cel durchgedrungen war als er mit seinen Bemühungen der letzten Tage. »Vielleicht hat er recht, Cel. Vielleicht solltest du wirklich gehen, bevor es zu spät ist. Ich komme doch auch …«

Cel unterbrach ihn: »Gib es auf, Tok. Wir müssen da gemeinsam durch. Und ich kann schon auf mich aufpassen.«

Eine halbe Stunde später brachen sie auf. Trotz der Warnung und der unerfreulichen Entdeckungen vom Vortag hatten sie beschlossen, die Gegend nach weiteren Spuren der Feenstadt abzusuchen. Dabei gingen sie parallel zum Steinweg durch den Wald in Richtung Norden, fanden jedoch außer Fundamentresten und Dachziegeln nichts, was einer genaueren Betrachtung wert gewesen wäre.

Gegen Mittag hörten sie vom Weg her Stimmen. Um eine Begegnung mit Menschen oder Syrth zu vermeiden, gingen sie tiefer als anfangs geplant in den Wald hinein. Cel hatte die Führung übernommen, und Torak stapfte hinter ihr her, als diese sich zu ihm umdrehte. »Wieso?«, fragte sie.

Beide blickten sich entgeistert an, dann dämmerte es ihnen. Die zarten Fäden der Spinnwebpflanze waren schnell gefunden. Die Anzahl dieser Pflanzen nahm ständig zu, sodass es kaum möglich war, sie zu umgehen, ohne direkt in die nächsten Fäden zu laufen. Die beiden kämpften sich unter pausenlosen Zurufen und Warnungen weiter durch das grüne Gespinst, nur dass die Pflanzen sie im Gegensatz zum Vortag viele Varianten derselben Botschaft hören ließen. »Umkehren oder sterben«, war ihre Nachricht.

»Das kann ja nur bedeuten, dass wir auf dem richtigen Weg sind«, sagte Torak.

»Genau«, entgegnete Cel, »entweder auf dem richtigen oder aber auf dem absolut falschen.«

Bald darauf öffnete sich der Wald vor ihnen zu einer Art Wiese. Vereinzelte Inseln orangefarbener Blüten leuchteten neben übermannshohen fleischigen Pflanzen, auf deren Blättern noch der Morgentau in der Mittagssonne glitzerte.

Torak übernahm nun die Führung und kämpfte sich zwischen den eng stehenden Gewächsen hindurch. Doch er kam schlechter voran als erwartet, denn die Äste ließen sich nicht einfach aus dem Weg schieben. Die Blätter blieben erst an seinen Händen kleben, dann auch an seinem Gesicht und seiner Kleidung. Vorsichtig tupfte er seinen Zeigefinger in einen der Tautropfen, der sich als klebrige und Fäden ziehende Substanz entpuppte. Er kostete die Flüssigkeit mit der Zungenspitze, aber statt der erwarteten Süße erfüllte eine metallische Bitterkeit seinen Mund. Angeekelt spuckte er aus.

Als er sich umdrehte, sah er, dass auch Cel ihre Probleme mit den klebrigen Blättern hatte. Mit befremdlicher Langsamkeit zog sie ein Blatt von ihrem Arm, dann blickte sie Torak an. »Mir geht es nicht gut«, sagte sie, trat einen Schritt auf ihn zu und fiel kopfüber in die Pflanzen.

Torak war sofort bei ihr. »Cel, was ist denn los?«, rief er, erhielt aber keine Antwort. Behutsam ergriff er ihre Schulter und drehte sie auf den Rücken. Ihre Augen waren geschlossen und ihr Atem ging langsam. Verzweifelt überlegte Torak, wie er Cel helfen konnte, dann fasste er unter ihre Schultern und Knie und trug den schlaffen Körper zurück in den Wald. Er musste Wasser finden und diese klebrigen Absonderungen von ihrer Haut waschen.

Endlich entdeckte Torak einen algengrünen Tümpel. Er legte Cel mit den Beinen im Wasser ab und rieb kräftig über ihre Haut, doch der harzige Saft wollte sich nicht lösen. Er zog sein Hemd aus, tauchte es in die grüne Brühe und schrubbte damit über ihre Beine. Als er merkte, dass er ihr eher die Haut vom Körper scheuern würde, als dass sich die klebrige Substanz ablösen ließe, gab er heftig atmend auf. Im gleichen Moment hob Cel den Kopf und blickte verwirrt erst auf Torak, dann auf ihre Beine und schließlich auf den Tümpel. »Es geht schon wieder«, sagte sie und stemmte sich auf die Ellenbogen hoch.

Torak setzte sich neben sie und wischte sich den Schweiß von der Stirn. So unermesslich erleichtert er über Cels Erwachen war, so sehr belastete ihn die Sorge, dass diese seltsame Krankheit oder Vergiftung nicht ausgestanden war. Unauffällig beobachtete er Cel, die jetzt am Rand des Tümpels saß und die Beine ein Stück aus dem Wasser gezogen hatte. Auch ihre Arme waren mit den Flecken übersät. Dann sah er noch etwas anderes. Ohne nachzudenken ergriff er ihren Arm und hielt ihn dicht vor seine Augen. Auf ihrer roten Haut waren sie anfangs kaum zu sehen gewesen, doch jetzt bestand kein Zweifel mehr: Kleine kohlenschwarze Punkte bildeten sich dort, wo der Pflanzensaft die Haut bedeckte. Er blickte in Cels gezwungen lächelndes Gesicht und wusste, dass auch sie eins und eins zusammengezählt hatte.

Einige Minuten saßen sie schweigend nebeneinander. Doch während er keinen klaren Gedanken fassen konnte, schien dies Cel durchaus zu gelingen. Schließlich sagte sie gefasst: »Tok, du darfst nicht zulassen, dass ich so werde wie sie.«

»Nein, natürlich nicht«, antwortete er mehr im Reflex, doch dann verstand er, was sie von ihm verlangte. Auf keinen Fall wollte er diese Vorstellung zulassen. Noch nicht. Noch musste es Hoffnung geben. Irgendetwas musste man für Cel tun können, musste *er* für sie tun können.

Hilfe suchend blickte er wieder in den Tümpel. Sein Hemd lag nass und schmutzig im Wasser. Hatte es ihn vor dem giftigen Sekret beschützt? Ein Blick auf seine Arme bewies das Gegenteil. Hände und Unterarme waren voll von dem klebrigen Saft. Doch seine Haut hatte im Gegensatz zu der von Cel nicht gelitten. Und er war auch nicht bewusstlos in die Wiese gefallen. Die Pflanzen schienen also nicht für alle Menschen gleich giftig zu sein. Oder aber, korrigierte er sich, sie waren schon für alle Menschen giftig, aber nicht für Feen.

Nur was half ihm diese Vermutung? Er würde Cel nicht in eine Fee verwandeln können. Doch welches Geheimnis verbargen die Giftpflanzen vor den Menschen? Würde es Cel helfen können? Auch das erschien Torak eher unwahrscheinlich.

Als die Schatten immer länger wurden, hielt Torak es nicht mehr aus. Mehrfach hatte er sich die Arme der apathisch dasitzenden Cel angesehen und versucht, sich einzureden, dass die krustigen schwarzen Flecken nicht größer würden. Doch nun ließ es sich nicht mehr leugnen: Sie wuchsen langsam, aber stetig. Und Torak fühlte, dass kostbare Zeit verstrich, während er neben Cel saß und in den Tümpel starrte. Er musste jetzt handeln und er wollte lieber eine falsche Entscheidung treffen als gar keine.

»Warte auf mich«, sagte er leise zu Cel. »Bevor die Sonne untergegangen ist, bin ich wieder hier.«

Sie nickte nur, blickte aber nicht auf. Einen Moment sah er Cel an, dann strich er linkisch über ihre Haare, ergriff sein Hemd und lief zurück zur Wiese mit den Giftpflanzen. Der Weg, den die beiden beim ersten Mal genommen hatten, war noch klar zu erkennen. Nicht nur er würde ihm problemlos folgen können, auch Menschen oder Syrth konnten zumindest sehen, dass kürzlich jemand wie ein Wildschwein durch die Wiese gepflügt war. Torak nahm sich vor, künftig etwas mehr auf die Spuren, die er hinterließ, zu achten, sofern die Zeit dies zuließ. Dann rannte er in den Giftpflanzenwald hinein, wich den Blättern aus, wo er konnte, und riss sich los, wenn die Pflanzen ihn festzuhalten drohten. Sein Ziel war die Mitte der Wiese, denn wenn die Gewächse etwas vor den Augen der Menschen verbargen, dann würde es sich an der Stelle befinden, die für sie am schlechtesten zu erreichen war. Doch schon bald merkte er, dass er bei seinem Lauf zwischen den übermannshohen Gewächsen hindurch immer wieder von der geplanten Richtung abkam. Schließlich blieb er auf einer kleinen Fläche stehen, die nur mit den orange leuchtenden Blumen bewachsen war. Nach Luft schnappend blickte er sich um. Hier und da konnte er in der Ferne Bäume ausmachen und auch die Sonne war zu erkennen, doch er musste einsehen, dass die Wiese viel zu groß und zu unübersichtlich war, um durch bloßes Herumlaufen etwas Verborgenes auf ihr zu finden.

Vielleicht, erkannte er zu spät, wäre es klüger gewesen, erst auf einen der am Rand der Fläche stehenden Bäume zu klettern und sich einen Überblick zu verschaffen. Jetzt hatte er die Wahl. Er konnte weiter herumirren oder zurücklaufen, in beiden Fällen würde er kostbare Zeit verlieren. Unentschlossen ging er einige Schritte weiter, trat auf etwas Weiches, der Blumenteppich gab unter ihm nach und er fiel in die Tiefe.

Erde und morsche Bretter prasselten auf Torak herab, dann war wieder alles ruhig. Hustend befreite er sich von dem auf ihn gefallenen Schutt und versuchte, sich zu orientieren. Ein gutes Stück über sich sah er den Himmel und das Grün der Giftpflanzen. Dann führte das Loch sechs Schritt senkrecht durch Erde und Stein zu ihm hinab. Zuerst dachte Torak an eine Fallgrube, wie sie Jäger für die Bärenjagd nutzten. Aber zu seinem Glück fehlten die in den

Boden der Grube gerammten Lanzen. Eine genauere Untersuchung des Lochs zeigte, dass ein Teil der herabgestürzten Erde vor ihm in eine Art Höhle gerutscht war. Erst bei näherem Hinsehen erkannte er hinter dem Erdhaufen einen Gang, der in absolute Dunkelheit führte. Und auch auf der gegenüberliegenden Seite setzte sich der Gang fort, nur dass Torak eine Spur von Tageslicht in der Ferne zu erkennen glaubte.

Er drehte sich um und kroch über die lockere Erde in den Gang. Als er den Schutthügel überwunden hatte, versuchte er, sich aufzurichten. Er konnte gebückt stehen, aber als er mit dem Kopf die Decke berührte, begannen sofort mürbes Holz und Erde auf ihn herabzuregnen. Mit Händen und Füßen behutsam tastend, hielt Torak auf das Licht zu, das sich erst als Rechteck, dann als eine Tür entpuppte. Schließlich hatte er sie erreicht und stieg über die Reste des aus den Angeln gerissenen Türblatts in einen breiten, aus nahtlos aneinandergefügten Steinquadern gebildeten Gang. Hier war es fast taghell und Torak sah, dass dieser Weg, abgesehen von Schmutz und Steinsplittern, noch gut erhalten war. Erst dann merkte er, dass eine Lichtquelle fehlte.

Feenmagie, dachte Torak. Manche Sagen berichteten von dieser Art Zauber, einem Geschenk der Göttin an ihr Feenvolk. Machtvoll und schwer zu beherrschen, aber augenscheinlich ziemlich praktisch. Er folgte dem Gang nach rechts und stand kurz darauf vor einer prunkvoll verzierten Bronzetür. Sie trug Zeichen in der Runenschrift der Feen und in ihrer Mitte prangte die stilisierte Abbildung eines Feenbaumes. Er zögerte einen Moment, dann zog er an dem in Form einer Schlange gestalteten Ring, worauf die Tür geräuschlos aufschwang.

Der dahinter liegende Raum war rund und maß gut 20 Schritt im Durchmesser. Für Torak bestand kein Zweifel, dass er soeben einen Feentempel betreten hatte. Fünf filigran verzierte Säulen trugen eine weiße, kuppelförmige Decke. Auch der Fußboden war weiß und hätte wohl geglänzt, wenn er nicht von einer gleichmäßigen Staubschicht bedeckt gewesen wäre. Beherrscht wurde der Raum von dem in seiner Mitte stehenden Feenbaum, der sich erst bei Toraks Berührung als eine Nachbildung aus Metall entpuppte.

»Willkommen in Adinas ewigem Tempel!«

Torak fuhr der Schreck durch Mark und Bein, neben ihm stand plötzlich eine Frau. Sie war fast so groß wie er, hatte die Haare hochgesteckt und trug zu ihrem weißen Kleid üppigen Goldschmuck an Hals und Armen. Verunsichert wich er einige Schritte vor ihr zurück, während sie ihn mit respektgebietendem Blick musterte.

»Die große Zeit der Feen neigt sich ihrem Ende«, sagte die Frau zu Torak. »Unser Orden zerfällt, doch unser Auftrag besteht fort, solange auch nur ein Feenkind auf dieser Erde wandelt. Für jene, die nach uns kommen, haben wir diesen Tempel geschaffen. Er soll euch Wissen, Weisheit, Glück und Heilung bringen.«

Nach einer rhetorischen Pause deutete sie nacheinander auf vier Tore in der gegenüberliegenden Wand. »Wissen, Weisheit, Glück, Heilung«, gab sie jedem der Durchgänge einen Namen.

Toraks hilfloser Blick schien sie in ihrem Vortrag nicht zu beirren, denn sie fuhr ungerührt fort: »Wähle jetzt, doch wähle klug. Nur eine Gabe kannst du von uns erhalten. Hast du dich entschieden, bleiben dir die anderen Tore verschlossen.«

Die Priesterin deutete eine Verbeugung an – und löste sich in Luft auf. Er blickte sich hektisch nach ihr um, doch er war allein. Er wartete einen Moment, ob die Frau zurückkehren würde, dann warf er einen Blick durch jeden der vier Durchgänge. Es schien, als befände sich hinter allen eine genaue Kopie des Saales, in dem er gerade stand. Nur dass die Tore viel zu nah beieinanderlagen, als dass alle Räume hinter ihnen Platz gefunden hätten.

Torak entschied sich, dieses Rätsel jetzt nicht zu lösen. Wichtiger war, durch welches Tor er gehen sollte. Heilung schien naheliegend, denn er war gekommen, um Heilung für Cel zu finden. Aber was war mit Wissen? Würde Wissen über die giftige Pflanze und Cels Krankheit ihm vielleicht sogar mehr helfen? Oder Glück? Glück könnte die Abwesenheit von Leid bedeuten. Wäre Cel nicht auch damit geholfen? Unschlüssig blickte er auf die vier Portale. Auf Weisheit meinte er momentan verzichten zu können, aber welches der anderen Tore war die richtige Wahl?

Schließlich musste er feststellen, dass ihn seine Überlegungen zu keiner Erkenntnis führten. Er holte tief Luft und trat durch das Portal, das ihm von Anfang an als das naheliegendste erschienen war: Heilung.

Im nächsten Moment blendete Torak ein so heller Lichtschein, dass er die Augen zusammenkneifen musste. Als er sie nach wenigen Sekunden wieder öffnete, blickte er auf Bäume, Äste und grüne Blätter. Er stand erneut im Wald am Rande der Lichtung. Vor sich sah er den Weg, den er sich in die Giftpflanzenwiese gebahnt hatte. Was war passiert? Hatte der Tempel ihn für unwürdig gehalten und wieder ausgespuckt? Oder funktionierte der ganze Zauber nach Tausenden von Jahren nicht mehr? Dann hätte er versagt und mit seiner törichten Suche nach den Wundern der Feen nur kostbare Zeit vergeudet. Frustriert begab er sich auf den Rückweg zu Cel. Es würde schmerzlich werden, ihr von seinem Versagen zu berichten.

Er hatte den Tümpel, an dem er Cel zurückgelassen hatte, fast erreicht, als ihm eine weitere Möglichkeit für seine plötzliche Rückkehr zum Waldrand einfiel: Was wäre, wenn er die Gabe des Tempels sehr wohl erhalten hätte? Nur eben nicht so, wie er es sich erhofft hatte? Torak besah seine Hände, dann riss er das Hemd hoch. Weder die Schnittwunden in den Handflächen noch die Narben, die ihm Nimann beigebracht hatte, waren noch sichtbar. Torak schlug sich heftig vor die Stirn. Er hatte dermaßen versagt. Hätte er Wissen oder Glück gewählt, wäre Cel vielleicht noch zu helfen gewesen. Aber stattdessen hatte er die Gabe für die überflüssige Heilung seiner selbst verschwendet. Was war er doch für ein Idiot!

Cel traf er in der Nähe des Tümpels auf einem umgestürzten Baum sitzend an. Bereits aus ein paar Schritten Entfernung erkannte er, dass sich die schwarzen Flecken weiter ausgebreitet hatten. Sie bedeckten schon einen Gutteil der Hautstellen, die direkten Kontakt zu den Giftpflanzen gehabt hatten. Als Cel ihn anblickte, sah er, dass sie geweint hatte. Doch jetzt lag ein Hauch Hoffnung in ihrem Blick. Hoffnung, die er mit einem kurzen Kopfschütteln zerstörte.

Er setzte sich zu Cel. So gerne hätte er etwas Aufmunterndes zu ihr gesagt, doch wenn es in diesem Moment etwas Tröstliches für Cel gab, dann wollte es ihm nicht einfallen. So saßen sie still nebeneinander, während das letzte Rot der Abenddämmerung langsam dem Blau der beginnenden Nacht wich.

Toraks Gedanken kreisten immer noch um den Tempel. Die Feen hatten einiges unternommen, um Menschen von ihm fernzuhalten. Aber das bedeutete nicht zwingend, dass ausschließlich Feen in den Genuss seiner Gaben kommen konnten. Wenn es ihm also gelänge, Cel durch das Feld giftiger Pflanzen zum Tempel zu bringen …

Er war bereit, selbst dem kleinsten Funken Hoffnung nachzujagen. »Cel, ich habe eine Idee. Aber dieses Mal musst du mitkommen. Wir müssen noch mal durch das Feld mit den Giftpflanzen.«

»Wenn es weiter nichts ist«, entgegnete Cel resigniert. »Schlimmer kann es ja kaum noch werden.«

Torak lief zum Teich und schöpfte zwei Hände voll Schlamm. Wieder bei Cel angekommen, begann er, ihre Arme und Beine damit einzureiben. »Vielleicht hilft das als Schutz«, meinte er.

Während es Torak befremdlich vorkam, die stinkende Pampe auch noch ein Stück oberhalb von Cels Knien aufzutragen, ließ sie die Prozedur stoisch über sich ergehen. Als er mit Gesicht und Hals fertig war, meinte Cel: »Zumindest sollten mir Mückenstiche heute Nacht erspart bleiben. Das wäre ja auch schon ein Erfolg.«

Gemeinsam gingen sie zum Rand der Wiese. Es war schon fast dunkel und Torak merkte, dass ihnen die Zeit davonlief. Schon bald würde er den Weg im Feld nicht mehr erkennen können. Nach einem kurzen Blick auf Cel entschied er: »Ich werde dich tragen«

»Gut«, antwortete sie zu seiner Verwunderung.

Er ergriff sie wieder unter Beinen und Armen, während sie seine Schultern umfasste. Wie leicht sie doch ist, dachte er, als er in das Giftpflanzenfeld hineinging.

Zweimal kam Torak vom Weg ab, aber schneller als gedacht hatte er den Eingang zum eingestürzten Schacht gefunden. Soweit er konnte, ließ er Cel an den Armen hinab in das Erdloch, doch für das letzte Stück musste er sie fallen lassen. Rasch kletterte er hinterher und fand sie zusammengesunken am Boden der Grube. Erst zog er sie zwischen heruntergefallener Erde und Tunneldecke hindurch, dann konnte er sie wieder tragen.

»Willkommen in Adinas ewigem Tempel!«, begrüßte sie die Stimme der Priesterin. Während sie von den Gaben Wissen, Weisheit, Glück und Heilung berichtete, durchquerte Torak die Halle. Ohne Zögern trat er mit Cel auf den Armen durch das Tor zur Heilung.

Diesmal fanden sie sich in einer Art Abstellraum wieder, mit einem Tisch, vier lieblos darauf gestapelten Stühlen und ein paar leeren Schüsseln. An der Wand hingen Besen, deren Borsten wahrscheinlich schon vor mehr als tausend Jahren ausgefallen waren. Hinter sich sah er eine Tür, die in die Tempelhalle zurückführte. Es schien, als wäre er eben durch diese Tür in die Abstellkammer getreten.

Während Torak sich noch bestürzt umblickte, rutschte Cels Arm von seiner Schulter und pendelte in der Luft. Sie war bewusstlos.

»Was ist das für ein Spiel?«, schrie Torak die Wände des Tempels an. »Macht es dir Spaß, uns zum Narren zu halten?« Doch der Tempel schwieg.

Schließlich trug er Cel durch die Tür und stand wieder in der Tempelhalle. Vorsichtig setzte er ihre Beine auf den Boden und versuchte, sie hinzustellen, doch ihr Körper blieb schlaff. Verzweifelt schüttelte er sie, dann schlug er ihr mit der Handfläche ins Gesicht. Ein Zittern lief durch Cel und sie öffnete die Augen. In diesem Moment gab Torak ihr einen Stoß. Cel taumelte rückwärts durch das Tor der Heilung und einen Augenblick umgab sie ein heller goldener Lichtschein. Dann war sie verschwunden. Einige Sekunden wartete Torak, trat selber durch das Tor, nur um sich erneut in der Abstellkammer wiederzufinden. Er war allein. Ein Fünkchen Hoffnung, dachte er.

Er ging zurück in die Halle und blickte sich um. Auch hier weder eine Spur von Cel noch von der Priesterin. Er wartete einen Augenblick, dann rief er nach Cel. Als die Antwort ausblieb, wollte er schon zum Wald zurückkehren, da kam ihm ein Gedanke. Der Reihe nach lief er durch die Tore zu Glück, Weisheit und Wissen, doch jedes Mal fand er sich in derselben Abstellkammer wieder. Er war sich sicher, dass die Schöpfer des Tempels die Idee mit der Kammer damals gleichermaßen für lehrreich und amüsant gehalten hatten. Torak verließ die Halle, schloss sorgfältig die schwere Metalltür und folgte dem Steingang zu der Abzweigung, durch die er gekommen war.

Dann zögerte er. Sollte er schnell zu Cel zurückkehren oder sich einen Moment umsehen? Von der Feenstadt, aus der er das Orium holen sollte, war augenscheinlich außer dieser unterirdischen Anlage nichts mehr erhalten. Vielleicht war er dem Ziel seiner Suche schon ganz nahe. Oder er würde zumindest noch andere hilfreiche Artefakte der Feenwelt entdecken. Torak gab sich zehn Minuten für eine schnelle Untersuchung der Anlage und folgte dem in einer leichten Rechtskurve verlaufenden Gang. Nach einer Weile endete dieser an einer aus dem gleichen Stein wie die Seitenwände gebauten Mauer.

Das konnte nicht stimmen, dachte Torak. Ein breiter Gang, ein Tempel und als einziger Zugang ein provisorischer Tunnel, der eher an einen Stollen erinnerte? Er musste etwas übersehen haben. Oder die Anlage hielt sich nicht an die Regeln, die Torak bisher als unumstößlich angesehen hatte. Eben im Tempel hatte er selbst erlebt, dass die Dinge nicht so waren, wie sie auf den ersten Blick schienen. Er klopfte mit den Händen die vor ihm liegende Wand ab, die sich jedoch als äußerst real erwies.

Torak trat den Rückweg an. Sich eng an der rechten Wand des Ganges haltend, strich er mit der Hand über die Steine, während er gleichzeitig auf den Widerhall seiner Schritte und einen eventuellen Luftzug zu achten versuchte. Er war noch nicht weit gekommen, da griffen seine Finger ins Nichts. Toraks Augen sahen den Gesteinsblock, doch seine Hand spürte nur leere Luft. Erschrocken riss er den Arm zurück, um kurz darauf mit beiden Händen die Öffnung zu ertasten. Er fühlte eindeutig einen Durchgang, so breit, dass er mit ausgestreckten Armen gerade die unsichtbaren Pfosten zu den Seiten berühren konnte.

Er holte tief Luft, schritt durch die Wand und fand sich in einem schmalen Gang wieder, von dem mehrere Räume abzweigten. Ein kurzer Blick zurück zeigte ihm, dass der Weg in den Hauptgang von dieser Seite ungehindert einzusehen war. Eilig besah sich Torak die kleinen Kammern, die sich allesamt als Lager oder Versorgungsräume herausstellten. Er sah zusammengebrochene Regale, leere Tonkrüge und Fetzen von etwas, was vielleicht einmal Kleider gewesen waren. Schnell kehrte er in den Hauptgang zurück.

Den nächsten Raum auf der anderen Gangseite erkannte er, ohne die Wand berühren zu müssen. Der Steinfußboden zeigte eine eindeutige Abnutzung. Kurz betastete er den Durchgang, dann trat er hindurch.

Trotz seiner Leere strahlte der vor ihm liegende Raum etwas Erhabenes aus. Auf dem in geometrischen Mustern verlegten Fußboden aus weißem Granit erhob sich in der Raummitte ein kniehoher Altar. An der Stirnwand konnte Torak schemenhaft das Bild eines blühenden Feenbaumes erkennen. Die von den roten Blüten verbliebenen Farbtupfer vermittelten eine Lebendigkeit, die in krassem Gegensatz zu der vor dem Altar knienden skelettierten Leiche stand.

Vorsichtig trat Torak näher an das Skelett heran. Einst musste es mit einem kostbaren Gewand bekleidet gewesen sein, doch heute waren nur Goldfäden und beige Stofffetzen davon geblieben. Tief gebückt und mit auf dem Boden liegender Stirn kniete es wie betend vor dem Altar. Ein von beiden Händen gehaltener Dolch ragte aufrecht in seinen leeren Bauchraum.

Torak wusste sofort, wer hier vor ihm lag. Den üppigen Goldschmuck, der jetzt die bleichen Knochen schmückte, hatte er an diesem Tag schon zwei Mal gesehen. Die Priesterin aus dem Tempel hatte hier vor langer Zeit ihr trauriges Ende gefunden. Er empfand Mitleid mit der Frau, deren Abbild ihn eben erst herablassend angeblickt hatte. Was mochte sie zu diesem fatalen Schritt getrieben haben? Hatte sie, als vermeintlich letzte Fee über den ewigen Tempel wachend, irgendwann aufgegeben? Oder hatte sie ihr Leben gegeben, um ihrem Ebenbild den Weg zu bereiten? Wieder einmal überkam Torak das Gefühl, dass es mit einer Vielzahl von Feen kein gutes Ende nahm. Konnte nicht einer von ihnen friedlich an Altersschwäche sterben?

Torak bückte sich, löste die Knochenfinger einer Hand von dem Dolch und streifte drei der breiteren Goldringe vom Arm der Priesterin. Die würde sie nicht mehr benötigen, er hingegen wahrscheinlich schon. Den Rest des Schmucks sollte die Priesterin behalten. Er wollte sich zum Gehen wenden, als er auf dem Altar einen halb unter Staub verborgenen Schlüssel entdeckte. Dessen exakte Ausrichtung in der Mitte der Holzfläche ließ den Jungen annehmen, dass er hier nicht beiläufig abgelegt worden war. Torak ergriff ihn und stellte überrascht fest, dass der filigran gearbeitete Gegenstand nicht aus Metall, sondern aus Glas oder einem durchscheinenden grünlichen Stein bestand. Benutzen und zerbrechen, mutmaßte er, wäre wahrscheinlich ein und dasselbe, doch ohne Grund lag der Schlüssel nicht hier. Torak schob ihn in die Hosentasche, warf noch einen letzten Blick auf die tote Priesterin und kehrte in den Gang zurück.

Wenige Schritte später erfühlte Torak den nächsten Durchgang in den Steinquadern. Einen Raum noch, sagte er sich, dann musste er wirklich nach Cel suchen. Diesmal trat er, ohne zu zögern, durch die Mauer, doch dort, wo er ein weiteres Gebäudeteil vermutet hatte, war nichts. Kein Licht, keine Wände und vor allem kein Boden. Torak fiel vornüber, überschlug sich und schrie, dann schlug er hart auf einer Steinfläche auf. Einen Moment blieb er mit geschlossenen Augen liegen und horchte auf die Reaktion seines Körpers. Höllische Schmerzen waren die einheitliche

Antwort und doch schien er nicht ernsthaft verletzt zu sein. Er öffnete die Augen und setzte sich langsam auf. Sogleich lief ihm Blut über das Gesicht. Behutsam ertastete er eine Platzwunde an der Stirn, sein restlicher Körper schien jedoch intakt.

Torak wischte sich das Blut mit dem Handrücken aus dem Gesicht und sah sich um. Er befand sich auf einem unterirdischen Platz, an dessen Rändern vielgeschossige Häuser in die Höhe ragten. Doch die Gebäude wirkten klein und unfertig. Auch ihre Wände schienen sich zur Straße hin zu krümmen, um über ihm zu einer Höhle zusammenzuwachsen; eine Art Tür, durch die er in diese Stadt gestürzt sein konnte, sah er nirgends.

Mühsam erhob er sich. Einen Moment hoffte er, dass die schiefen Wände nur seiner Einbildung nach dem harten Sturz entspringen würden, doch schließlich akzeptierte er das, was er sah, als Wirklichkeit.

Auch in dieser Stadt schien das Licht aus dem Nichts zu kommen. Aber damit waren die Gemeinsamkeiten mit der Tempelanlage erschöpft. Hier war das Licht nur noch ein kraftloses Glimmen, das mühsam die Dunkelheit auf Abstand hielt. Selbst die Luft war eine andere. Sie war kalt, roch abgestanden und auf eine unangenehme Art süßlich. Torak spürte, wie sich am ganzen Körper seine Haare aufstellten.

Menschen schien es an diesem Ort nicht zu geben. Straßen und Häusern fehlte jede Spur von Leben und kein Geräusch durchbrach die Stille. Eine tote Stadt, dachte Torak, fern allen Seins. Er riss sich zusammen. Er durfte hier nicht tatenlos herumstehen, dafür fehlte ihm die Zeit. Ein paar

Schritte ging er die Straße hinunter, dann wandte er sich einem der Hauseingänge zu.

Je länger er die Fassade betrachtete, desto unechter kam sie ihm vor. Die Fenster waren nur Nischen in der Wand und das offen stehende Türblatt wurde durch einen in den Stein geritzten Rahmen symbolisiert. Während Torak noch an ein Spielhaus für Kinder dachte, betrat er das Gebäude. Der vor ihm liegende Raum war nur drei Schritt tief. In den Fels der ihm gegenüberliegenden Wand hatte man mehrere kleine Alkoven gehauen, und in jedem von ihnen lag ein Skelett. Doch anscheinend hatte die Wandfläche letztlich für zusätzliche Nischen nicht mehr ausgereicht, und man hatte weitere Tote eng an eng in den schmalen Raum gelegt. Torak sah Skelette von Erwachsenen, aber auch von Kindern sowie Stoffreste und Grabbeigaben. Weiße Zähne grinsten und leere Augenhöhlen starrten ihm nach, als er rückwärts aus dem Zimmer ging. Er hatte es von Anfang an gespürt: Er befand sich in einer Nekropole.

Zwei Stunden später hatte Torak die gesamte Totenstadt erkundet und dabei weder eine Spur von Leben noch einen Ausgang gefunden. Frustriert suchte er sich einen Platz, an dem er sich auf den Boden setzen konnte, ohne von einem Skelett angeblickt zu werden. Ihm war eines klar: Wenn er nicht aus der Stadt herausfände, würde er in Ermangelung von Wasser und Nahrung sehr bald zu einem ihrer Bewohner. Doch zwei Optionen sah er noch. Zum einen war er auf seinem Rundgang auf einige Leitern gestoßen. Sicherlich waren sie in der Vergangenheit dazu benutzt worden, die Toten in die höher gelegenen Räume zu bringen. Wenn ihn die Leitern noch trügen, könnte er seine Suche auf die oberen Stockwerke ausweiten.

Die zweite Option weckte Ängste in Torak. Er könnte in die Schattenwelt gehen, vielleicht würde er dort auf Schatten stoßen, die den Weg zu Adina noch nicht gefunden hatten. Doch seine Besuche dort nahmen selten ein gutes Ende. Und gerade in einer Totenstadt erschien es ihm wenig ratsam, zu engen Kontakt mit Verstorbenen zu suchen.

Schließlich siegte Toraks Erschöpfung. Er wollte die langen Leitern nicht von Eingang zu Eingang tragen, nur um auf immer weitere Grüfte und Skelette zu treffen. Er hatte schon zu viele gesehen. Darum setzte er sich entspannt hin und versuchte, diesen abwesenden Zustand zu erreichen, der ihm den Übergang in die Schattenwelt ermöglichen würde. Vielleicht unterstützte ihn seine Schwäche, denn schon nach wenigen Minuten spürte er das typische Zupfen an seinem Geist. Kurz darauf fand er sich in der farblosen und kalten Welt der Schatten wieder.

Torak stand auf und warf einen Blick auf seinen zurückgelassenen Körper. Befriedigt stellte er fest, dass er seine Position so gewählt hatte, dass dieser nicht kippte und in den Staub fiel, sondern ohne sein Zutun in sitzender Stellung verharrte. Er ging ein Stück die Straße hinab in den Nebel. Während die Kälte mit jedem Schritt, um den er sich von seinem Körper entfernte, zunahm, blieb die graue Stadt um ihn herum weiterhin leer und verlassen. Schließlich überwand er sich und beschloss, einen Blick in die Totenhäuser zu werfen. Er betrat einen kleinen Raum direkt durch die Wand und sprang nahezu im selben Moment wieder zurück. Auch diesmal hatten die Toten ihn angeblickt, nur dass es sich jetzt nicht mehr um Skelette handelte, sondern um graue Abbilder derer, die sie einst gewesen waren. Er hatte Frauen und Männer gesehen. Manche alt, aber viele in der Blüte ihrer Jahre. Die meisten hatten entspannt auf dem Boden gelegen, andere jedoch spiegelten Schmerz und Entsetzen im Augenblick ihres Todes wider. Die graue Gestalt eines Mannes schien sich unter Qualen ein langes Messer aus dem Bauch ziehen zu wollen, doch keiner der Leichname bewegte sich. Still lagen sie da, wie der Tod sie gefunden hatte.

Erschüttert lief er zu seinem Körper zurück. Um nichts in der Welt wollte er einen weiteren Blick in eines dieser Totenhäuser werfen. Fast hatte er seinen Leib erreicht, als er jemanden rufen hörte. Torak fuhr herum und sah, wie ein Schatten ihm folgte. Nur mit Mühe konnte er das Verlangen, in seinen schützenden Körper zurückzukehren, unterdrücken. Einen Schatten zu finden, das war es doch, was er gewollt hatte. Langsam zurückweichend drehte er sich um.

Einst musste der zu diesem Schatten gehörige Körper eine imposante Erscheinung gewesen sein. Immer noch ließ der Nebel einen großen, breitschultrigen Körper erkennen, doch seine beinahe in Auflösung befindliche Gestalt unterschied sich gravierend von allen Schatten, die Torak zuvor gesehen hatte. Auch sie können altern, dachte er, als der Nebel ihn unerwartet in einer fremden, melodischen Sprache ansprach.

»Ich verstehe dich nicht«, antwortete Torak hilflos. »Ich spreche deine Sprache nicht.«

Sein Gegenüber zögerte einen Moment, schien in der windstillen Luft zu verwehen, doch dann sammelte er sich wieder. »So werde ich die Sprache der Gemeinen sprechen«, sagte er mit deutlichem Akzent zu Torak. »Ich habe dich erwartet, denn deine Ankunft wurde prophezeit.«

Als Torak nicht gleich antwortete, sprach der Mann weiter. »Ich war Darlak, der oberste aller Magier. Mir wurde Adinas Auftrag zuteil, das Mittel herzustellen, mit dem dereinst der erwählte Krieger Sydora vernichten und unser Volk retten soll.«

»Ich bin Torak, und Adina hat mir aufgetragen, diese Waffe von dir zu erbitten«, sagte er selbstsicherer, als er sich fühlte.

»Torak …«, antwortete Darlak geistesabwesend. »Ja, ich erinnere mich. Einst habe ich Torak bei Hofe getroffen. Er war schon ein alter Mann und ich war noch ein Kind. Doch ich will nicht länger zurückblicken auf die Welt der Lebenden, zu schmerzhaft ist die Erinnerung.«

Der Blick des Magier-Geistes war in die Ferne geschweift, doch nun kehrte er zu Torak zurück. Nach einem Moment des Zögerns sprach er weiter: »Verzeih mir, Torak, aber du bist nicht der, den ich erwartet hatte. Adina hat vorhergesagt, dass der Auserwählte ein mächtiger Krieger wäre. Erfahren im Kampf und im Umgang mit den Göttern. Du scheinst mir dieser Krieger nicht zu sein.«

Torak wusste, dass der Alte nur allzu recht hatte. Er war der Einzige gewesen, der noch da war. Ein Notbehelf. Ein Besserer würde nicht mehr kommen. In Sorge, dass der Magier ihm das Orium nicht aushändigen würde, entgegnete er: »Ich mag jung an Jahren erscheinen, doch Adina hat mich als geeignet befunden, diesen ehrenhaften Auftrag zu erfüllen.«

Kurz schien es Torak, als zuckte der vor ihm schwebende Nebel mit den Schultern. Endlich sagte dieser: »Das Orium wird zeigen, ob du würdig bist, sein Träger zu sein.«

Einen Moment standen sich die beiden schweigend gegenüber, dann hatte der Geist seine Entscheidung getroffen. Er näherte sich Torak auf Armeslänge und sagte: »Torak, viel zu lange habe ich hier auf dich gewartet, doch nun bist du gekommen und die Zeit des Wartens ist vorüber. Du und ich, wir bezahlen einen hohen Preis, doch wir werden die Retter der Feen sein. Das ist unser Leid allemal wert.«

Mit einer gekünstelten Geste hielt er ihm einen kleinen runden Gegenstand hin. Torak wollte schon zugreifen, doch dann zögerte er. »Darlak, sage mir, wie ... äh ... wie benutzt man dieses Orium?«

Der Alte ließ die Hand wieder sinken. »Du weißt es nicht?«, fragte er erschrocken.

»Adina blieb nur wenig Zeit, mich auf meine Aufgabe vorzubereiten«, gab Torak wahrheitsgemäß zu.

»Schlimm muss es um unser Volk bestellt sein«, mutmaßte Darlak. »Darum sag, wie steht es da draußen in der Welt der Lebenden? Schon lange vernahm ich keine Botschaft mehr.«

Torak schluckte. Was sollte er ihm erzählen? Dass die Feen praktisch ausgestorben waren und dass das Volk, welches Darlak mit seiner heroischen Tat retten wollte, nicht mehr existierte? Nein, das würde er dem alten Mann nicht antun. Aber eine dreiste Lüge hatte er auch nicht verdient. Schließlich antwortete Torak: »Die Zeiten waren hart für uns Feen. Auf Streit und Missgunst folgte die Bedrohung durch Sydora. Uns droht die Niederlage, doch das ganze Volk hofft auf deine Waffe.«

»Es ist also, wie es immer war«, seufzte Darlak resigniert.

Langsam hob er die Hand und blickte auf den Gegenstand, der sich bei näherer Betrachtung als runder Stein entpuppte. »Es ist keine Waffe im eigentlichen Sinne«, sagte er dann. »Es verleiht dir eine Facette der Göttlichkeit deines Feindes. Nicht mehr, aber auch nicht weniger. Gepaart mit deinen Fähigkeiten als Krieger sowie mit der Hilfe der Götter magst du den Kampf für dich entscheiden.«

Mit seinen Worten war es Darlak gelungen, Toraks sorgsam gehegten Optimismus durch schiere Panik zu ersetzen. Adina hatte ihm aufgetragen, das Orium zu holen. Den Gedanken, dass er danach auch noch gegen allmächtige Götter zu Felde ziehen sollte, hatte er bisher erfolgreich verdrängt.

Toraks Fassungslosigkeit ignorierend sprach Darlak weiter: »Doch sei gewarnt. Die Wirkung des Oriums währt nur kurz. Ob Stunden oder gar Tage, vermag ich indes nicht zu sagen. Also handle rasch!«

Darlak schien die lange Rede enorm anzustrengen, denn erneut löste sich der ihn bildende Nebel auf. Einen schrecklichen Moment dachte Torak, der Magier sei auf Nimmerwiedersehen verschwunden, doch dann trübte sich die Luft vor ihm wieder ein und ließ eine Andeutung von Darlak erkennen. Torak lief die Zeit davon und er wollte schon das Orium von seinem Gegenüber einfordern, besann sich aber eines Besseren: »Darlak, kannst du mir verraten, wie ich aus dieser Totenstadt wieder herauskomme?«, fragte er kleinlaut.

Der Dunst hielt inne und schien ihn vorwurfsvoll anzublicken. »Du kommst hinaus, wie du hineingekommen bist«, sagte er knapp. Als Torak nicht reagierte, fügte er hinzu: »Kennst du denn keine Feentüren?«

Torak schüttelte den Kopf.

»Zu meiner Zeit gab es noch drei von ihnen«, begann Darlak mit dünner Stimme zu erklären. »Sie verbanden den Ewigen Tempel, die Stadt der Toten und den Herrscherpalast miteinander.«

»Und wie bediene ich diese Türen?«, fragte Torak. »Wie komme ich wieder zurück in den Tempel?«

»Du musst es wollen«, entgegnete Darlak knapp. Erneut hob er die Hand mit dem Stein, und Torak wurde klar, dass sein Kontingent an Fragen erschöpft war.

»Ich danke dir«, sagte er. »Kehre nun heim zu Adina, sie erwartet dich.« Damit ergriff er den Stein. Augenblicklich breitete sich in seiner Hand ein warmes Gefühl aus. Verwundert blickte er seine Schattenhand an, die sich trotz der ihn umgebenden Kälte stetig weiter erwärmte. Erst wurde die Wärme unangenehm, dann unerträglich. Verzweifelt schlug und schüttelte er seinen Arm, während die Gluthitze daran emporkroch. Er stürzte schreiend und sich windend auf den Boden, als sich das Orium den Weg in seinen Geist bahnte. Wie sich Darlaks Schatten ein letztes Mal auflöste, sah er bereits nicht mehr.

# KAPITEL

# 28

Torak erwachte mit heftigen Kopfschmerzen. Ein Blick auf seine Umgebung offenbarte ihm, dass er zwar wieder in seinen Körper zurückgekehrt war, sich aber weiterhin in der Nekropole befand. Sein Arm, der eben noch scheinbar in Flammen gestanden hatte, sah aus wie immer. Auch die Schmerzen waren verschwunden. Torak öffnete seine zur Faust geballte Hand. Sie war leer.

Mühsam erhob er sich, wobei seine Kopfschmerzen von einem qualvollen Pulsieren abgelöst wurden. Er lehnte sich an eine Wand und langsam, sehr langsam ließen die Schmerzen nach. Von der Göttlichkeit aber, die ihm Darlak versprochen hatte, fehlte jede Spur. Hatte das Orium ihn als unwürdig abgelehnt? War die Übergabe gescheitert? Ein Hoffnungsschimmer stahl sich in Toraks Geist. Er hatte es wirklich versucht, hatte sein Bestes gegeben. Und wenn dieses Beste für das Orium nicht genug gewesen war, was konnte er dafür? Er war frei! Er würde Cel suchen und mit ihr diesen seltsamen Feenwald verlassen. Sollte doch fortan mal ein anderer gegen Sydora kämpfen.

Erst nach einem Moment der Euphorie realisierte Torak wieder seine Lage. Zwischen ihm und der Freiheit standen weiterhin die steinernen Wände der Totenstadt. Unentschlossen machte er in der schmalen Gasse ein paar Schritte an den Totenhäusern vorbei. Was hatte Darlak ihm zu den

Feentüren erzählt? *Du musst es wollen!* Als wenn er es bei seinen ersten Runden durch die Nekropole nicht gewollt hätte.

Unschlüssig folgte Torak dem Weg, bis er schließlich wieder den Platz erreichte, an dem er die Stadt durch seinen überraschenden Sturz auf hartes Pflaster betreten hatte. Er war von oben in die Nekropole hineingefallen. Aber wenn er jetzt nach oben blickte, sah er nur die roh behauene Felsendecke und die Fassaden der Häuser, die sich der Schwerkraft trotzend in den Raum hinein krümmten. Dass sich in der Decke keine Tür befand, erschien Torak eher als vorteilhaft. Wie hätte er sie auch erreichen sollen? Im Geiste sah er sich bereits einen gewaltigen Berg an Skeletten auftürmen, um anschließend daran in die Höhe zu klettern, während die Knochen unter ihm zu Staub zerfielen. Nein, es musste einen anderen Weg geben.

Erst eine genauere Untersuchung der Straße brachte ihn weiter. In der Mitte des Platzes, und im Schmutz der Jahrhunderte kaum zu erkennen, bildeten die Pflastersteine einen mehrere Schritte durchmessenden Kreis. Fast exakt in dessen Mitte befand sich der große Blutfleck, den er bei seiner Ankunft hinterlassen hatte. Fußspuren im Staub zeigten an, dass er den Kreis zwischenzeitlich schon mehrfach durchquert hatte. Torak ging noch einige weitere Male in verschiedenen Richtungen hindurch, dann stellte er sich in die Mitte und sprang ein paar Mal in die Luft. Doch außer, dass er etwas Staub aufwirbelte, geschah nichts.

Es musste am Wollen liegen, beschied Torak. Zwar hatte er schon bisher die Nekropole unter allen Umständen verlassen wollen, aber möglicherweise nicht in der Art und Weise, die die Feentür von ihm verlangte. Vielleicht erwartete sie ja, dass er ihr mitteilte, zu welchem Ort sie ihn bringen sollte. Schließlich nahm er sich vor, den Kreis erneut zu durchschreiten und dabei fest an den Gang im Tempel zu denken. Er ließ das Bild des hellen, aus grauen Steinquadern gebildeten Korridors vor seinem geistigen Auge entstehen und wollte aus dem Kreis heraustreten, als er stolperte und schmerzhaft auf harten Steinboden stürzte. Noch bevor er die Augen wieder öffnete, wusste er, dass er die Nekropole verlassen hatte. Warme feuchte Luft hatte den kühlen Todeshauch der Stadt ersetzt. Als er den Kopf hob, lag vor ihm der Weg zu Adinas ewigem Tempel. Toraks Verärgerung über die tückischen Feentüren konnte die Freude, der Totenstadt entronnen zu sein, kaum dämpfen.

Außer Atem kämpfte sich Torak zwischen den Giftpflanzen hindurch. Immer wieder blieben die fleischigen Blätter an ihm kleben und mussten erst mühsam gelöst werden, bevor er weiter auf sein Ziel zulaufen konnte. Als er den Tempel verlassen und das Licht des jungen Morgens erblickt hatte, war scheinbar noch alles in Ordnung gewesen. Doch mit jedem Schritt zwischen den Pflanzen hindurch nahm seine Sorge um Cel zu. Was wäre, wenn der Heilungszauber im Tempel nicht gewirkt hätte? Würde auch sie sich inzwischen in eines dieser schwarzen Ungeheuer verwandelt haben? Verbrannte Haut, und dort, wo die schwarze Kruste aufbrach, Rinnsale von Blut. Dazu unermessliche Schmerzen. Was, wenn er sie so fände? Wäre er in der Lage, sein achtlos gegebenes Versprechen zu erfüllen? Er wusste es nicht.

Der Wald war schon fast erreicht, als Torak abrupt stoppte. Männerstimmen drangen zwischen den Pflanzen zu ihm herüber. Noch konnte er kein Wort verstehen, aber es war eindeutig, dass die Männer sich stritten. Einen Moment überlegte er, ob er in seinem Versteck bleiben oder sich näher an die wenig um Tarnung bemühten Männer heranschleichen sollte. Schließlich gewann die Neugier Oberhand. Vielleicht könnte er die eine oder andere hilfreiche Information aufschnappen. Vorsichtig kämpfte er sich zwischen den Pflanzen hindurch, bis er plötzlich die Stimmen in unmittelbarer Nähe hörte.

»Und wenn du uns auspeitschen lässt, wir gehen da nicht rein!«

»Wenn ihr nicht sofort geht, melde ich es dem Statthalter. Der wird sich was für euch einfallen lassen, wogegen Auspeitschen das pure Vergnügen ist!«

Einen Moment herrschte Stille. Schließlich rief einer: »Geh du vor. Dann kommen wir nach.«

Behutsam kroch Torak zwischen Blättern, Ästen und Stängeln hindurch näher an die Männer heran. Kurz darauf hatte er freies Sichtfeld. Drei abgerissene Gestalten standen in drohender Pose einem vierten Mann in abgewetzter Uniform gegenüber. Alle trugen Waffen. Torak zählte einen Dolch, zwei Messer und einen Holzknüppel.

Eine offensichtliche Patt-Situation, dachte er. Entweder, sie würden sich friedlich einigen, oder es käme zu einer mörderischen Auseinandersetzung. Dabei sprachen die Gesichter der drei in Toraks Richtung blickenden Männer Bände. Sie waren erschöpft, hungrig und gereizt. Torak spürte, dass zwei von ihnen den Anführer angreifen würden, der dritte würde wegrennen.

Er glaubte sogar, regelrecht in ihren Gesichtern lesen zu können, wie die beiden ihren Angriff planten, sich Finten ausdachten und bereits ausmalten, wie der Mann unter ihren vereinten Kräften tödlich verletzt zu Boden ginge. Angst und Wut bestimmten das Handeln der zwei Angreifer und lähmten jeden rationalen Gedanken. Der dritte Mann jedoch dachte an seine Frau und seine Kinder. Er würde sein Heil in der Flucht suchen, war sich jedoch bewusst, dass auch dann sein Schicksal besiegelt wäre. Seine Frau würde zur Witwe, aber sich irgendwie durchschlagen. Das hatte sie stets getan. Sie konnte betrügen und stehlen. Oder als Hure arbeiten. Im Bett war sie doch immer ganz große Klasse gewesen. Plötzlich stand Torak das Bild einer mageren Frau mittleren Alters vor Augen. In einer einfachen Holzhütte lag sie auf einem Bett. Nackt und mit gespreizten Beinen. Das schamlose Lächeln auf ihren Lippen lud ihn ein.

Schockiert richtete Torak den Blick auf den Boden und die Vision verschwand. Er war übermüdet und hatte schon lange nichts mehr gegessen. Das war wohl der Grund für die Streiche, die ihm sein Verstand zu spielen begann. Er blickte zurück zu den Männern.

Der Bursche in der Mitte hatte sich zwischenzeitlich entschlossen, zum Angriff überzugehen. Er plante einen Ausfallschritt, dann würde er sein Messer bis zum Heft in Steberts Bauch stechen. Jeden Moment war es so weit. Torak erlebte, wie aus dem Nichts der Anstoß zum Handeln aufblitzte, der Mann nach vorne sprang und seine Klinge in den ungeschützten Bauch des Leutnants rammte. Der völlig überrumpelte Soldat stöhnte auf und presste seine Hände auf die Wunde, während sein Angreifer das Messer zurückzog, um wieder und wieder auf sein Opfer einzustechen. Schließlich ließ er von Stebert ab, trat einen Schritt zurück und sah zu, wie der Soldat erst auf die Knie sank, um dann vornüber auf sein Gesicht zu fallen.

Toraks Grauen über den kaltblütigen Mord stand in keinem Verhältnis zu der schrecklichen Gewissheit, die sich ihm nun offenbarte. Das Orium hatte nicht versagt! Es hatte ihm die göttliche Fähigkeit verliehen, im Geist der Menschen zu lesen. Er war Adinas erwählter Krieger, gesandt, um Sydora zu töten. Oder um von ihr getötet zu werden.

Wie betäubt beobachtete Torak die Männer. Mit der Ermordung ihres Anführers war etwas geschehen, was sich nicht mehr korrigieren ließ. Er fühlte ihre Verzweiflung, folgte ihren Gedanken auf der Suche nach einem Ausweg, vermischte ihre Sorgen mit seinen. Für einen kurzen Moment war Torak wie den verbliebenen drei Männern das Wissen gemein, dass sich unter ihren Handlungsmöglichkeiten keine befand, die auch nur ansatzweise die Hoffnung auf ein gutes Ende beinhaltete. Dann traf Torak eine Entscheidung.

Die Soldaten schraken zusammen, als ein großer abgemagerter Mann zwischen den Giftpflanzen hervortrat. Kaum hatte er das Feld verlassen, riss er die Arme in die Luft und rannte, wie ein waidwunder Bär brüllend, auf sie zu.

# KAPITEL

# 29

An das, was Cel am Abend des gestrigen Tages widerfahren war, konnte sie sich nur bruchstückhaft erinnern. Ein wirrer Fiebertraum füllte die Lücken dazwischen mit Zerrbildern. Erst zu dem Zeitpunkt, als der Tempel sie ausgespuckt hatte und sie rücklings in den Wald gestürzt war, setzte ihre Erinnerung wieder ein.

Eine Zeit lang blieb sie zwischen mannshohen Farnwedeln liegen und versuchte, sich zu orientieren. Überrascht stellte sie fest, dass die lähmende Apathie von ihr gewichen war. Fast im selben Moment erinnerte sie sich an die schwarzen Flecken. Hastig besah sie ihre Arme, musste aber erst den von Torak darauf verteilten Schlamm abreiben, um den Zustand ihrer Haut beurteilen zu können. Erleichtert atmete sie auf. Die Haut war von einem ebenmäßigen hellen Rot und fast schöner als zuvor. Einen Moment zögerte sie, dann betastete sie ihren Rücken. Auch die Narben der drei Hiebe, die sie im Gefängnis von Myr erhalten hatte, waren verschwunden. Erleichterung durchströmte sie. Sie würde die Narben nicht brauchen, um die Erinnerung an den Wächter und seine kurze Kamelpeitsche wachzuhalten.

Einen Moment saß sie geistesabwesend zwischen den Farnwedeln, dann begann die Frage, was aus Torak geworden war, immer größeren Raum einzunehmen. Sie entschied, dass sie, wenn er nicht bald käme, auch nicht nach ihm suchen würde. Auf gar keinen Fall wollte sie sich nochmals in die Nähe dieser mörderischen Pflanzen begeben. Schließlich stand sie auf und schlich durch den Wald zur Quelle. Fremde Spuren im Matsch zeigten an, dass auch ihre Verfolger den Brunnen gefunden hatten. Schnell trank sie einige Schlucke von dem kühlen Wasser, dann wusch sie sich den Schlamm von Armen, Beinen und Gesicht. Angewidert stellte sie fest, dass der Dreck zwar verschwand, der faulige Gestank jedoch an ihr haften blieb. Sie war gerade fertig, als laute Stimmen sie zurück ins Dickicht trieben. Eine Gruppe von Soldaten stapfte durch den Wald zur Quelle, um ihre Wasserschläuche aufzufüllen. Cel befürchtete schon, dass jemand ihre Fußspuren sehen und ihr folgen würde, doch die Männer waren zu sehr mit ihren eigenen Dingen beschäftigt. Als sie gingen, folgte Cel ihnen in einigem Abstand, bis sie einen Lagerplatz zwischen den Bäumen erkennen konnte.

# KAPITEL 30

Kanincheneintopf brachte ihnen der Mann. Dass er es nur gut meinte, konnte Foruh neben Furcht und Unterwürfigkeit in seinem schlichten Geist lesen. Abgestoßen sah es, wie die Menschen, allen voran Klaric, die Fleischpampe gierig in sich hineinschaufelten. Wie konnten sie nur Fleisch essen? Der dünne Schleier von Zivilisation, mit dem diese Lebewesen sich umgaben, bedeckte sie nur unvollständig. Und unter Bedrängnis löste er sich schnell in nichts auf. Jeder war sich selbst der Nächste, und die Gemeinschaft zählte nicht das Geringste.

Nein, sie waren es nicht wert, weiter diese Welt zu bevölkern. Und Foruh war froh, zum Wohle des Volkes seinen bescheidenen Beitrag zur Vernichtung der Menschen erbringen zu dürfen. Die, die nach ihnen kamen, würden eines Tages die Früchte ernten, die sie heute säten. Sie würden in einer freien Welt ohne Feinde leben und Mutter würde mit sicherer Hand ihre Geschicke lenken.

Doch jetzt musste es weiter seine Rolle spielen. Es holte tief Luft und wollte anfangen, den Eintopf zu essen, als eine Wache in das Zelt gestürmt kam, das sie vor dem prasselnden Regen beschützte. Noch bevor der Mann aufgeregt stotternd zu sprechen begann, hatte Foruh die Essenz seiner Botschaft schon aus seinem Geist gelesen. Mit den drei anderen Syrth tauschte es freudige Erwartung aus, als der

Mann endlich sprach: »Wir … äh … wir … entschuldigt mein Eindringen, … wir haben ihn. Er hat unsere Patrouille angegriffen und ihren Anführer getötet.«

»*Wen* habt ihr?«, fragte Klaric, ohne weiter auf den tragischen Verlust eines seiner Soldaten einzugehen. Foruh sah, wie etwas von dem Eintopf in Klarics Bart versickerte.

»Den, der Torak heißt, Herr«, entgegnete die Wache eingeschüchtert.

Klaric stand auf. »Dann bringt ihn doch endlich her! Die Herren«, er deutete auf die Syrth, »wollen mit ihm sprechen. Er kann doch noch sprechen, oder? Ich will nicht auf das Kopfgeld verzichten müssen, nur weil ihr euch nicht beherrschen konntet.«

»Ja, ja, er ist fast unverletzt«, brachte die Wache hervor. Um zu erkennen, dass er log, wäre Foruhs Blick in seinen Geist nicht nötig gewesen. Klaric hatte die Wachen und Soldaten gnadenlos angetrieben. Sie waren im Laufschritt hinter den Pferden her von Sturmwald in den Alten Wald gehetzt. Dort hatten sie Tag und Nacht nach Torak und der Frau gesucht, wobei sich viele von ihnen mit der schwarzen Seuche infiziert hatten. Ihre Wut hatten die Männer jetzt auf Torak als Wurzel allen Übels übertragen und ihre Verbitterung an ihm ausgelassen. Aber das war Foruh egal. Es sah, dass Torak lebte und sprechen konnte, und das würde genügen.

Kurz darauf wurde Torak hereingetragen. Die Wachen hatten ihn an Händen und Füßen gefesselt, und in seinem Gesicht begannen rote Blutergüsse zu erblühen. Ohne übertriebene Rücksicht warfen sie ihn vor Klaric auf den Boden.

Foruh erkannte ihn sofort. Seit ihrem letzten Treffen in Klarics Kerker hatte er sich verändert. Er war noch magerer, seine Kleidung war verschlissen und sein Blick zeugte von Erschöpfung und Resignation. So sah nur jemand aus, der aufgegeben und mit dem Leben abgeschlossen hatte. Dennoch, es war zweifelsfrei Torak, und so sandte Foruh seinen Gefährten Freude und das Wissen, dass sie einen Teil ihres Auftrags erfolgreich beendet hatten. Ein Hochgefühl schwang zwischen ihnen, als Foruh aufstand und auf Torak zutrat.

Es blickte in Toraks Geist, in dem die Gedanken wild hin und her zuckten. Kurze Bilder einer seltsamen Stadt unter der Erde blitzten auf, gefolgt von Erinnerungsfetzen an einen Tempel mit einem Feenbaum. Dazwischen drängten sich immer wieder kurze Eindrücke der Frau, die sie noch fangen mussten. Sie schien krank oder tot zu sein, was Foruh mit Freude erfüllte.

Wegen Toraks wirrer Gedanken würde es warten müssen. So etwas hatte es schon bei anderen Menschen in großer Verzweiflung erlebt. Wenn der Gefangene sich ein wenig beruhigt hätte, würde es mehr erfahren.

Doch jetzt war es an der Zeit, Mutter zu informieren. Foruh schickte seinen Geist aus, tastete sich an dem Bewusstsein Tausender Syrth in die Ferne, dann wies ihm ihre strahlende Präsenz den Weg. Bei ihr angekommen, richtete es sich auf eine längere Wartezeit ein, doch fast sofort sandte sie ihm ihre Liebe. Glücklich berichtete Foruh von Toraks Ergreifung, und Mutter ehrte ihn damit, für den Griff in Toraks Verstand ihr Werkzeug zu sein.

# KAPITEL

# 31

Torak konnte vor Schmerzen kaum atmen. Er vermutete, dass ihm die Soldaten in dem ungleichen Kampf mehrere Rippen gebrochen hatten. Sie hatten viel zu lange gebraucht, um zu begreifen, dass ein lebend gefangener Torak mit etwas Glück die Lösung all ihrer Probleme darstellen würde. Doch daran durfte er jetzt nicht denken. Er durfte an überhaupt nichts denken, wenn er sein Geheimnis nicht zu früh preisgeben wollte. Darum konzentrierte er sich auf die Leere der Totenstadt, auf die Stille, die Skelette und auf seine Verzweiflung. Doch so ganz mochte sein Geist dem eingeschlagenen Weg nicht folgen, denn immer wieder blitzten falsche Gedanken auf, die er eiligst durch Eindrücke aus der Nekropole ersetzte.

Dieses Mal hatte er gefühlt, wie die Syrth nach seinem Geist griffen. Ohne vom Boden aufzublicken, hatte er erkannt, dass es anfangs der kleinere von ihnen war, dann folgten die beiden anderen. Erst als der sanfte Druck auf seine Schläfen wieder nachließ, gestattete er sich, über seine Situation nachzudenken. Einerseits konnte er froh sein, dass er noch lebte. Andererseits war seine Position denkbar ungünstig. Er befand sich zwar wie geplant im Lager seiner Feinde, doch über das, was jetzt käme, hatte er sich bei seiner überstürzten Entscheidung zwischen den Giftpflanzen keine Gedanken gemacht.

Torak überlegte gerade, ob er den Kopf heben und seinerseits einen Blick in den Geist seiner Gegner werfen sollte, als sich etwas Gewaltiges über sein Bewusstsein stülpte und sein Denken lähmte. Bilder blitzten auf und verschwanden. Erinnerungsfetzen aus seiner Kindheit wechselten in rascher Folge, wurden hastig durchsucht und wieder verworfen. Dann folgten Gedanken an Cel. Cel nackt unter dem kleinen Wasserfall bei den Pilzmenschen. Cel im Sklavenwagen, Cel zusammengebrochen im Feld der Giftpflanzen. All seine Erinnerungen an sie wurden durchforstet und von einer fremden Präsenz aufgesogen. Dann erfolgte ein abrupter Wechsel, Torak sah wieder die Totenstadt vor sich. Erneut erlebte er seine Suche nach Leben, nach Antworten und nach einem Ausgang. Sein Geist wechselte in die Schattenwelt, gleich würde er Darlak begegnen und das Geheimnis des Oriums vor seinem Angreifer offenbaren. Dann wäre es vorbei, sein einziger Trumpf wäre verspielt. Verzweifelt stemmte er sich gegen den gnadenlosen Sog, versuchte, den erzwungenen Rückblicken harmlosere entgegenzusetzen, doch ihm wollten keine anderen Erinnerungen einfallen. Er spürte die Angespanntheit dieses gewaltigen, fremden Bewusstseins, wie es lauerte, wie es jedes kleinste Detail seiner Gedanken gierig in sich aufnahm, wissend, dass es seinem Ziel ganz nah war.

Wenn er jetzt nicht kämpfte, wäre es vorbei. Torak wollte den Kopf heben, um die Syrth anzublicken und mithilfe des Oriums ihre Kontrolle über ihn niederzuringen, doch schon begann der Gedanke ihm wieder zu entgleiten. Einen Moment sah er erneut die Totenstadt vor sich, doch mit größter Anstrengung gelang es ihm, dieses Bild zurückzudrängen und die Realität an seine Stelle treten zu lassen.

Verzweifelt klammerte er sich an den Schmerz in seinem Brustkorb, das schwere Klatschen der Regentropfen auf der Zeltplane, den Geruch von Essen und feuchtem Gras. Je mehr er sich zur Wehr setzte, desto schwächer schien die Kontrolle der Syrth über seine Gedanken zu werden. Als es ihm schließlich gelang, den Kopf zu heben, blickte er direkt in das rosafarbene Gesicht des nur eine Armeslänge von ihm entfernt im Gras knienden Syrth. Augenblicklich fühlte Torak seine Emotionen wie eine Welle über sich zusammenschlagen. Letzte Fragmente von Glücksgefühlen wurden rasch von Irritationen und kurz darauf von einer erschreckten Vorahnung verdrängt. Doch Torak achtete nicht auf die Empfindungen des Syrth. Zu gewaltig war die Welt, die sich bereitwillig vor ihm auftat. Während er bei Menschen nur ihre gegenwärtigen Gedanken und Erinnerungen sehen konnte, lag jetzt alles, was der Syrth jemals erlebt hatte, schutzlos vor ihm ausgebreitet. Und dieser Syrth, der gekommen war, um ihn zu töten, bildete nur die Tür zum großen gemeinsamen Geist seines Volkes.

Torak sah, wie Tausende Individuen in einem fortwährenden Austausch standen und wie ihre Mutter Sydora wie ein Leuchtfeuer über dem Nebel aus Wissen und Gedanken thronte. Sie gab dem Leben der Syrth Sinn und Bestimmung. Und auch ihr göttlicher Verstand setzte ihm keinen Widerstand mehr entgegen, sondern offenbarte schier unendliches Wissen. Augenblicklich kannte Torak jeden Syrth und seine Rolle in Sydoras großem Kampf.

Mühelos überwand sein Wille die Barrieren, die den Geist der Göttin von dem der Syrth trennten, und blitzartig erkannte er die wahren Ziele hinter der Fassade, die sie für ihr Volk aufrechterhielt. Sie alle würden sterben. Das Ende der Menschen war bereits angebrochen. Und ohne ihre Gläubigen wären die Götter schwach und wehrlos. Zusammen mit ihren Syrth würde Sydora die Konkurrenten, einen nach dem anderen, vernichten. Und wenn es letztlich keine weiteren Götter mehr gäbe, würde sie auch ihre Syrth nicht mehr benötigen. Sie würde sie von ihrem Geist abschneiden, und sie würden ziellos dahinirren und sterben.

Nur Sydora würde bleiben. Allmächtig und unangefochten. Gegen Toraks Willen erschienen vor seinem inneren Auge verlassene Länder und zerfallene Städte. Dann sah er, wie die Tiere starben und schließlich auch die Pflanzen. Zurück blieb eine leblose Wüste, in der Sydora bis in alle Ewigkeit unumstritten herrschen würde. Ein Grauen befiel Torak, und nur allzu gerne hätte er seinen Blick abgewandt oder seine Augen vor den Visionen verschlossen, doch so sehr er kämpfte, er konnte es nicht. Ebenso wehrlos, wie er kurz zuvor durch seine eigenen Erinnerungen getrieben worden war, musste er jetzt genauso wehrlos Sydoras Gedanken folgen. Er war in ihre heimtückische Falle getappt, und die Göttin war noch lange nicht fertig mit ihm. Aus der grauen Wüste, in der ein scharfer Wind die Felsen allmählich zu Staub zerrieb, wurde ohne Übergang wieder ein Wald. Torak sah eine Gruppe von Kriegern, die sich auf einem ausgetretenen Pfad vorwärtsmühten. Einer der Männer kam ihm bekannt vor: Es war Albor, sein Ziehvater. Doch dieser war viel jünger, als er ihn in Erinnerung hatte. Und er war verletzt. Ein blutdurchtränkter Verband bedeckte seinen linken Oberschenkel und jeder Schritt schien ihm Schmerzen zu bereiten. Aber die einzige Frau war es, die die Gruppe aufhielt. Schwer stützte sie sich mit einem Arm auf die Schulter eines großgewachsenen Kriegers, während sie mit dem anderen ihren hochschwangeren Bauch umklammerte. Ein lautes Stöhnen entfuhr ihr, dann sank sie neben ihrem Mann auf die Knie. Verzweifelt raffte sie ihren Rock hoch und sah auf ihre nassen Beine. Als der Krieger sich zu der Frau hinunterbeugte, löste sich hinter der Gruppe ein großer grauer Käfer aus einer Baumspitze, flog schnarrend ein Stück voraus, um im Wipfel einer Eibe erneut Beobachtungsposten zu beziehen.

Die Szene wechselte abrupt. Ein ähnlicher Wald, ein ähnlicher Weg. Jetzt waren der Mann und die Frau allein. Immer wieder blickte der Mann sich um, während die Frau, blass und schwitzend, apathisch einen Fuß vor den anderen setzte. Wenn der Mann einen Angriff von hinten erwartete, hatte er sich getäuscht. Seine Feinde traten zu beiden Seiten des Weges aus dem Wald und kreisten das Paar ein. Erst dachte Torak, dass es sich bei den Angreifern um Syrth handelte, denn sie waren ebenso haarlos und ihre Haut war von dem gleichen Rosa. Doch sie hätten sogar die Syrth noch um Armeslänge überragt. Schweigend zogen die Riesenkrieger den Kreis enger, dann reckten sie ihre abnorm langen Arme dem Mann und der Frau entgegen. Die Frau schrie auf, und auch Torak hätte geschrien, wenn er gekonnt hätte. Was er für langfingrige verkrüppelte Hände gehalten hatte, entpuppte sich nun als gezackte Klauen, deren Finger sich mit kratzenden Geräuschen öffneten und schlossen.

Der Mann zückte sein Schwert und sprang vor. Ein schneller Hieb trennte einem der Angreifer beide Hände ab. Doch dieser schien keinen Schmerz zu kennen. Während aus seinen Armstümpfen ein bräunliches Sekret Fäden ziehend hervortropfte, zog er, gemeinsam mit seinen Gefährten, den Kreis um ihre Opfer noch enger zusammen. Torak wusste, was jetzt folgen würde, und er wollte es nicht mit ansehen. Doch wie sehr er sich auch wehrte, es gab kein Entrinnen. Und so musste er wehrlos zusehen, wie die Ungeheuer in quälender Langsamkeit seine Eltern zerstückelten.

Mit einem Mal befand sich Torak wieder auf der Lichtung vor dem Zelt seiner Feinde. Man hatte ihn so an einen Baum gebunden, dass die Arme den Baum umklammerten und sich sein Gesicht an der Rinde rieb. Von Toraks Rücken ging ein unermesslicher Schmerz aus. Doch er achtete nicht auf diesen Schmerz, denn was sich seitlich von ihm abspielte, war um vieles schlimmer. Sie hatten Cel! Ihre Hände waren auf den Rücken gefesselt, ein Strick lag um ihren Hals. Sechs Soldaten rangen die sich heftig wehrende Cel zu Boden, bis sie schließlich im Gras kniete, während das Seil ihren Hals über dem als Richtklotz dienenden Baumstamm fixierte. Torak schrie und zerrte an seinen Fesseln, als sich ein Mann mit einem langen Schwert neben Cel aufbaute. Das zwischen den Bäumen hindurchscheinende Licht der untergehenden Sonne blendete Torak derart, dass er die Augen zusammenkneifen musste, um etwas erkennen zu können. Und noch bevor die Klinge auf Cels Hals niedersausen konnte, wusste er, welches Spiel Sydora mit ihm trieb. Auch wenn er die Zeitspanne, die seit seiner Ankunft im Lager vergangen war, nicht kannte, konnte es bestenfalls Mittag sein. Was sich hier vor ihm abspielte, war also noch gar nicht geschehen. In diesem Moment spuckte Sydoras Verstand ihn aus und er lag wieder auf dem Zeltboden.

Der Syrth, von dem Torak jetzt wusste, dass er Foruh hieß, beugte sich zu ihm herab. »Es ist nicht klug, unsere Mutter zu verärgern, Torak«, sagte er hämisch. »Hast du gedacht, dass dein Angriff auf uns ungestraft bleiben würde? Hast du in deiner Selbstüberschätzung angenommen, du könntest uns auf diese Art Schaden zufügen? Nun gut, inzwischen weißt du es besser.« Er zeigte ihm ein überhebliches Grinsen.

Nur zu gerne hätte Torak dem Syrth in sein feistes rosa Gesicht gespuckt. Doch es gelang ihm nicht, den nötigen Speichel dafür zu sammeln.

»Spare dir die Anstrengung. Dieser Tag ist zwar dein letzter, aber für dich wird er noch sehr lang werden. Denn du wirst uns gleich eine kleine Gefälligkeit erbringen. Das wäre dann heute schon die zweite ...«

Torak wusste nicht, wovon der Syrth sprach, doch der lieferte sofort die Antwort auf seine unausgesprochene Frage. »Die Frau, die mit dir reist: Dank deiner Hilfe kennen wir jetzt ihre Schwäche. Und bald, Torak, wirst du sie herbeirufen.«

Was dachte der Syrth? Niemals würde er ihm helfen, Cel in ihren sicheren Tod zu locken. Doch insgeheim wusste er, dass es sich nicht um eine leere Drohung handelte. Auch ohne tief in Foruhs Gedanken einzutauchen, fühlte er, dass dieser zwar über Toraks befremdliche Fähigkeit besorgt war, aber dennoch nicht den geringsten Zweifel am Gelingen seines Plans hatte.

Als der Syrth aufstand, zu Klaric trat und eine geflüsterte Unterredung begann, ließ Torak den Kopf wieder ins Gras sinken. Noch während der Syrth mit ihm gesprochen hatte, hatte sich erneut ein pulsierender Schmerz in seinem Schädel ausgebreitet. Jetzt schloss er die Augen, nur um zu erleben, wie sich das Zelt mit ihm darin langsam zu drehen begann. Als es immer schneller wurde, riss er die Augen wieder auf und blickte auf die Grashalme. Das Zelt kam zum Stehen, dafür quälte ihn nun eine zunehmende Übelkeit.

Bald darauf betrat eine Gruppe von Soldaten das Zelt. Sie hoben Toraks Oberkörper vom Boden hoch und schleiften ihn auf die Lichtung. Dort ließen sie ihn fallen, einer der Männer setzte sich schwer auf seinen Rücken und presste ihm die Luft aus den Lungen. Der Schmerz in seinem Brustkorb schwoll zu bisher ungekannter Heftigkeit an, jeder Atemzug wurde zur Qual. Gerade in dem Moment, als Torak aufgab und sich entschied, dass nicht mehr zu atmen das kleinere Übel wäre, stand der Mann auf. Es folgte eine weitere Schmerzwelle, dann bekam er wieder Luft und die Schmerzen in seiner Brust wurden von Atemzug zu Atemzug geringer. Ein Kribbeln in den Armen zeigte ihm an, dass man seine Hände losgebunden hatte. Doch bevor er einen Vorteil daraus ziehen konnte, wurde er vom Boden hochgerissen und an einen Baumstamm gefesselt. Torak wusste, was das bedeutete. Er hatte selbst schon bei der Auspeitschung von Dieben zugesehen. Anfangs hatten sie gebettelt, dann geschrien, und nach einer Handvoll Schlägen waren die meisten bewusstlos geworden. In solchen Fällen war die Bestrafung fast immer unterbrochen worden, bis sich der Delinquent so weit erholt hatte, dass die nächsten Peitschenhiebe folgen konnten. Etwas in Toraks Bauch zog sich zusammen, wurde klein und hart, um dann Wellen aus Hitze und Übelkeit durch seinen Körper zu jagen. Er grub seine Fingernägel in die raue Baumrinde, als die Knie weich wurden, doch die Stricke hielten ihn in seiner Position, bis er die zitternden Beine wieder unter Kontrolle hatte. Einer der Soldaten begann zu lachen.

Torak kämpfte gegen das sich ausbreitende Entsetzen, versuchte, die Gedanken an das Grauen der Auspeitschung zu verdrängen, klammerte sich an einen letzten Rest von Hoffnung. Doch als er schließlich den Kopf drehte und sein Blick am Baumstamm vorbei auf die Lichtung fiel, zeigte sie ihm nur, was er schon befürchtet hatte: Es war die Lichtung aus Sydoras Vision. Dieselben Bäume, dieselben Zelte und auch seine Position war genau die, aus der er Cels Hinrichtung miterlebt hatte. Nur dass die Sonne im Zenit stand und Cel fehlte. Torak hatte versagt.

Während die Sonne in unmerklicher Langsamkeit ihre Bahn über den Himmel beschrieb, ging das Lagerleben um Torak herum seinen normalen Gang. Der Syrth, der sich Foruh nannte, kam aus dem Zelt und besah sich Torak erst aus der Entfernung, dann ging er zu ihm herüber und überprüfte den strammen Sitz seiner Fesseln. Als er sich abwandte, schrie Torak ihm verzweifelt hinterher: »Was wollt ihr von Cel? Sie hat euch doch nichts getan!« Aber der Syrth drehte sich nicht wieder zu ihm um, sondern kehrte, sich im Schatten der Bäume haltend, zum Zelt zurück.

Wenig später ergriff eine diffuse Unruhe das Lager. Torak sah, wie zusätzliche Wachen aufgestellt wurden, auch waren jetzt fast alle Männer bewaffnet. Immer öfter richteten sich die Blicke der Soldaten auf ihn, dann verließen die drei Syrth, gefolgt von Klaric und seiner Gefolgschaft, das Zelt. Einer der Soldaten stand auf und kam, eine aufgerollte Lederpeitsche in der Hand, auf Torak zu. Er nahm hinter ihm Aufstellung, zog Toraks Hemd aus der Hose und riss es, beim Saum beginnend, auseinander. Dann trat er ein paar Schritte zurück, und Torak hörte, wie die Peitsche einige Male durch die Luft schnalzte.

Dennoch traf ihn der erste Schlag ohne Vorwarnung. Das dicke Leder fraß sich tief in seinen Rücken und hinterließ einen roten Striemen, aus dem sofort Blut hervorquoll. Torak schnappte nach Luft. Einen kurzen Moment dachte er, dass er den Schmerz aushalten könnte, doch dieser schwoll immer weiter an, brannte auf seinem Rücken und vereinnahmte sein Denken. Torak hatte sich ausgemalt, wie es sein würde. Aber die Wirklichkeit übertraf selbst seine schlimmsten Erwartungen. Verzweifelt hoffte er darauf, dass der Schmerz nachlassen würde, da traf ihn der zweite Schlag. Nach dem dritten Hieb gab der Syrth dem Soldaten ein Handzeichen, und dieser ließ den Arm mit der Peitsche sinken.

Ein schriller, unmenschlicher Schrei drang an Toraks Ohren und sein Verstand benötigte einen Moment, um zu begreifen, dass er selbst es war, der schrie. Er musste all seine Willenskraft aufbieten, um den Laut zu unterdrücken, damit der Triumph der Syrth nicht allzu groß ausfiele. Doch auch danach dauerte es noch mehrere Minuten, bis er wieder erfassen konnte, was sich vor ihm auf dem Lagerplatz abspielte. Eine laute, hohe Stimme rief etwas, und an der fremden Sprachmelodie erkannte er, dass es einer der Syrth war. Mühsam hob er den Kopf und sah ihn am Rand der Lichtung stehen. Er hatte mit den Händen einen Trichter um seinen Mund gebildet und rief seine Botschaft hinaus in den Wald, wartete einen Moment und begann von Neuem: »Cel, du kannst es beenden! Komm zu uns. Kein Leid wird dir geschehen, wir wollen nur mit dir reden!«

Während der Syrth die Nachricht in die verschiedenen Himmelsrichtungen wiederholte, fühlte Torak eine Spur des Triumphs in sich aufsteigen. Nein, sie kannten Cel lange nicht so gut wie er. Sie war klug und, wenn nötig, hart wie Stein. Niemals würde sie auf den plumpen Trick des Syrth hereinfallen. Und wenn sie ihn hier zu Tode peitschten, Cel würde nicht kommen. Für einen Moment stahl sich ein irres Grinsen auf Toraks Lippen, das jedoch sofort von der Erkenntnis hinweggewischt wurde, dass es noch einen zweiten, wahrscheinlicheren Grund gab, warum Cel nicht käme. Falls sein verzweifelter Heilungsversuch im Tempel versagt hatte, dann war sie jetzt vermutlich schon tot. Warmes Blut rann ihm über den Rücken und versickerte im Stoff seiner Hose.

Der Syrth wartete einen Moment, dann nickte er dem Mann mit der Peitsche zu. Kurz darauf traf Torak der nächste Hieb. Erneut zog sich die Welt um ihn zusammen, bis nur noch er und der überwältigende Schmerz existierten. Doch der fünfte Peitschenhieb blieb aus, und die abrupt eingetretene Stille ließ ihn den Kopf wieder heben. Am gegenüberliegenden Waldrand stand Cel. Wie ein geprügelter Hund trat sie aus dem Wald in das helle Licht der tief stehenden Sonne.

Cel lebte! Und sie war gesund. Auf einen winzigen Moment ungetrübter Freude folgte das Entsetzen. »Nein!«, schrie Torak mit rauer Stimme. »Nein! Flieh! Sie wollen dich töten!« Doch Cel schien ihn nicht zu hören. Sie ging weiter und kam auf ihn zu. Erst als sie die Mitte der Lichtung erreicht hatte, sah sie Torak an und schüttelte den Kopf. Im gleichen Moment stürzten sich die Soldaten auf sie und rissen sie zu Boden.

# KAPITEL 32

Ein Triumphgefühl hatte sich Foruhs bemächtigt. Endlich war nicht nur Torak, sondern auch die Frau in seiner Hand. Es war so verblüffend einfach gewesen, sie zu fangen. Seine Studien hatten es gelehrt, wie irrational Menschen handelten, wie leicht ihre Geschlechtlichkeit sie die falschen Entscheidungen treffen ließ. Dies hatte Foruh, das Verhalten der Menschen voraussehend, zu seinem Vorteil ausgenutzt.

Doch jetzt war nicht die Zeit, diesen Erfolg zu feiern. Von den Gefangenen ging weiterhin Gefahr aus, die nur ihr Tod bannen würde. Es blickte kurz zu Torak, dann wieder zu der Frau. Sie sollte zuerst sterben.

Er wollte Klaric zu sich winken, damit dieser die Hinrichtungen anordnen konnte, da ließ ihn der gellende Schmerzensschrei eines Mannes wieder zurück zu der Frau und ihren Bewachern blicken. Die Soldaten pressten sie weiterhin mit ihren Leibern auf den Boden, doch einer von ihnen war aufgesprungen und blickte entsetzt auf seine blutende Hand. Ein Teil des Zeigefingers schien zu fehlen. Das geschah ihm recht, dachte Foruh. So etwas ereignete sich, wenn man seine Gegner unterschätzte. Und die schon Besiegten waren manchmal die Gefährlichsten.

Es trat näher an die Frau und die auf ihr liegenden Soldaten heran. Ein Blick in Cels Gesicht zeigte ihm, dass sie noch nicht aufgegeben hatte. Wut und Verzweiflung beherrschten ihr Denken. Doch dann sah Foruh noch etwas anderes, etwas, das einfach nicht sein durfte. Das Blut gefror in seinen Adern, als es den zweiten, dunklen Verstand entdeckte. Für einen Moment streifte Foruhs Wahrnehmung dessen Gedanken, und augenblicklich begann diese gewaltige, eiskalte Präsenz, sich seines Geistes zu bemächtigen, sein Denken zu lähmen und alle Empfindungen zu töten. Nur mit äußerster Anstrengung gelang es Foruh, die Gedankenverbindung zu durchtrennen. Heftig atmend stand es auf der Wiese und rang das Entsetzen über die der Frau innewohnende Bedrohung nieder, während seine Geschwister ihm Besorgnis übermittelten. Es musste sie warnen, fuhr es ihm durch den Kopf. Auf keinen Fall durften sie in den Verstand der Frau blicken. Niemand durfte … Sein Blick richtete sich auf den zwischen zwei Bäumen angebundenen Torak, der Cel verständnislos anstarrte.

Foruh handelte sofort. Welchen Schrecken auch immer die Frau barg, er durfte ihren Geist nicht verlassen. Als es Cel erreichte, hatte es bereits sein Messer aus dem Ärmel gezogen. Es stieß den Mann, der den Kopf der Frau ins Gras drückte, zur Seite, griff mit seinen Fingern in ihre kurzen Haare und riss den Kopf nach hinten. Jetzt musste es nur noch die Klinge über ihre ungeschützte Kehle ziehen, und die Gefahr wäre gebannt. Doch etwas stimmte nicht. Etwas stimmte *mit ihm* nicht! In dem Moment, indem es seine Hand in die schwarzen Haare der Frau gekrallt hatte, war etwas mit ihm geschehen. Für den Bruchteil einer Sekunde hatte es gemeint, das Gesicht eines schwarz behaarten Tieres vor sich zu sehen, dessen kleine Augen es interessiert musterten, während sich die Lefzen hoben und ein von scharfen Reißzähnen umrahmtes Lächeln offenbarten.

Das Messer gegen Cels Hals drückend zögerte Foruh. Nur ein schneller Schnitt, mehr bedurfte es nicht. Ein Schnitt durch die zarte, hellrote Haut ihres schlanken Halses. Doch es wollte sie nicht verletzen, es wollte sie berühren. Mit seinen Fingern über ihre weiche Haut streichen und sich nackt an diesem verheißungsvollen Frauenkörper reiben. Foruhs Welt geriet in Schieflage.

# KAPITEL 33

Während der Syrth zögerte, quoll das Nichts in Toraks Geist. Die Verzweiflung, die ihn eben noch an seinen Stricken hatte zerren lassen, verschwand. An ihre Stelle trat eiskalte Klarheit. Er war nicht mehr Torak, er war die Waffe, er war das Nichts. Sein ihm verbleibendes Leben kannte nur eine Bestimmung: Menschen und Syrth, sie alle würden durch ihn sterben. Die Seile, die ihn eben noch unnachgiebig festgehalten hatten, begannen unter dem Einfluss des Nichts bereits zu zerfallen. Mit seiner neu gewonnenen Kraft zerriss er, was von ihnen übrig war, und trat auf die Lichtung. Zwei erschreckte Soldaten wandten sich mit erhobenen Waffen in seine Richtung, doch es bedurfte nur einer kurzen Berührung ihres Geistes. Sie waren längst tot, bevor ihre schlaffen Körper auf dem Boden aufschlugen. Jemand brüllte Befehle, dann sammelten sich die Soldaten im Kreis um Torak. Messer und Schwerter wurden geschwungen, und während Torak einen nach dem anderen dem Nichts überantwortete, trafen einige der Klingen ihr Ziel. Doch das Nichts kannte weder Schmerz noch Furcht, und so dünnte Torak die Reihen der Männer aus, bis die letzten Kämpfer ihre aussichtslose Lage erkannten und ihr Heil in der Flucht suchten.

Torak ließ sie laufen, denn die Vernichtung der Syrth hatte Vorrang. Blut floss in Strömen aus seinen Wunden und das Gehen fiel ihm zunehmend schwer, doch mit wenigen Schritten erreichte er sein Ziel. Eben noch hatte Foruh neben Cel auf dem Boden gehockt, jetzt aber fuhr er hoch und nahm zwischen Cel und ihm Aufstellung. Torak wollte nach seinem Geist greifen, wie er es mit den Soldaten getan hatte, doch der Syrth widerstand seinen Angriffen. Stattdessen sprang er vor und stieß sein kurzes, spitzes Messer in Toraks Bauch. Toraks Gegenwehr blieb aus, denn seine Arme versagten ihm den Dienst. Fast im gleichen Moment gaben auch die Beine nach und er fiel auf die Knie. Hilflos musste er zusehen, wie der Syrth das Messer mit beiden Händen packte, um es ihm von oben in den Schädel zu rammen. Die Waffe fuhr auf ihn herab, dann schien der Syrth zu stolpern und die Klinge grub sich mit einem knirschenden Geräusch tief in Toraks Schulter. Der Syrth ließ das Messer los, um die Schwertklinge zu umklammern, die nun aus seinem Bauch ragte. Bräunliches Sekret sickerte träge aus der Wunde, dann wurde die Klinge zurückgerissen. Mit einem schmatzenden Geräusch verließ sie den Körper, und während der Syrth sich vor Schmerzen zusammenkrümmte, holte Cel bereits zum nächsten Schlag aus. Das war der Moment, in dem Foruh seinen Widerstand gegen Toraks geistige Angriffe aufgab. Augenblicklich sah Torak die Gedanken seines Gegners: Trauer, Verrat und Schmerz. Doch schon lösten sich diese Empfindungen auf, verschwanden in dem Nichts, das sich durch Foruhs Verstand fraß, sein Bewusstsein auslöschte, um dann mit rasender Geschwindigkeit den ungeschützten Geist des Volkes der Syrth zu zersetzen.

Einen Moment verfolgte Torak das Wüten des Nichts, doch bald konnte sein Geist die schrecklichen Eindrücke nicht weiter verarbeiten. Sein Denken wurde schwerfällig und zäh, und mit einem überwältigenden Gefühl des Zweifels kippte er seitlich ins Gras. Die panischen Schreie der beiden verbliebenen Syrth hörte er nicht mehr.

# EPILOG

Toraks Rückkehr in die Welt der Lebenden war mühsam, doch nach einer Phase der Verwirrtheit gewann er zumindest die Herrschaft über seinen Verstand zurück. Sein Körper allerdings schien wie gelähmt. Erst als er erkannte, dass etwas ihn daran hinderte, sich zu bewegen, dämmerte ihm, dass man ihn begraben hatte. Die nächsten Stunden benötigte er, um sich mit äußerster Anstrengung aus dem von Blättern und Pflanzenteilen bedeckten Steinhaufen herauszuarbeiten.

Torak fand sich am Rand einer Waldlichtung wieder. Er kannte diesen Ort: Hier war der Lagerplatz von Menschen und Syrth gewesen. Doch jetzt waren die Zelte verschwunden und nichts erinnerte mehr an das Massaker. Aber als er den Platz überquerte, fand er im munter wachsenden Grün Stoffetzen und die Knochen der Toten. Torak wurde klar, dass sein Körper Wochen oder gar Monate in dem Steinhaufen verbracht hatte.

Sein erster Weg führte ihn zur Quelle. Hier trank er, anfangs schluckweise, dann in großen Zügen. Seine Suche nach Essbarem war hingegen wenig erfolgreich. Er fand ein paar Beeren, die allerdings seinen Hunger nicht stillten. Schließlich begab er sich trotz des überwältigenden Verlangens nach Essen auf den Weg in Richtung Tiefstein.

Seine Lage besserte sich, als er die Seeweiber erreichte. Sie fingen ihm Fische und Torak aß sie kalt und roh. Nachdem er an ihrem See zwei Tage verbracht hatte, fühlte er sich kräftig genug, um seinen Weg fortzusetzen. Ihr Angebot, nachdem er sich erholt habe, doch ein wenig länger zu bleiben, lehnte er dankend ab. Er sagte, dass er vielleicht später einmal zurückkommen würde, und meinte es auch so.

Nach fünf weiteren Wegtagen erreichte er Tiefstein. Zum ersten Mal in seinem Leben sah er einen Hafen und das dahinter liegende Meer. Er suchte einen Geldwechsler auf, bei dem er einen der drei Armringe der Priesterin des ewigen Tempels in klingende Münze umtauschte. Zu Toraks Überraschung schien der Mann von der Gestalt, die ihm gegenüberstand, eingeschüchtert zu sein, sodass er einen passablen Preis für sein Gold erhielt. Anschließend führte Toraks Weg zu einem Bäcker, dann in ein Badehaus. Er ließ sich ordentlich abschrubben und Haare und Bart stutzen. Weitere Leistungen nahm er nicht in Anspruch.

Einige Stunden später saß er in der Gaststube einer nicht weit vom Hafen entfernten Herberge und vertilgte eine Portion Wildschwein mit Graubrot. Wie lange hatte er nicht mehr so gut gegessen? Das Schwein war fett und saftig und das Brot frisch gebacken. Dazu gab es ein Bier, dem der schlichte Gerstensaft, den Torak einst selbst gebraut hatte, nicht das Wasser reichen konnte. Mit dem Handrücken wischte er sich das Fett vom Mund, dann winkte er einer der Schankmägde: »He, Mädchen, bring mir noch ein Bier!« Einen Moment zögerte er, bevor er grinsend hinzufügte: »Und noch eine Portion von dem Braten.«

Die junge Frau betrachtete mit gespielt skeptischem Gesicht erst den leeren Teller, dann Torak. »Auf deinem Kahn muss es ja schlimm zugegangen sein, dass du halb verhungert hier ankommst«, sagte sie mitleidig und verschwand in Richtung Küche.

Torak lehnte sich zurück und ließ seinen Blick über die anderen Gäste schweifen. Trotz des späten Abends war die Schänke gut besucht. Während er ihnen zusah, wie sie schwatzten, sich zuprosteten und tranken, überkam ihn eine tiefe Ruhe. Es war vorbei. Seine kurze Rolle in dem jahrtausendealten Konflikt zwischen den Göttern hatte ein Ende genommen. Dass die Syrth besiegt waren, stand für ihn außer Frage. Was jedoch die Syrth-Mutter Sydora anging, war er sich nicht so sicher.

Viel wichtiger war jedoch, was wohl aus Cel geworden war. Die letzte Erinnerung seines vom Nichts beherrschten Verstandes zeigte sie, das lange Schwert noch in der Hand, auf der Flucht in den Wald. Einer der beiden Syrth schickte sich an, ihr zu folgen, während der andere dem sterbenden Foruh Hilfe leisten wollte. Weit waren beide Syrth nicht gekommen, das wusste er. Auch die Tatsache, dass jemand ihn, und nur ihn, begraben hatte, wertete er als sicheres Indiz für Cels Überleben. Unerwartet schlug eine Welle aus Schmerz und Dankbarkeit über Torak zusammen.

Die Schankmagd kehrte zurück und riss ihn aus seinen Gedanken. Mit einem Lächeln stellte sie ein gut gezapftes Bier und die nächste Schale Wildschweinbraten vor ihn hin, dann beugte sie sich so tief zu ihm hinunter, dass er unweigerlich die runden weißen Brüste in ihrer Bluse bewundern musste. »Frag nach mir, wenn ich sonst noch etwas für dich tun kann. Ich heiße Saya«, flüsterte sie. Kurz blitzte ein herausforderndes Lächeln auf, dann widmete sie sich wieder ihrer Arbeit.

Saya war hübsch, daran bestand kein Zweifel. Zu einem anderen Zeitpunkt hätte sie ihn sicher in Versuchung geführt, doch heute siegte der Schweinebraten. Mit großem Appetit machte er sich über das Essen her, musste aber bald feststellen, dass er allmählich satt wurde. Als ein paar Seeleute am Tisch gegenüber anfingen zu singen, gönnte er seinem Magen eine Pause und hörte ihnen zu. Mit mehr Inbrunst als Geschick sangen die Männer von der See, und dass sie die Liebe zu ihr dereinst mit dem Leben bezahlen würden.

Torak fühlte sich angenehm in alte Zeiten zurückversetzt. Was zu Hause die Holzfäller, das waren hier die Seeleute, vermutete er. Er dachte an das Gasthaus zurück, das zumindest einst sein Zuhause gewesen war. Und heute? Er stellte sich vor, wie er an den Ort seiner Kindheit und Jugend zurückkehren würde. Ein großes Trara würden sie um seine Rückkehr machen. Wenn er wollte, könnte er sich dort niederlassen. Dass er eine gute Arbeit finden würde, bezweifelte er nicht. Und falls sich nichts anböte, dann würde er eben etwas Neues schaffen. Er könnte Handel treiben, den Reisenden ihre Waren abkaufen und auf eigene Rechnung in den großen Städten an den Mann bringen. Und ein nettes Mädchen würde er sicher auch finden. Dort, mitten im Großen Wald, umgeben von nichts als Bäumen. Ohne es zu bemerken, schüttelte Torak den Kopf. Nein, diese Welt war für ihn zu klein geworden.

Abwesend nahm er einen Zug aus dem Bierkrug, der sich schon wieder bedenklich leerte. Heute befand er sich an einem Ruhepunkt zwischen seiner Vergangenheit und einer noch nicht geschriebenen Zukunft. Mit seiner zweiten Rückkehr vom Tod hatte ein neues Kapitel seines Daseins begonnen. Zwar war er wieder weniger Mensch und mehr Schatten, doch es ging ihm gut, und wenn sich dadurch etwas für ihn änderte, würde er lernen, damit umzugehen. Wie sein Leben weitergehen würde, war einzig und allein seine Entscheidung. Und Möglichkeiten gab es viele. Vielleicht würde er am nächsten Morgen zum Hafen hinuntergehen und auf einem Schiff anheuern. Matrosen wurden immer gesucht. Harte Arbeit, schlechter Lohn und Fahrten in fremde Länder wären ihm sicher. Doch die See lockte ihn nicht.

Auch eine andere geregelte Arbeit erschien Torak wenig reizvoll. Er konnte sich sein Leben als eine Abfolge gleichförmiger Tage beim besten Willen nicht mehr vorstellen. Vielleicht würde er stattdessen in den Alten Wald zurückkehren. Er war ein Fee, und dort gab es so viel über die fremde Welt seiner Vorfahren in Erfahrung zu bringen. Er könnte herausfinden, ob er tatsächlich der Letzte seiner Art war oder ob es noch weitere wie ihn gab. Eine andere Möglichkeit wäre es, den Elfen einen Besuch abzustatten. Ein Grinsen stahl sich auf sein Gesicht.

Doch was machte er sich eigentlich vor? Er musste sich endlich eingestehen, dass er die Entscheidung über seine Zukunft längst gefällt hatte. Schon auf der Skelettlichtung im Alten Wald hatte er es gewusst: Seine Reise war vorüber, die Cels hingegen noch lange nicht. Sie würde nach Myr zurückkehren, zu ihren Eltern und ihren Schwestern, deren Namen er bereits vergessen hatte. Aber es würde keine glückliche Rückkehr werden. Wie eine Wunde, die nicht verheilte, brannte in Cel der Durst nach Rache. Erst wenn dieser gestillt wäre, würde sie Ruhe finden. An einem Ort, wo der Tod auf sie wartete.

Torak entschied, am folgenden Tag in die Stadt zu gehen und sich nach Reisemöglichkeiten in den Westen zu erkundigen. Sicherlich konnte er sich Reitern oder einem Wagenzug anschließen. Er wollte Cel folgen, und er würde sie finden. Eine Frau wie Cel verschwand nicht spurlos.

Inzwischen hatte die Gaststube sich geleert, und die zwei hinter dem Schanktresen schwatzenden Mägde warteten darauf, dass auch die letzten Gäste ihre Gläser austranken. Mit einem Ohr verfolgte Torak ihr Gespräch, das immer leiser wurde, je spezifischer die Beschreibung der körperlichen Attribute eines bestimmten Mannes wurde, mit dem Saya kürzlich eine Nacht verbracht hatte. Bei dem kichernd hervorgestoßenen Satz: »Na ja, die Feenprobe hat er auf jeden Fall nicht bestanden«, blickte er auf. Sofort stand ihm das Bild der im Kreis um den Feenbaum sitzenden Schwestern vor Augen. Auch Enyane hatte damals etwas von einer Feenprobe gesagt und damit einen peinlichen Moment ausgelöst.

Saya entging Toraks Aufmerksamkeit nicht. Halb verärgert und halb peinlich berührt hielt sie sich eine Hand vor den Mund, doch er winkte sie zu sich. »Feenprobe, was ist das?«, fragte er sie wissbegierig.

Saya schüttelte den Kopf und wollte sich schon wieder abwenden. Als Torak jedoch eine Münze aus seiner Tasche holte, zog sie einen Stuhl heran und setzte sich zu ihm an den Tisch. Mit gespielter Keuschheit flüsterte sie: »Na, du weißt doch, was über die Feenmänner erzählt wird.«

Nein, Torak wusste es nicht. Er zuckte die Schultern.

»So als Liebhaber …«, versuchte sie es erneut.

»Ich komme vom Land, da wissen wir so was nicht«, begründete er seine Unkenntnis.

Sie schüttelte den Kopf, dann beugte sie sich vor und flüsterte verschwörerisch: »Fünfmal in einer Nacht. Mindestens. So wird es erzählt.« Lachend schnappte sie sich die Münze aus seiner Hand und kehrte hinter den Tresen zurück.

Soso, dachte Torak. Ein interessanter Ruf eilte den Feenmännern voraus. Wobei dieser Legende, wie so vielen anderen auch, wohl eine Spur Übertreibung anhaftete. Er jedenfalls würde in dieser Nacht keinen Anlauf unternehmen, die Probe zu bestehen. Stattdessen würde er zum ersten Mal seit sehr langer Zeit wieder in einem weichen Bett schlafen. Und zwar allein.

Torak gähnte und kramte in seiner Hosentasche nach einer weiteren Münze. Dabei spürte er den gläsernen Schlüssel. Zusammen mit dem Geldstück zog er ihn hervor. Er schob das Trinkgeld in die Tischmitte und besah sich den Schlüssel genauer. Zu seiner Überraschung hatte dieser die Reise vom Feentempel nach Tiefstein unbeschadet überstanden. Welches Schloss mochte er öffnen? Torak drehte den fragilen Gegenstand in seinen Händen. Bestimmt lag es am Bier, aber in diesem Moment bestand für ihn kein Zweifel, dass er es eher früher als später herausfinden würde.